LOVE ME, BERLIN

Die Autorin

Nicole Klein entdeckte bereits in jungen Jahren ihre Leidenschaft für das Schreiben. Sie studierte in Ravensburg Medien- und Kommunikationswirtschaft und lebt ihre Kreativität seit vielen Jahren als Marketingmanagerin und freiberufliche Autorin aus. Gemeinsam mit ihrer Familie lebt sie in Stuttgart.

Nicole Klein

LOVE ME, BERLIN

Roman

Wenn sich alles perfekt anfühlt,
woher weißt du dann, dass es echt ist?

1. Auflage, 2025
Copyright © 2025 Nicole Klein
Alle Rechte vorbehalten.

Bibliografische Information der Deutschen Nationalbibliothek:
Die Deutsche Nationalbibliothek verzeichnet diese Publikation
in der Deutschen Nationalbibliografie; detaillierte Daten sind im
Internet über http://dnb.dnb.de abrufbar.

Die automatisierte Analyse des Werkes, um daraus Informationen über Muster, Trends und Korrelationen gemäß §44b UrhG
(„Text und Data Mining") zu gewinnen, ist untersagt.

Verlag: BoD · Books on Demand GmbH,
In de Tarpen 42, 22848 Norderstedt, bod@bod.de
Druck: Libri Plureos GmbH, Friedensallee 273, 22763 Hamburg
Cover: Giash Mim und Philipp Knopp (leonardo.ai Stock)
Songs: Hier mit Dir (Wincent Weiss), Mr. Brightside (The Killers)
Wicked Game (Chris Isaak), Heaven (Bryan Adams)

ISBN: 978-3-7693-2870-7

*Für Daniel
und unseren wundervollen Sohn.*

»Let me fall if I must fall.
The one I am becoming will catch me.«
Baal Shem Tov

PROLOG

Sie fiel. Immer weiter und weiter. Wie in einen endlos tiefen Schacht hinein. Ihre Augen konnten nichts erkennen, nichts als Dunkelheit. Eine Dunkelheit, die sie noch nie zuvor als derart düster und beklemmend empfunden hatte. Unter ihr war kein Boden. Ihr gesamter Körper schien zu schweben, als würde sie soeben mit einer Achterbahn in die endlose Tiefe stürzen – umhüllt, von einem niemals enden wollenden Gefühl des hilflosen Fallens.

Hektisch begannen ihre Blicke zu kreisen. Erforschten einen Raum, der offensichtlich nicht erforscht werden wollte. Der im tiefsten Schwarz versank und ihrem Verstand keinerlei Möglichkeit gab, dessen Ausmaße abzuschätzen. Alles was sie vernahm, waren Stimmen, die wie durch einen Tunnel zu ihr durchdrangen. Verschiedene Namen, Fragmente von Sätzen und lose Wortfetzen schallten wie ein Echo nahezu willkürlich um ihre Ohren.

Ihr Kopf begann zu brummen, ihre Schläfen zu pochen. All die Geräusche, die Aufregung und Anspannung quälten sich schmerzhaft durch jede Faser ihres Körpers. Wühlten sie auf und ließen eine unsägliche Panik in ihr aufsteigen.

Ob sie nun sterben würde? Oder ob sie das alles nur träumte? Würde sie träumen, da war sie sicher, würde nichts weiter passieren. Dann würde sie nicht auf dem Boden dort unten im tiefsten Dunkel aufprallen und sich dabei jeden

1

erdenklichen Knochen in ihrem Körper brechen. Denn sie wusste, dass man in einem Traum unmöglich echte Schmerzen erleiden konnte, dass man sich nicht ernsthaft verletzen oder gar sterben konnte. Stattdessen würde ihr Körper sogleich Adrenalin ausschütten, welches zunächst ihren Herzschlag, dann ihren Blutdruck nach oben schnellen lassen würde – solange, bis sie aus ihrer tiefen Schlafphase zurückkehren würde. Bis sie endlich wieder Erwachen würde.

Doch es geschah nichts.

Was sollte sie jetzt tun? Panisch schreien oder sich mit der Situation arrangieren? Hoffen aufzuwachen oder sich der Dunkelheit ergeben, bis diese hoffentlich bald wieder von Licht geflutet werden würde?

Sie öffnete ihren Mund. Formte ihn zu einem Oval. Wollte schreien. Furchtbar laut. Um das hässliche Gefühl in ihrem Magen und die Angst vor dem bevorstehenden Kontrollverlust zu vertreiben. Aber ihr Hals fühlte sich trocken und beklemmt an, so, als hätten sich zwei starke Hände um ihn gelegt. Ihr Kopf schrie, ihre Gedanken wirbelten umher, doch ihre Stimme blieb stumm. Kein Ton kam hervor.

Alles begann sich derweil völlig surreal anzufühlen. Selbst die Zeit war nur noch ein bedeutungsloser Umstand, den sie nicht mehr greifen konnte. Wie lange fiel sie schon? Minuten, Stunden, Tage?

Verzweiflung keimte in ihr auf und als sie soeben beginnen wollte zu weinen, völlig hilflos und alleine, da sah sie augenblicklich Licht. Wie ein heller Kreis voller Hoffnung, am Ende eines langen Tunnels. Und während sie langsam realisierte, dass ihr tiefer Fall, ihre Reise ins Ungewisse, nun endlich ein Ende gefunden hatte – welcher Art auch immer – begann sie zu lächeln.

KAPITEL 1

Ein milder Luftzug wehte Vero ins Gesicht, als sie die letzten Stufen der Unterführung passierte, um hinauf in Richtung Friedrichsstraße zu gelangen. Hier oben, im Herzen Berlins, zwischen all den vielen Menschen, die augenblicklich wie Ameisen um sie herumwuselten, fühlte sie sich unfassbar klein. Unbeachtet, unbedeutend, wie ein winziger Fisch in einem riesigen Schwarm, wie eine beliebige Nummer auf einer nahezu unendlichen Skala. Niemanden interessierte es, wer sie war. Sie war eine von vielen, ging in der Masse unter, wie schon so oft zuvor in ihrem Leben.

Die schwülwarme Luft, die zwischen den engbebauten Straßen Berlins nahezu wie gefangen schien, war drückend und mehr als ermüdend. Jeder Schritt die Straße entlang schien ihre Sinne ein wenig mehr zu betäuben, ihre Umgebung zu einem bunten Potpourri aus Farben, Gerüchen und Stimmen zu vermengen. Zugegebenermaßen hatte sie in der vergangenen Nacht aber auch nicht sonderlich viel geschlafen. Erst gestern Abend war sie mit dem Flieger in der Hauptstadt angekommen und hatte die viel zu kurze Nacht auf dem Sofa ihrer Freundin verbracht. Ihr Rücken schmerzte noch von der ungewohnt harten Matratze ihres provisorischen Nachtlagers und ihr Kopf brummte monoton vor sich hin, als würde er ihren ausschweifenden Weinkonsum des Vorabends rückwirkend beanstanden wollen.

Eine gefühlte Ewigkeit hatte Vero ihre beste Freundin Lisa nicht mehr gesehen, nachdem diese vor knapp einem Jahr die gemeinsame Studenten-Wohnung in Stuttgart verlassen und nach Berlin gezogen war. Hier, in der Hauptstadt, hatte Lisa einen gut bezahlten Job als Eventmanagerin gefunden, besaß den Schlüssel zu einer Zwei-Zimmer-Wohnung in einem charmanten Altbau in Schöneberg und ein Leben, um das Vero sie in jeglicher Hinsicht beneidete. Nicht nur, weil sie selbst seit ihrem Abschluss förmlich auf der Stelle trat, sondern auch, weil Lisa schon immer all das verkörperte, was sie selbst nur zu gerne wäre. Denn ihre Freundin war ein Freigeist, mutig, geradeheraus, selbstbewusst und extrovertiert, während Vero bevorzugt in der zweiten Reihe stand und das Leben immer mit ein wenig Skepsis und Zurückhaltung betrachtete. Ihre Freundschaft war ein Sinnbild für Tag und Nacht, für Schwarz und Weiß, für den völligen Widerspruch in sich und doch etwas ganz Besonderes. Die unverkennbaren Unterschiede ihrer Persönlichkeiten hatten sie über die Jahre hinweg eng zusammengeschweißt, hatten ein einzigartiges Gleichgewicht gefunden und ein Band der Freundschaft erschaffen, welches selbst sechshundert Kilometer Entfernung nicht hatten abreißen lassen. Mindestens einmal die Woche telefonierten oder schrieben sie noch, tauschten Ratschläge und Lebensweisheiten aus und teilten ihre Geschichten, ihre Träume und Wünsche miteinander. Lisa war ihr Anker, ihre Stütze, ihr Antrieb in allen Lebenslagen, und überhaupt erst der Grund dafür, dass sie heute hier in Berlin war. Denn dank Lisas guten beruflichen Kontakten, hatte sie nicht nur für eine langersehnte Joboption gesorgt, sondern auch für ein längst überfälliges Wiedersehen.

Montag, 16. Juli, 9:55 Uhr, zeigte das Display an, als Vero nach wenigen Metern einen ersten nervösen Blick auf ihr Smartphone warf. Bis zu ihrem Termin verblieb zwar noch eine gute halbe Stunde, dennoch wollte sie ungern mit Schweißperlen auf der Stirn in das Gebäude in der Französischen Straße hetzen und ihrem potenziell neuen Chef aufgewühlt entgegentreten. Lieber wäre sie viel zu früh, als nur eine einzige Minute zu spät. So könnte sie wenigstens noch einmal tief durchatmen und entspannt ein weiteres Mal das bevorstehende Gespräch bei *Reflection.Berlin* durchgehen.

Dort, in der Redaktion eines der erfolgreichsten Lifestyle-Magazine der Hauptstadt, würde sie sogleich für eine freie Stelle im Online-Marketing vorsprechen. Für eine Stelle, die so gar nicht ihren Wünschen und Vorstellungen entsprach und sich nur wenig mit ihren eigenen Interessen deckte. Denn wenn sie eines nicht war, dann ein trendiger Hipster und laut Lisa sollte man genau das eigentlich sein, wenn man sich um einen Job in der Berliner Medienbranche bewarb. Doch zugegebenermaßen hatte sie diesen Begriff noch nicht einmal in ihrem Wortschatz gespeichert, geschweige denn jemals zuvor benutzt. Erst der Blick in ein Online Lexikon hatte ihr erläutert, was sie eigentlich sein sollte, doch mit Sicherheit nicht war – eine Person mit extravagantem, individualistischem Lebensstil, die stets darüber informiert war, was modern und angesagt ist. Außerdem trug so jemand wohl bevorzugt karierte Flanellhemden und Schuhe aus veganem Leder, genehmigte sich in der Mittagspause gerne einmal einen Mate-Tee und verließ das Haus nur mit Nerd-Brille und stylischem *MacBook*. Okay, letztere Information hatte nicht in einem Lexikon gestanden, dies hatte Lisa noch augenzwinkernd hinzugefügt.

»Wenn du bei deinen künftigen Kollegen punkten willst, hast du ab sofort außergewöhnliche Hobbys, exotische Essgewohnheiten und im besten Fall kein Bedürfnis nach Privatleben. Du bist immer gut gelaunt und up-to-date«, hatte ihre Freundin erläutert und Vero hatte daraufhin kurz mit dem Gedanken gespielt, ihr bevorstehendes Gespräch wieder zu canceln. Denn es war mehr als offensichtlich, dass sie so absolut gar nicht in dieses Berufsbild passte. Dass sie dabei war, um einen Job zu buhlen, in welchem sie unverkennbar wie ein Fremdkörper wirken würde.

Vero stoppte kurz vor einer der zahllosen Boutiquen, die sich hier in der Straße befanden und betrachtete ihre Erscheinung in der Spiegelung eines Schaufensters. Die etwas unscharfe Reflektion zeigte ein durchaus hübsches, aber dennoch unscheinbares Mädchen, dezent geschminkt, mit kleinen goldenen Kreolen in den Ohrlöchern. Die mittellangen blonden Haare hatte sie zu einem schlichten Pferdeschwanz zusammengebunden und ihren schlanken Körper in ein Outfit gepackt, in welchem sie sich alles andere als hip fühlte. In einen dunkelblauen Zweiteiler, eine klassische weiße Markenbluse und dunkle Absatzschuhe. Ja, augenscheinlich war sie keines dieser modebewussten Werbemäuschen und erst recht kein trendiger Hipster. Sie war ein klassischer Normalo. Ein einfaches Mädchen, das gerne zu legeren Jeans und bequemen Sneakers griff. Sie war dezent, verträumt, ja geradezu feingeistig, und mit Sicherheit alles andere als up-to-date.

Ernüchtert rümpfte sie die Nase, bevor sie sich wieder dem vor ihr liegenden Gehsteig zuwendete und rasch durch eine Einkaufspassage hinweg, auf die nächste Straßenkreuzung zulief. Ein junger Mann kam ihr auf den letzten Metern entgegen. Sein dunkles Haar wippte mit jedem Schritt, den er nahm, locker im milden Sommerwind auf und ab und seine weißen Zähne blitzten kurz auf, als er ihr freundlich zunickte. Ein Stapel Bücher klemmte unübersehbar unter seinem rechten Arm. *Jane Austen, Stolz und Vorurteil*, stand auf einem der Umschläge, der schon ein wenig zerfleddert wirkte. *Ob es eine Erstausgabe war?*

Ein wenig Hoffnung keimte augenblicklich in Vero auf, hier während ihres Aufenthaltes in Berlin, vielleicht doch auf den ein oder anderen Gleichgesinnten zu treffen, der mit ihr die Leidenschaft für Kunst und Literatur teilte. Der anstelle eines Notebooks, lieber einen Stapel Bücher unter seinem Arm trug und genau wie sie auf die guten, altbewährten Dinge stand; auf ein romantisches Picknick im Park, auf handgeschriebene Briefe, das nostalgische Knistern einer Vinyl-Schallplatte und schwarz-weiß Filme der Sechzigerjahre.

Träumerisch blickte sie ihrem potenziellen Seelenverwandten hinterher, bis seine durchaus attraktive Erscheinung im Trubel der Großstadt verschwand. Nur noch wenige Schritte trennten sie von ihrem Ziel; der Französischen Straße, und dem imposanten, mehrstöckigen Redaktionsgebäude, in welchem sie vermutlich sogleich hervorstechen würde, wie ein kantiges Dreieck unter zahllosen Kreisen.

Rasch drehte sie ihren Kopf erneut in Laufrichtung, um die letzte, noch verbleibende Straßenecke zu passieren, als sie ganz plötzlich mit einem heftigen *Rums* unsanft aus ihrer Gedankenwelt gerissen wurde. Ein warmes Gefühl breitete sich blitzschnell auf ihrer Brust aus und tropfte in dunkler Farbe, von ihrer Bluse abwärts auf den grauen Asphalt.

Ihr Herz hämmerte, bedrängte ihren Brustkorb, während sich ein hochfrequenter Ton durch ihre Ohren wandte.

Ein Ton, der kurzzeitig alles zum Stillstand brachte, der das gesamte Szenario um sie herum verschwimmen ließ, wie ein nasses Aquarell.

»Oh, das tut mir sehr leid. Ich hab dich gar nicht kommen sehen«, sagte der junge Mann, der sie gerade kurz vor ihrem Bewerbungsgespräch mit dem gesamten Inhalt seines Coffee-to-go-Bechers übergossen hatte. »Alles okay bei dir, Kleines?«

Die Konturen ihres Gegenübers schärften sich nur langsam vor ihr. Seine dunkelgrünen Augen funkelten reumütig in der Mittagssonne, während er sich verlegen auf die Unterlippe biss. Wie in Trance starrte Vero ihn an. Noch immer fühlte sie sich, als hätte sie soeben einen kräftigen Schlag auf den Hinterkopf abbekommen und nicht den warmen Kaffee dieses unvorsichtigen Kerls, der sie beinahe über den Haufen gerannt hatte.

»Verdammt«, fluchte sie, als sie die Kaffeeflecken bemerkte, die ihr Oberteil nun wie eine versiffte Tischdecke wirken ließen. »Wieso muss mir sowas immer passieren?«

»Immer? Wie viele Kaffee-Unfälle hattest du denn heute schon?« Der junge Mann lachte amüsiert. *Wie unpassend.*

Hektisch wischte sie einige Male über ihre Bluse hinweg, doch damit schien sie die warme Brühe nur noch kräftiger in den hellen Stoff zu reiben. »Verdammt«, fluchte sie erneut.

Ein kurzes Aufschnaufen ihres Gegenübers ließ sie noch einmal aufblicken. Der Kerl schmunzelte noch immer, seine Augen glänzten belustigt.

»Findest du das etwa witzig?«

»Ein wenig.« Er zuckte kurz mit seinen Schultern und ließ seine Brauen dabei in die Höhe tänzeln.

»Wie nett.«

»Oh, ich bin durchaus nett.«

»Offensichtlich nicht, sonst würdest du mehr Mitgefühl zeigen. Ich habe gleich ein Bewerbungsgespräch und sehe dank dir nun aus, als hätte ich die Nacht durchgemacht.« Angewidert deutete sie an ihrer befleckten Bluse hinab.

»Hast du?« Er grinste frech.

Vollidiot, kommentierte sie im Stillen. Niemals hätte sie dieses Wort laut ausgesprochen, auch wenn es ihr förmlich auf den Lippen brannte. Stattdessen warf sie ihm einen abfälligen Blick zu und drängte sich nur kopfschüttelnd an ihm vorbei.

»Warte!« Er griff nach ihrer Hand und hielt sie zurück.

Ein kurzes, aber intensives Gefühl raste dabei durch ihre Adern. Wie ein sanfter, dennoch spürbarer Stromstoß.

Sie drehte sich erneut zu ihm um. Seine Stirn lag in Falten und er musterte sie noch einmal für einen kurzen Moment.

»Lass mich dir helfen«, sagte er noch, bevor er sie wortlos an seiner Hand hinter sich herzog.

Gerne hätte Vero dagegen lautstark Protest eingelegt. Ihre Zeit war knapp und seine draufgängerische Art widerstrebte ihr in jeglicher Hinsicht. Aber ihr fehlten auf einmal die passenden Worte und die Kraft für einen Widerstand. Ihr Zunge schien schwer wie Blei, ihr Körper wie fremdgesteuert, und so folgte sie ihm stumm auf die gegenüberliegende Straßenseite, bis hin zu einer kleinen Boutique. Ein Glöckchen erklang, als sie nacheinander durch die Eingangstüre ins Innere schritten.

»Hi, dürfen wir kurz ihre Garderobe benutzen?«, warf der Kerl dem älteren Herrn sofort forsch entgegen, der hinter einem mahagonifarbenen Verkaufstresen stand und sie beide nur irritiert musterte.

»Hey, was soll das werden?«, fragte Vero noch, doch er manövrierte sie bereits zielstrebig weiter durch die engen Räumlichkeiten, vorbei an zahllosen, sicher sündhaft teuren Herrenanzügen und Designerhemden. Am Ende des Raums führte er sie in eine große Umkleidekabine und zog eilig den schweren Vorhang hinter sich zu.

»Keine Sorge, unverbindlicher Sex sieht bei mir definitiv anders aus«, witzelte er amüsiert, bevor er sich rasch aus seinem weißen T-Shirt schälte. »Wie heißt du eigentlich, Blusen-Mädchen?«

Wie versteinert starrte Vero auf seinen nackten Rücken, während ihr Name kaum hörbar ihre Lippen verließ. Sein Körper wirkte derart perfekt im hellen Licht der Kabinenbeleuchtung, dass es ihr schon beinah surreal vorkam. Keine Unebenheit, keine Rötung, kein Muttermal, nichts. Seine Haut war makellos, sonnengebräunt und spannte sich straff über seine definierte Rückenmuskulatur, bis hin zum Bund seiner Jeans. Bis zu diesen kleinen, aber feinen Grübchen seitlich der Wirbelsäule, knapp über seinem wohlgeformten Po. Eine kurze, aber heftige Hitzewelle erfasst sie und ihre völlig unsortierten Gedanken trieben ihr umgehend eine leichte Röte ins Gesicht.

»Hier Vero, nimm mein T-Shirt. Das fällt bestimmt niemandem unter deinem Blazer auf.« Er drehte sich zu ihr und streckte ihr sein weißes T-Shirt mit einem jungenhaften Grinsen auf den Lippen entgegen. »Ist auch frisch aus der Reinigung.«

Zögerlich legte sie ihre Hand auf den weichen Stoff, ohne dass es ihr gelang, ihre Augen von ihm abzuwenden. »Ähm, okay. Danke«, stieß sie nur leise hervor und nahm ihm das Shirt wie fremdgesteuert aus der Hand.

»Nicht dafür«, antwortete er nüchtern, bevor er aus der Kabine heraustrat. »Ich sagte doch, ich bin ein netter Kerl.«

Vero lauschte seinen Schritten und als sie sich sicher war, dass er nicht mehr direkt vor ihrer Garderobe stand, stieß sie einen kräftigen Atemstoß aus. Sie fühlte sich, als hätte man ihr soeben zwei heftige Ohrfeigen verpasst. Ihre Wangen glühten und ihr Herz klopfte völlig unregelmäßig in ihrer Brust. Sie war wütend, irritiert und erleichtert zugleich.

Skeptisch fixierte sie ihr eigenes Spiegelbild für einen kurzen Moment. Sie sah nach allem aus, nur nicht nach einer seriösen Bewerberin. Ihre weiße Bluse war mit zahlreichen braunen Kaffeeflecken überzogen und ihr heller Spitzen-BH schimmerte obszön durch den feuchten Stoff hindurch.

Nervös blickte sie auf ihre Armbanduhr. Egal wie sie es drehen und wenden würde, wenn sie noch rechtzeitig und einigermaßen vertretbar gekleidet zu ihrem Gespräch wollte, musste sie jetzt handeln. Auch wenn dies bedeuten würde, dass sie sogleich in einem Herren-T-Shirt vor ihren neuen Chef treten müsste.

Sie seufzte tief, bevor sie sich widerwillig ihren Blazer von den Schultern streifte, die Knöpfe ihrer Bluse öffnete und sich letztlich den feuchten Stoff von ihrem Körper schälte. Eilig zog sie sich daraufhin sein Shirt über. Es roch gut. Nicht nach einem pudrigen Waschmittel, sondern vielmehr nach einem herben, männlichen Parfüm, welches regelrecht zu ihm zu passen schien. Zu einem heroischen Kerl, der ganz offensichtlich vor Selbstbewusstsein nur so strotzte.

»Lassen Sie mich einmal sehen, junges Fräulein«, sagte der Verkäufer mit ruhiger Stimme, als sie schließlich angespannt die Kabine verließ. »Kommen Sie, ich mache Ihnen das noch ein wenig enger. Das bekommen wir schon hin.«

Er zog einige Stecknadeln aus einem Samtkissen, das er zuvor an einer Gürtelschlaufe seiner Cordhose befestigt hatte, und machte sich mit einem Stück Garn an ihrem Rücken zu schaffen. Sie spürte, wie die kalten, metallischen Nadeln ihre Haut tangierten, bis das eigentlich viel zu große Shirt letztlich eng an ihrem Körper saß.

»Ich hätte Ihnen ja auch eines unserer Hemden angeboten, aber ihre nette Begleitung kam mir ja zuvor«, entschuldigte sich der Verkäufer noch mit einem freundlichen Lächeln, bevor er dem Kaffee-Typen ein weißes Designerhemd entgegenwarf. »Hier, für Sie! Nicht, dass Sie noch wegen Erregung öffentlichen Ärgernisses hinter Gittern kommen.«

Veros Augen folgten der Flugbahn des Hemdes. Sie hatte gar nicht bemerkt, dass der junge Mann noch immer mit nacktem Oberkörper dastand und sie vom Verkaufstresen aus ungeniert in lässiger Pose musterte. Verlegen wendete sie ihre Augen von ihm ab, bevor sich ihre Blicke hätten treffen können.

Schnell knöpfte er das Hemd auf und zog es sich über seine Schultern hinweg. Aus dem Augenwinkel heraus, sah sie den vermeintlich teuren Stoff über seinen wohlproportionierten Körper hinweg gleiten.

»Das ist dann wohl mein Stichwort, ich muss jetzt leider los. Sorry nochmal für meine Unachtsamkeit, Kleines, und viel Erfolg bei deinem Gespräch!«, rief er ihr noch zu, bevor er mit halbgeöffnetem Hemd in schnellen Schritten aus dem Laden eilte.

Ohne zu bezahlen. Wie unverschämt, dachte sie noch und sah ihm ein wenig verächtlich hinterher, bevor letztlich auch sie die Boutique verließ, um noch pünktlich ihr Gespräch wahrzunehmen.

KAPITEL 2

Knapp zwei Stunden später war Veros Gespräch beendet und die warme Julisonne brannte sich heißer und drückender durch die überfüllten Straßen Berlins als noch am frühen Vormittag. Schwungvoll passierte sie soeben eine gläserne Drehtüre nach draußen und stieß dabei einen tiefen, beinahe schon befreienden Seufzer aus.

Überraschenderweise war ihr Termin besser verlaufen, als erwartet und tatsächlich hatte sie sich in ihrem improvisierten Outfit in keiner Minute unwohl gefühlt. Ihr Shirt, nein, *sein* Shirt, saß dank des beherzten Eingreifens des Boutique-Besitzers nun passgenau an ihrem Körper und hatte ihrer Optik vermutlich sogar ein klein wenig die prüde Spießigkeit genommen.

In eiligen Schritten entfernte sich Vero vom Gebäude. Es war bereits halb eins und in einer guten halben Stunde war sie mit Lisa in einem kleinen italienischen Restaurant, zwei Querstraßen von ihrer Wohnung entfernt, zum Essen verabredet. Genug Zeit eigentlich, um mit der nächsten Bahn zurück nach Schöneberg zu fahren, und doch liebäugelte sie mit einem der Taxis auf der gegenüberliegenden Straßenseite. Zu sehr schmerzten ihre Fersen in den engen, bislang kaum getragenen Absatzschuhen, als dass sie noch mehr Schritte gehen wollte, als nötig waren.

»Ick hab aber noch Pause. Du musst dich noch kurz gedulden«, erwiderte ein Fahrer auf ihre Anfrage hin, sie nach Schöneberg zu fahren, während er einige Male emotionslos an seinem abgegriffenen Zigarettenstummel zog. Weißer Rauch trat zwischen seinen Lippen hervor und schlängelte sich vor ihren Augen aufwärts in den blauen Himmel.

Vero atmete den intensiven Tabakgeruch tief durch ihre Nase ein, bevor sie zustimmte und sich erschöpft auf der Rückbank des weißen *Mercedes* niederließ. Tatsächlich hatte sie zu ihrer Studienzeit auch einmal geraucht. Keine ganze Schachtel, wie ein *echter* Raucher, aber die ein oder andere Zigarette vor oder nach einer nervenaufreibenden Prüfung oder zu einem kühlen Bier auf einer Party. Natürlich hatte Lisa sie dazu gebracht; sowohl zum Rauchen, als auch zum regelmäßigen Alkoholtrinken. Ja, das Studentenleben mit ihr, hatte Vero so einiges abverlangt. Immer wieder hatte Lisa sie aus ihrer Komfortzone herausgekitzelt und sie zu Dingen angestiftet, über die sie noch nicht einmal nachgedacht hätte. Einmal hatte sie sogar mit einem wildfremden Kerl auf einer Hausparty in einem Kleiderschrank geknutscht, nur weil sie eine dämliche Wette gegen ihre Freundin verloren hatte.

Schnell streifte Vero sich ihre Schuhe von den Füßen und rieb sich behutsam ihre wundgelaufenen Fersen. Kühle Luft aus dem Fahrerraum blies ihr wohltuend entgegen und ein wunderbar männlicher Geruch strömte sogleich in ihre Nase. Ein wenig verhalten griff sie an den Kragen ihres Shirts und atmete den betörenden Duft ein – seinen Duft.

Was für ein skurriler Vormittag, ging ihr augenblicklich durch den Kopf. Jetzt, mit etwas Abstand betrachtet, konnte sie sogar ein klein wenig darüber schmunzeln. Denn im Prinzip war sie schon immer ein Pechvogel gewesen und das Glück war nicht unbedingt ihr stetiger Begleiter. Gab es irgendwo ein Fettnäpfchen, sie würde es sicher nicht auslassen. Bestand eine minimale Wahrscheinlichkeit für eine komplett abwegige Situation, sie würde in ihrem Leben mit Sicherheit eintreffen. Erst kürzlich hatte sie bei einer Routineuntersuchung erfahren, dass sie eine der seltensten Blutgruppen der Welt besitzt: Null, Rhesusfaktor Negativ. Lediglich knapp vier Prozent aller Menschen weltweit haben diese Blutgruppe. Ein Sechser im Lotto quasi, nur eben ohne den Koffer voller Geld.

Vielleicht aber, war es heute ausnahmsweise kein Pech, sondern vielmehr das Schicksal, das sie in seine Arme getrieben hatte. Das penibel genau dieses Szenario geplant hatte: sie trifft ihn, einen von dreiundachtzig Millionen, in einer der tausenden Straßen Berlins. Die Nadel im Heuhaufen. Der Sechser im Lotto. Vero hasste Statistik, aber dieser Gedanke erschien ihr auf einmal völlig schlüssig. Dieser junge Mann; er war ein wenig dreist, und ja, vermutlich auch ziemlich selbstverliebt, aber seine grünen Augen hatten etwas in ihr ausgelöst, das weit über Dankbarkeit hinaus ging. Da war ein vertrautes Gefühl, eine beinahe schon magische Anziehungskraft, ein sanftes Bitzeln tief in ihrer Magengrube, welches sie selbst jetzt noch mehr als deutlich spüren konnte.

Hektisch begann sie in ihrer Tasche zu wühlen. Sie müsste Lisa um Rat fragen. Bestimmt hätte ihre Freundin einen guten Tipp parat, wie sie an seine Telefonnummer kommen könnte, um sich bei ihm für die T-Shirt-Aktion zu bedanken und … und um ihn wiederzusehen. Um zu prüfen, ob ihr Zusammentreffen vielleicht wirklich ein Wink des Schicksals war oder doch nur ein mehr als misslicher Zufall.

Vero zog ihr Handy zwischen den Seiten eines Gedichtbands hervor, welches sie gestern noch am Flughafen in Stuttgart gekauft hatte. *Mit Mut fangen die schönsten Geschichten an,* stand passenderweise in geschwungener, kursiver Schrift auf dem roséfarbenen Cover.

Los! Sei mutig, motivierte sie sich im Stillen. Nur ein einziges Mal wollte sie den Kampf gegen die Unsicherheit gewinnen, die tief in ihrem Inneren schlummerte. Immer. Allseits.

Entschlossen ließ sie das Smartphone zurück in ihre Tasche gleiten, öffnete die Wagentüre und sprang wie automatisiert mit einem großen Satz aus dem Fahrzeug.

»Ich bin gleich wieder da, bitte nicht ohne mich fahren!«, rief sie dem Fahrer noch zu, obwohl ihr durchaus bewusst war, dass diese Forderung hier in einer Großstadt, ebenso sinnbefreit war, als würde sie einen Hund dazu auffordern, nicht in die vor ihm liegende Bockwurst zu beißen.

Eilig überquerte sie die Straße und lief zurück in die Einkaufspassage, bis vor den Eingang der kleinen Boutique. Ihre Fersen brannten noch immer wie Feuer, doch das aufkeimende Bedürfnis, ihn wiederzusehen, war stärker als der oberflächliche Schmerz.

Das Glöckchen am Türrahmen ertönte erneut, als sie den Laden betrat. Sofort erschien der ältere Herr am Eingangstresen. Seine Brille baumelte an einem Band um seinen Hals und er blickte sie fragend aus seinen stechendblauen Augen heraus an.

»Hallo! Entschuldigen Sie, ich schon wieder«, stammelte Vero unsicher. »Ich wollte mich für vorhin entschuldigen und Ihnen danken, dass Sie mir geholfen haben. Eigentlich ist es gar nicht meine Art und ich wollte Ihnen sicher keine Umstände bereiten, aber ...«

»Kein Problem«, unterbrach der ältere Herr ihren Wortschwall mit ruhiger Stimme. »Ich kenne den jungen Mann mit dem Sie vorhin hier waren schon viele Jahre und daher war es für mich selbstverständlich Ihnen kurz unter die Arme zu greifen.«

»Sie kennen den Kaffee-Typen, ähm, ich meine den jungen Mann, mit dem ich vorhin hier war? Hätten Sie mir vielleicht seinen Namen, eine Telefonnummer oder Adresse? Ich würde mich gerne bedanken und ihm sein Shirt zurückgeben.« *Wow. Das ging einfacher, als gedacht. Danke, Schicksal!*

»Langsam, langsam, junges Fräulein. Wir legen hier viel Wert auf Diskretion. Ich kann Ihnen nicht einfach private Daten eines Kunden herausgeben«, verneinte der Verkäufer ihre Bitte jedoch. *Danke, für Nichts!* »Aber *ich* könnte ja für Sie anrufen und ihm von Ihrer netten Anfrage erzählen, was halten Sie davon?«, schlug er ihr stattdessen vor.

Vero trat einen Schritt näher an den Verkaufstresen heran, so dass sie sein Namenschild besser lesen konnte. »Herr König, das wäre wirklich wunderbar und ich wäre Ihnen sehr dankbar dafür.«

Herr König nickte ihr freundlich zu und tippte sogleich eine Nummer aus einem großen schwarzen Notizbuch ab.

Ihr Herz begann sofort wie wild zu schlagen.

Hätte sie doch vorher nochmals mit Lisa sprechen sollen? Was sollte sie ihm denn genau sagen und wie sollte sie reagieren, wenn er gar nicht mit ihr sprechen wollte?

Ihre Gedanken drehten sich im Kreis und ihr Magen zog sich schlagartig auf die Größe einer Rosine zusammen, als Herr König ihr erneut zunickte und ihr lächelnd den Telefonhörer entgegenstreckte.

KAPITEL 3

»Und dann habt ihr euch verabredet? Schätzchen, das klingt wie der Beginn einer total kitschigen Lovestory«, lautete Lisas Resümee, bevor sie sich ihre dunklen Haare zu einem Dutt zurückband und genüsslich in ihre Salami Pizza biss.

Vero hatte ihr soeben eine kurze Zusammenfassung ihres bisherigen Tages abgeliefert und dabei selbst noch keinen Bissen ihres Mittagessens hinunterbekommen. Noch immer schlug ihr Herz heftig in ihrer Brust und so richtig fassen, konnte sie auch jetzt noch nicht, was sich da nur wenige Stunden zuvor alles abgespielt hatte. Was ihr auf dem Weg zu ihrem Bewerbungsgespräch passiert war und wie sie daraufhin gehandelt hatte. Diese bedrückende Nervosität, mit welcher sie am Morgen aufgestanden war, der Kaffee-Unfall mit jenem jungen Mann, dessen Namen sie nicht einmal erfragt hatte, und das anschließende Telefonat aus Herrn Königs Boutique; all das kam ihr völlig surreal vor – obgleich alles besser verlaufen war, als sie erwartet hatte. Das Gespräch bei *Reflection.Berlin* war durchaus vielversprechend und schon diese Woche sollte sie eine Rückmeldung erhalten. Und aus dem Kaffee-Typen, der sie vorhin noch fast an den Rande eines Nervenzusammenbruchs gebracht hatte, wurde Tom, mit dem sie noch heute zu einem Eis verabredet war.

»Ist das dann aus deiner Sicht nur ein Dankbarkeits-Eis

heute Abend oder findest du den Kerl auch scharf?«, fragte Lisa direkt frei Schnauze heraus, so wie sie es immer tat.

»Ich möchte mich eigentlich nur bei ihm bedanken, ganz ohne Hintergedanken.«

»Schon klar. Der Typ kippt dir einen Becher Kaffee über die Bluse, leiht dir sein getragenes Shirt und du willst nur *Danke* sagen. Dass er ultra heiß ist, spielt natürlich nur eine untergeordnete Rolle.«

»Woher willst du denn wissen, dass er *ultra heiß* ist?«, entgegnete Vero mit überspitzter Stimme und musste flüchtig an Toms wohlgeformten Oberkörper zurückdenken, dessen Anblick sie tatsächlich ganz schön in Verlegenheit gebracht hatte.

»Naja, du würdest nie einen solchen Aufwand betreiben, nur um ein Shirt zurückzugeben, das ein x-beliebiger Kerl vermutlich in zehnfacher Ausführung in seinem Schrank liegen hat. Der Typ muss heiß sein! Jedenfalls kann ich mich nicht erinnern, dass du jemals derart offensiv auf einen Mann zugegangen bist. Du erhoffst dir also irgendetwas aus diesem Treffen.«

»Erhoffen? Darf man nicht einfach nur höflich sein und sich bedanken wollen?«

»Dürfen schon, aber weswegen?« Lisa zuckte kurz mit ihren Schultern und grinste schelmisch. »Also?«

Vero seufzte resigniert. »Ja, vielleicht ist das das dieses eine Mal wirklich so. Vielleicht hatte ich das Bedürfnis ihn wiederzusehen, ganz unabhängig von seinem Shirt. Meinst du etwa, das war zu forsch von mir?«

»Forsch? Ach Vero, Süße«, schmatzte ihr Lisa entgegen, die bereits ihr letztes Stück Pizza in den Händen hielt. »Erstens, sagt heute kein normaler Mensch mehr forsch, also bitte zieh endlich den Stock aus deinem Hintern und zweitens, bist du niemals zu forsch – ganz im Gegenteil. Ein wenig mehr Offensivität würde dir sicherlich ganz guttun. Also entspann dich! Meinetwegen geh das Pseudo-Eis mit ihm essen, bedank dich freundlich und dann genieß den One-Night-Stand mit deinem heißen Kaffee-Typen.«

Lisa lachte, während Vero sich fast an ihrer Cola verschluckte. Denn die direkte, vorlaute Art ihrer Freundin war nicht das Einzige, was sie unterschied. Auch in Sachen Männer waren sie schon immer auf unterschiedlichen Gleisen unterwegs. Während Lisa recht offenherzig mit ihrer Sexualität umging und stets extrovertiert auf Menschen zuging, war sie eher zurückhaltend und wartete zumeist ab, dass ein Mann den ersten Schritt machte. Das war vermutlich auch der Grund dafür, dass ihre Liste an Verflossenen, wie ein schlechter Witz gegenüber der solchen ihrer Freundin aussah. Eigentlich hatte Vero mit ihren sechsundzwanzig Jahren bislang nur zwei richtige Beziehungen vorzuweisen. Im Herzen war sie nun mal altmodisch, unverbesserlich romantisch und das Thema One-Night-Stand passte so gar nicht in ihr prüdes Liebesleben. Ihre Freundin hatte sie deswegen schon oft aufgezogen und während ihrer Studienzeit gab es nicht wenige Partynächte, in denen sie alleine in die gemeinsame WG zurückkehrt war. Lisa liebte das Leben und sie liebte die Männer. Sie war ein wahrer Testosteron-Magnet, was nicht unbedingt einem makellosen Äußeren zuzuschreiben war. Ihre Freundin war attraktiv, keine Frage, aber sie war keine Sexbombe im klassischen Sinne. Sie war groß, vielleicht sogar ein wenig schlaksig, hatte wenig Busen und kindliche Hüften. Ihre Haare waren lang, dunkelbraun, ebenso wie die vielen Sommersprossen auf ihrer recht markanten Nase und den blassen Wangen. Aber die Männer standen auf sie – reihenweise. Auf ihr loses Mundwerk, ihre dreiste Art, ihre Offenheit. Sie hatte einen überaus dreckigen Humor und konnte Trinken und Feiern wie ein Kerl. Sie war der perfekte One-Night-Stand, die lustvollste Affäre, die beste Begleitung für die heißeste Party der Stadt.

»Liebes, ich muss dir noch ein Geständnis machen«, fuhr Lisa jetzt schnörkellos fort.

Vero setzte ihr Glas von den Lippen ab und schaute neugierig auf. Denn immer dann, wenn ihre Freundin einen Satz derart reumütig begann, kam zumeist nichts Gutes dabei heraus. Dann hatte sie sich vermutlich wieder einmal in den falschen Mann verguckt. In ihren Chef, den verheirateten Kollegen oder den eigentlich auf Männer stehenden Pizzaboten.

»Ich muss den Rest der Woche ins Ausland.«

»Ins Ausland? Mit wem?«

»Mit José nach Bora-Bora.« Lisa grunzte amüsiert und schob ihren Stuhl mit einem lauten Geräusch über den aufpolierten Parkettboden nach hinten. Eine ältere Dame am Nebentisch räusperte sich sogleich ein wenig pikiert und warf ihr einen mahnenden Blick zu.

Vero zuckte gleichgültig mit ihren Schultern. »Okay.«

»Okay?« Ihre Freundin schaute verdutzt auf.

»Mich überrascht bei dir so absolut gar nichts mehr. Du hättest mir jetzt auch erzählen können, dass du morgen spontan in Las Vegas heiratest, eine Hauptrolle in einem Bollywood-Streifen annimmst oder eine Wette verloren hast und dir den Kopf kahl rasieren musst, es wäre für mich vollkommen normal gewesen. Hundertprozent Du, eben.«

»Hey, das ist fies! Du weißt, dass ich dich ungerne hier alleine lassen möchte, aber …«

»… aber José ist so *ultra heiß*?«, vervollständigte Vero, bevor sie einen letzten Schluck aus ihrem Glas nahm.

»Schön wär's. Aber nein. Ich muss leider meiner Kollegin auf einer Konferenz in Prag unter die Arme greifen. Keine Sonne, keine heißen Südländer. Nur Überstunden vom Feinsten und null Bock im Gepäck!«

Am Hals ihrer Freundin begannen sich einige rote Flecken abzuzeichnen. Flecken, die sie immer dann bekam, wenn sie sich über etwas aufzuregen begann.

»Schon in Ordnung. Kein Grund, dich zu ärgern.«

»Ich ärgere mich nicht, ich bin stinksauer. Ich hatte meinem Chef mehrfach gesagt, dass ich in den kommenden Wochen Besuch von dir habe und nicht bereit dazu bin, in einer billigen Absteige in Prag zu hocken, während du hier alleine in meiner Wohnung sitzt.«

»Kein Thema. Ich wusste doch bereits vorher, dass du diese Woche noch arbeiten musst. Ob jetzt hier oder in Prag – ein paar Tage werde ich sicher auch ohne dich überleben.«

»Du alleine in Berlin? Ich bin mir nicht sicher, ob deine sensible Seele das ohne mich packt.« Lisa drückte ihr einen flüchtigen Kuss auf die Wange und steckte einem der Kellner einige Geldscheine zu.

»Sensible Seele«, wiederholte Vero kopfschüttelnd und schob ihren Stuhl möglichst geräuscharm zurück an den Tisch. »Ganz schön anmaßend von dir.«

»Anmaßend? Wohlwissend«, stichelte Lisa und griff nach ihrer Hand. »Los jetzt, beeilen wir uns, damit wir noch genügend Zeit haben, dich für heute Abend so richtig schön herauszuputzen.«

KAPITEL 4

Um punkt zwanzig Uhr schnellte ein kleiner grüner Vogel aus Lisas Wanduhr und trällerte wie wild geworden vor sich hin. Vero kannte niemanden, mit Ausnahme ihres Großvaters, der in der heutigen Zeit noch eine Kuckucksuhr besaß. Doch Lisas Einrichtungsgeschmack war schon immer recht eigenwillig; ein gewöhnungsbedürftiger Mix aus modern und altmodisch. Hippe *Ikea*-Möbel standen in ihrer Erdgeschosswohnung Seite an Seite mit schrulligen Antiquitäten, die sie auf ihren zahllosen Flohmarktbesuchen ergattert hatte. Bis auf die Einrichtung jedoch, hatte Lisas Zwei-Zimmer-Wohnung, hier in Schöneberg, nichts mit ihrer vorherigen Dachgeschoss-Loft in Stuttgart gemeinsam. Der Altbau hatte einen ganz eigenen Charme, den man wohl in keinem Neubau jemals finden würde. Die Decken waren hoch, etwa vier Meter schätzte sie, hübscher Stuck zierte die Türleisten und der Boden war mit massiven dunkelbraunen Holzdielen ausgelegt. Im Wohnzimmer, welches an eine offene Küchenzeile grenzte, stand ein großes, graues Polstersofa, auf welchem sie bereits vor über einer Stunde den Inhalt ihres gesamten Koffers ausgebreitet und doch noch immer nicht das richtige Outfit für den heutigen Abend gefunden hatte.

»Ich bin für das cremefarbene Blümchenkleid und deine weißen Sneakers. Das schreit ich will dich, aber noch nicht heute«, lachte Lisa, die ihre langen Beine zu einem Schneidersitz gefaltet hatte und sie bereits seit geraumer Zeit amüsiert vom Esstisch aus beäugte.

Vero presste sich den Stoff des Kleides an ihren Körper und warf einen unsicheren Blick in den großen Wandspiegel im Flur. Das schulterfreie Kleid mit dezentem Blumenprint hatte sie vor Jahren einmal in einer kleinen Boutique in Italien gekauft und seither viele Male zu den unterschiedlichsten Anlässen getragen. Doch heute war sie sich unsicher. Unsicher, ob es auch für ein First-Date das richte Outfit wäre. Unsicher, ob es überhaupt ein Date war oder nicht doch nur ein einfaches Treffen, welchem er lediglich zugestimmt hatte, um ihr keine unbequeme Abfuhr erteilen zu müssen.

»Time is running!«, hörte sie Lisa aus dem Wohnzimmer rufen, bevor sie sich schließlich doch ihr Lieblingskleid überzog und in ihre weißen *Converse* Sneakers schlüpfte.

In einer halben Stunde würde sie Tom auf dem Rathausplatz in Schöneberg treffen und musste sich jetzt tatsächlich ein wenig sputen. Zeit für weitere Überlegungen, für weitere Abwägungen, gab es nicht mehr.

Sanft fuhr sie sich noch einmal durch ihr offenes Haar und schenkte ihrem Spiegelbild ein verhaltenes Lächeln.

»Du siehst umwerfend aus.« Lisa nickte zustimmend und trällerte parallel einige Zeilen eines *Ramons*-Songs mit, der im Hintergrund lautstark aus ihrem Handy hallte. Dann zwinkerte sie und reichte ihr eine kleine Umhängetasche. »Hier, da ist alles drin, was du für heute brauchst.«

Vero warf einen Blick in die graue Ledertasche. Hausschlüssel, Taschentücher, Lippenstift, Kaugummis und …

Sie wedelte mit einer Fünfer-Kette-Kondome.

»Nur für den Notfall«, erwiderte Lisa und schob sie bereits bestimmend in Richtung der Haustüre. »Deine Bahn geht in zehn Minuten. Hopp-Hopp, los jetzt Süße, du kannst mir später dafür danken!«

✦

Kaum mehr als zehn Minuten dauerte die Fahrt zum Schöneberger Rathaus, doch Vero kam es wie eine halbe Ewigkeit vor. Ihre Beine zitterten unentwegt und ihre Handflächen fühlten sich ungewohnt feucht an, als wäre sie gerade auf dem Weg zu ihrer eigenen Hinrichtung.

Als sie die letzte Stufe des Bahnaufgangs passiert hatte, verharrte sie kurz. Ihre Atmung war flach, ihr Herz flatterte.

Zögerlich sah sie sich um. Ihr Blick blieb direkt an einer Werbevitrine hängen, die nur ein paar Schritte entfernt aufgestellt war. Der Platz hinter der Scheibe jedoch war leer, nur ein weißes Papier spannte sich dahinter, bedruckt mit einer Zahl in dunklen Lettern: *423*.

Vero lief auf die Tafel zu und starrte die drei nahezu willkürlich aneinandergereihten Zahlen an, als würden diese irgendein besonderes Geheimnis verbergen. Vermutlich war es nur ein Platzhalter für eine gebuchte Werbung, die hier in Kürze aufgehängt werden würde, aber dennoch beschlich sie augenblicklich ein diffuses Gefühl. Ein Gefühl, als ob sie diese Zahl kennen müsste. Ihre Bedeutung verstehen müsste.

Mit geschlitzten Augen studierte sie noch einmal das weiße Plakat, doch fand keine Hinweise auf deren Sinnhaftigkeit. Stattdessen aber, zuckte sie merklich zusammen, als sie auf einmal die Spiegelung ihrer Selbst in der Scheibe wahrnahm. Ihr cremefarbenes Kleid war feuerrot, als wäre es in dunkles Blut getränkt worden.

Das Flattern ihres Herzens ging abrupt in einen kräftigen, dumpfen Schlag über. In ein Stolpern, welches ihren Puls heftig in die Höhe trieb. Erst als sie realisierte, dass dieses

Trugbild lediglich den letzten Sonnenstrahlen des Tages geschuldet war, die sich in warmen Rottönen auf der Scheibe vor ihr spiegelten, begann sie sich wieder zu entspannen.

Langsam drehte sie sich von links nach rechts, das Kleid fächerte ein wenig am Saumende auf. In Rot sah es tatsächlich noch schöner aus, als es ohnehin bereits war und irgendwie schien ihr diese Farbe auf einmal Kraft zu verleihen. Ihr Herz fand wieder zurück in seinen normalen Rhythmus. Die Anspannung, die zuletzt wie ein straffer Gurt um ihren Brustkorb gelegen hatte, verschwand nahezu gänzlich.

Sie atmete noch einmal kräftig aus, bevor sie sich abdrehte und die noch verbleibenden Meter zum Eingang des Rathauses nahm. Dieser lag längst im Schatten der einbrechenden Dunkelheit, doch Tom konnte sie bestens erkennen. Er stand mit dem Rücken zu ihr, seine Hände steckten in den Taschen seiner Jeans und er blickte zu dem rund siebzig Meter hohen Turm hinauf, der mittig auf dem Gebäude thronte. Seine Hose trug er an den Knöcheln leicht aufgeschlagen, dazu weiße Sneakers und ein schwarzes schlichtes Shirt.

Von wegen weißes Shirt in zehnfacher Ausführung, dachte sie noch und musste kurz über Lisas Aussage schmunzeln, bevor sie sich in langsamen Schritten weiter näherte. Zaghaft tippte sie ihm von hinten auf die Schulter und hörte sich selbst mit viel zu hoher Stimme »Hey!«, sagen.

Tom drehte sich blitzartig um. »Hi, Blusen-Mädchen, wie geht es dir?«, erwiderte er sichtlich erfreut. Erst jetzt fiel ihr sein tolles, kastanienbraunes Haar auf, welches im milden Abendwind leicht seine Stirn umspielte.

»Hi, Kaffee-Typ«, entgegnete sie ungewohnt schlagfertig, bevor sie begann, ihre zuvor mehrfach einstudierte Dankesrede vorzutragen.

»Kein Thema. Ich hätte wohl einfach etwas aufmerksamer auf den Fußweg achten sollen«, tat Tom die Situation selbstreflektiert ab und machte dabei rasch einen bestimmenden Schritt auf sie zu. Für einen kurzen Moment sah er ihr tief in die Augen. Vermutlich war es gerade einmal eine Zehntelsekunde lang. Die Länge eines Wimpernschlags, eines Atemzugs, und doch fühlte es sich für Vero an, als hätte er die Welt für eine lange Zeit angehalten.

»Ich bin nur froh, dass ich nichts Teuflisches mehr in deinen Augen aufblitzen sehe. Ich hatte heute Vormittag nämlich ein wenig Angst, dass du mich gleich vierteilst.«

Er lachte herzlich, während sie noch immer in sein schönes Gesicht starrte. Noch nie zuvor hatte sie in solche Augen geblickt. Grün. Funkelnd. Tief. Geheimnisvoll.

»Wie lief denn dein Gespräch?« Seine Stimme hallte durch ihre Ohren und riss sie abrupt aus ihren Gedanken.

»Ähm … besser als erwartet. Ich bekomme diese Woche noch eine Rückmeldung. Vielleicht bleibe ich dann in Berlin.«

»Bleiben? Das heißt, du kommst nicht von hier?«

»Nein, ich bin nur zu Besuch bei meiner Freundin.«

»Dachte ich mir schon. Dass, du nicht von hier bist. Du bist viel zu schön, für das verbrauchte Berlin.«

Vero wendete ihren Blick verlegen zur Seite ab. *Schön*, ein so einfaches Wort und doch hatte sie noch nie zuvor jemand derart genannt.

»Und was hat dich hierher verschlagen?«, fragte sie nach einem kurzen Moment des Schweigens interessiert zurück.

»Zunächst einmal eine der besten Eissorten«, witzelte er und zeigte auf eine kleine Eisdiele auf der gegenüberliegenden Straßenseite, die er auch sogleich ansteuerte.

Sie folgte ihm mit schnellen Schritten.

Unter der rotweiß gestreiften Markise standen erstaunlich wenige Menschen Schlange und Tom rückte schnell an den Verkaufstresen heran. »Geheimtipp«, flüsterte er ihr zu.

»Dann darf ich dich hier zu einem Eis einladen? Dafür, dass du mir heute Vormittag den Allerwertesten gerettet hast und ich dich kurz habe glauben lassen, dass ich dich vierteilen möchte?« Sie lächelte sanft.

»Glaubst du denn, du hättest das geschafft?« Er ließ seinen Blick an ihrem schmächtigen Körper auf und ab wandern.

»Beurteile ein Buch nie nach seinem Cover. Vielleicht besitze ich ja einen schwarzen Gürtel oder bin professionelle *Martial Arts* Kämpferin?«

»Das macht mich jetzt wirklich neugierig. Aber bevor ich es herausfinden werde, möchte ich dich trotzdem gerne ganz gentlemanlike einladen. Schließlich hast du heute auch mir den Allerwertesten gerettet. Ich musste einmal nicht in eines dieser furchtbar langweiligen Meetings. Ich hatte ja eine gute Ausrede. Schließlich musste ich ein hübsches Mädchen retten.«

Er zwinkerte und feine Grübchen deuteten sich seitlich seiner Mundwinkel an. Bestimmend trat er einen Schritt an den Verkaufstresen heran und orderte je zwei Kugeln seines zuvor angepriesenen Geheimtipps *Meersalz-Karamell*, welche sie nur kurze Zeit später in bunten Bechern ausgehändigt bekamen.

»Erzähl mir etwas von dir«, forderte Vero ihn auf, nachdem sie die Eisdiele wieder verlassen und einige Schritte schweigend nebeneinander hergelaufen waren.

»Was möchtest du denn wissen?«

»Die Basics? Wo kommst du genau her? Wie alt bist du? Was machst du beruflich?« *Wieso bist du nur so verdammt attraktiv und triffst dich mit einem Mädchen wie mir, freiwillig auf ein abendliches Eis?*

»Sind das Dinge, die dich wirklich interessieren?«

»Klar, wieso nicht?«

»Weil sie doch gar nichts über einen Menschen aussagen.«

Bäm! Was für ein Statement. Damit hatte er sie. Definitiv.

Erst kürzlich hatte sie ein Bewerbungsgespräch bei einem Verlagshaus wahrgenommen, in welchem genau das zur Ansprache gekommen war. Der Bereichsleiter hatte sie gebeten, sich vorzustellen und sie hatte daraufhin standardgemäß begonnen ihren Lebenslauf herunterzubeten, bis er sie schließlich unterbrochen hatte. »Nein«, hatte er gesagt, »ich will wissen, wer Sie sind. Nicht was Sie können, was Sie bisher gemacht haben. Das kann ich auch Ihrer Bewerbungsmappe entnehmen. Ich möchte wissen, welcher Mensch gerade vor mir sitzt, wie er denkt und was er fühlt.« Sie war vollkommen baff gewesen. Eine solche Frage hatte ihr noch nie zuvor jemand in einem Bewerbungsgespräch gestellt gehabt. Und erschreckenderweise hatte sie zögern müssen. Hatte kurz über das nachdenken müssen, was man doch eigentlich am besten wissen sollte. Wer man selbst war.

Tom hatte daher ebenso Recht, wie es der Bereichsleiter aus jenem Verlagshaus hatte. Was sagten schon banale Informationen, wie ein Job, das Alter und der Wohnort über einen Menschen aus? Nichts. Und dennoch musste sie ja irgendwo beginnen. Konnte nicht einfach mit der Türe ins Haus fallen. *Hey, Tom, bist du Single? Du bist echt ultra heiß, wie meine Freundin sagen würde, und ich würde dich gerne näher kennenlernen. Ich, das kleine, unsichere Mädchen, das mit Sicherheit keinen schwarzen Gürtel besitzt und bereits weiche Knie bekommt, wenn sie dich nur ansieht.*

Vero räusperte sich. »Stimmt. Aber ein paar Eckdaten zu Beginn wären durchaus hilfreich.«

»Hilfreich für was?«

Er zwinkerte neckisch. Und sie schluckte merklich. Seine direkte Art schüchterte sie ein – ungemein. Verunsichert biss sie sich auf ihre Unterlippe und ließ ihren Blick auf den dunklen Asphalt wandern.

»Hey, keine falsche Verlegenheit. Ich mach doch nur Spaß! Wenn du Eckdaten möchtest, bekommst du natürlich welche«, erwiderte er, bevor er tief Luft holte, als hätte er nur eine einzige Minute Zeit, sein ganzes Leben in Worte zu fassen. »Also, ich bin dreißig, kein Ring am Finger, keine Kinder, keine außergewöhnlichen Hobbys. Ich lebe eigentlich in Kalifornien, in der Nähe von San Diego, und bin gerade beruflich für einige Wochen hier in Berlin.«

Vero nickte ihm zufrieden zu. »Was machst du denn beruflich?«, hakte sie noch nach, obwohl sie eigentlich bereits alles gehört hatte, was sie wissen wollte, auch wenn sie es nicht direkt angesprochen hatte. Er war Single, hatte keine Freundin. Das war ehrlicherweise die interessanteste Information für sie. *Aber wieso?* Das *Wieso* irritierte sie ein wenig.

»Ich glaube, die heutige Jugend würden sagen, etwas mit Medien«, antwortete er mit einem jungenhaften Grinsen auf den Lippen und sie musste kurz an Lisas spöttische Beschreibung eines Hipsters denken – die auf Tom allerdings so überhaupt nicht zutraf.

»Und wieso sprichst du so perfekt Deutsch?«

»Du meinst, du hörst kein typisch-amerikanisches Kaugummi-Zwischen-den-Zähnen-Gebrumme?«

Sie nickte amüsiert über seine Wortwahl.

»Then I guess, I'm a good actor or just a native german

guy«, sagte er mit tiefer Stimme und lachte kurz laut auf, bevor er ihr einen erwartungsvollen Blick zu warf.

Vero wusste ihn nicht zu deuten, schlussfolgerte aber daraus, dass er ganz offensichtlich in Deutschland geboren wurde. »Das heißt, du kommst ursprünglich aus Berlin?«

Er nickte. »Ja, ich bin hier aufgewachsen. Meine Mutter war Deutsche, mein Vater bei der Armee. Als meine Eltern sich getrennt haben, bin ich mit meinem Dad zurück in die USA gegangen«, erklärte er weiter, bevor er sie zu mustern begann. »Ganz schön neugierig. Und was muss ich noch über dich wissen? Was sind deine Eckdaten?«

Vero überlegte kurz, an welcher Stelle in ihrem bis dato doch recht langweiligen Leben, sie beginnen sollte. Sie war ein Landei, das nicht einmal direkt in Stuttgart aufgewachsen war, auch wenn sie das immer gerne behauptete. In Wahrheit hatte sie einen Großteil ihres Lebens in einem eintausend Seelen-Dörfchen am Rande der Landeshauptstadt verbracht und war erst kürzlich wieder in ihr altes Elternhaus gezogen. Bis auf ihre recht wilde Studienzeit mit Lisa hatte sie keine besonderen Highlights vorzuweisen. Nichts, was ihn in irgendeiner Weise beindrucken könnte.

Tom blickte sie erwartungsvoll an und durchbrach dann die Stille. »Okay, scheiß auf die Eckdaten. Wir machen besser einen schnellen Quickie. Schwarz oder weiß?«

Vero hielt einen Moment inne und schluckte verkrampft.

»Schwarz«, antwortete sie schließlich wie fremdgesteuert, in der Hoffnung, dass er die dezente Röte nicht bemerkt hatte, die ihr bei dem Wort *Quickie* ins Gesicht gestiegen war.

»Kaffee oder Tee?«

»Kaffee.« *Okay, jetzt hatte sie das Spiel verstanden.*

»Strandurlaub oder Wandern in den Bergen?«

»Wandern in den Bergen.«

»Sofa oder Party?«

»Das kommt auf meine Stimmung an.«

Er warf ihr einen tadelnden Blick zu.

»Sofa?« Sie zuckte unsicher mit den Schultern.

»Unsichtbar sein oder Gedanken lesen können?«

»Definitiv Gedanken lesen können.« Unsichtbar fühlte sie sich schon oft genug. Könnte sie Gedanken lesen, so würde ihr das vermutlich einiges erleichtern. Zum Beispiel wüsste sie dann, was er dachte. Über sie.

»Optimist oder Pessimist?«

»Realist.« Ihre Standardantwort bei Vorstellungsgesprächen, die jedoch im Gegensatz zu vielen anderen Phrasen, die man in solchen Terminen zumeist von sich gab, nicht gelogen war. Sie war eine Realistin, ein pessimistische Realistin um genau zu sein. »Geht diese Antwort durch oder muss ich dafür einen Joker ziehen?« Sie grinste frech. Das erste Mal am heutigen Abend, dass sie sich ein wenig aus ihrer Komfortzone bewegte.

»Genehmigt!« Er nickte zustimmend, bevor er mit seinem Fragespiel fortfuhr. »Süß oder sauer?«

»Süß.«

»Ja, das bist du wirklich«, hauchte er und ihr Herz stolperte unerwartet. »Sommer oder Winter?« fragte er jedoch direkt weiter, bevor sie sein Kompliment verdauen konnte.

»Winter.«

»Winter?« Er blieb stehen und blickte sie überrascht an. »Keiner mag den Winter.«

»Doch, ich.«

»Wieso?«

»Hey, ich dachte, das wird ein Quickie? Für weitere Informationen müsstest du auch mich einmal eine Frage stellen lassen. Ein Gegengeschäft quasi.«

»Okay, ich erkaufe mir mehr Infos. Im Gegenzug bekommst du eine Frage frei. Also, wieso der Winter?«

»Ich stehe auf Glühwein, Bratäpfel und all das fettige Essen zur Weihnachtszeit.« Sie erwiderte sein Lächeln kurz, während sie noch überlegte, ob sie den Satz weiter ausführen sollte. Noch ein wenig mehr über sich preisgeben sollte, über ihr wahres, verträumtes, feinsinniges Ich. Sie entschied ihn an ihren Gedanken teilhaben zu lassen. »Und ehrlicherweise mag ich es aus dem Fenster zu schauen, wenn es draußen schneit. Der Winter ist unaufgeregt, so still und das Leben scheint irgendwie nur mit halber Geschwindigkeit zu laufen. Ich mag das sehr.«

Tom wirkte kurz nachdenklich. Oder beindruckt. Oder beides. Sein Blick schien sie fast zu durchdringen.

»Autsch, du bist ein Sommermensch und hältst mich für verrückt, richtig?«, schlussfolgerte sie.

»Sieht man mir das an?«

»Dass du mich für verrückt hältst?«

»Dass ich kein Wintermensch bin.«

»Naja, jemand der eine Erklärung fordert, weswegen der Winter schön ist, der wird ihn wohl kaum gut finden.«

»Ich bin äußerst anpassungsfähig.« Er lächelte wieder. Mit diesem Funkeln in den Augen, welches ihn so unglaublich interessant und auf eine spannende Weise unnahbar machte.

»Großstadt oder Landleben?«, fuhr er fort.

»Landleben«, nuschelte sie mit leicht gesenktem Kopf. »Ich bin gerne in der Großstadt, aber in meiner Brust schlägt ehrlicherweise das Herz eines Dorfkindes.«

Tom lachte herzlich und Vero verliebte sich augenblicklich ein wenig in jede einzelne Lachfalte, die sich um seinen schönen Mund legte.

»Dann haben wir zumindest zum Teil etwas gemeinsam«, sagte er nach einer kurzen Pause zu ihrer Überraschung. »Ich lebe zwar schon immer in einer Großstadt, aber wenn ich es mir selbst aussuchen könnte, dann würde ich abseits jeder Metropole wohnen wollen. Draußen im Grünen.«

Im Grünen, wiederholte sie in Gedanken und verlor sich flüchtig in seinen tiefgrünen Augen.

»Buch oder Film?«

»Ganz klar: Buch!«, erwiderte sie dieses Mal blitzschnell. »Ich hab's nicht so mit Filmen. Die Abenteuer die ich genieße, sind eher literarischer Natur.«

»Bist du ein Bücherwurm?«

»Ist diese Frage Quickie-konform?«

»Nicht wirklich.«

»Ich habe Literaturwissenschaften studiert«, ergänzte sie rasch. »Demnach bin ich wohl ein Bücherwurm, wenn du es so betiteln willst.«

»Aber ein äußerst süßer Bücherwurm.«

»Schließt das eine das andere denn obligatorisch aus?«

»In meiner Welt zumeist schon.«

»Dann lebst du in einer sehr oberflächlichen Welt.«

Er nickte einige Male stumm vor sich hin, ohne ihre Aussage jedoch zu kommentieren. »Erzähl mir doch ein wenig aus deiner Welt«, forderte er stattdessen.

Und obwohl sie das Gefühl hatte, dass sein Leben ein völlig anderes, als das ihre war und er vermutlich nicht viele ihrer Passionen teilen würde, begann sie unverblümt zu erzählen. Von ihrer Kindheit auf dem Land, von ihren Eltern, ihrem Umzug nach Stuttgart und ihrer Studienzeit mit Lisa.

Von ihrer Leidenschaft für Kunst und Literatur, ihrer Liebe zu Büchern und der Tatsache, dass diese für sie wahre Zufluchtsorte waren, in welchen sie sich stundenlang verlieren konnte.

Tom folgte ihren Erzählungen aufmerksam. Er wirkte wach und durchaus interessiert; anders, als zuvor gedacht. Sie hatte ihn mit ihren Anekdoten ganz offensichtlich nicht gelangweilt und als er schließlich seine Hand auf ihre Schulter legte, war auch sie wieder hellwach.

»Jetzt wissen wir wenigstens, wieso wir heute morgen so unverhofft zusammengerauscht sind«, zog er Resümee.

Vero blickte irritiert in sein Gesicht, während ihr Puls noch immer mit hundertachtzig durch ihren Körper raste.

»Naja, man sagt doch so schön: Gegensätze ziehen sich an. Wir haben scheinbar so gar nichts gemeinsam, außer die Vorliebe für Kaffee.«

»Verstehe.« Sie kräuselte kurz ein wenig ihre Nase. »Das heißt dann wohl keine Bücher?«

Er schüttelte den Kopf und einige Strähnchen seiner locker sitzenden Haare wirbelten über seine Stirn hinweg. »Keine Bücher. Und auch kein Winter, kein Landleben, kein Wandern in den Bergen – leider, muss ich dazu sagen – und …«

»Optimist?«

»Aus Leidenschaft.«

Affektiert verzog sie ihr Gesicht. »Das sind die Schlimmsten.«

»Aber zu meiner Verteidigung …«, setzte er an.

»… bist du ein süßer Optimist?«

»Nicht süßer als die Realistin vor mir«.

Veros Herz machte einen Sprung. Schnell suchte sie noch nach einer passenden Antwort, einer neckischen Gegenfrage, als sich auf einmal vor ihnen ein großes Straßenschild auftat. Mittlerweile waren sie am Tiergarten angekommen und hatten gut dreißig Minuten Fußweg hinter sich. Der dunkle Parkeingang lag direkt zu ihren Füßen.

»Lust?« Tom zeigte auf einige Cityroller, die an einer Straßenlaterne lehnten. Seine Augen leuchteten wie die eines kleinen Jungen, der vor dem Schaufenster eines Süßigkeiten-Ladens stand und sehnsüchtig auf ein zustimmendes *Ja* seiner Eltern wartete.

»Klar, warum nicht«, antwortete sie schnell und hingegen ihre sonstigen Vorgehensweise, völlig unbedacht.

Tom nickte zufrieden und nahm sogleich zwei Fahrzeuge in Betrieb. Seine Oberarme wirkten im matten Licht der Straßenlaternen so verdammt verführerisch. Muskulös, straff und leicht gebräunt. Nein, er war ganz offensichtlich kein Winter-Mensch. Er verbrachte augenscheinlich viel Zeit in der Sonne, machte Sport und legte viel Wert auf sein Äußeres.

»Hier!« Er schob ihr einen Roller zu. »Ich mag spontane Menschen«, sagte er noch, bevor er auf das Trittbrett stieg.

Spontane Menschen. Vero hörte eine Stimme in ihrem Kopf lachen – spöttisch und furchtbar laut. Unsicher umklammerte sie die Griffe ihres Rollers mit aller Kraft, so dass sich ihre Fingerknöchel bereits weiß verfärbten, bevor sie ihm in einem ordentlichen Tempo in die Parkanlage folgte.

Die Grünflächen waren trotz der späten Uhrzeit noch gut besucht und viele der Parkbesucher hatten Decken ausgebreitet, um ihren Abend hier, bei milden Temperaturen, gemütlich ausklingen zu lassen. Schneller als zuvor gedacht, hatte sie einen sicheren Stand gefunden und fuhr jetzt mit konstanter Geschwindigkeit auf dem dunkel asphaltierten Weg, während Tom in Schlangenlinien neben ihr herfuhr.

Schon lange hatte sie sich nicht mehr so unbeschwert gefühlt und das, in Begleitung eines nahezu Fremden. Die Zeit an seiner Seite verging demensprechend wie im Flug. Erst gegen Mitternacht erreichten sie Lisas Wohnung und parkten ihre Roller auf einer gekennzeichneten Fläche auf der gegenüberliegenden Straßenseite.

»Hier wohnst du also«, sagte Tom, als sie die Klinkertreppe erreichten, die hinauf zur Haustüre des Altbaus führte.

»Hier wohnt Lisa, aber ja, das Sofa gehört aktuell mir«, witzelte sie und griff sich theatralisch in den Rücken.

Er lachte und seine Augen leuchteten verlockend im weichen Licht des Mondes auf. »Eine Frage habe ich noch. Einen letzten Quickie sozusagen.«

Vero blickte neugierig zu ihm auf.

»Schicksal oder Zufall?«

»Das kommt darauf an, wen du fragst. Mein überaus rational denkender Kopf würde sagen, es gibt kein Schicksal, keine Bestimmung, keine übergeordnete Macht. Letztlich ist das Schicksal nur ein glücklicher oder eben ein misslicher Zufall.«

Er machte einen bestimmenden Schritt auf sie zu. »Und was würde dein Herz antworten?«

Vero wich überrumpelt von seiner plötzlichen Nähe zurück. Ihr Blick verharrte auf seinen sinnlichen Lippen.

Wie er wohl küssen würde?

Zu gerne hätte sie an Ort und Stelle mit ihren eigenen Prinzipien gebrochen und das Date mit einem Kuss beendet. Die Situation war mehr als verlockend. Doch sie war kein Freund schneller Küsse. Denn ein solcher, war für sie schon immer eine der bedeutendsten Gesten zweier Menschen gewesen. Nichts, war für sie intimer. Nichts, ehrlicher und offenbarender als ein Kuss. In diesem einen ersten Moment, in welchem sich die Lippen zweier sich eigentlich noch fremder Menschen berührten, entschied sich einfach alles.

»Schicksal«, erwiderte sie schließlich leise. »Mein Herz würde Schicksal sagen.«

Er zwinkerte und gab ihr einen flüchtigen Kuss auf die Wange. »Na, dann schauen wir mal, was das Schicksal mit uns beiden noch so vorhat«, flüsterte er ihr ins Ohr, bevor er sich mit einem charmanten »Ciao, Kleines«, verabschiedete und an der nächsten Straßenecke verschwand.

Vero blickte ihm noch einige Zeit wie gebannt hinterher. Ihre Hand strich sanft über ihre Wange hinweg. Die Stelle, an der er ihr soeben einen Kuss auf die Haut gehaucht hatte, bitzelte. Ihr Körper fühlte sich auf einmal unfassbar energiegeflutet an, so als hätte sie von seiner Berührung einen belebenden Stromstoß bekommen.

Leise öffnete sie die Wohnungstüre und tapste in den dunklen Flur hinein. Das Schlafzimmer ihrer Freundin war bereits verschlossen und sie konnte kein Licht mehr im Türspalt erkennen. Vorsichtig drückte sie die Klinke der Badezimmertüre hinab, gönnte sich noch eine kurze Katzenwäsche und legte sich dann auf das große Sofa im Wohnzimmer.

Ob sie ihn wiedersehen würde? Sie hoffte es.

Ob es das Schicksal dieses Mal gut mit ihr meinen würde? Sie wollte daran glauben. Ganz fest.

Langsam zog sie die Bettdecke über ihren Körper hinweg und knetete ihr Kopfkissen ein wenig, bis sie eine gute Schlafposition fand. In ihrem Kopf herrschte eine angenehme Leere, nur das Lächeln von Tom wirkte noch lange nach und begleitete sie schließlich auch in ihre Träume.

KAPITEL 5

»Aufstehen du Schlafmütze! Ich will alles wissen, jetzt sofort, bis ins kleinste Detail«, quietsche Lisas Stimme am frühen Morgen durch das Wohnzimmer. Es war gerade einmal acht Uhr und ihre Freundin stand bereits top gestylt mit zwei Bagels in der Hand vor ihr.

Vero schielte müde unter ihrem Kopfkissen hervor, welches sie sich über das Gesicht gezogen hatte, als Lisa vor wenigen Minuten die helle Deckenbeleuchtung im Wohnzimmer angeschaltet hatte. »Muss das sein?«

»Mädchen, es gibt Menschen, die müssen wochentags arbeiten. Ich, zum Beispiel«, sagte Lisa schnippisch und deutete mit ihrem rechten Daumen auf ihre Brust.

»Tut mir leid, es war viel gestern und der Abend war lang.« Sanft rieb sie sich die Augen und blinzelte dann erneut in die Helligkeit des Raums hinein. Ihre Schläfen pochten und ihre Umgebung schien sich nur in Zeitlupe vor ihr aufzubauen.

»Hallo? Erde an Vero! Du hast zehn Minuten Zeit, Kaffee und Bagel inklusive«, zischte Lisa und stellte eine Kaffeetasse und einen Bagel mit Butter vor ihr auf den Couchtisch. Nervös und mit lauerndem Blick begann sie mit ihren Fingernägeln auf der Glasplatte des Tisches zu tippen.

Oje, jetzt würde die typische Lisa-Inquisition beginnen.

»Gib mir einen Moment, du Nervensäge«, antwortete Vero und griff hastig nach der Tasse auf dem Tisch. Ein wunderbarer Duft nach frisch gebrühtem Kaffee stieg ihr sogleich in die Nase und ein kräftiger Schluck gab ihrem Kreislauf endlich den ersehnten Antrieb.

»Es war ein schöner Abend. Und ja, gleich vorweg, du hattest Recht, es war auch eine Prise Lovestory mit dabei.«

»Ha!«, stieß es aus Lisa hervor, während sie sich bestätigend auf die Brust trommelte.

Vero brach sich ein Stück ihres Bagels ab und steckte sich die Krümel genüsslich in den Mund, bevor sie ihr eine Kurzfassung des gestrigen Abends gab.

»Und …?«, fragte ihre Freundin am Ende erwartungsvoll.

»Und was?«, entgegnete sie und beobachtete Lisa bei einem müden Versuch, pantomimisch einen Kuss darzustellen, in dem sie ihre Zunge durch das Loch ihres Bagels steckte.

Vero verdrehte ihre Augen. »Da muss ich dich enttäuschen, meine Liebe. Es war einfach nur ein ganz normales erstes Date. Ich habe nichts aus deiner Handtasche benötigt.«

»Nicht einmal den Kaugummi?«

»Nicht einmal den Kaugummi.«

»Ach du meine Güte! Was habt ihr denn dann den ganzen Abend lang gemacht?«

»Wir waren spazieren und haben uns unterhalten.«

»Wie aufregend.«

»Das war es.«

»Für ihn auch? Er hat sich sicher mehr von diesem Treffen erhofft. Ein wenig mehr Dankbarkeit.« Lisa kicherte kurz.

»Nein, er war höfflich, zuvorkommend und …«

»… ebenso langweilig wie du?«

»… und unaufdringlich.«

Lisa raunte skeptisch. »Wirst du ihn denn wiedersehen?«

»Ich weiß es nicht.«

»Autsch! Liebes, die Grundregel eines Dates lautet: Küss ihn oder halte ihn für ein zweites Date hin. Aber sag nicht einfach an der Haustüre *tschüss* und das war´s dann. Jetzt siehst du ihn vielleicht nie wieder.«

»Mmm«, war es nun Vero, die säuselte. *Verdammt, wieso hatte sie ihn einfach gehen lassen? Wieso hatte sie sich nicht für ein zweites Treffen mit ihm verabredet?*

Sie zuckte zusammen, als Lisa aufstand und zur Haustüre ging. »Ich muss jetzt los. Hier!«, sagte sie, bevor sie ihr ein dickes Buch vor die Füße warf. Mit einem lauten Knall landete es seitlich des Sofas auf dem dunklen Parkettboden. »Lies das! Ich melde mich später«, hörte Vero sie noch nuscheln, bevor die Türe ins Schloss fiel.

Rasch beugte sie sich zu dem dicken Wälzer hinab, welcher in einen dunkelroten Umschlag eingeschlagen war. *So wickeln Sie jeden Mann um den Finger*, stand in schwarzen Lettern auf dem Cover. Kopfschüttelnd legte sie das Buch auf dem Couchtisch ab und ließ sich erneut in das weiche Polster des Sofas zurückgleiten. Ihre Augen brannten, als hätte sie einen Marsch durch die trockene Wüstenluft Afrikas hinter sich und ein unangenehmer Druck lastete auf ihrer Stirn. Sie fühlte sich, als hätte sie die komplette Nacht durchgemacht, als hätte sie keine einzige Minute lang geschlafen. Doch das hatte sie. Sogar überaus gut. Gleich nachdem sie gestern ihr Nachtlager auf Lisas Sofa errichtet hatte, war sie eingeschlafen. Toms Gesicht und sein Lächeln waren das Letzte, an das sie sich noch erinnern konnte. Dann wurde alles schwarz und ein tiefer Schlaf hatte sie übermannt – ein ruhiger und erholsamer Schlaf.

Müde rieb sie sich ihren Augen, bevor sie diese für einen Moment schloss.

Erst das Brummen ihres Handys riss sie nach einer vermeintlich kurzen Zeit wieder zurück in die Realität.

Vero schreckte auf. Ihr Herz überschlug sich beinahe. Wie paralysiert tastete sie nach ihrem Telefon.

»Ja?«, hauchte sie mit müder Stimme in den Hörer hinein, ohne zuvor auf das Display zu schauen.

»Schläfst du etwa schon wieder?«, fragte Lisa am anderen Ende der Leitung mit stichelnder Stimme.

»Nein, ich war nur unter der Dusche«, log sie schnell und fuhr sich mit ihrer freien Hand kreisend über ihre Schläfe hinweg. Ihr Blick fiel dabei auf Lisas Kuckucksuhr, die an der Wand über dem Esstisch hing. Es war viertel vor elf.

Elf? Sie hatte doch nur für wenige Sekunden ihre Augen geschlossen. Wie konnten da zwei Stunden vorbei gegangen sein?

»Süße, ich rufe an, weil ich nun doch schon heute nach Prag muss«, fuhr Lisa direkt fort. »Ich habe gerade gebucht und fahre nachher kurz in die Wohnung, um ein paar Sachen zu packen. Es tut mir leid, dass das jetzt doch so überstürzt kommt. Ich dachte, dass ich erst morgen losmüsste und wir noch den Abend zusammenverbringen könnten.« Die Stimme ihrer Freundin klang kleinlaut und reumütig.

»Mach dir keinen Kopf, ich bin ein großes Mädchen«, beruhigte Vero sie. »Du bist doch nur vier Tage weg, was soll währenddessen schon Großartiges passieren?«

»Oh, Liebes! Das hier ist Berlin. Hier kann in vier Tagen nahezu alles passieren. Von mir aus werde Lotto-Millionärin, heirate, bekomm Kinder – hey, nur eins, nicht zwei – aber mach bloß keinen Scheiß. Du weißt, deine Mum bringt mich sonst um.«

»Habe ich das jemals getan, Scheiße gebaut?«

»Nicht wirklich. Aber wer weiß, was die Großstadtluft und

dieser heiße Kaffee-Typ noch mir dir anstellen werden. Nicht, dass du durchdrehst und einen auf Revoluzzer machst.«

»Bestimmt. Ich warte nur darauf, dass du endlich in den Flieger steigst, nur um dann so richtig abzudrehen.«

»Pass einfach auf dich auf!«

»Versprochen. Wir sehen uns ja nachher noch, oder? Wann kommst du um dein Zeug zu packen?«

»Ich denke gegen vierzehn Uhr. Aber ich hoffe, du bist dann nicht zuhause, sondern genießt irgendwo da draußen das warme Wetter, ansonsten habe ich ein noch schlechteres Gewissen.«

»Ich wüsste nicht, was ich alleine machen sollte.«

»Wie wäre es zum Beispiel mit einer Shopping-Tour? Ein sexy Outfit ist die Grundlage für jeden Beutezug.«

»Beutezug?« Sie schüttelte abwegig mit ihrem Kopf, während sie die schweren Vorhänge im Wohnzimmer vorsichtig beiseite zog und in den wolkenlosen Himmel hinaufblickte. Ein weiterer, warmer Sommertag stand bereits in den Startlöchern und Lisa hatte vermutlich nicht ganz Unrecht damit, dass sie das Wetter lieber vor der Haustüre genießen sollte.

»Du willst ihn doch, oder?«, fuhr Lisa fort.

»Naja, …« Vero setzte sich an den Esstisch und starrte auf die zarten Maserungen auf der Holzplatte. Sanft fuhr sie eine leicht erhabene Linie mit ihrem Zeigefinger nach. »Ich würde schon gerne noch mehr Zeit mit ihm verbringen. Er ist ein wirklich netter Kerl.«

Ihre Freundin stöhnte laut auf. »Netter Kerl? Mein sechzigjähriger Postbote ist nett, der Typ mit den Wurstfingern an der Imbissbude um die Ecke ist nett, ja sogar mein Chef ist nett. Rede doch nicht immer um den heißen Brei herum.

Tom ist offensichtlich scharf und gefällt dir. Und Liebes, was macht man, wenn man jemanden attraktiv findet?« Vero holte tief Luft, doch Lisa beantwortete ihre Frage bereits selbst. »Genau, man wirft sich in einen heißen Fummel und geht auf Beutezug.«

»Steht das so in deinem Buch?«

»Keine Ahnung, ich hab´s nie gelesen.«

»Ach so, aber ich sollte es?«

»Ist das eine rhetorische Frage?« Lisa gluckste. »Süße, wenn du gesehen werden willst, musst du endlich aus deinem Schatten hervortreten. Du bist toll, zeig ihm das!«

»Und wie?«

»Heißer Fummel!«, trällerte Lisa nochmals in den Hörer hinein, bevor eine männliche Stimme nach ihr zu rufen begann. Vero hörte sie dumpf im Hintergrund hallen, während sie noch darüber nachdachte, wie genau Lisa einen heißen Fummeln wohl definieren würde. Sie hatte tatsächlich so absolut gar nichts in ihrem Koffer, dass nur ansatzweise einem solchen gleichkam. Ein paar Jeans, unifarbene Shirts, das ein oder andere Sommerkleid, aber sonst?

»Ich muss jetzt Schluss machen. Ich melde mich heute Abend bei dir, sobald ich in Prag gelandet bin. Vertrau mir, Berlin liebt dich, also fang an, dich auch endlich selbst zu lieben. Du bist fantastisch und er wird das schnell erkennen.«

»Und was, wenn nicht?«

»Dann Liebes, ist er keinen einzigen deiner Gedanken wert. Du bist eine tolle Frau. Wenn er danach *aber* sagt, ist er ein Idiot und bekommt es mit mir zu tun.«

Vero lächelte flüchtig. Lisa schaffte es einfach immer, ihrem unsicheren Wesen einen Hauch von Selbstbewusstsein einzurichten.

»Versprich mir einfach, dass du die Zeit mit ihm genießen wirst. Wenn er sich als ein Arschloch entpuppt, ein mieser Küsser ist oder einen winzig kleinen Penis hat, kannst du immer noch Reißaus nehmen.«

Vero rollte mit den Augen, ersparte sich jedoch einen maßregelnden Kommentar. »Okay.«

»Okay? So einfach auf einmal? Kein Widerspruch?«

»Kein Widerspruch.«

KAPITEL 6

Nur fünfzehn Minuten dauerte die Fahrt von Schöneberg auf Berlins größte Einkaufsmeile. Das war definitiv der Vorteil an einem Leben in einer Stadt wie dieser. Berlin war einfach unglaublich gut vernetzt und obwohl sie die letzten Jahre ebenfalls in einer Großstadt verbracht hatte; Stuttgart kam ihr im Vergleich zu Berlin wie ein kleines Dorf vor.

Vero lief einige Schritte die Straße entlang. Massen an Menschen kamen ihr auf dem Gehsteig entgegen. Zu viele für ihren Geschmack. Sie mochte große Ansammlungen einfach nicht. Zahllose Menschen auf zu engem Raum, das nahm ihr oftmals die Luft zum Atmen und nicht selten bekam sie in einer solchen Situation eine verhasste Panikattacke. Die letzte hatte sie vor einem knappen Jahr auf einer Buchmesse gehabt. Schweißgebadet, mit einem beschleunigten Herzschlag, als stände sie kurz vor einem Infarkt, hatte sie sich damals durch Unmengen an Menschen nach Draußen geschlängelt. Ihr Gesicht hatte geglüht, wie nach einem heftigen Fieberschub und ihr Körper gezittert, als säße sie in einem Eisbad. Eine Viertelstunde hatte es schließlich gedauert, bis sie sich wieder in der Lage gefühlt hatte, zurück in die Messehalle zu gehen, sich den irritierten Blicken ihrer Kolleginnen und Kollegen auszusetzen und ihnen eine schlechte Notlüge aufzutischen, weswegen sie gerade derart überstürzt nach Draußen geeilt war. Seither machte sie in menschenüberfüllten Situationen immer vorab den nächstbesten Fluchtweg aus, um im Fall der Fälle, schnellstmöglich aus der bedrückenden Enge zu fliehen.

Eine überdachte Passage führte von der Hauptstraße in eine Nebengasse und sie nutzte die Gelegenheit, um sich auch jetzt und hier aus den Menschenmassen zu lösen und einen weniger frequentierten Weg einzuschlagen. Ein Tabakladen und eine Drogerie hatten dort ihre Geschäfte und ein junges Pärchen lehnte wildknutschend an der dunkelroten Hausfassade. Verstohlen beobachtete Vero kurz, wie der blonde Kerl die Wange seiner mutmaßlichen Freundin umfasste und seine Zunge zwischen ihren Lippen hindurchtauchte. *Wie alt sie wohl waren? Achtzehn? Zwanzig?* Ein Alter, das noch so unbeschwert war. In welchem man zur Schule ging, nahezu abgeschirmt vom Rest der Welt lebte und ein überwältigendes Gefühl von Optimismus hatte. Man musste sich keine Gedanken machen, über das Morgen, über die Zukunft. Man musste nichts tun, außer zu leben und zu lieben. Auch wenn man in diesem Alter vermutlich noch gar nicht in der Lage war, zu begreifen, was genau Liebe überhaupt bedeutete. Wahrscheinlich hatten die Beiden in der nächsten Woche schon wieder andere Kuss-Partner.

Aber wenigstens hatten sie überhaupt einen.

Ihr letzter Kuss lag schon ein wenig zurück. Fast eineinhalb Jahre um genau zu sein und war ehrlichweise auch nicht wirklich aus Lust passiert. Vielmehr war sie überrumpelt worden, von einem Kerl, den Lisa für sie auf einer Party angesprochen hatte und der eigentlich überhaupt nicht ihr Typ gewesen war. Aber der Alkohol und die stimmungsvolle Atmosphäre der kleinen verruchten Diskothek in Stuttgart hatten sie dann doch irgendwann eingeholt. Und so hatte sie geknutscht, mit einem Mann, dessen Namen sie nicht einmal mehr wusste und der nicht unbedingt einen denkwürdigen Eindruck hinterlassen hatte. Könnte sie heute frei wählen, wüsste sie, wen sie gerne küssen würde. *Ihn.*

Eilig zog sie ihr Handy aus der Tasche und warf einen sehnsüchtigen Blick auf das dunkle Display. Von Tom hatte sie bisher noch nichts gehört und obwohl sie es sich selbst kaum eingestehen wollte, hatte sie der Gedanke daran, ihn womöglich nie wieder zu sehen, schon einige unruhige Minuten gekostet.

Lisa hatte ihr während der Studienzeit einmal von einer Drei-Tages-Regel erzählt, die scheinbar besagt, dass man sich erst drei Tage nach dem ersten Date wieder melden sollte. Doch solange wollte sie definitiv nicht warten, schließlich würde sie nicht ewig in Berlin bleiben und auch Tom müsste in wenigen Wochen seinen Flieger zurück in die USA nehmen. Ein Ende zwischen ihnen beiden war in Sicht, der Anfang noch nicht einmal gemacht. Und doch hatte auch sie sich bislang nicht dazu durchringen können, sich bei ihm zu melden. Der Gedanke daran, ob es überhaupt Sinn machen würde, an der Verbindung zwischen ihnen festzuhalten, obwohl sich ihre Wege in absehbarer Zeit wieder trennen würden, zerfraß sie förmlich.

Denk nicht kaputt, was dir guttut, hatte ihr Vater früher immer gesagt und Vero wusste nur zu gut, dass dies durchaus auch das Motto ihres eigenen Lebens sein könnte. Denn wenn sie eines gut konnte, dann war es Dinge zu verkomplizieren. Spontanität, Hingabe und Leichtigkeit waren in ihrem Leben längst zu Fremdwörtern geworden und je älter sie wurde, desto schwerer fiel es ihr, sich auf Situationen einzulassen, ohne jegliche Eventualitäten im Voraus abzuwägen. Zu viel Schmerz und Enttäuschung hatte sie bereits erfahren müssen, als dass es ihr noch möglich war, vollkommen unbefangen zu agieren. Über all die Jahre hinweg, hatte sie sich eine Blase geschaffen, in der sie sich stets versuchte vor allem zu schützen, was ihr Leid zuführen könnte. Nur ungern ließ sie jemanden an sich heran, jemanden in ihre Komfortzone hinein. Ein Umstand, den sie überaus hasste, obwohl sie ihn selbst erschaffen hatte.

Vero ließ ihr Handy einige Male nachdenklich durch ihre Finger gleiten. Dann öffnete sie ihren Messenger.

Sehen wir uns wieder?, tippte sie ein und versendete die Nachricht ohne zu zögern. Denn ja, sie hatte etwas für Tom übrig. Und ja, sie wollte ihn wiedersehen. Es fühlte sich gut und richtig an; jetzt in diesem Moment, hier in Berlin.

Selbstbewusst nickte sie sich selbst im Spiegelbild eines Schaufensters zu, bevor sie entschlossen die Eingangshalle einer Einkaufsmall betrat, um sich für ihr nächstes Treffen mit Tom einzukleiden.

✦

Mit zwei großen Einkaufstüten beladen, balancierte sie einige Stunden später die Stufen zu Lisas Wohnung hinauf. Aus dem langen Flur heraus, konnte sie in das Schlafzimmer ihrer Freundin sehen, dessen Türe weit offenstand und ihr einen Blick auf zahlreiche Kleider gewährte, die kreuz und quer auf dem Boden und dem großzügigen Doppelbett verteilt lagen. Sie streifte sich ihre schwarzen Ballerinas ab und trug ihre Tüten weiter ins Wohnzimmer. Auf dem Esstisch lag ein gelber Notizzettel, auf welchem Lisa nochmals um Entschuldigung bat und in gewohnt sexistischer Manier darauf hinwies, dass Männerbesuch in ihrer Wohnung ausdrücklich erwünscht sei.

Vero schmunzelte kurz, bevor sie zum wiederholten Male sehnsüchtig auf ihr Handy blickte. Tom hatte nach wie vor nichts von sich hören lassen und so langsam bereute sie es doch, ihm eine Nachricht geschrieben zu haben.

Dann wird das heute wohl ein Date zwischen uns beiden, dachte sie und warf Lisas Sofa einen mitleidigen Blick zu. Es war bereits früher Abend und da Tom sich nicht zurückgemeldet hatte, würde sie heute wohl nichts mehr unternehmen. Nichts mehr, außer ihre Füße hochzulegen und ein gutes Buch zu lesen. Eventuell würde sie sich eine Pizza liefern lassen und zum Nachtisch eine große Portion Eis löffeln.

Genügsam nahm sie eine ausgiebige Dusche, schnappte sich ihre Jogginghose und zog sich ein legeres Schlafshirt über. Dann wählte sie die Nummer eines Lieferservices, dessen Werbeflyer sie an Lisas Pinnwand im Flur entdeckt hatte und bestellte sich eine große Pizza Margaritha, die zu ihrem Ärgernis allerdings erst eine gute Stunde später geliefert wurde. Zu diesem Zeitpunkt hatte sie bereits ein Drittel ihres neuen Romans gelesen und ihr Hungergefühl mit der Portion Eis gestillt, die sie eigentlich nach dem Abendessen genießen wollte. Mit vollem Magen ließ sie sich gerade rücklings auf das Sofa fallen, als ihr Handy neben ihr aufleuchtete.

Natürlich sehen wir uns wieder. Ich würde dich in einer halben Stunde abholen, falls du jetzt nicht schon mit einem Anderen durchgebrannt bist, stand in einer Nachricht von Tom, die mit einem zwinkernden Smiley endete.

»Verdammt«, presste Vero zwischen ihren zusammengebissenen Zähnen hervor und blickte abgeneigt an sich herab. Sie sah bedauernswert aus. Aber ein zweites Date mit Tom? Das wollte sie sich auf keinen Fall entgehen lassen.

Auch wenn ihr seine neckische Formulierung ein wenig Angstschweiß auf die Stirn trieb. Entweder dachte er, sie sei ein männerverschlingender Vamp oder aber, er nahm sie nur auf eine sarkastische Art und Weise auf den Arm und spielte darauf an, dass er sie als kleines graues Mäuschen wahrgenommen hatte. So oder so, er hatte unrecht, setzte sie damit aber dezent unter Druck, heute eine Version ihrer selbst darzubieten, die keinen dieser beiden Stereotypen bestätigen würde.

Glück gehabt, ich bin zuhause, schrieb sie rasch zurück und verschwand daraufhin mit all ihren Einkäufen im Badezimmer.

KAPITEL 7

Der Himmel lag bereits im Schatten der einbrechenden Dunkelheit, als es an der Türe klingelte. Tom stand am Fuße des Treppengeländers. Er trug einen schlichten schwarzen Kapuzenpullover über einer blauen Jeans und fuhr sich lässig durch sein dunkles Haar. »Hey«, sagte er mit einem charmanten Lächeln auf den Lippen.

Vero verschlug es bei seinem Anblick kurzzeitig den Atem. Ein Schauder lief ihr den Rücken hinunter und die Kombination aus Eis und Pizza lag ihr plötzlich wie Blei im Magen.

»Hey«, erwiderte sie und griff seine entgegengestreckte Hand, um die letzten Stufen der Treppe hinunterzugehen.

»Tut mir leid für den abendlichen Überfall. Ich war heute beruflich sehr eingespannt und hatte keine freie Minute, um mich früher bei dir zu melden. Gehen wir ein paar Schritte?«

Vero nickte und folgte ihm über die Straße, auf die andere Gehsteigseite. Ihre Hand hielt er noch immer fest umschlossen und ihr gefiel diese Art der stillen Zuneigung sehr.

»Hattest du einen schönen Tag?«, fragte Tom, bevor er zielstrebig in eine schlechter ausgeleuchtete Seitenstraße abbog.

»Einen recht kostspieligen.«

»Autsch, hast du eine Spielbank besucht?«

»Nein, ich war nur ein wenig shoppen.«

Sie deutete an sich herab. Für ihren *Beutezug*, wie Lisa es vorhin noch so schön platt betitelt hatte, trug sie heute extra ihr neues, dunkelrotes Kleid, welches sie ein halbes Vermögen gekostet hatte, sie aber dennoch unbedingt hatte haben wollen, obgleich sie eigentlich niemals zu solch einer auffälligen Farbe griff. Ihre noch immer feuchten, offenen Haare legten sich in sanften Wellen um ihr Gesicht.

Tom blieb stehen und musterte sie auffällig lange, bevor er sich zu ihr vorbeugte und dabei fast ihre Wange berührte. »Eine gute Investition. Du siehst sehr hübsch aus.«

Vero spürte seinen Atem auf ihrer Haut und ihr Gesicht begann augenblicklich zu brennen, als stände sie in Flammen. Sie wünschte sich nichts sehnlicher, als die Nähe zu ihm, und doch fühlte sie sich in seiner Gegenwart so verdammt unsicher.

»Danke«, antwortete sie und ließ ihren Blick an ihm vorbei auf den dunklen Asphalt wandern.

»So verlegen heute?«, hakte er direkt nach. Seine Augen funkelten herausfordernd auf.

»Nur ein wenig müde«, log sie.

»Okay, dann wird das hier hoffentlich gleich deine Lebensgeister wiedererwecken.« Er zog sie rasch und völlig unvorhergesehen seitlich des Gehsteigs durch das Geäst einer hohen Hecke hindurch.

Vero umfasste seine Hand noch ein wenig stärker.

»Was hast du vor?«, fragte sie irritiert, als sich vor ihnen eine hohe Absperrung auftat. Ein Zaun, der einen offensichtlich bereits geschlossenen Park umgab.

Tom löste sich von ihr und zwängte seinen Körper durch einen Riss, der den metallischen Maschendraht durchbrach. »Ich bringe dich an einen Ort, der es schafft, die Welt für einen kurzen Moment still stehen zu lassen.« Er streckte ihr seine Hand erneut zu. »Kommst du mit?«

Eine weitläufige Anlage mit einem künstlich angelegten See, um welchen sich ein asphaltierter Fußweg schlängelte, erstreckte sich sogleich vor ihren Füßen.

Während des Einstiegs, der Vero eher wie ein Einbruch vorkam, erzählte ihr Tom, dass er hier öfters Zeit verbringen würde, wenn er in Berlin zu Besuch war. »Nach Parkschließung ist es hier einfach fantastisch. Perfekt um den Kopf abzuschalten«, erklärte er und zog sie sanft hinter sich auf einen Fußweg, der zu dieser Uhrzeit nur noch mit jeder zweiten Laterne beleuchtet war. Tatsächlich war es hier nahezu totenstill. Nur das Quaken einzelner Frösche war zu hören.

»Da drüben ist mein Lieblingsplatz.« Er zeigte auf die gegenüberliegende Seite des vor ihnen liegenden Sees, bevor er mit ihr an der Hand über ein paar Platten tänzelte, die einen direkten Weg über das Wasser ermöglichten.

Auf der anderen Seite angekommen, lag der Fuß eines kleinen Hügels, auf welchem eine große alte Linde thronte. Vero folgte ihm die wenigen Meter aufwärts und verharrte kurz, um den Blick über die bereits geschlossene Parkanlage zu genießen. Das dezente Licht der Straßenlaternen legte einen wundervollen orangenen Schimmer über die Wiesen und den See und reflektierte sich in der Wasseroberfläche. Das Quaken der Frösche wich hier oben dem Zirpen von Grillen und die Stille des Parks legte sich wie ein Schleier über sie.

Tom hatte sich bereits gesetzt, die Arme nach hinten abgestützt. Vero nahm neben ihm Platz und umschlang ihre angewinkelten Knie. Ein milder Windzug erfasste ihr Gesicht und einige Haarsträhnen wirbelten durch die Luft, die so wunderbar nach Sommer roch. Nach frisch gemähtem Gras, nach der Süße der vielen Blumen, nach der Feuchtigkeit des kleinen Sees, welchen sie soeben gemeinsam überquert hatten.

»Ich verstehe dich. Das ist wirklich ein besonderer Ort.«

»Das freut mich. Die Wenigsten wissen das zu schätzen.«

»Die Wenigsten? Meinst du die anderen Mädchen, mit denen du sonst immer hier bist?«, fragte sie neckisch.

»Vielleicht.« Er grinste provokant und zog seine Braue ein wenig in die Höhe. »Ehrlicherweise bist du die Erste.«

»Die Erste?«

»Die erste Person, die ich an diesen Ort mitgenommen habe.« Er schenkte ihr ein kurzes Lächeln und sie hoffte sogleich, dass er ihre Verlegenheit über diesen Satz im schwachen Licht der entfernten Laternen nicht bemerkt hatte.

»Danke, das schmeichelt mir sehr.«

Er ließ sich rücklings auf die Wiese fallen.

Vero legte sich behutsam neben ihm in das warme Gras und schaute einige Sekunden lang wortlos hinauf in den Himmel. Er war so unfassbar dunkel, ja beinahe schon schwarz und die vielen hellen Sterne leuchteten an ihm auf, wie weiße Stechnadeln auf einer tiefschwarzen Wand.

»Was denkst du gerade?«, durchbrach seine tiefe Stimme die Stille.

»Nichts«, antwortete sie. Nichts. Es war keine Lüge.

»Deshalb bin ich gerne hier. Ich mag diese Stille. Sie ist besser als jedes Valium«, witzelte er, bevor er seinen Kopf zu ihr drehte und sie schweigend von der Seite aus anblickte. »Sie sind schön, nicht wahr? Die vielen Sterne dort oben. Oder was zieht dich gerade derart in den Bann?«

»Die Dunkelheit«, hauchte sie kaum hörbar.

Er lächelte. Sie konnte es aus ihrem Augenwinkel heraus erkennen.

Langsam drehte sie ihren Kopf zu ihm. Für wenige Sekunden sahen sie sich einfach nur an. Völlig stumm, als würden sie sich in den Augen des jeweils anderen für einen kurzen Moment verlieren. Und während ein seltsames Gefühl in ihr aufkeimte, rief sie sich in Erinnerung, dass sie einander eigentlich gar nicht wirklich kannten, doch aus unerfindlichen Gründen kam es ihr nicht so vor. Sein Gesicht wirkte vertraut und seine Nähe löste ein undefinierbares Wohlbefinden in ihr aus.

»Sag mir Vero, bist du glücklich?«, flüsterte er ihr zu.

»Wie meinst du das?«

»Bist du glücklich in deinem Leben?«, wiederholte er die Frage nochmals präziser, bevor er seinen Körper zur Seite drehte, um sich mit seinem Ellenbogen vor ihr abzustützen.

Vero konnte in ihrem Kopf auf die Schnelle keine Antwort finden. »Bist du es denn nicht?«, fragte sie stattdessen zurück.

»Das kommt darauf an, wen du fragst, meinen Kopf oder mein Herz.« Er hielt kurz inne und schenkte ihr ein flüchtiges Lächeln; waren es doch die gleichen Worte, die sie selbst erst kürzlich genutzt hatte.

»Weißt du, manchmal wünschte ich, ich könnte meinem Leben entfliehen. Jemand anderes sein. Nur um genau das hier zu tun; mit einem wunderbaren Mädchen Zeit verbringen, ohne Stress, ohne Druck, ohne Vorschriften. Einfach nur du und ich. Jetzt und hier.« Er atmete hörbar ein und aus. »Ich arbeite gerne, ich liebe meinen Job und opfere viel dafür. Aber es gibt Tage, da kann ich mich nicht mehr daran erinnern, wer ich war, bevor die Welt mir gesagt hat, wer ich zu sein habe.«

Toms Worte kamen unerwartet und wirkten unsortiert. Doch Vero glaubte zu wissen, was er damit meinte. Auch sie hatte in den letzten Jahren oft mit ihrem Leben gehadert. War in einen Interessenskonflikt zwischen ihrem Kopf und ihrem Herzen geraten und hatte sich von Menschen unter Druck setzen lassen, die der festen Meinung waren, dass sie nicht das Musterleben führte, nach dem man doch zu streben hatte. Wer studierte schon Literaturwissenschaften? Wollte sie Bibliothekarin werden? Wieso hatte sie nichts Vernünftiges gelernt, dann würde sie heute in einer Bank arbeiten, in der Automobilindustrie oder bei einem großen Wirtschaftskonzern. Dann hätte sie mit dreißig genügend Geld erarbeitet, um pünktlich zu heiraten und Kinder zu bekommen – so, wie es die Gesellschaft von ihr erwartete. Viele Male wäre sie fast an den Vorstellungen anderer zerbrochen. Ob Freunde, Kollegen, der Chef oder gar die eigenen Eltern, sie alle hatten sie mit ihren Wünschen und Idealen schon vielfach unbewusst unter Druck gesetzt und sie in ein Korsett gezwängt, das nicht das ihre war. Und doch hatte sie lange versucht, all den Anforderungen gerecht zu werden. Anforderungen, die im Laufe der Zeit auch irgendwie zu ihren eigenen geworden waren.

»Ich kenne diesen Konflikt leider nur zu gut. Die Kunst des Lebens liegt vermutlich darin, dass man sich selbst genügend Freiraum geben muss, um glücklich zu sein. Wir geißeln uns im Alltag schon genug. Ab und zu müssen wir die Ketten lösen, aus unserer Komfortzone ausbrechen und das machen, was uns wirklich mit Glück erfüllt – im Herzen, nicht im Kopf«, erwiderte sie und war kurz selbst beeindruckt von den Worten, die gerade einfach so aus ihr herausgesprudelt waren. Als hätte *sie* jemals ihre Ketten gelöst. Gedanklich vielleicht. In der Theorie, ja. Aber im wahren Leben? Mit Sicherheit nicht. Sie konnte sich vielleicht von den Ketten anderer lösen, aber nicht von ihren eigenen. Zu gerne würde sie aus ihrem Schatten hervortreten, ihrer schützenden Blase entfliehen. Doch zwischen Theorie und Praxis lagen zumeist bedeutsame Unterschiede, die man eben nicht ganz so einfach überwinden konnte – auch wenn man sich derer durchaus bewusst war.

»Wow.« Tom setzte sich auf. »Das war der sinnigste Satz, den ich seit langem gehört habe«, sagte er sichtlich beeindruckt, bevor er einen nervösen Blick auf seine Armbanduhr warf. »Glaub mir, wenn ich es könnte, würde ich die ganze Nacht mit dir hier auf der Wiese liegen. Aber manche Ketten, so wie du es mehr als passend beschrieben hast, lassen sich leider nicht ganz so einfach ablegen. Selbst hier nicht. Daher muss ich dich leider schon wieder nach Hause begleiten. Ich habe noch ein wichtiges Telefonat mit einem Kollegen in den USA vor mir.«

Vero nickte ihm verständnisvoll zu, auch wenn sie ein wenig enttäuscht darüber war, dass ihr abendliches Date nun offensichtlich bereit kurz vor seinem Ende stand. Sie genoss die unaufgeregten Gespräche mit Tom sehr und hätte noch die ganze Nacht hier, neben ihm, auf der Wiese liegen können. Hätte ihn gerne weiter glauben lassen, dass sie ein wahrer Profi im Kettenlösen war. Zögerlich richtete sie ihren Oberkörper auf und setzte sich aufrecht neben ihn.

Tom blickte sie noch einmal an. »Wieso die Dunkelheit? Wieso fasziniert sie dich mehr, als das Leuchten der Sterne? Ich dachte kleine Mädchen haben Angst im Dunkeln.«

»Kleine Mädchen haben schon früh gelernt, dass es ohne Dunkelheit gar keine Sterne gäbe.« Sie grinste entwaffnend.

Ihr Vater hatte diesen Satz früher immer gesagt, wenn sie wieder einmal nicht schlafen konnte und Angst vor all den

Monstern hatte, die vermeintlich unter ihrem Bett in der Dunkelheit auf sie lauerten. Dann hatte er sie auf das schmale Brett ihres Dachfensters gehoben, sie ganz festgehalten, so dass sie nicht hinunterfallen konnte und ihr die Sterne gezeigt. Die vielen leuchtenden Planeten, die nur existieren konnten, weil es die Dunkelheit, die Nacht, gab.

»Die schönsten Dinge sieht man oft erst dann, wenn es ganz dunkel um dich herum wird«, hatte er zu ihr gesagt. Und auf diese Weise hatte sie nicht nur ihre Angst vor dem tiefen Schwarz der Nacht verloren, sondern auch ein Ritual gefunden, das sie bis heute noch gelegentlich nutzte, wenn sie nicht schlafen konnte – aus dem Fenster blicken, um Gedanken zu sortieren und einen klaren Kopf zu bekommen.

»Ich mag die Dunkelheit«, fuhr sie weiter fort. »Sie ist geheimnisvoll, faszinierend und auf eine befremdliche Art und Weise auch unfassbar anziehend.«

Die letzten Worte kamen nur leise über ihre Lippen, hatten sie doch nicht nur die Dunkelheit passend beschrieben, sondern auch irgendwie ihn – Tom. Er war mindestens genauso faszinierend und anziehend wie die Dunkelheit, von welcher sie soeben umgeben waren.

Sie drehte ihren Kopf nun gänzlich zu ihm. Ihre Blicke trafen sich kurz. Er lächelte – so verdammt verführerisch.

Vero kräuselte ihre Nase. »Habe ich dich jetzt mit meinen Worten verstört? Entschuldige, manchmal bin ich wohl ein wenig zu melancholisch.«

»Nein.« Er schüttelte dezent mit seinem Kopf. »Ganz im Gegenteil. Ich mag das Mädchen sehr, das spät am Abend mit einem fremden Kerl in einem verlassenen Park sitzt und mit Blick hinauf in die wundervollen Sterne, über die Tiefgründigkeit der Dunkelheit sinniert.«

»Also, habe ich dich nicht abgeschreckt?«

»Vielmehr verzaubert.«

Als er verlegen lächelte, fielen ihr die beiden Grübchen seitlich seiner Mundwinkel auf und eine erneute Vertrautheit in seinem Blick, die ihr das seltsame Gefühl vermittelte, ihn schon ihr ganzes Leben lang zu kennen.

Abrupt stand er auf und streckte ihr seine Hand entgegen. Zaghaft griff sie nach ihr.

Mit einem kräftigen Schwung zog er sie nach oben, so dass sich ihre Nasenspitzen beinahe berührten.

Beschämt senkte sie ihren Kopf, doch die Moleküle seines betörenden Duftes hatten sich längst auf all ihren Synapsen niedergesetzt wie ein Brandbeschleuniger.

»Hey«, sagte er und legte seine rechte Hand selbstsicher um ihr Kinn, um ihren Blick erneut aufzurichten. »Sag bloß, ich mache dir mehr Angst, als die Dunkelheit?«

Eine Antwort auf seine Frage blieb ihr zunächst stumm im Hals stecken. »Du schüchterst mich ein«, flüsterte sie schließlich kaum hörbar.

»Das ist nicht meine Absicht.« Seine Augen wanderten nun ganz offenkundig zu ihren Lippen.

Wie gebannt schaute sie zu ihm auf.

Schon okay, wollte sie gerade erwidern, als er sachte seine Hände um ihre Wangen legte. Zärtlich fuhr er die Konturen ihres Gesichtes mit seinen Daumenkuppen nach, bevor er sie küsste. Zurückhaltend und mit Bedacht, um ihr jederzeit die Möglichkeit zu geben, sich wieder zurück zu ziehen.

Vero traute sich kaum zu atmen. Seine Lippen waren so unfassbar weich und die Wärme seiner Haut mischte sich mit seinem herrlich männlichen Duft zu einem ekstatischen Cocktail, der ihr sofort wie Adrenalin durch die Adern schoss.

Berauscht schloss sie ihre Augen und öffnete ihren Mund ein wenig, so dass sich ihre Zungen treffen konnten.

Er küsste gut, verdammt gut. Seine Zunge hatte den perfekten Rhythmus sich zu bewegen und die ihre sanft zu berühren. Als er bemerkte, dass sie seiner Annäherung nicht abgeneigt war, schob er seine Hand in ihren Nacken und zog sie noch näher zu sich. Ein Schwall an Endorphinen flutete sogleich ihr Blut. Glück. Freude. Erregung. Eine Überdosis Glückshormone schien jede einzelne Zelle in ihrem Körper zu beflügeln und verursachte ein derart intensives Gefühl, dass sie sich kurzzeitig wie benommen fühlte.

Ein zaghaftes Seufzen, welches sie kaum als ihr eigenes wahrnahm, stieß aus ihr hervor. Da war er, der perfekte Kuss. Gefühlsvoll. Betörend. Ein Rausch; verloren in Zeit und Raum. Eine Sturmflut an Gefühlen, die sie nahezu überwältigte.

»Alles okay?«, fragte er, als sie sich wieder langsam voneinander lösten. Sein warmer Atem streifte über ihre gereizten Nervenenden hinweg.

Sie starrte wie hypnotisiert auf seinen sinnlichen Mund, während ihr Herz in ihrer Brust pochte, als wäre sie gerade einen Marathon gelaufen. Sie bekam kaum Luft, konnte nicht schlucken und fühlte sich noch immer völlig berauscht. »Ja, alles perfekt«, antwortete sie schließlich leise.

»Oh ja, das war es – perfekt. Komm, lass uns zurück gehen. Meine Realität verlangt leider nach mir.«

Er zog sie hinter sich den Hügel hinab, über die eingelassenen Platten des Sees, bis hin zu dem Riss in der Absperrung. Vorsichtig zwängten sie ihre Körper nacheinander durch den kaputten Zaun und gingen zu Lisas Wohnung zurück. Tom schwieg den gesamten Rückweg, doch die Stille fühlte sich in keiner Weise bedrückend an, denn noch immer lag dieses undefinierbare Knistern zwischen ihnen. Ein Knistern, das sie schon lange nicht mehr derart intensiv gespürt hatte und welches sie nahezu schweben ließ.

Vor dem Treppenaufgang stoppte er und drehte sich zu ihr, so dass sie ihm noch einmal in sein attraktives Gesicht blicken konnte. »Habe ich dich mit dem Kuss vorhin überrumpelt?«, fragte er ungewohnt selbstkritisch.

Ihr Herz stolperte kurz.

Ja, sein Kuss kam durchaus unerwartet. Doch es hatte sich gut angefühlt. Unfassbar gut. Und sie wäre mehr als bereit dafür, noch mehr Dopamin an ihn zu verschwenden.

»Überrumpelt?«, erwiderte sie. »Nein, das hast du nicht. Ich bin nur eigentlich nicht so …«

»… impulsiv?«

»… mutig.«

»Aber mit Mut fangen doch die schönsten Geschichten an«, sagte er und umschloss ihre Wangen mit seinen Händen.

Vero dachte flüchtig an das Cover ihres kleinen Gedichtbands, welches eben genau dieser Spruch zierte. »Ich würde es gerne herausfinden.«

»Dann darf ich es also wieder tun?«

Veros Körper fühlte sich völlig surreal an. Sie spürte nichts, außer dieses unfassbar starke Kribbeln, das jede einzelne Zelle ihres Körpers in Besitz zu nehmen schien. Ihr Kopf war leer. Ihre Gedanken völlig stumm. Tom hatte sie vollkommen vereinnahmt.

»So oft du willst«, erwiderte sie und versank für einen langen Moment, in ihrer eigenen, perfekten Lovestory.

KAPITEL 8

»Oh, wie süß ihr Zwei seid«, quietsche Lisa in den Hörer.
Bereits um neun Uhr morgens hatte sie Vero hartnäckig aus
dem Bett geklingelt und wollte sich die neusten Informationen über ihr Liebesleben einholen. »Der Typ scheint dir ja
ganz schön den Kopf verdreht zu haben. Zwei Dates und er
darf dir bereits seine Zunge in den Hals stecken? Wer bist
du und was hast du mit meiner Freundin gemacht?«

»Du weißt, dass ich sonst nicht so bin.«

»Eben! Fahrttempo: Schrittgeschwindigkeit. Nur nicht
den Fuß von der Bremse nehmen.«

»Veräppelst du mich gerade?«

»Ich? Niemals.« Lisa lachte erneut ungeniert. »Ach, komm
schon. Wo ist dein Problem, Süße? Läuft halt einmal alles
nicht nach deinem Drehbuch.«

»Ja, das tut es wirklich nicht. Denkst du denn, ich hätte
mit dem Kuss noch etwas warten sollen? War das nicht zu
schnell, beim zweiten Date?«

»Schnell? Inwiefern, Liebes? Es gibt nie ein zu früh, wenn
es sich richtig anfühlt«, schmatze ihr Lisa entgegen, die
scheinbar gerade frühstückte. »Wie war es denn?«

»Berauschend«, erwiderte sie und ertappte sich dabei, wie
sie gedanklich kurz davor war, völlig abzudriften.

»Na, also! Vor was hast du dann Angst? Er wird schon
kein Serienkiller sein.«

Vero wischte sich den verbleibenden Schlaf aus ihren Augen und setzte sich aufrecht auf Lisas Sofa. »Wer weiß das schon?«, fügte sie leise hinzu, obwohl sie wusste, dass ihre Freundin diese Aussage mehr als ironisch gemeint hatte.

»Lass dich doch einfach darauf ein. Er ist doch sowieso in ein paar Wochen wieder weg. Also leb dich aus, bevor du ihn nie wiedersiehst.«

Bäm, das saß. Ungeschönt und ehrlich, wie sie es nicht anders von Lisa kannte.

»Okay, das macht die Sache jetzt nicht einfacher.«

»Merkst du eigentlich, dass du immer alles komplizierter machst, als es ist? Gefühle klopfen nicht an der Türe und fragen, *Hallo Frau Sommer, passt es gerade?* Man muss sich darauf einlassen. Der Rest wird sich zeigen, wenn die Zeit gekommen ist«, predigte Lisa gewohnt sorglos.

Vero zwirbelte eine Haarsträhne um ihren Finger und blickte kurz aus einem der bodentiefen Fenster ins Freie.

»Entscheide dich ganz einfach«, fuhr Lisa weiter fort. »Ob du noch mehr von deinem Rausch willst. Von diesem süßen, euphorisierenden Gefühl der Unvernunft oooder, …« Lisa zog das letzte Wort lang wie Kaugummi. Sie machte das immer, wenn sie ihr verdeutlichen wollte, dass der zweite Teil ihres Satzes eigentlich völliger Humbug war. Ihre Stimme schallte dann zumeist einige Oktaven höher, während sie sich ein freches Grinsen aufsetzte. Nur gut, dass sie letzteres heute, am Telefon, nicht zu Gesicht bekam.

»… oder, ob du dich weiter in deiner kleinen, heilen Welt verstecken willst, die dir vielleicht Sicherheit geben mag, aber irgendwie doch völlig fad ist, wie der letzte Keks in einer viel zu lang geöffneten Packung.«

»Du setzt mein Leben ernsthaft mit einer geöffneten Kekspackung gleich?« Vero schüttelte kritisch mit ihrem Kopf. »Das ist ein mehr als abstruser Vergleich.«

»Ist es nicht, und du weißt das auch. Du wärst schön blöd, wenn du weiter in deinem Schneckenhaus bleiben würdest, obwohl dieser Kerl offensichtlich großes Interesse an dir hat. Manchmal frage ich mich wirklich, ob du blind oder einfach nur dämlich bist. Du wirst noch enden wie eine alte Jungfer. Oder eben wie ein fader, matschiger Keks, den niemand mehr haben möchte, weil er zu lange in der Packung lag.«

Lisas Stimme klang ungewohnt rau und Vero musste kurz innehalten, um ihren harschen Tonfall zu verdauen.

»Sei einfach einmal mutig, Liebes! Nur weil man sein Sicherheitsseil kappt, heißt es nicht, dass man fällt. Manchmal ist es die Aussicht auch wert, ein Risiko einzugehen. Jede große Liebesgeschichte beginnt doch mit Unvernunft.«

Vero runzelte die Stirn. »Es ist Viertel nach Neun und du bist derart tiefsinnig? Wer bist du und was hast du mit meiner Freundin gemacht?«, wiederholte sie die Worte, die Lisa ihr zu Beginn des Gespräches entgegengebracht hatte.

»*Die* war gestern zu lange unterwegs und hat offensichtlich noch immer nicht ihren Promille-Pegel abgebaut.« Lisa lachte und stoppte erst, als eine laute Durchsage durch den Hintergrund hallte. »Ich muss jetzt leider Schluss machen. Aber Promille ist ein gutes Schlusswort – trink was, nein, trink viel, mach dich locker und genieße!«, sagte sie noch und verabschiedete sich anschließend mit dem Hinweis, dass ihre Konferenz in wenigen Minuten starten würde.

Vero blieb noch eine kurze Zeit nachdenklich auf dem Sofa sitzen, bevor sie sich eine Schale mit Dinkelflips füllte und auf den kleinen Balkon schlurfte, der von Lisas Schlafzimmer aus in Richtung Hinterhof ragte. Zwei Klappstühle und ein kleiner runder Tisch waren das einzige Mobiliar, das hier Platz fand. Behutsam stellte sie ihr Frühstück auf dem mit Mosaiksteinen besetzten Tisch ab und beugte sich anschließend ein wenig über das verrostete Geländer, um einen Blick in den Innenhof zu werfen. Einige Biertisch-Garnituren, ein Einweggrill sowie Unmengen an leeren Flaschen, die quer über den Rasen verteilt lagen, machten den Hof zwar wahrlich nicht zu einer grünen Oase, aber scheinbar zu einer guten Partylocation.

Sie setzte sich im Schneidersitz auf einen der beiden Stühle und begann sich gedankenverloren einen Dinkelflip nach dem anderen in den Mund zu schaufeln.

Ob Tom sich heute bei ihr melden würde? Nicht noch einmal wäre sie bereit dazu, den ersten Schritt zu gehen. Denn ihrem Verständnis nach, sollte es stets der Mann sein, der sich nach einem Date, vor allem einem solchen mit Kuss, zurückmelden sollte. Nur so konnte man ihrer Ansicht nach überhaupt erkennen, ob er es ernst meinte. Und hierbei wollte sie sich einfach absolut sicher sein. Sie wäre durchaus bereit einen Schritt aus ihrer Komfortzone hinauszugehen, aber verletzt werden, wollte sie auf keinen Fall. Nicht schon wieder. Denn als sie damals ihre Immatrikulationsbescheinigung für ihr Studium erhalten hatte, war sie glücklich gewesen. In festen Händen. In einer gut laufenden Beziehung. Hatte sie zumindest gedacht.

Knapp anderthalb Jahre war sie mit Timo zusammen gewesen, bis zu jenem verhängnisvollen Tag, an welchem sie ihn unangekündigt in seiner Wohnung überraschen wollte. Doch was sie dort vorgefunden hatte, hatte ihr Herz gebrochen, nein, hatte ihr Herz zerrissen, in Tausend kleine Stücke. Und mit ihm war auch ihr Vertrauen zerbrochen – in Männer, in Menschen im Allgemeinen und auch ein wenig in sich selbst. Timo war zu diesem Zeitpunkt schon lange zweigleisig gefahren, hatte sie belogen und betrogen. Selbst den Sommer über, hatte er sich bereits parallel mit einem anderen Mädchen getroffen. Einer schlanken, blonden Schönheit, mit üppiger Oberweite und Beinen lang wie Stelzen. Einer besseren Variante ihrer selbst, so ihre damalige Schlussfolgerung. Bis zu jenem Zeitpunkt, an welchem sie Lisa kennenlernte. Das große, immerzu vorlaute Mädchen studierte Eventmanagement und besuchte wie sie, einige Vorlesungen im Bereich Medien- und Betriebswirtschaft. Sie wohnte damals in einer schicken Dachgeschosswohnung in Stuttgart und bot ihr nach wenigen Unterhaltungen völlig unvoreingenommen an, doch zu ihr in die Innenstadt zu ziehen. Auch sie hatte dort zuvor mit einem jungen Mann gewohnt und auch sie hatte ihn in Flagranti mit einer anderen erwischt. Doch während Vero sich noch viele Wochen lang leise in den Schlaf geweint und ihr Zimmer lediglich für ihre Pflichtvorlesungen verlassen hatte, war Lisas Ablenkungsprogramm jeden zweiten Tag in Form eines anderen Kerls in ihrer Wohnung ein- und ausgegangen. Zunächst hatte sie noch gedacht, sie könnte es niemals mit Lisa bis zum Studienende in einer Wohnung aushalten. Zu verschieden waren sie in ihren Lebensweisen, Prinzipien und Denkmustern. Doch es kam anders. Lisa baute sie wieder auf. Zeigte ihr eine Welt außerhalb ihrer Komfortzone. Gab ihr Kraft und Selbstbewusstsein. Zahlreiche Partys und Lisas stetiger Sarkasmus heilten ihr gebrochenes Herz schließlich. Doch was bis heute geblieben war, war eine ständige Angst davor, erneut enttäuscht zu werden. Seither war ihr Herz fragil, zerbrechlich wie Glas und so sehr sie sich auch bemühte; das hässliche Gefühl hintergangen worden zu sein, ging nie wieder fort und hinterließ eine tiefe Narbe, welche sie stets davor schützte, noch einmal aufzureißen.

»Schnell weg, er kommt!« Die Schreie einiger Kinder, die im Innenhof damit begonnen hatten, Fange zu spielen, riss sie abrupt aus ihren Gedanken. Den Oberkörper weit gestreckt, linste sie im Sitzen über das Geländer und betrachtete einige Minuten lang das wirre Treiben auf dem bereits vollkommen herunter getrampelten Rasen.

»Vergiss es, du fängst mich nicht!«, schrie ein kleines Mädchen, der es gelungen war, sich aus den Händen eines dunkelhaarigen Buben zu befreien. Vero beobachtete fasziniert, wie die hellen Haare des Kindes wild durch die Luft wirbelten, als sie sich aus der Umklammerung des Jungen löste und in schnellen Schritten davonrannte.

Ob sie auch noch schnell davonrennen sollte, bevor ihr Herz zerbricht? Sollte sie besser doch den Kontakt wieder abbrechen, um sich vor einer unausweichlichen Enttäuschung zu schützen?

Sie schüttelte kaum merklich mit ihrem Kopf. Keine Chance. Tom hatte sie bereits in seinen Fängen und sie wollte ehrlicherweise gar nicht davonlaufen, ganz im Gegenteil. Sie wollte mehr von ihm. Mehr von seinen Küssen.

Ein lautes Weinen ließ sie nochmals aufschrecken. Das Mädchen war soeben hingefallen und hatte sich ihre Knie auf dem trockenen Rasen aufgeschürft. Schmerzerfüllt schrie sie nach ihrer Mutter.

Aber was, wenn der gestrige Kuss für Tom nur eine gelungene Abwechslung zu seinem stressigen Berufsleben gewesen war? Wenn er heute schon wieder ein anderes Mädchen daten würde? Sich nie wieder melden würde? Würde sie dann in Kürze auch hier sitzen und bitterlich nach ihrer Mutter weinen?

Vero stieg ein unangenehmer Geschmack im Mund auf. Ein Geschmack der Unsicherheit – beängstigend und bedrückend –, den sie nur zu sehr verabscheute.

Erst ihr vibrierendes Handy holte sie schlagartig zurück in die Gegenwart. *Nummer unbekannt.*

»Hallo?«, fragte sie zaghaft in den Hörer und hoffte Toms Stimme am Ende der Leitung zu erkennen.

»Hallo Schatz, ich bin's«, antwortete stattdessen eine weibliche Stimme. Eine Stimme, die sie nur zu gut kannte.

Vero seufzte desillusioniert. »Hallo Mum, was gibt's?«

»Wie geht es dir denn Schätzchen? Wie lief dein Gespräch am Montag? Du hast dich gar nicht mehr bei mir gemeldet. Ich habe mir schon Sorgen gemacht.«

»Gut und gut«, antwortete sie ein wenig schnippisch.

»Störe ich dich gerade? Du klingst so angespannt, alles in Ordnung, Liebling?«

Augenblicklich keimten in Vero diffuse Schuldgefühle auf, wusste sie doch nur zu gut, woher die übermäßige Fürsorge ihrer Mutter stets rührte. Schon früh war ihr geliebter Vater verstorben. Der Krebs hatte ihn förmlich zerfressen, nur wenige Monate nach der Diagnose. Sie war gerade einmal fünfzehn gewesen und doch erinnerte sie sich noch gut an die kurze, aber intensive Zeit, die sie und ihre Mutter am Krankenbett ihres Vaters verbracht hatten. Es ging alles so schnell und hatte ihr auf furchtbar schmerzhafte Art und Weise aufgezeigt, wie zerbrechlich ein Leben doch war. Wie schnell sich alles um hundertachtzig Grad drehen konnte. Wie schnell man verlieren konnte, was – nein, *wen* – man liebte.

Ihre Mutter hatte damals viel geweint. Tagelang, wochenlang, Monate. Und dann hatte sie ihr Herz wieder verschenkt, an Harald, einen liebenswerten, aber auch ein wenig schrulligen Professor, den sie in einem Englischkurs an der Volkshochschule kennengelernt hatte. Vero mochte ihn. Aber mehr noch mochte sie die Tatsache, dass ihre Mutter wieder lachen konnte, auch wenn ihr das selbst oftmals sehr schwerfiel. Zu sehr schmerzte sie der Verlust ihres Vaters noch heute.

»Sorry Mum, tut mir leid. Du störst natürlich nicht und du musst dir auch keine Sorgen machen. Das Gespräch am Montag lief gut und ich bekomme vermutlich in den nächsten Tagen bereits eine Rückmeldung.«

»Schön, das freut mich sehr. Ich drücke dir die Daumen. Ist Lisa auch da?«

»Nein, die ist arbeiten«, entgegnete Vero schnell und verschwieg damit bewusst, dass sich ihre Freundin aktuell nicht einmal im gleichen Land wie sie aufhielt. Auf keinen Fall wollte sie die Ängste ihrer Mutter unnötiger Weise triggern.

»Was macht ihr Zwei denn noch Schönes in den kommenden Tagen? Habt ihr schon Pläne?«

»Ach, das Übliche eben. Ein wenig Sightseeing, Lisas Freunde treffen, Restaurants besuchen, vielleicht ins Kino gehen«, antwortete Vero und musste in kürzester Zeit bereits das zweite Mal zu einer unbequemen Notlüge greifen. Aber ihrer Mutter offen zu erzählen, dass sie gerade einen Kerl kennengelernt hatte, der einige Jahre älter als sie war und mit dem sie nach nur zwei Tagen bereits Küsse in einem dunklen Park ausgetauscht hatte, erschient ihr als die wesentlich schlechtere Option.

»Das klingt toll, Schätzchen. Dann ruh dich ein wenig aus und richte Lisa bitte ganz liebe Grüße von mir aus«, erwiderte ihre Mutter und verabschiedete sich dann freundlich von ihr.

Vero starrte noch einige Sekunden lang auf das Display, bis sich dieses abdunkelte. Dann schlurfte sie zurück ins Wohnzimmer. Auf das Sofa. Auf ihr Bett. Und da blieb sie sitzen, stundenlang. Der Nachmittag zog sich analog zu Lisas beliebten *Oooder*-Sätzen, wie ein Kaugummi. Denn obwohl das Wetter sich auch heute von seiner schönsten Seite zeigte, sie konnte sich beim besten Willen nicht motivieren, erneut alleine das Haus zu verlassen. Ihr Körper fühlte sich ausgelaugt an und dass, obwohl sie heute Nacht eigentlich mehr als nur gut geschlafen hatte. Immer wieder hatte sich Tom in ihre Träume verirrt. Selbst nach dem Aufwachen hatte sie noch ein leichtes Kribbeln auf ihrer Haut gespürt, als wären seine Berührungen keine Minute her gewesen.

Müde ließ sie ihren Blick durch das Wohnzimmer gleiten. Lisa fehlte und die Wohnung wirkte auf einmal viel größer als zuvor. Sie vermisste ihre Freundin und hatte sich die Tage mit ihr in Berlin eigentlich ein klein wenig anders vorgestellt. Nicht schon wieder wollte sie alleine in einer Wohnung sitzen und sich mit ihren kritischen Gedanken auseinandersetzen müssen. Damit hatte sie schon genug Zeit in Stuttgart verbracht, nachdem Lisa aus der gemeinsamen WG ausgezogen war. Knapp sechs Monate hatte sie sich in der viel zu großen Wohnung fast verloren – seelisch, wie körperlich – bevor sie widerwillig zurück zu ihrer Mutter gezogen war. Doch das Gefühl, welches sie jetzt verspürte, war anders. Lisa fehlte, ja, aber die Einsamkeit, die sie zurückgelassen hatte, fühlte sich nicht unangenehm an. Ganz im Gegenteil. Vero begann die Situation sogar ein wenig zu genießen. Endlich hatte sie Zeit für sich alleine, konnte einfach einmal Nichts tun. Da war Niemand, der ihr Vorschriften machte, kein Druck von außen, kein Stress, keine Ketten.

Alle Probleme schienen so unfassbar weit weg, sechshundert Kilometer entfernt, zuhause in Stuttgart. Nur ihr Kopf, der war leider noch immer präsent. Ihre Gedanken – altbekannte Kritiker. Lediglich in Toms Anwesenheit schienen ihre blockierenden Gedankenmuster förmlich zu zerbrechen. Sie fühlte sich an seiner Seite lebendiger, als jemals zuvor und beschloss kurzerhand, einfach einmal alles auf sich zukommen zu lassen, so wie Lisa es gefordert hatte.

Genügsam schob sie sich den Rest ihrer gestrigen Pizza in die Mikrowelle und wartete geduldig auf das Ablaufen der Zeitschaltuhr. Dann zog sie sich auf ihr Bett zurück und schaltete den TV an. Eine Tierdokumentation flimmerte über den Bildschirm. Ihr Handy schwieg noch immer. Keine Nachricht von Tom.

KAPITEL 9

Um zehn Uhr öffnete Vero erstmals ihre Augen und blinzelte schlaftrunken in das leere Wohnzimmer hinein. Kein Mucks war zu hören. Keine Lisa, die sie viel zu früh am Morgen aufweckte, kein Telefonklingeln, nicht einmal das Zwitschern der Vögel hörte sie an diesem Morgen.

Vorsichtig tastete sie die Liegefläche neben sich ab, um abermals einen Blick auf ihr Handy zu werfen.

Nichts. Ihr Display war nach wie vor schwarz.

Langsam setzte sie sich auf und streckte ihre Arme in die Höhe, bis ihr Rücken einen befreienden Knacks von sich gab. Die letzten Nächte auf dem Sofa hatten sichtlich ihre Spuren hinterlassen und sie sehnte sich in so manchem schmerzerfülltem Moment nach ihrem eigenen Bett. Zuhause, in ihrem Kinderzimmer, in dem sie nun seit einigen Monaten notgedrungen wieder schlief. Denn davon abgesehen, dass Lisas Wohnung viel zu groß für sie alleine gewesen war, hatte sie sich den Wohnraum in der Innenstadt nicht mehr länger leisten können. Nicht, mit ihrem geringen Einkommen, welches sie bei ihrem letzten Praktikum erhalten hatte und das vielmehr einer Aufwandsentschädigung gleichgekommen war. Doch länger als nötig, wollte sie keinesfalls wieder zuhause wohnen, auch wenn sie sich bis dato noch unsicher war, ob sie sich eine eigene Wohnung in ihrer Heimat oder doch wieder im Stuttgarter Kessel suchen sollte.

Sie stand auf und ging einige schwerfällige Schritte durch die Wohnung. Schon von Weitem leuchtete ihr ein rotes Licht an Lisas Kaffeemaschine entgegen, welches sie eindringlich daran erinnerte, dass sie gestern offensichtlich die letzten Bohnen aufgebraucht hatte. Müde schlurfte sie in die Küche und begann die wenigen Schränke nach etwas Koffeinhaltigem zu durchsuchen. Sie brauchte jetzt wirklich einen starken Kaffee, der ihr ein wenig Antrieb verleihen müsste. Doch Lisas Vorräte bestanden lediglich aus Dinkelflips, Instant-Nudeln und zahlreichen Rotweinflaschen.

Frustriert sackte sie vor ihrem aufgeklappten Koffer auf die Knie und zog die beiden erstbesten Kleidungsstücke hervor, bevor sie sich auf den Weg zum nächstgelegenen Café machte.

✦

»Einen großen Milchkaffee und einen Schoko-Donut, bitte.«

Eigentlich hasste Vero diese neumodischen Läden, welche die Namen ihrer Kunden auf Kaffeebechern schrieben und für eine Latte stolze sechs Euro kassierten. Doch Berlin war nahezu gepflastert mit dieser Art von Cafés und sie hatte keine Lust gehabt, sich auf die Suche nach einem Bäcker für Ottonormal-Verbraucher zu machen.

»Zum Mitnehmen?«, fragte der Kerl hinter dem Verkaufstresen, auf dessen Hemd der Name *Joel* eingestickt war.

»Ja. Nein. Ach, wissen Sie was, ich bleibe ein wenig hier«, entgegnete sie und nahm sich ein Tablett aus der Ablage. Ein Tapetenwechsel würde ihr sicher guttun, zumal sie auch heute nicht wusste, was sie den ganzen Tag über alleine machen sollte.

Eilig schlängelte sie sich durch die Tischreihen zu einem freien Platz am Fenster und nahm dort sofort einen ersten, kräftigen Schluck aus ihrem Becher. Dabei stellte sie ernüchternd fest, dass Joel sie gar nicht nach ihrem Namen gefragt hatte, dass ihr Pappbecher keinerlei Beschriftung zierte.

Fünf Euro, wenn du aufstehst und das reklamierst, wettete sie im Stillen mit sich selbst, bevor sie einen weiteren Schluck nahm. Gedankenverloren blickte sie dabei durch die große Fensterscheibe ins Freie. Vor dem Eingang standen einige junge Menschen, die sich vermutlich soeben einen Kaffee für die nächste Vorlesung an der Uni geholt hatten. Auf der gegenüberliegenden Straßenseite bemerkte sie einen kleinen Zeitschriftenkiosk, daneben einen türkischen Gemüsehändler und einen dieser seltsamen Handyläden, die es scheinbar überall auf der Welt gab und welcher auf einem Plakat im Schaufenster mit günstigen Preisen für Prepaid-Karten warb. Vor dem Zeitschriftenkiosk standen zwei Taxis auf dem Standstreifen und Vero dachte einen Moment lang, sie hätte ihren Fahrer von Montagnachmittag in einem der Wagen entdeckt.

Gelangweilt ließ sie ihren Blick weiter die Straße entlang schweifen, bis ihr Herz auf einmal einen heftigen Stolperer machte. Tom stand einige Meter neben den beiden Taxis und unterhielt sich angeregt mit einer hübschen jungen Frau, die ihm etwas aus ihrer Handtasche zu geben schien und ihn dann vertraut und innig umarmte. Sie trug einen schwarzen Bleistiftrock, ein weißes Shirt und dunkle Pumps. Ihre langen Haare wehten im Wind und ihre rot ausgemalten Lippen leuchteten vor dem Hintergrund ihrer hellen Hautfarbe auf, wie ein Farbklecks auf einem Schwarz-Weiß-Bild.

Vero musterte sie neidisch, während sie sich langsam in die Lehne ihres Stuhls zurückgleiten ließ.

Was machte er nur hier in Schöneberg? Und wer war die Frau an seiner Seite? Wieso hatte er keine Zeit sich bei ihr zu melden, wohl aber, sich mit einer anderen zu treffen? Ihre Gedanken fuhren Achterbahn und die Bilder in ihrem Kopf zeigten ihr kurz das weinende Mädchen, das gestern in Lisas Innenhof so bitterlich nach seiner Mutter gerufen hatte.

Tom sah heute ungewohnt schick aus, trug einen dunkelblauen Anzug und ein helles Hemd. Nur seine weißen Sneakers und die fehlende Krawatte unterschieden ihn noch von einem typischen Bürostuhlakrobaten – wie Lisa immer despektierlich zu sagen pflegte. Ihre Freundin war nahezu allergisch gegen jegliche Menschen in Anzügen. Spießigkeit war ihr Safe-Word für jede zwischenmenschliche Beziehung. Toms Optik jedoch, würde ihr sicherlich mehr als zusagen, zumal er heute in seinem Anzug einfach verdammt sexy aussah. Nervös schaute er soeben auf seine Armbanduhr, woraus Vero schloss, dass er vermutlich gerade auf dem Weg zur Arbeit war. In schnellen Schritten eilte er nach einer kurzen Verabschiedung zu einem der Taxis und fuhr davon. Die junge Frau hingegen überquerte die Straße und steuerte auf den Eingang des Cafés zu. Voller Unbehagen beobachtete Vero, wie sie den Laden betrat und sich nur wenige Meter von ihr entfernt einen Blaubeermuffin aus der Auslage reichen ließ.

Die Hände unter der Tischplatte fest umschlossen, betete sie kurz im Stillen, dass sie das Café möglichst schnell wieder verlassen würde. Sie hatte sowieso schon genügend wirre Gedanken im Kopf; mit einer Nebenbuhlerin wollte sie sich aktuell nicht auch noch konfrontiert sehen.

»Danke, Schicksal«, nuschelte sie leise und ballte kurzweilig ihre Fäuste, als die junge Frau letztlich doch in Richtung der noch freien Fensterplätze lief.

»Sorry, hast du was gesagt?«

Shit, dachte sie noch, doch ihre mutmaßliche Widersacherin drehte sich bereits zu ihr um und schaute sie fragend an.

»Oh«, stotterte Vero und fühlte sie wie auf frischer Tat ertappt. »Tut mir leid, ich habe nur Selbstgespräche geführt.«

»Das kenne ich nur zu gut«, antwortete die junge Frau lächelnd und drehte sich auf ihren hohen Hacken sogleich wieder schwungvoll von ihr ab.

»Hey, warte!« Sie schluckte kurz über ihre ungewohnte Waghalsigkeit und die vorher nicht bedachten Worte. »Woher kennst du Tom?«, sprudelte es ungehalten aus ihr hervor.

Erneut blieb die Frau stehen und drehte sich nochmals zu ihr um. »Ich bin Anna, seine Schwester, und wer bist du?«

Vero fiel ein Stein vom Herzen, so groß, dass sie kurz befürchtete, Anna hätte ihn fallen hören können. Schnell stand sie von ihrem Stuhl auf und streckte ihr ihre Hand entgegen. »Ich bin Vero, eine Freundin«, sagte sie, obwohl sie nicht wusste, ob innige Küsse zwischen zwei Menschen wirklich noch als Freundschaft zu definieren waren.

»Freut mich, Vero. Darf ich dir Gesellschaft leisten? Soll bekanntermaßen gegen lästige Selbstgespräche helfen.«

»Natürlich, gerne«, antwortete sie und rückte ihren Kaffee ein wenig zur Seite. In einem einzigen kurzen Blick musterte sie Toms Schwester dabei flüchtig. Sie hatte wunderschöne dunkelbraune Augen, eine helle, nahezu makellose Haut und sah aus wie ein modernes Schneewittchen, wären da nicht ihre rötlich schimmernden Haare gewesen.

Anna setzte sich auf den noch freien Stuhl. »Du bist also das Blusen-Mädchen«, sagte sie und zwinkerte auf eine überlegene Art und Weise. »Tom hat mir eben von dir erzählt. Er hat allerdings nicht erwähnt, wie hübsch du bist.«

Veros Wangen erröteten, bevor sie zu nicken begann.

Anna grinste über beide Ohren hinweg. Sie hatte ein unglaublich gewinnendes Lächeln, was nicht zuletzt an der kleinen Lücke zwischen ihren oberen Schneidezähnen lag.

»Ich wohne hier um die Ecke und hatte noch den Zweitschlüssel seines Apartments. Daher das Zusammentreffen vorhin«, erklärte sie sich selbstständig, ohne dass Vero sie direkt nach dem Treffen mit ihrem Bruder gefragt hatte. »Du dachtest doch nicht etwa, ich sei seine Freundin?«

»Ehrlich gesagt, dachte ich genau das. Ich weiß ja nicht, wie viele Blusen-Mädchen er sonst noch kennt.«

»Vermutlich so einige.« Anna lachte laut auf und Vero zuckte unter ihren Worten flüchtig zusammen. »Die Frage ist eher, ob er sie kennen will. Mein Bruder ist bekanntermaßen mit seiner Arbeit verheiratet und eigentlich zumeist auf der Flucht vor Frauen.«

»Flucht? Wie meinst du das?«

»Naja, sagen wir es mal so: wenn er dich datet, dann musst du ihn ganz schön beeindruckt haben. Zeit ist in seinem Leben nämlich immer Mangelware und selbst ich kann froh sein, wenn ich ihn ab und an zu Gesicht bekomme.«

»Ja, er hat mir erzählt, dass er beruflich sehr eingespannt ist.«

»Eingespannt? Na so, kann man das auch nennen. Er ist ein Workaholic.« Anna rümpfte die Nase und puhlte einige Blaubeeren aus ihrem Muffin.

Ein Workaholic? Das erklärte dann vermutlich auch, wieso Tom stets so wenig Zeit hatte und zumeist nur am späten Abend für ein Treffen zu haben war.

»Was macht er denn beruflich?«, schob Vero direkt nach.

»Das weißt du nicht?«

Sie schüttelte mit ihrem Kopf. »Nein.«

»Hast du ihn denn nicht danach gefragt?« Anna wirkte amüsiert über diese Tatsache.

»Nein?« Ihre erneute Antwort war vielmehr eine Frage. Eine, die sie sich in diesem Moment auch selbst noch einmal stellte. *Wieso hatte sie ihn das nicht gefragt?* Vermutlich, weil er sie gleich zu Beginn ihres ersten Dates getadelt hatte, dass solche Fakten doch eigentlich gar nichts über einen Menschen aussagten. Und ehrlicherweise musste sie ihm Recht geben. Sie war ja selbst kein Freund von Oberflächlichkeit.

»Vielleicht auch besser so«, murmelte Anna leise vor sich hin und schob sich einige Blaubeeren in den Mund.

»Und, was machst du beruflich? Bist du auch ein Workaholic?«, fragte Vero, die nicht weiter in Toms privaten Angelegenheiten herumstochern wollte. Vor allem nicht, in seiner Abwesenheit.

»Ich? Nein.« Anna lachte. »Ich lebe nicht für die Arbeit, auch wenn ich meinen Job wirklich gerne mache. Ich bin in der Geschäftsleitung einer Immobilienfirma.«

»Und du wohnst und arbeitest schon immer hier? Oder hast du auch einmal in den USA gelebt?«

»Nein, ich lebe schon immer hier. Tom ist nach der Trennung unserer Eltern mit unserem Dad nach Kalifornien. Er hat sich dort sein Leben aufgebaut, ich meines hier, bei meiner Mutter. Ich habe keine sonderlich gute Beziehung zu unserem Vater.«

»Und zu deiner Mum?«

»Ja, die hatte ich. Sie starb vor sechs Jahren.«

»Oh«, stammelte Vero hervor und bemerkte in Annas Augen flüchtig den auch ihr vertrauten Schmerz des Verlustes. »Das tut mir sehr leid.«

»Und was ist mit dir? Tom sagte, du kommst nicht aus Berlin«, wechselte Anna abrupt das Thema.

»Das stimmt. Ich komme eigentlich aus Stuttgart und bin nur wegen meiner Freundin hier. Sie wohnt seit einem Jahr in Berlin und hat mir ein Bewerbungsgespräch vermittelt.«

Anna nickte interessiert. »Und was ist das für eine Stelle? Was für einen Job suchst du hier in Berlin?«

»Vorgesprochen habe ich für eine Marketingstelle bei einem Stadtmagazin, aber eigentlich habe ich Literaturwissenschaften studiert. Könnte ich es mir selbst aussuchen, wäre ich wohl Buchautorin oder Journalistin, würde für ein namhaftes Verlagshaus arbeiten oder als selbstständige Autorin.« Vero musste lachen. Lachen über ihre eigenen Worte, über ihre eigenen Wünsche und Visionen. Die eigentlich nicht abwegig waren, für sie jedoch nahezu unerreichbar wirkten.

»Literaturwissenschaften, wow!«, erwiderte Anna sichtlich überrascht.

»Wow, wie kann jemand so etwas nur freiwillig studieren oder wow, ich bin beeindruckt?«

»Ein wenig von beidem.« Anna kicherte kurz mädchenhaft. »Tom scheint es jedenfalls sehr beindruckt zu haben.«

»Oder abgeschreckt.« Veros rechte Braue zuckte.

»Wieso abgeschreckt?«

»Naja, dein Bruder und ich hatten am Dienstag einen sehr schönen Abend zusammen. Wir waren spazieren, saßen im Park, haben uns unterhalten und …« Sie musste erneut an ihren Kuss denken. »… und ich habe seither nichts mehr von ihm gehört«, ergänzte sie schnell.

»Ich sagte doch, Zeit ist bei ihm Mangelware.« Anna schnalzte mit ihrer Zunge, bevor sie sie nochmals forschend musterte. »Du magst ihn, mmh?«

»Ja, sehr.« Eine kurze, aber intensive Wärme streifte Veros Gesicht und eine leichte Röte färbte sofort ihre Wangen. Sie mochte ihn, ja. Vielleicht mochte sie ihn sogar ein wenig mehr, als andere Kerle.

»Aber? Es gibt ein Aber, dass sehe ich in deinem Gesicht.

»Aber, … ich bin mir nicht sicher, ob ich …«

Sie hielt kurz inne.

… eine Chance bei ihm habe? Es überhaupt Sinn machen würde, an einer Verbindung festzuhalten, obwohl sie bald schon wieder getrennte Wege gehen würden?

Sie fuhr sich nervös durch ihr Haar. »Er ist sehr attraktiv und …« Ihre Stimme zitterte.

»… und das schüchtert dich ein?« Anna lachte.

Sie nickte verlegen. »Ja, irgendwie schon.«

»Ach Vero, du bist wirklich liebenswert. Ich verstehe jetzt sehr gut, wie es dir gelungen ist, meinen Bruder um den Finger zu wickeln.«

»Habe ich das?«

»Ganz offensichtlich.« Anna schmunzelte. »Tom hat mir noch nie zuvor von einem Mädchen derart euphorisch erzählt, wie von dir. Und glaub mir, es bedarf viel, um sein Herz zu gewinnen. Ich denke, du bist auf einem guten Weg.«

Vero schluckte verkrampft. Sie wusste gar nicht, ob sie auf einem guten Weg sein wollte. *Wo sollte dieser denn hinführen?*

»Was machst du heute noch?«, fragte Anna weiter, während sie einen Blick auf ihr Handy warf, um die Uhrzeit zu prüfen.

»Keine Ahnung«, antwortete Vero ein wenig frustriert. »Meine Freundin musste kurzfristig beruflich ins Ausland und jetzt sitze ich erstmal ein paar Tage alleine hier fest.«

»Fest?«, erwiderte Anna und begann in ihrer Tasche zu

wühlen. Nach wenigen Sekunden zog sie einen Kugel-schreiber hervor, riss eilig ein Stück Papier aus einem Notiz-block und kritzelte ihre Nummer darauf. »Süße, in Berlin sitzt niemand fest. Ich muss jetzt leider los, die Arbeit ruft. Aber wir gehen heute Abend alle auf das jährliche Lichter-fest in Friedrichshain. Ich wette, wir werden uns wiederse-hen. Mein Bruder wird dich sicherlich dorthin mitnehmen wollen. Und sollte es doch anders kommen und der Kerl sich nicht bei dir melden, ruf mich gerne an. Dann bist du mein Plus-Eins.«

KAPITEL 10

Um achtzehn Uhr klingelte ihr Handy. Fast hatte sie schon nicht mehr damit gerechnet, dass Tom sich heute noch bei ihr melden würde, doch der ersehnte Anruf kam und mit ihm eine reumütige Entschuldigung. Die Arbeit hatte ihn erneut voll vereinnahmt und er hatte bislang keine freie Minute gefunden, um sich bei ihr zu melden. Vero empfand seine Entschuldigung als etwas dürftig, wollte ihm aber keine große Szene machen. Schließlich war sie nicht seine Freundin. *Oder doch?*

»Ich würde dich heute Abend gerne sehen«, sagte Tom weiter und sie war gespannt, ob er das von Anna angepriesene Lichterfest erwähnen würde. »Begleitest du mich nachher auf ein Fest nach Friedrichshain? Es gibt Musik, ein Feuerwerk und viel Dunkelheit.«

Er schmunzelte. Sie hörte es an der neckischen Art, wie er das Wort *Dunkelheit* am Ende seines Satzes betont hatte.

»Klingt verlockend«, antwortete sie und entschied, ihm vorerst nichts von ihrem Treffen mit seiner Schwester zu erzählen.

»Es wird dir gefallen, versprochen. Ich schicke dir ein Taxi und hole dich am Parkeingang ab. Ich freue mich, Kleines«, sagte er noch, bevor er das Telefonat eilig beendete.

Vero tänzelte daraufhin durch den Flur ins Badezimmer und gönnte sich erst einmal eine besonders lange Dusche.

Ihre Vorfreude auf ein Wiedersehen mit ihm war riesig, zumal sie sich mittlerweile sicher sein konnte, dass Tom wirklich nur ein ganz normaler Workaholic war. Dass es keinen dubiosen Job, keine zahllosen Frauengeschichten, keine dunkle Vergangenheit gab. Eigentlich war sie kein Freund des Internets, aber ab und an konnte es durchaus hilfreich sein, wenn man etwas über jemanden herausfinden wollte. Und als Anna vorhin ihre Nummer auf ihren Notizblock geschrieben hatte, standen eben dort nicht nur ihre beruflichen Kontaktdaten, sondern auch ihr vollständiger Name: Anna *Biel*. Also hatte sie die Zeit bis zu Toms Anruf genutzt, um ein wenig über ihn zu recherchieren. Ehrlicherweise hatte sie lediglich seinen Namen in eine Suchmaschine eingegeben und die ihr bekannten Social Media Plattformen abgesucht. Gefunden hatte sie jedoch nichts. Nichts, über einen *Tom Biel + Berlin + Kalifornien + Medienunternehmen*. Keine Treffer. Es gab natürlich einige Tom Biels in Berlin, wenige in den USA, aber keiner davon war ihrer. Daher schlussfolgerte sie, dass es ganz offensichtlich keine Leichen im Keller unter Toms Namen gab. Ein mehr als erleichterndes Gefühl.

Nur in Unterwäsche bekleidet, ging sie jetzt vor ihrem Koffer auf die Knie und begann hektisch einige Outfits hervor zu wühlen. Sie hatte völlig verdrängt gehabt, dass ihr Koffer ein Sammelsurium purer Bequemlichkeit war. Dass sie kaum mehr, als einige einfache T-Shirts, Jeans und ein paar Sommerkleider im Gepäck hatte.

Schnell wählte sie Lisas Nummer.

»Ein T-Shirt? Ich hätte noch einen Kartoffelsack im Keller, damit hast du vermutlich die gleichen Chancen. Und ein Kleid? Besser nicht, da stechen dir die Mücken nur den

Hintern wund«, argumentierte ihre Freundin sofort gegen ihre begrenzte Auswahl und riet ihr stattdessen zu einer lässigen Jeans. »Geh mal in mein Zimmer, da müsste noch ein Spitzentop auf dem Bett liegen. Das könnte gut dazu passen.«

Vero lief eilig ins Schlafzimmer. Auf Lisas ungemachtem Bett lagen einige Kleidungsstücke, doch nur ein einziges, weißes Top. Zögerlich hielt sie es vor sich in die Luft. Es sah eigentlich ganz hübsch aus, hatte dünne Spaghettiträger und einen dezenten Spitzenrand am Dekolleté. Es war aufregend geschnitten, aber nicht zu aufreizend.

Schnell legte sie ihr Handy zur Seite und streifte es sich behutsam über den Kopf, bevor sie sich aufmerksam im Spiegel beäugte. Das Top harmonierte tatsächlich perfekt mit ihrer blauen Jeans und den weißen Sneakers. Der Stoff war blickdicht genug, so dass sie ihren BH darunter tragen konnte und die Länge ausreichend, um nicht zu viel Haut um die Hüften preiszugeben.

»Hey, hallo? Ich möchte auch etwas sehen«, bellte Lisas Stimme aus dem Hörer und Vero hielt ihr Handy sogleich weit von sich gestreckt, so dass ihre Freundin sie möglichst im Ganzkörperprofil sehen konnte. »Wow! Das sieht wirklich heiß aus. Bei dem Anblick kann er gar nicht nein sagen.«

»Nein sagen zu was?«, hakte sie nach, obwohl sie die Antwort bereits kannte.

»Sex?« Lisas Augenbrauen tänzelten kurz in die Höhe.

Vero grinste, hatte sie doch genau mit dieser Aussage gerechnet. In Lisas Welt zog man sich offensichtlich nur für einen einzigen Anlass heiß an; für Sex.

»Daten, küssen, Sex. So lautete nun mal die Reihenfolge.«

»Und wieso findet dann bei dir immer alles zur gleichen Zeit statt?«

»Weil ich, meine Liebe, schon in der Profi-Liga spiele. Du weißt doch, für mich ist das nichts, dieses Step-by-Step-Getue. Küssen ohne Sex? Ich stehe ja auch nicht unter der Dusche und drehe kein Wasser auf. Aber dir gönne ich noch ein wenig Romantik. Genieße es und erzähl mir morgen alles, auch dann, wenn ihr nur prüde Händchen gehalten habt.«

Vero legte sich das Handy nochmals an ihr Ohr. »Danke! Für dein Shirt und für deine unverschämten Ratschläge. Ich rufe dich morgen an und werde dir berichterstatten.«

»Unbedingt, ich will jedes Detail hören!«

»Wirst du, versprochen!«, erwiderte sie, auch wenn sie sich mehr als bewusst darüber war, dass sie Lisa niemals jedes Detail erzählen würde. Sie konnte mit ihrer Freundin zwar offen über so ungefähr jedes Thema sprechen, aber manche Dinge behielt sie einfach gerne für sich. Nicht unbedingt deshalb, weil sie prüde war, sondern vielmehr, weil sie eine hoffnungslose Romantikerin war und der Meinung, dass man manche Situationen einfach nicht in Worte fassen konnte – oder sollte.

Vero verabschiedete sich und lief nochmals ins Badezimmer, um sich ein leichtes Make-Up aufzutragen und ihre Haare zu einem hohen Pferdeschwarz zu binden. Heute fühlte sie sich richtig wohl in ihrer Haut und das trotz, oder vielleicht auch gerade wegen, Lisas sexy I-Tüpfelchen.

✦

Pünktlich um zwanzig Uhr stand das von Tom angepriesene Taxi vor der Haustüre. Schnell schnappte Vero sich noch einen Cardigan, verstaute das Wichtigste in einer kleinen Handtasche und zog die Türe eilig hinter sich ins Schloss. Dann sprintete sie die Treppen zur Straße hinab und stieg in den silberfarbenen Wagen ein.

Der Fahrer wusste bereits genau, wo er sie abzusetzen hatte und fuhr in einem ordentlichen Tempo zielstrebig durch die Straßen Berlins. Zwanzig Minuten dauerte die Fahrt einmal quer durch die Stadt, bis zum Volkspark nach Friedrichshain. Als der Wagen schließlich auf einem Seitenstreifen stoppte und sie die Türe öffnete, sah sie bereits Massen an Menschen rund um den Park stehen. Zu viele Menschen. Ihre Hände begannen sofort unverkennbar zu zittern und kurz überkam sie ein ihr bekanntes, beklemmendes Gefühl. Unsicher sah sie sich einige Male um.

»Hey, da bist du ja!«

Toms Stimme ließ ihre Anspannung abrupt versiegen. Sein vertrautes Gesicht, welches sie nur einen Wimpernschlag später einige Meter entfernt wahrnahm, verdrängte jegliche Beklemmung und ersetzte diese umgehend durch ein heftiges Flattern in ihrer Magengegend.

»Hey!«, wiederholte sie seine Begrüßung freudig, während sie ihn auf den letzten Schritten, die er auf sie zu machte, zu mustern begann. Er trug eine einfache blaue Jeans, ein weißes Shirt, darüber ein nicht zugeknöpftes rot-schwarz-kariertes Hemd. Seine Haare und ein Teil seines Gesichtes waren mit einer dunklen Schildmütze bedeckt, doch seine Augen funkelten erfreut darunter hervor.

Wie begrüßt man sich nur, wenn man sich bereits geküsst hat, aber offiziell kein Paar war?, fuhr es ihr durch den Kopf, bevor sie sich für einen sanften Kuss auf seine Wange entschied.

»Du siehst umwerfend aus«, hauchte er leise und griff sogleich nach ihrer Hand. »Komm, lass uns reingehen, ich stelle dir ein paar Freunde vor.«

Er zog sich seine Mütze tief ins Gesicht und führte sie wie ein Bodyguard durch einige Menschengruppen hindurch, bis sie letztlich den Haupteingang erreichten. Von hier aus ging es zahllose flache Stufen hinab in die Parkanlage, auf deren Rasen bereits unzählige Menschen ihre Decken ausgebreitet hatten.

»Da vorne sind sie! Meine Schwester und ein paar gemeinsame Freunde aus Berlin«, sagte Tom und winkte einer Gruppe von Weitem aus zu.

Vero blinzelte durch die einbrechende Dämmerung hindurch und erkannte einige Personen, die sich um eine Feuerschale versammelt hatten und sich lautstark miteinander unterhielten. Anna saß etwas abseits auf einer Decke und fischte gerade ein Bier aus einer Kühltasche, als sie sie ganz offensichtlich bemerkte.

»Das ist meine kleine Schwester«, äußerte Tom sich noch, doch Anna sprang bereits auf und umarmte sie freudig.

»Wir kennen uns schon«, unterbrach sie ihren Bruder. »Wie geht's dir Süße? Ich sagte doch, wir sehen uns wieder.«

Toms Blick wanderte irritiert von Vero zu Anna und wieder zurück. »Okay«, kommentierte er die Situation zunächst wortkarg, bevor er nachschob: »Verratet ihr mir auch woher?«

»Wir sind uns zufällig heute Vormittag in einem Café über den Weg gelaufen«, fiel Anna Vero ins Wort, die bereits Luft geholt hatte, um ihn aufzuklären. »Komm, ich stell dir die Anderen vor.«

Anna legte ihren Arm um ihre Schulter und drückte sie bestimmend von Tom fort. Vero warf ihm noch ein zaghaftes Lächeln zu, bevor sie sich abwendete und ihr folgte.

Die Anderen, eine buntgemischte Gruppe, die sich gerade Marshmallows über einer Feuerschale röstete, bestanden überwiegend aus Annas Freunden und Arbeitskollegen, die

Tom von seinen vielen Besuchen hier in Berlin kannten. Anna stellte ihr jede Person kurz vor und machte sie auch mit ihrer beste Freundin Clara bekannt. Das große schlanke Mädchen mit der blonden Kurzhaarfrisur begrüßte sie lässig mit einem High-Five und trällerte dazu ein freudiges »Alles locker?«, bevor sie ihr bestimmend einen Pappbecher in die Hand drückte.

Vero nickte stumm. Eingeschüchtert von Claras forscher Art, die sie nur zu sehr an die ihrer eigenen Freundin erinnerte.

»Wer ist denn deine Begleitung, Anna?«, fragte ein glatzköpfiger Kerl, der soeben zur Gruppe hinzugestoßen war. Er streckte ihr ein offenen Päckchen *Marlboro* entgegen. »Kippchen, Süße?«

Vero starrte auf seine komplett mit Tattoos bedeckten Unterarme und überlegte kurz, ob sie rein aus Höflichkeit eine Zigarette greifen sollte.

»Das ist Vero. Aber sie ist mit meinem Bruder hier«, schaltete sich Anna eilig ein. »Hier, hol mir lieber noch ein Bier.« Sie drückte dem tätowierten Kerl, der sie locker um zwei Köpfe überragte, bestimmend ihre leere Flasche in die Hand und zwinkerte ihm frech zu.

Ein kurzes Gefühl der Erleichterung machte sich in Vero breit, bevor ihr auch schon ein weiterer junger Mann seine Hand entgegenstreckte. »Hi, ich bin Ben. Und du?«

Anna drehte sich rasch von ihr ab und schaute zu Tom hinüber, der sich in der Zwischenzeit ein Bier geöffnet hatte und sich angeregt mit ihrem Freund Ian, einem blonden Schönling mit ordentlich Muskelmasse, unterhielt.

»Hey, Bruderherz! Dein Date ist heißbegehrt, du solltest besser aufpassen, dass sie dir nicht abhandenkommt.« Sie kicherte, auch dann noch, als ihr Bruder sein Gespräch unterbrach und zu ihr aufblickte.

In schnellen Schritten lief er auf Vero zu. »Was? Mein Baby gehört zu mir«, sagte er selbstsicher und zog sie fest in seine Arme hinein.

»Zitierst du gerade *Patrick Swayze*?« Anna grinste über beide Ohren hinweg und schüttelte ungläubig ihren Kopf.

»*Johnny Castle!* Wenn schon Spott, dann bitte richtig«, erwiderte Tom schlagfertig.

»Oje! Was sagt unsere Literaturexpertin zu einem solchen Geschmacksfauxpas?«

Annas Augen richteten sich erwartungsvoll auf Vero, die noch einen Moment innehielt, bevor sie ihr Knie anwinkelte und Tom theatralisch von der Seite aus anschmachtete.

»Hach«, seufzte sie. »Das war der Sommer, in dem ich dachte, dass ich nie einen Jungen finden würde, der so toll ist wie mein Dad«, kramte sie schnell ein weiteres Zitat aus dem Film *Dirty Dancing* aus ihrem Gedächtnis. Ein Zitat, das einen gewissen Wahrheitsgehalt mit sich brachte.

»Eins zu null für Vero!« Clara klatsche einige Male euphorisch in ihre Hände.

»Hey, süßer Bücherwurm. Ich dachte du schaust keine Filme«, flüsterte ihr Tom leise ins Ohr. Er wirkte beeindruckt und ein wenig Stolz huschte kurz über ihr Ego.

»Das gilt nicht für Klassiker.« Sie zwinkerte ihm zu und nahm einen weiteren kräftigen Schluck aus ihrem Becher.

Tom musterte sie einige Sekunden lang fasziniert von der Seite aus, ein Lächeln lag auf seinen Lippen.

»Warst du schon einmal hier?«

»Nein, leider nicht.«

»Dann lass uns doch eine kleine Runde durch den Park

laufen«, schlug er vor und streckte ihr seine Hand entgegen. »Du musst dabei auch keine Wassermelone tragen.«

»Sehr gerne«, antwortete sie und griff seine Hand.

Gemeinsam liefen sie daraufhin über die große Rasenfläche hinweg, bis sie einen asphaltierten Fußweg erreichten, der einmal durch den Park zu führen schien.

»Der Volkspark ist Berlins ältester Park, rund neunundvierzig Hektar groß. Die bekannteste Sehenswürdigkeit ist der Märchenbrunnen«, erklärte Tom monoton und zeigte auf einen Wegweiser, der auf den genannten Brunnen verwies.

Vero lachte. »Hast du das eben bei *Wikipedia* rausgesucht?«

»War das so offensichtlich?«

Sie nickte und er zuckte verlegen mit seinen Schultern.

»Schuldig! Ehrlicherweise bin ich jedes Jahr genau einmal hier. Immer zu diesem Anlass. Es ist meistens spät, man trinkt einige Bier zu viel und bekommt von seiner Umgebung nicht mehr ganz so viel mit. Aber heute bist du ja an meiner Seite, daher habe ich mich dazu verpflichtet: weniger Promille, dafür mehr Kultur.«

»Das wäre aber nicht nötig gewesen. Du weißt doch, keine Ketten, kein Druck, kein Stress. An meiner Hand kannst du sein, wer auch immer du willst und jederzeit so viel Bier trinken, wie du möchtest.« Sie grinste frech.

»Oh Kleines, ob du diese Aussage nicht irgendwann einmal bereuen wirst.« Er zwinkerte, bevor er ihre Hand noch ein wenig stärker umfasste.

Zusammen umliefen sie einen See, auf dessen Mitte eine imposante Wasserfontäne in die Höhe sprudelte. Die Sonne stand längst tief am Horizont und schickte ihre letzten Strahlen über den nachtbeschatteten Himmel, der sich eben in wunderschönen Rosé- und Aquamarintönen vermischte.

Vero ließ ihren Blick über das gut besuchte Ufer schweifen. »Was ist denn da drüben los?«, fragte sie, als in der Ferne plötzlich Lichter durch die Baumkronen schimmerten.

Tom blinzelte einige Male durch die Dunkelheit hindurch. »Da ist das Freilichtkino. Vermutlich schmeißen die heute Abend eine Party«, antwortete er und bog mit ihr sogleich auf einen Weg in Richtung der immer lauter werdenden Musik ab. »Komm, wir schauen uns das mal aus der Nähe an.«

Vero folgte ihm zu einer kleinen Erhebung, von welcher sie einen Blick auf das Partygeschehen an einer provisorisch aufgebauten Showbühne erhaschen konnten. Ein DJ beschallte von dort aus eine Tanzfläche, auf der sich eine Vielzahl an Gästen tummelte. Tom kaufte zwei Portionen Pommes an einem nahgelegenen Imbiss und sie beobachteten das Geschehen während des Essens amüsiert aus der Ferne. Veros Blick schweifte dabei immer wieder über die Tanzfläche hinweg, fing all die Menschen ein, die sich dort unten zur Musik bewegten. Ihre freudigen Gesichter, das Lachen, die vielen fröhlichen Stimmen. Dass Tom ihre schon beinahe kindliche Freude aus dem Augenwinkel heraus beobachtete, bekam sie in ihrer Euphorie überhaupt nicht mit.

»Du bist anders, als die Mädchen, die ich sonst so kennenlerne«, sagte er, bevor er eine letzte Pommes in seinem Mund verschwinden ließ.

»Anders? Ist das gut oder schlecht?«

»Sag du es mir.« Er fuhr mit seinem Handrücken über ihrer Wange und musterte sie dabei intensiv. »Was steckt hinter diesem hübschen Gesicht? Wirklich nur ein schüchterner Bücherwurm oder vielleicht doch jemand ganz anderes?«

Vero zuckte kurz zusammen, überrascht von seiner so plötzlichen Berührung und der mehr als provokanten Frage.

»Was wäre dir denn lieber?«

»Was wäre *dir* denn lieber?« Tom sah sie jetzt durchdringend an. »Wonach sehnst du dich?«

»Eigentlich nur nach Beständigkeit.« Sie zuckte mit den Schultern und schenkte ihm ein verlegenes Lächeln.

»Also, bist du eine Träumerin?« Er schmunzelte. »Nichts ist doch so unbeständig, wie das Leben selbst.«

»Ich habe einfach gerne die Kontrolle.« Rasch nahm sie ihm seinen Teller aus der Hand und ging zu einem Abfalleimer.

»Weswegen?«, fragte er mit kritischem Blick, als sie sich nur Sekunden später wieder neben ihn stellte.

»Ich fühle mich dann sicherer.«

Seine Augen wanderten forschend über ihr Gesicht. »Dir hat jemand verdammt wehgetan, nicht wahr? Wer?«

»Die Frage ist eher *was*«, erwiderte sie leise. Nicht ihr Vater, nicht Timo oder Lisa hatten ihr wehgetan. Ihr Verlust hatte ihr geschmerzt. Sie alle hatten sie einen bedeutsamen Lebensabschnitt lang begleitet, ihr Sicherheit und Halt gegeben und zuletzt doch nicht davor bewahren können, zu fallen. Hinein in einen dunklen Abgrund voller Schmerz, Enttäuschung und Einsamkeit.

Doch sie hatte jetzt und hier keinerlei Bedürfnis über ihre Gefühlslage zu sprechen. Tiefer in ihrer Vergangenheit abzutauchen. Sie war schließlich hier, inmitten feiernder Menschen, zwischen all den flackernden Lichtern, den treibenden Bässen und ihrem pochenden Herz. Sie wollte nicht reden, sie wollte die Situation gänzlich genießen.

Schnell drehte sie sich zu ihm um und schenkte ihm ein Lächeln. »Und du? Was steckt hinter deinem attraktiven Gesicht? Wer bist du wirklich?«, fragte sie ihn neckisch.

»Ich? Ich bin nur jemand, der dich dazu bringen wird, die

Kontrolle auch einmal abzugeben«, erwiderte er und streckte ihr seine Hand entgegen. »Möchtest du tanzen? Mir die Führung überlassen?«

Eigentlich hatte Vero beschlossen, nie wieder eine Hand zu greifen. Nie wieder zu vertrauen, die Kontrolle abzugeben und sich blindlinks auf Gefühle einzulassen. Doch als *Gloria Estefans Conga* lautstark aus den Lautsprechern hallte und Tom zu lächeln und seine grünen Augen zu funkeln begannen, da war sie bereit alles auszublenden. All den Schmerz der Vergangenheit, der noch immer wie ein Schatten über ihr lag, weit von sich zu stoßen und stattdessen die Hand des Mannes zu greifen, der ihr so unglaublich guttat – hier und jetzt.

Ihr Hand glitt in seine und Tom ließ sie einmal um ihre Achse rotieren, bevor er sie bestimmten hinter sich hinunter auf die Tanzfläche zog. Sanft umfasste er dort ihre Taille und begann sich mit ihr im Arm rhythmisch zu bewegen. Veros Zopf wirbelte durch die Luft und ein zufriedenes Lächeln zeichnete sich auf ihrem Gesicht ab.

Weitere zwei Songs wurden abgespielt, bevor die Stimme des DJs über die Tanzfläche tönte. »So, und jetzt zur Abwechslung einmal etwas Langsames, für all die Romantiker unter uns.«

Sie lächelte und warf Tom einen fragenden Blick zu. »Sind wir Romantiker?«

»Sind wir«, antwortete er und legte ihre Arme auf seinen Schultern ab, bevor er sie fordernd an sich zog.

»Hey, das ist mein Tanzbereich«, hauchte sie ihm zu.

Rasch drehte er seine Mütze mit dem Schild nach hinten, schmunzelte flüchtig und fasste sie anschließend noch enger um ihre Taille. »Jetzt ist es unserer.«

Vero schmiegte sich an ihn und legte ihren Kopf auf seiner Schulter ab. Seine Wange berührte dabei kaum merklich die ihre und sie atmete seinen unfassbar guten Duft ein.

Aufmerksam lauschte sie den Textzeilen.

Weil's so verdammt leicht ist, wenn du dabei bist; ich will nie woanders sei. Wir lassen uns treiben, lass uns zu weit gehen; ich will nie woanders sein. Oh, hier mit dir…

»…, dass ist der beste Ort der Welt«, flüsterte Tom ihr synchron zum abgespielten Songtext ins Ohr und berührte dabei mit seinem Mund sanft ihre Wange.

Ein Kribbeln durchzog ihren Körper.

Ja, sie wollte nirgendwo anders sein. Nur hier, in seinen Armen, am besten Ort der Welt.

»Ich steh auf dieses Lied«, sagte sie kaum hörbar und schloss ihre Augen, um sich von der Melodie der Musik tragen zu lassen.

»Und ich steh auf dich«, griff er ihre Aussage auf und seine Lippen bahnten sich den Weg über ihre Wange hinweg, bis zu ihrem Mundwinkel. *Endlich.*

Schnell schnappte sie noch nach Luft, bevor Tom sie erneut küsste und alles um sie herum – alle Lichter, Farben, Geräusche und Menschen – zu einem bunten Farbenmeer verschwammen.

KAPITEL 11

»Da seid ihr ja endlich!«, rief Anna ihnen entgegen, als sie schließlich zurück über die Wiese in ihre Richtung liefen. »Wir wollten schon eine Vermisstenanzeige aufgeben.«

Vero schielte auf ihre Armbanduhr. Es war kurz vor halb elf. Fast eineinhalb Stunden waren sie weg gewesen und hatten knutschend wie verliebte Teenager, auf der Tanzfläche gestanden. Jeder einzelne Kuss, und es waren so unglaublich viele, hatte sie mehr und mehr in ein tiefes Gefühlschaos katapultiert. Sie hasste es die Kontrolle über etwas abzugeben, doch in Toms Armen fühlte sie sich wie Wachs und jede seiner Berührungen löschte in ihrem Kopf einen Teil ihres alten Ichs aus.

»Wieso Schwesterherz, haben wir etwas verpasst?«, fragte Tom, bevor er sich ein Getränk aus einer Kühlbox zog.

»Die Frage ist doch eher, haben *wir* etwas verpasst«, erwiderte Anna neckisch und lächelte ihm verschmitzt hinterher.

Er öffnete sich ein Bier. Das Floppen des Kronkorkens hallte kurz nach. »´Ne Menge«, entgegnete er mit gedämpfter Stimme und zwinkerte Vero spitzbübisch zu.

Verlegen erwiderte sie seinen Blick und schenkte ihm ein dezentes Lächeln, bevor sie sich neben Anna auf die ausgebreitete Decke setzte.

»Oh mein Gott, er steht wirklich auf dich«, stieß Anna leise hervor. »Faszinierend.«

Vero schaute irritiert auf, während Anna ihr bestimmend eine Flasche Bier in die Hand drückte.

»Naja, du bist anders als die Mädchen, die er sonst so kennenlernt. So vollkommen anders.«

Schnell nahm sie einen kräftigen Schluck aus ihrer Flasche. Nicht um ihren Durst zu stillen, sondern vielmehr um ein weiteres Mal über die Bedeutung dieses Satzes nachzudenken. *Sie war anders. Inwiefern?* Eine ganze Gruppe an Models mit schlanken, langen Beinen und makellosen Gesichtern stolzierte sogleich in ihren Gedanken auf und ab.

Anna griff nach ihrer Hand. »Das bedeutet aber nichts Schlechtes. Ganz im Gegenteil. Und jetzt trink etwas und entspann dich ein wenig.«

Vero biss sich kurz auf ihre Unterlippe und nickte einige Male stumm vor sich hin, bevor sie ihren Blick über die Grünflächen ringsum wandern ließ. Die Dunkelheit hatte den Park mittlerweile in ein wunderschönes Lichtermeer aus zahlreichen Lampions getaucht und aus jeder Ecke ertönte fröhliches Gelächter. Eilig nahm sie einen Schluck aus ihrer Flasche, um Annas Aufforderung nachzukommen. Sie musste sich tatsächlich ein wenig entspannen, ansonsten würde ihr Kopf ihr wieder einmal einen Strick drehen und sie in eine hässliche Spirale negativer Gedanken führen.

»Na, quetscht dich meine Schwester gewohnt neugierig aus?« Toms Stimme kitzelte ihren Nacken, bevor er hinter ihr Platz nahm. Seine angewinkelten Beine umschlossen ihre Sitzfläche und er stützte sein Kinn sanft auf ihrer Schulter ab.

»Sie füllt mich vielmehr ab.« Vero hob ihre Flasche kurz an, so dass er diese zur Kenntnis nehmen konnte.

»Aber nicht, dass ich dich nachher noch nach Hause tragen muss.«

»Keine Sorge, so schnell passiert das nicht.«

Eine Lüge, und was für eine! Ausgenommen einiger Gläser Wein, gegen die sie vermutlich dank Lisas ausschweifendem Konsum bereits immun war, vertrug sie nicht besonders viel Alkohol. Würde sie noch mehr Bier trinken, könnte sie ihm tatsächlich nicht mehr garantieren, dass er sie nicht doch noch nach Hause tragen müsste. Ein Szenario, das sie auf einmal als ziemlich anregend empfand.

»Genau, so schnell passiert das nicht«, wiederholte Anna ihre letzten Worte und riss sie damit abrupt aus ihrem schlüpfrigen Kopfkino hervor. »Ich pass schon auf sie auf, keine Sorge, Bruderherz.«

»Auf wen passt du auf?«

Annas Freund Ian gesellte sich jetzt zur Runde und blickte neugierig in das Gesicht seiner Freundin. Vero hatte ihn bisher nur aus der Ferne gesehen, aber sich ihm noch nicht persönlich vorgestellt. Er war ein attraktiver Mann, obwohl er für ihren Geschmack zu viele Muskeln hatte. Seine Oberarme waren bullig, seine Schultern breit und seine Haare mindestens genauso blond, wie ihre. Sie reichten ihm fast bis zur Schulter und gaben ihm die Optik eines Surfers, der soeben auf dem Weg zum Strand war. Braungebrannt, mit wallender Mähne.

»Na ich, auf Vero«, erklärte Anna und stupste sie sanft am Oberarm an.

»Braucht sie denn Beistand?« Ian zwinkerte kurz und sie nahm von seinen glasklaren, blauen Augen Notiz, die ihr seltsam vertraut vorkamen.

»*Sie* kann gut auf sich alleine aufpassen.« Vero erwiderte sein Lächeln und streckte ihm ihre Hand entgegen, bevor sie sich vorstellte.

»Und ich bin Ian. Annas Freund, Toms Freund und jetzt auch deiner«, erwiderte er sogleich, bevor er seine Flasche mit einem lauten Klirren an ihrer anstieß.

Vero lächelte und nippte dann erneut an ihrem Bier.

Rafael, ein Arbeitskollege von Anna, hatte in der Zwischenzeit eine Gitarre ausgepackt und begann nun leise *All summer long* von *Kid Rock* in die Runde zu klimpern.

»Alles okay?«, flüsterte Tom ihr ins Ohr, während er sie mit seinen Händen umfasste und fest an sich zog.

»Ja, alles perfekt«, erwiderte sie und ließ sich langsam in seinen Armen zurückgleiten, bevor sie für einen kurzen Moment ihre Augen schloss.

Rafaels Gesang war nicht unbedingt der beste, aber er mischte sich mit den vielen fröhlichen Stimmen, der Wärme des Feuers und dem bitteren Geschmack nach Bier auf ihrer Zunge, zu etwas unglaublich Befriedigendes. Ihr Kopf war ungewohnt still, ihre Gedanken ruhten. Nur Toms Stimme hörte sie leise. »Singing sweet home Alabama, all summer long«, sang er den Song kaum hörbar mit.

»Hier.« Rafael streckte ihm seine Gitarre entgegen, nachdem er die letzten Akkorde des Liedes auf den Saiten gespielt hatte.

Vero schaute überrascht zu ihm auf.

»Los, komm schon, Bruderherz! Nur eine kleine Kostprobe«, forderte nun auch Anna.

»Nein, heute nicht«. Tom winkte ab.

»Komm schon!«, raunte es durch die Gruppe.

»Für Vero!« Anna grinste.

Tom gab einen kurzen, resignierenden Seufzer von sich.

»Du bist bereits meine ausgerufene Schwachstelle, merkst du das? Das mache ich jetzt wirklich nur für dich«, sagte er noch, bevor er die Gitarre griff und sich mit dieser ein paar Meter von ihr entfernt, niederließ. Vorsichtig zupfte er einige Male an den Saiten. Dann schloss er seine Augen und begann, ohne ausschweifende Vorankündigung des Songs, zu spielen; *Heaven* von *Bryan Adams*. Seine schöne, leicht kratzige Stimme hallte dazu melodisch durch die Gruppe.

Vero konnte ihren Blick nicht von ihm abwenden. Seine Stimme traf jeden Nerv in ihrem Körper. *Er* traf jeden Nerv, tangierte jede noch so feine Synapse, erwärmte ihr zerbrechliches Herz.

»Baby you're all that I want, when you're lyin' here in my arms, I'm findin' it hard to believe – we're in heaven«, sang er gerade, als er auf einmal zu ihr aufsah – nur für den Bruchteil einer Sekunde. Doch für sie war es mehr als nur ein flüchtiger Moment. Es schien, als würde sie sich im berauschenden Grün seiner Augen verlieren. Als würde sie alles ihr jemals bekannte, einfach vergessen. Und auf einmal verstand sie, weswegen sie ausgerechnet ihm am Montagvormittag derart heftig in die Arme gelaufen war. Wieso sich ihre Wege gekreuzt hatten, obwohl sie offensichtlich doch überhaupt nicht zusammenpassten. Es war Schicksal. *Er* war ihr Schicksal.

Noch zwei weitere Strophen lang, fuhr Tom mit seinem Gesang fort, bevor er stoppte und die Gitarre zur Seite legte.

Die Gruppe klatschte Beifall.

»Du solltest deinen Beruf nochmals überdenken. Wir würden dich auch gerne als schnulzigen Sänger einer Pop-Band sehen«, sagte Clara und einige der Freunde nickten zustimmend.

»Danke, ich werde es in Erwägung ziehen.« Schnell übergab er Rafael wieder die Gitarre, bevor er erneut hinter ihr

Platz nahm. Sein schneller, warmer Atem streifte betörend ihre Wange.

Noch immer blickte Vero verträumt auf den Platz, auf welchem Tom soeben noch gesessen hatte. Sie wusste, dass sie sich verliebt hatte. Sein Lächeln, seine Augen, seine Küsse hatten sie längst in seinen Bann gezogen. Doch nun hatte er sich auch noch ihr Herz geholt. Gerade eben, als er singend zu ihr aufgesehen hatte. Sie hatte es nicht festhalten können, nicht beschützen können. Sie hatte es verloren, an ihn. Hatte *sich* verloren.

Wenige Minuten später durchbrachen die ersten Raketen die Dunkelheit der Nacht und klassische Musik untermalte das feurige Lichtermeer am Horizont. Die Clique saß verstreut auf der Wiese, einige Pärchen hielten sich in den Armen und alle blickten den aufsteigenden Raketen nach. Auch Tom hielt sie eng umfasst.

Als der letzte Knall ertönte und eine Welle des tosenden Applauses durch den Park hallte, benetzten einige wenige Wassertropfen sogleich ihre Haut. Es begann zu nieseln und nur wenige Minuten später wurde aus den feinen Tropfen ein kräftiger Schauer, der von einem dumpfen Donnern in der Ferne begleitet wurde.

»Das war's dann wohl für heute«, brummte Anna frustriert und begann hektisch ihre Sachen in einen Rucksack zu stopfen. Eine lange Abfolge grell flackernder Blitze beleuchteten kurz ihre wimperntuscheverschmierten Augen.

Tom reichte ihr schnell zwei Decken und drückte ihr einen flüchtigen Abschiedskuss auf die Wange, bevor er Veros Hand griff und mit ihr eilig in Richtung Ausgang lief.

»Eine Mitfahrgelegenheit werden wir wohl nicht mehr bekommen«, sagte er mit Blick auf eine völlig überfüllte Taxistation, während er mit ihr an der Hand bereits zu rennen begann.

Auf den Straßen stand das Wasser innerhalb weniger Minuten knöchelhoch und Vero spürte, wie sich der Regen mehr und mehr durch ihre Kleidung hindurchwandte. Ihre Jeans klebte förmlich an ihren Beinen und Lisas Top war bis in die letzte Faser durchnässt, so dass ihr BH bereits durch den feinen Stoff schimmerte.

»Wo gehen wir hin?«, fragte sie Tom, der kurzzeitig unter einer Markise eines Cafés Unterschlupf gefunden hatte.

»Ich wohne nur drei Straßen weiter«, rief er Vero zu, die zwar direkt neben ihm stand, aber ihn aufgrund des prasselnden Regens kaum verstehen konnte. »Ist das okay für dich?«

KAPITEL 12

Tom besaß ein Dachgeschoss-Apartment in einem mehrstöckigen Gebäude kaum zehn Gehminuten entfernt, im Bezirk Prenzlauer Berg. »Ist das ein Hotel?«, fragte Vero beeindruckt und ließ ihren Blick kurz über den unbesetzten Empfangstresen in der kleinen Eingangshalle schweifen.

»Eher ein betreutes Wohnen«, scherzte er, während er den sechsten Knopf auf der Anzeige des Aufzugs drückte.

In der obersten Etage befanden sich nur zwei Apartments. Tom öffnete die Tür mit der Nummer 61 und machte mit seiner Hand eine einladende Geste.

Ein wenig zögerlich trat Vero ein, streifte sich ihre durchnässte Jacke ab und schlüpfte aus ihren Sneakers, deren Stoff vom Regen bereits völlig aufgeweicht war.

Schnell wickelte Tom sie in eine Decke, die zuvor auf seiner Garderobe im Flur gelegen hatte. »Setz dich. Fühl dich wie zuhause. Ich hole uns etwas Trockenes zum Anziehen«, sagte er und verschwand dann in einem Nebenzimmer.

Vero passierte den Eingangsbereich in wenigen Schritten und lief in den Wohnraum hinein. Beeindruckt sah sie sich um. Das Apartment war viel zu groß für eine Person und bestand im Wesentlichen aus einem einzigen Raum, mit offener Küche, Wohn- und Essbereich. Die Einrichtung glich einer gephotoshoppten Abbildung aus einer Zeitschrift. Jeder Schrank, jeder Stuhl, jedes Kissen war mit geschmackvoller Präzision angeordnet. An der vollständig verglasten Südfront stand ein graues Sofa, auf welchem bequem eine ganze Familie Platz gefunden hätte, und das auf einen riesigen LED-TV ausgerichtet war. Den weißen Tisch im Essbereich zierte ein frisches Blumengesteck. Einige Zeitschriften sowie ein gebundenes Buch lagen auf der massiven Echtholzplatte. Interessiert fuhr sie kurz über das mintgrüne Cover, auf welchem in goldener Schrift der Titel stand. *The Great Gatsby* von *F. Scott Fitzgerald*.

Wie passend, dachte sie. Hatte Tom doch so einiges mit *Jay Gatsby* gemeinsam. Er war offensichtlich ebenso wohlhabend, ein undurchsichtiger Geschäftsmann, der nicht viel aus seinem Leben preisgab. Charmant und gutaussehend, mit diesen Augen, die einem alles um sich herum vergessen lassen konnten.

Zaghaft öffnete sie die Terrassentüre und blickte hinaus auf die riesige Dachterrasse, die fast die Größe von Lisas Wohnung hatte. Etwas dergleichen hatte sie noch nie zuvor gesehen. Rechts von ihr stand ein großer Gas-Grill sowie ein imposanter Esstisch, mit Platz für etwa zehn Gäste. Links von ihr markierten einige Pflanzenkübel mit weiß-blühenden Hortensien einen Weg zu einer großen Lounge, die mit ihrem Baldachin ein wenig an ein Himmelbett erinnerte.

Sie hob ihren Kopf und linste in den dunklen Himmel hinauf, der mittlerweile etwas aufgeklart war und nur noch wenige Tropfen Regen preisgab. Vorsichtig passierte sie eine Stufe hinaus und lief barfuß über die feuchten Platten, bis hin zum Geländer der Terrasse. Von hier aus konnte sie halb Berlin überblicken. Tausende Lichter funkelten unter ihr. Behutsam öffnete sie den straffen Knoten, zu dem sie ihre Haare gebunden hatte und genoss einen Moment lang die vom Regen abgekühlte Abendluft, die ihr hier am Rande der Terrasse wohltuend entgegen blies.

»Ach, hier bist du«, sagte Tom, als er sie am Terrassengeländer stehen sah. Er hatte sich in der Zwischenzeit eine trockene Jogginghose und ein schwarzes Shirt übergezogen und stand barfuß in der Türe, wie ein Fotomodel aus einem Hochglanz-Magazin.

»Tom, das ist fantastisch«, erwiderte sie und deutete in die Ferne der Nacht. »Ein unglaublicher Ausblick.«

Er lächelte bescheiden und stellte sich neben sie an das Geländer. Einige Regentropfen bahnten sich ihren Weg auf sein Shirt, als er sich kurz durch seine nassen Haare fuhr.

»Freut mich, dass es dir gefällt.«

»Gefällt? Es ist atemberaubend.« Ihre Augen begannen zu leuchten. »Es muss wunderbar sein, von hier oben den Sonnenaufgang am Morgen oder zahllose Sternschnuppen in der Nacht zu sehen.«

»Vermutlich.« Toms Blick schweifte in die Ferne. »Ich habe bisher leider noch nie Zeit gefunden, um hier draußen in Ruhe zu sitzen. Weder abends, noch am frühen Morgen.«

»Das ist wirklich schade.«

»Ja, das ist es«, raunte er kurz, schob jedoch direkt nach: »Möchtest du etwas trinken? Ich könnte uns zwei Gläser Wein holen.«

»Besser nicht, danke.«

»Hast du Angst, dass du dann die Kontrolle verlierst?« Er drehte sich zu ihr und lächelte verschmitzt.

»Würdest du es denn ausnutzen?« Ihre Brauen zuckten kurz in die Höhe, während sie sein Lächeln erwiderte.

»Vielleicht.«

Verlegen blickte sie noch einmal in die Tiefe. Ein weiterer

Windstoß erfasste dabei ihr Gesicht und ihre feuchten Haare, die sich dezent in Wellen um ihre Wangen gelegt hatten, wirbelten durch die Luft.

»Hey, ist dir kalt?«, fragte er besorgt und rückte etwas näher an sie heran, um die Decke noch ein wenig fester um sie zu winden. »Ich habe dir etwas Trockenes …«

»Nein, schon gut«, hauchte sie ihm zu, bevor er seinen Satz beenden konnte. »Mir ist nicht kalt.«

Tom strich ihr zärtlich eine nasse Haarsträhne hinter ihr Ohr und schaute sie dabei intensiv an – sekundenlang. Vero scheute seinen Blick nicht. Seine grünen Augen hatten sie vom ersten Moment an, wie magisch angezogen. Sie schimmerten verführerisch, leidenschaftlich, strahlten eine Ehrlichkeit aus und waren dennoch ebenso geheimnisvoll, wie die Dunkelheit des tiefschwarzen Nachthimmels.

»Was denkst du gerade?«, fragte er leise.

»Dass ich mich in deinen Augen verlieren könnte.« *Sie war ehrlich. So verdammt ehrlich.*

»Könnte?« Er schmunzelte.

»Möchte«, korrigierte sie sich mit gedämpfter Stimme.

»Dann tu es doch einfach«, erwiderte er, bevor er seine Finger sanft über ihre Wange zu ihrem Kinn gleiten ließ und seine warmen Lippen auf ihre legte.

Die Welt stand still. Nur für einen kurzen Moment.

Nie zuvor hatte Vero einen Kuss als derart intensiv empfunden und das, obwohl sich ihre Zungen nicht einmal berührten. Ein berauschendes Kribbeln bahnte sich seinen Weg hinab, bis zu ihrem Unterleib. Oh, sie begehrte ihn so sehr. Jede Faser ihres Körpers wollte mehr von ihm, jeder Zentimeter ihrer Haut sehnte sich nach seinen Berührungen.

Langsam löste sie sich von seinen Lippen und strich ihm einige Wassertropfen aus dem Gesicht.

»Du solltest deine nassen Kleider ausziehen, bevor du dich erkältest«, insistierte er mit leiser und doch fordernder Stimme.

»Leihst du mir dann wieder dein Shirt?«, fragte sie und ließ ihre Fingerspitzen spielerisch den Saum entlangwandern.

»Wenn es das ist, was du willst?« Seine Mundwinkel zuckten kurz nach oben.

»Ja«, hauchte sie. Wohlwissend, dass sie damit nicht nur sein T-Shirt meinte.

Los, sei mutig!, forderte sie sich wieder einmal im Stillen auf, bevor sie die Decke selbstbewusst von ihren Schultern gleiten ließ und diese über das Geländer der Terrasse legte.

Tom schluckte merklich, sichtlich überrascht von ihrer plötzlichen Offensivität. Und als er den Bund ihres Tops griff, bemerkte sie erstmals einen Hauch von Unsicherheit in seinem Blick, die sie als seltsam tröstlich empfand.

»Dann möchte ich dir deinen Wunsch natürlich nicht abschlagen«, entgegnete er trotz allem gewohnt selbstsicher und streifte ihr sogleich das Oberteil vom Körper.

Verlegen blickte sie auf den Ansatz ihres Busens. Gott sei Dank, hatte sie vorhin den weißen Spitzen-BH gewählt. Auch wenn dieser nach dem heftigen Regenschauer nicht mehr ganz so entzückend aussah.

Tom ließ seine Augen über ihre Rundungen wandern. »Du bist wunderschön«, sagte er leise, bevor er sich in den Nacken griff und sein eigenes Shirt mit einer einzigen schnellen Bewegung über den Kopf hinweg auszog.

Sein perfekt definierter Oberkörper kam zum Vorschein. Keiner dieser muskeldurchzogenen Körper mit ausgeprägten Brustmuskeln und Waschbrettbauch. Ein schöner Oberkörper, leicht sonnengebräunt, sportlich definiert.

Sie musterte ihn verliebt, gefesselt und auch ein wenig eingeschüchtert, von seinem makellosen Erscheinungsbild.

Er streckte ihr sein Shirt entgegen.

Vero legte ihre Hand auf den Stoff, doch sie griff nicht zu. Stattdessen verharrte sie kurz und sah ihn stumm an. Es war nahezu dieselbe Situation, wie damals in jener kleinen Boutique in der Französischen Straße, als sie sich in der Umkleidekabine gleichermaßen gegenübergestanden waren. Nur war heute nicht nur sein Oberkörper entblößt. Auch sie trug dieses Mal nicht mehr, als ihren BH. Ihr Brustkorb hob und senkte sich rasch unter ihren schweren Atemzügen.

Tom stieß einen kurzen Seufzer hervor. »Jetzt nimmst du mir gleich die Kontrolle, Kleines.«

»Dann haben wir ja beide nichts mehr zu verlieren.«

Ihr Satz war kaum ausgesprochen, da zog er sie auch schon in seine Arme. Begehrlich teilte er ihre Lippen mit seiner Zunge. Vero erwiderte seinen Kuss, der nun alles andere als sanft war. Er war Ausdruck puren Verlangens.

Langsam und doch bestimmend schob er sie mit seinen Küssen in Richtung des Himmelbettes, bis sie die Kante des Bettrahmens in ihren Kniekehlen spüren konnte. Ohne sich von ihren Lippen zu lösen, öffnete er den Knopf ihrer Jeans und zog den Reisverschluss hinunter. Sie spürte die feinen Metallzähne auseinanderdriften, spürte, wie der Bund sich lockerte und sich eine anregende Feuchtigkeit in ihrem Slip bemerkbar machte.

»Ist das okay?« Er blickte sie wachsam an, versuchte offensichtlich in ihrem Gesicht zu deuten, ob dies nicht der Fall war und er vielleicht zu aufdringlich gewesen war.

»Ja«, stieß sie sanft hervor, während sie eilig ihre nasse Hose abstreifte. Sie wollte schnell sein, so dass er ihre Antwort nicht infrage stellen konnte. Oder vielleicht auch, dass *sie* diese nicht infrage stellen *musste*. Sie wollte zügiger handeln, als ihr Kopf in der Lage wäre, nachzudenken.

In ihrem Spitzen-BH und einem weißen Slip ließ sie sich auf die Matratze der Lounge gleiten und beobachtete im Sitzen, wie nun auch er den Bund seiner Hose lockerte und diese auf den Boden streifte. Er trug eine schlichte schwarze Boxershorts, durch die seine Erektion deutlich erkennbar war. Verlegen versuchte sie nicht ganz so offensichtlich auf sein bestes Stück zu starren, welches ihr eindrucksvoll verdeutlichte, dass sie vermutlich kurz davorstanden, miteinander zu schlafen. Sie, das unsichere, introvertierte Mädchen und er, der Kerl, der ihre Hand gegriffen hatte, um ihr nun wahrhaftig die Kontrolle zu nehmen.

Mit einem verheißungsvollen Glänzen in den Augen beugte er sich zu ihr vor, fasste ihr Gesicht und drückte ihren Körper bestimmend hinunter auf die weiche Matratze.

Und Vero ließ ihn gewähren. Ließ ihn zahllose, zärtliche Küsse auf ihren Hals und ihr Schlüsselbein hauchen, während sie seine Oberarme umklammerte und seinen festen Bizeps spürte. Es war ein berauschendes, lustvolles Gefühl und dennoch begannen sich ihre Gedanken wieder einmal blockierend durch ihren Kopf zu winden.

Ging ihr das jetzt doch alles zu schnell?

Sanft streifte er die Träger ihres BHs hinunter und öffnete gekonnt den Verschluss auf ihrem Rücken.

Sie schluckte nahezu parallel zum Knacksen des Plastik-Clips. Derart verspannt, dass es ihr schon beinahe weh tat.

Zögerlich blickte sie zu ihm auf.

Seine Nasenspitze berührte die ihre. Ihre Lippen trennten nur wenige Zentimeter voneinander. Ein Kuss könnte alles besiegeln. Hier und jetzt. *Doch sollte sie ihn wirklich noch einen Schritt weitergehen lassen? Sie kannte ihn doch erst seit wenigen Tagen.* Oh nein, da war sie wieder. Diese Unsicherheit. Was wäre, wenn? Was wäre, wenn nicht? Sollte sie oder besser nicht? Quälende Gedankenspiele im Konjunktiv.

Tom strich sanft über ihre Stirn hinweg und nahm sichtlich Notiz von ihrer plötzlich aufkeimenden Unsicherheit. »Hey, wir müssen das nicht tun, wenn du dir nicht sicher bist«, flüsterte er ihr zu. »Ich möchte dich zu nichts drängen.«

Aber ich möchte mich zu etwas drängen. Ich möchte den Kampf gewinnen, gegen die Angst, die Vorsicht, die Vernunft. Ich will dich küssen, hörte sie ihre innere Stimme flehen. *Ich will deinen Körper spüren. Ich will dich festhalten und dich nie wieder loslassen.* Ja, sie wollte diese feine Grenze überschreiten, jetzt sofort. Jene Grenze, die die Vernunft von der Unvernunft und die Kontrolle vom Kontrollverlust trennte. Sie wollte sehen, was passierte, wenn sie endlich einmal den Mut aufbringen würde, sich fallen zu lassen.

»Ich bin mir sicher«, erwiderte sie leise und streifte sich schließlich selbst die Körbchen ihres BHs vom Körper.

Tom beobachtete jede einzelne ihrer Bewegungen angeregt, bevor er sich nochmals zur Seite drehte und ein Kondom aus seiner Hosentasche zog. Sie sah das metallisch-glänzende Papier der Verpackung kurz reflektieren. Dann streifte er seine Shorts ab.

Wieso war er so gut vorbereitet? Hatte er etwa …

Ihre kritischen Gedanken kamen nicht weit, denn sie spürte unvermittelt Toms Fingerspitzen am Rande ihres Höschens. Er zog es hinunter. Langsam. Zentimeter für

Zentimeter, als ob er ihr nochmals etwas Zeit geben wollte für einen eventuellen Rückzug. Doch für Vero gab es längst kein Zurück mehr. Sie hielt die Luft an, ganz fest. Als wäre sie soeben auf der Spitze einer Achterbahn angekommen, die nun kurz davorstand, sie zu einem Adrenalinkick in die unbekannte Tiefe zu führen. So unbekannt, dass es ihr schon beinahe Angst bereitete. So aufregend, dass es ihren Körper vor Anspannung fast zerriss.

Zärtlich strich sie ihm über sein Gesicht, den Hals hinab, bis zu seiner durchtrainierten Brust. Seine samtweiche Haut spannte sich warm und glatt über die erhabenen Muskeln. Hingebungsvoll legte sie ihre Arme um seine Schultern und zog ihn fest an sich, bis sie seine Erregung zwischen ihren Schenkeln spüren konnte.

Ohne seinen Blick auch nur eine Sekunde von ihr abzuwenden, begann er sich langsam zu bewegen und streichelte dabei zärtlich über ihr glühendes Gesicht hinweg. Und als sie ihre Augen letztlich schloss, sich der Situation gänzlich hingab, da spürte sie ihn – wahrhaftig –, den Kontrollverlust. Er schmeckte berauschend nach Minze und Bier, roch sinnlich, und fühlte sich an wie das Frischverliebtsein. Toms Worte, sein Körper, seine Berührungen, all das, hatte augenblicklich die Wirkung einer perfekt dosierten Droge. Einer Droge, die ihr die Kontrolle nahm und die ihr mit jedem Herzschlag mehr und mehr den eigenen Verstand vernebelte. Die Wärme der Sommernacht legte sich auf ihre Haut wie ein feuchter Film und machte jede Berührung intensiver, als sie es jemals zuvor empfunden hatte. Toms warme Lippen auf ihren zu spüren, während er sie fest in seinen Armen hielt, ließen all ihre Gedanken schließlich in einer Flut an Endorphinen verblassen.

KAPITEL 13

In der Ferne schlugen die Glocken einer Kirchturmuhr neun Mal, als Vero aufwachte und in die Helligkeit des anstehenden Tages blinzelte. Noch hatte sie wenig Orientierung und versuchte den gestrigen Abend in Windeseile wie ein Puzzle zusammenzusetzen.

»Guten Morgen«, flüsterte Tom ihr zu. Er saß neben ihr auf der Bettkante und sah derart perfekt aus, als hätte er den Tag bereits vor vielen Stunden begonnen. Einige feuchte Strähnen seiner frischgewaschenen Haare fielen in seine Stirn.

»Hey«, erwiderte sie leise und vergrub ihr verschlafenes Gesicht schnell unter der Bettdecke. »Du riechst so gut, nach Schoko-Brownies.«

Er lachte und zog die Decke beiseite. »Das ist das Frühstück, Kleines«, sagte er und zeigte stolz auf den üppig eingedeckten Esstisch auf der anderen Seite der Terrasse.

Veros Augen weiteten sich. Beeindruckt ließ sie ihren Blick über eine Platte mit frisch geschnittenem Obst wandern und bemerkte auch die von Tom eben erwähnten Brownies, die neben einigen Croissants auf einer weißen Etagere platziert waren.

»Wow. Hast du das etwa alles gezaubert?«

»Naja, ehrlicherweise zaubern lassen. Ich habe leider zwei linke Hände.«

»Aber zwei äußerst geschickte, linke Hände.«

»So vorlaut am frühen Morgen?«

Bestimmend hob er ihr Kinn an und küsste sie.

Erneut erwachte dabei ein Kribbeln tief in ihrem Unterleib, welches sich in Sekundenschnelle in Wellen über ihren gesamten Körper ausbreitete. In ihrem Nacken angekommen, mauserte es sich jedoch zu einem stechenden Schmerz, der ihr unangenehm durch den Kopf hindurch jagte.

Schmerzerfüllt löste sie sich von seinen Lippen.

»Wieso habe ich denn solche Kopfschmerzen?«, fragte sie mit belegter Stimme – mehr rhetorisch, als dass sie eine Antwort von ihm erwartet hätte.

»Das kommt bestimmt von den Pillen, die ich dir gestern ins Getränk gemischt habe«, antwortete er spöttisch und küsste sie auf ihre Stirn.

»Gute Pillen«, hauchte sie und musste kurz daran denken, wie zügellos und unbedacht sie gestern Abend doch gewesen war. Und dass, ganz ohne Hilfsmittel.

»Ja, sehr gute Pillen«, flüsterte er schmunzelnd zurück und küsste sie sanft ihren Hals entlang.

Vero seufzte kurz auf. Ihr Schädel stand kurz davor, in tausend Teile zu zerspringen und daran konnten auch Toms mehr als anregende Küsse nichts ändern.

»Komm, ich hol dir schnell eine Schmerztablette. Du kannst ja derweil unter die Dusche, wenn du möchtest.«

Tom stand auf und ging zur Terrassentüre zurück. Vero blickte ihm verliebt nach, bis er im Inneren der Wohnung verschwand. Dann linste sie zögerlich unter die Bettdecke. Sie war nackt. Ein Anblick, der ihr sofort ein wenig Röte ins Gesicht trieb. Natürlich war sie nackt, sie hatte gestern schließlich Sex gehabt. Sex, mit ihm!

Verunsichert schaute sie sich um. Ihre Kleidung hing

nahezu unerreichbar über einer Stuhllehne, auf der anderen Seite der Terrasse. Langsam setzte sie sich auf, wickelte sich die Decke um ihren Körper und eilte über die warmen Platten hinweg. Ihr Shirt und ihre Jeans waren noch immer nass vom Regen des Vorabends, nur ihr Slip und BH waren bereits in der morgendlichen Sonne getrocknet.

Schnell griff sie sich ihre Unterwäsche und huschte ebenfalls in die Wohnung hinein. In wenigen Schritten erreichte sie das Badezimmer, welches sich gleichermaßen imponierend zeigte, wie der Rest seines Apartments. Neben einer Eckbadewanne mit Massagefunktion, gab es hier auch eine ebenerdige Dusche, in der eine ganze Gruppe an Menschen Platz finden konnte. Auch sie wirkte makellos und bis in die letzte Fuge hinein poliert.

Sie ließ das Bettlaken zu Boden fallen und schob die große Glasfront der Dusche zur Seite. Warmes Wasser umspielte ihre Füße in Sekundenschnelle, bevor sie sich komplett unter den sanften Druck des Wasserstrahls stellte und sich mit einem von Toms herrlich duftenden Duschgels einschäumte. Mit jeder Berührung ihres Körpers sah sie die Bilder der vergangenen Nacht wie Blitze durch ihren schmerzenden Kopf jagen. *Hatte sie wirklich mit diesem unglaublich attraktiven Kerl da draußen geschlafen? Nach nur vier Tagen? Vier Tagen.*

Vero war von sich selbst überrascht. Noch nie zuvor hatte sie so schnell mit einem Mann im Bett gelegen. Aber dieses Mal war es anders. Tom war anders.

Behutsam fuhr sie sich durch ihre nassen Haare und kreiste mit ihren Fingern druckvoll über ihre Schläfen. Die warme Dusche tat gut und dämpfte den Schmerz, der noch immer spürbar in ihrem Kopf hämmerte.

Nach einigen Minuten drehte sie das Wasser wieder ab

und griff sich ein Handtuch, das neben einem blauen T-Shirt an einer Wandhalterung hing. Mit wenigen Handgriffen trocknete sie ihren Körper, zog sich ihre Unterwäsche an und schlüpfte dann in das Shirt, welches sich als Trikot einer Football Mannschaft aus Los Angeles herausstellte. Langsam fuhr sie sich durch ihre feuchten Haare und knotete diese mit flinken Fingern zu einem Zopf zusammen.

Der Regen des Vorabends hatte ihr Make-Up leicht verblassen lassen, doch ihr Gesicht lächelte ihr erstaunlich frisch aus dem großen Spiegel über dem Waschbecken entgegen. Vero verharrte kurz und blickte sich selbst tief in die Augen. *Blau-Grau* stand in ihrem Personalausweis. Doch von einem Grau fehlte heute jede Spur. Vielmehr leuchteten ihre Augen an diesem Morgen so strahlend blau, wie der Himmel über Berlin.

»Wer bist du?«, hauchte sie ihrem Spiegelbild schmunzelnd entgegen, bevor sie sich ein wenige Wasser ins Gesicht fächerte. Ihr gefiel diese neue Version ihrer selbst sehr, obgleich sie ihr auch ein wenig Unbehagen bereitete. Niemals zuvor hatte sie sich auf eine solch leidenschaftliche Art und Weise von ihren Gefühlen überwältigen lassen. Doch es schien, als wäre es ihr erstmals gelungen, den Aus-Knopf ihres Kopfes zu finden und ihm kaum Spielraum für kritische Gedanken zu geben.

Als sie wenige Minuten später zurück auf die Terrasse lief, saß Tom bereits mit Kaffee und einer Zeitung am Esstisch. »Ein Traum«, bemerkte er und schob letztere eilig beiseite.

Sein Trikot endete nur einige Zentimeter über ihren Knien und ließ die Frage danach offen, ob sie unter dem wenigen Stoff noch etwas trug oder nicht.

»Wer? Ich oder die Tatsache, dass ich dein Shirt ohne

Höschen darunter trage?«, konterte sie und lachte mädchenhaft, um ihre eigene Irritation über diesen plumpen Satz wettzumachen. Schnell nahm sie auf einem der freien Stühle Platz.

»Oh mein Gott, bitte heirate mich«, scherzte er und beugte sich zu ihr, um ihr einen kurzen, aber nicht minder zärtlichen Kuss auf die Lippen zu hauchen.

»So einfach kann man dich um den Finger wickeln?«

»Noch viel einfacher«, antwortete er, während einige Sonnenstrahlen in sein Gesicht fielen.

Heute, hier bei Tageslicht, fiel Vero erstmals auf, dass ein paar wenige Sommersprossen seine Nase zierten. *Wie schön kann ein Mann nur sein?*, dachte sie und blieb einige Sekunden fasziniert an seinem perfekten Gesicht hängen. Er sah aus wie gemalt. Mit seinen grün funkelnden Augen, der makellosen Haut und diesen sinnlichen Lippen, die sie mit jeder Bewegung wie magisch anzuziehen vermochten.

»Hey, hast du mir zugehört?« Toms Stimme riss sie aus ihren Gedanken. »Ich muss leider gleich zur Arbeit. Bei uns ist gerade der Teufel los«, wiederholte er den von ihr zuvor nicht gehörten Satz, bevor sein Handy anfing zu klingeln. »Du entschuldigst mich kurz«, sagte er noch und seine Stimme veränderte sich augenblicklich. Sie klang tiefer, härter und herrischer als Vero sie kannte. »Hi, Jared. Give me a second, I can't talk right now«, hörte sie ihn noch auf Englisch sagen, bevor er in der Wohnung verschwand.

Nachdenklich griff sie eines der Croissants aus der Etagere und nahm einen zögerlichen Bissen. Eigentlich hatte sie überhaupt keinen Hunger, musste ihren Magen aber dringend ein wenig füllen, bevor sie die Schmerztablette, die Tom vorhin neben ihrem Teller platziert hatte, nehmen konnte. Mit einem kräftigen Schluck Orangensaft spülte sie das *Aspirin* schließlich hinunter, bevor sie zu ihrer Jeans und Lisas Top griff und sich gemächlich anzog. Noch einmal ließ sie ihren Blick dabei über das Geländer hinweg in die Ferne schweifen. Bei Tageslicht hatte die Großstadt unter ihr zwar ein wenig an Charme eingebüßt, doch sie hätte stundenlang hier stehen und die vielen kleinen Punkte unter sich beobachten können, die sich durch die engen Straßen bewegten.

Sie nahm einen letzten kräftigen Atemzug, bevor sie zurück in die Wohnung lief und das erste Mal am heutigen Tag ihr Handy prüfte.

Na, wie war das Händchenhalten gestern?, leuchtete eine SMS auf dem Display auf, gleich neben einer E-Mail-Benachrichtigung aus der Personalabteilung von *Reflection.Berlin*. Doch für das Thema Arbeit hatte sie jetzt absolut keinen Kopf und so wischte sie die Meldung kurzerhand beiseite und schrieb Lisa mit einem zwinkernden Smiley zurück.

Er kann mit seinen Händen tatsächlich noch mehr als nur das.

Ihre Freundin antwortete sogleich mit einem Hotdog-Emoticon und einem dicken roten Fragezeichen. Vero wusste, dass sie am anderen Ende der Leitung nur so lauerte.

Erzähl ich dir später.

Spielverderberin!

Ein kurzes selbstsicheres Grinsen zeichnete ihr Gesicht. Das erste Mal seit langer Zeit könnte sie Lisa nachher eine aufregende Geschichte aus ihrem Liebesleben präsentieren. Kein prüdes Händchenhalten, keine langweiligen Küsse auf einer Party. Nein! Heute könnte sie ihr von einer unglaublichen Nacht erzählt. Einer Nacht mit Tom.

Sie schob ihr Handy zurück in ihre Tasche und nahm auf dem Sofa im Wohnzimmer Platz. Gemächlich ließ sie den weichen Stoff zwischen ihren Fingern hindurchgleiten und blickte sich interessiert im Wohnbereich um. Gestern, am späten Abend, hatte sie ihn mehr oberflächlich als aufmerksam betrachtet. Erst jetzt erkannte sie, dass in dem zunächst so steril wirkenden Apartment doch ein wenig Persönlichkeit zu stecken schien. Denn auf dem schicken TV-Sideboard standen einige Bilderrahmen mit persönlichen Fotos.

Vero stand auf und betrachtete neugierig die Gesichter der Personen, die auf den gerahmten Bildern abgebildet waren. Ein Foto zeigte eine lachende Anna, die Tom Huckepack trug und die ihre Arme weit von sich gestreckt hatte, als könnte sie fliegen. Beide sahen noch unglaublich jung aus und sie vermutete, dass die Aufnahme schon gute zehn Jahre alt sein musste. Auf einem zweiten Bild lächelte ihr ein älterer Mann in Uniform entgegen, um welchen Tom fest seinen Arm gelegt hatte. Er hatte ähnlich markante Gesichtszüge und seine Augen waren grün, auch wenn sie nicht mehr ganz so lebhaft schimmerten wie die seines Sohnes. Ein wenig nach hinten versetzt stand ein weiteres Foto, das Toms verstorbene Mutter zeigte. Sie war schlank, blond und hatte ein unglaublich schönes Lächeln. Eines, das eine kleine Zahnlücke offenbarte. Das Bild wurde vor dem Brandenburger Tor aufgenommen und Anna grinste mit einem roten Flaum auf dem Kopf aus einem Kinderwagen hervor.

Veros Lippen verzogen sich zu einem sanften Lächeln, bevor sie einen Schritt zurücknahm und das Gemälde betrachtete, welches neben dem Sofa an der Wand hing. Die gut zwei Meter breite Leinwand zierte ein silberfarbener Kreis, der nicht ganz akkurat mit einem Pinsel aufgemalt worden war und am Rand immer wieder ein wenig aus der Form lief. Ein eigentlich absolut emotionsloses Motiv. Wenig aufregend, wenig überraschend und ohne viel Raum für Interpretation. Doch es schien sie, auf eine nicht nachvollziehbare Art und Weise, in seinen Bann zu ziehen. Ein seltsames Gefühl stieg in ihr auf. Irgendwo hatte sie dieses Bild schon einmal gesehen, doch die damit verbundenen Emotionen waren mehr als diffus.

Als Toms Schritte durch den Flur hallten, zuckte sie kurz zusammen und ihre zerstreuten Gedanken verblassten sogleich, als er nur wenige Meter vor ihr im Wohnzimmer erschien. Er trug eine dunkelblaue Hose, ein weißes Hemd sowie cremefarbene Designer-Sneakers. »Gefällt dir was du siehst?«

Vero musterte ihn fasziniert. »Ja, sehr.«

»Ich meinte eigentlich das Bild.« Er lachte.

Eine flüchtige Röte färbte ihre Wangen. Schnell richtete sie ihren Blick wieder auf das Gemälde. »Naja, es ist durchaus schön gezeichnet, aber eben doch nur ein Kreis«, entgegnete sie nüchtern und zuckte kurz mit ihren Schultern.

»Nicht nur ein Kreis«, wiederholte er ihre Aussage, bevor er mit abgeklärter Stimme fortfuhr. »Es ist eines der ältesten Symbole der Menschheit. Der Kreis steht für das Vollkommene, das Unendliche. Für Zeit- und Raumlosigkeit. Ich hätte eigentlich gedacht, dass es jemandem wie dir gefällt.«

»Jemandem, wie mir?«

»Jemandem, der tiefgründig ist, der Dinge nicht einfach nur hinnimmt, sondern sie auch hinterfragt. Jemand, der dieses Funkeln in den Augen hat, wenn er über Literatur und Kunst spricht. Der diese niedliche kleine Falte auf seiner Stirn bekommt, wenn er versucht seine Unsicherheit zu verbergen.« Er trat einen Schritt an sie heran.

Vero starrte ihn an.

Nein, sie starrte durch ihn hindurch. Noch immer auf das Gemälde an der Wand hinter ihm.

Das Vollkommene. Das Unendliche.

Geborgenheit. Vertrauen. Schmerz.

Ihre Gedanken wirkten vollkommen zerstreut, verknüpften Worte mit Gefühlen, die sie nicht zuordnen konnte.

»Da ist sie wieder«, sagte Tom und fuhr eine kleine Falte auf ihrer Stirn nach. »Was beschäftigt dich, Kleines?«

»Du.« Sie schaute verlegen zur Seite.

»Ich? Ist das ein gutes oder ein schlechtes Zeichen?«

»Ein …«

Toms Handy begann erneut in seiner Hosentasche zu vibrieren, bevor Vero ihm eine Antwort auf seine Frage geben konnte. Er seufzte kurz und warf ihr einen entschuldigenden Blick zu, bevor er den Anruf annahm. »Alex, wie geht es dir? Was kann ich für dich tun?« Dann lief er in schnellen Schritten hinaus in den Flur.

Ja, er beschäftigte sie – Tag und Nacht. Doch die Fakten lagen auf dem Tisch. Sie musste sich nichts vormachen. Er würde wieder in die USA zurückfliegen, sie wieder nach Stuttgart. Ihre Zeit war endlich, hatte ein Verfallsdatum. Es war unabwendbar, dass sie verletzt werden würde, ihr Herz zerbrechen würde, und doch glaubte sie, dass Tom der eine Mann in ihrem Leben sein könnte, auf welchen sie schon immer gewartet hatte. Sie starrte zur Decke hinauf und dachte kurz darüber nach, wie diese beiden Realitäten wohl miteinander zu vereinbaren waren.

Toms Schritte kamen näher und unterbrachen erneut ihre Gedanken. »Schlechte Nachrichten«, warnte er sie bereits aus der Entfernung vor und schob sein Handy nervös zwischen den Fingern hin und her. »Mein Kalender ist gerade um zwei Termine reicher geworden. Heute und morgen muss ich leider geschäftliche Verpflichtungen wahrnehmen.«

»Du arbeitest auch am Wochenende?«, hakte sie überrascht nach. »Wer zur Hölle bist du, der Präsident der Vereinigten Staaten?«

Tom lachte kurz, doch dann wurde seine Miene wieder ernster. »Nein, ich bin einfach nur ein Sklave des Kapitalismus. Ich sagte doch, manche Ketten kann man nicht so einfach ablegen.« Nervös blickte er auf seine Uhr.

»Los, geh schon, du Workaholic«, bestärkte sie ihn, bevor auch sie ihre Sachen zusammenpackte und sich nach einem letzten innigen Kuss, mit einem Taxi in Richtung Schöneberg aufmachte.

KAPITEL 14

»Nein, ich glaub´s nicht«, schrie Lisa einmal quer durch die Telefonleitung, als Vero ihr ein wenig später von der vergangenen Nacht mit Tom berichtete. »Du kleines Miststück, von wegen schüchtern und bin ich zu voreilig? Ich erkenne dich gar nicht wieder. Sobald ich zurück in Berlin bin, musst du mir den Kerl vorstellen. Ich bin unfassbar neugierig, wer meine Kleine so um den Verstand gebracht hat.« *Um den Verstand gebracht; ja, das war mehr als passend formuliert.*

»Ich weiß auch nicht, was da plötzlich in mich gefahren ist«, erwiderte Vero verlegen.

»Scheinbar etwas Großes«, grunzte Lisa. »Welchen Knopf hat er gedrückt, den ich offensichtlich seit Jahren nicht finde?«

»Keine Ahnung. Es hat einfach alles gepasst und ich hatte auf einmal das Bedürfnis meinen Kopf komplett abzuschalten und mich der Situation hinzugeben.«

»Moment!« Sie hörte einen Korken im Hintergrund knallen. »Darauf trink ich!« Lisa begann wie ein kleines Mädchen zu kichern. »Herzlichen Glückwunsch, Liebes, so etwas nennt man Geilheit.«

»Kenn ich nicht, was ist das?«, scherzte sie zurück.

»Das glaub ich dir sogar. Du musst ja schon chronisch untervögelt gewesen sein. Wann hattest du noch gleich das letzten Mal Sex?«, stichelte Lisa weiter.

Vero verzog ihren Mund zu einer schmollenden Schnute. Es war tatsächlich lange her – sehr lange. Ehrlichweise war Timo ihr letzter fester Partner gewesen und das war nun schon gut vier Jahre her. Natürlich hatte sie in der Zwischenzeit einige Dates gehabt und auch ein paar Küsse und Streicheleinheiten ausgetauscht, aber zur mehr war es dann doch irgendwie nie gekommen.

»Ich sehe dein Gesicht nicht, aber ich vermute, dein Schweigen beantwortet mir die Frage soeben von selbst.«

Vero reagierte nicht. Noch immer hing sie an dem Gedanken fest, dass sie tatsächlich seit vier Jahren keinen Sex mehr gehabt hatte. *Konnte man so etwas verlernen?*

»Hey, bist du noch dran? Ich mach doch nur Spaß!«, tönte Lisas Stimme jetzt ein wenig reumütig durch den Hörer.

»Ja, bin ich. Ich musste nur gerade den Gedanken verdauen, dass ich gestern vielleicht völlig schlecht war.«

»Schlecht? Wobei?«

»Na, im Bett.«

»Das wirst du vermutlich schon bald herausfinden. Wenn er sich bei dir zurückmeldet, will er ganz bestimmt noch einmal in den Genuss kommen, wenn nicht, dann warst du vermutlich wirklich grottenschlecht.« Lisa lachte gehässig.

»Wie nett. Jetzt fühle ich mich gleich viel entspannter.«

»Würdest *du* dich denn bei ihm zurückmelden? Hat es sich denn für dich gelohnt? Wie war er denn?«

Vero hielt kurz inne und dachte an Toms wohlgeformten Körper, der zwischen ihren Schenkeln gelegen und sich rhythmisch auf und ab bewegt hatte. »Gut.«

»Wahnsinn, Süße! Wenn du etwas erzählst, habe ich immer das Gefühl dabei gewesen zu sein«, brummte ihre Freundin frustriert.

»Was willst du denn von mir hören?«

»Alles! Du hattest mir Details zugesichert.«

»Details zugesichert? Wer bin ich für dich, eine verdeckte Sex-Ermittlerin?«

»Nenn es, wie du willst. Ich will unzensierte Infos von dir bekommen, kein oberflächliches Geschwafel. Also?«

»Ich glaube nicht, dass ich dir erklären muss, wie Sex abläuft. Denk doch einfach an deinen letzten zurück. Vermutlich ist es genau so abgelaufen.« Sie lachte kurz über ihren müden Versuch der Selbstironie.

»Das, meine Liebe, bezweifle ich«, griff Lisa ihre mehr als einladende Steilvorlage sogleich auf. »Oder habt ihr es in der Sauna eines Fitnessstudios getan?«

»Lisa! Too much information.«

»Hey, *du* hast mich herausgefordert! Ich wollte nur wissen, wie dein Sex war. 'Ne schnelle Rein-Raus-Nummer oder doch das ganz große Feuerwerk?«

Ein weiteres Mal führten sie ihre Gedanken zurück zu gestern Nacht, die alles andere als eine schnelle Rein-Raus-Nummer gewesen war. Irgendwann hatte sie völlig das Gefühl für Raum und Zeit verloren gehabt, derart berauscht war sie von all seinen Küssen und Berührungen gewesen.

»Definitiv letzteres.«

»Na, also! Gutaussehend, wohlhabend und bumsbar. Scheint, als hättest du einen guten Fang gemacht.« Lisa lachte einige Male übertrieben laut. »Glaub mir, noch zwei, drei Mal und du läufst wieder wie frisch geölt.«

Vero sparte sich einen empörten Ausruf. Sie kannte ihre Freundin nicht anders. Immer einen zweideutigen Spruch auf den Lippen, immer provokant, ehrlich und ungeschönt.

»Wann seht ihr euch wieder? Das tut ihr doch, oder?«

»Ja, ich denke schon. Ich hoffe es. Wenn er zwischen seiner Arbeit noch Zeit für mich findet.«

»Autsch, ist er etwa einer dieser überaus fleißigen Bürostuhlakrobaten?«, raunte Lisa abfällig.

»Vielmehr ein Workaholic. Zumindest hat ihn seine Schwester so bezeichnet. Vermutlich arbeitet er in hoher Position für ein großes Medienunternehmen. Er ist leider recht verschwiegen was seine Arbeit angeht.«

»So what?«, bellte Lisa in den Hörer. »Ob nun Medienmogul oder Postbote, Hauptsache er hat am Wochenende noch genügend Manneskraft, dich erneut in den siebten Himmel zu schicken.«

»Oh Mann, du bist unmöglich.«

»Nur aufs Wesentliche reduziert. Wen interessiert schon sein Job, wenn er alles andere gut kann?«

Vero nickte am Ende der Leitung zustimmend, auch wenn ihre Freundin das nicht zu Gesicht bekam.

»Dann wärst du mir vermutlich auch nicht böse, wenn ich noch das Wochenende in Prag bleibe? Hier gibt's am Samstag eine große Gala und …«

»… und die willst du dir nicht entgehen lassen?«

»Nur, wenn es für dich in Ordnung ist. Jetzt wo deine Libido wieder in Takt ist, wirst du ja sicher die nächsten Tage kaum aus dem Bett kommen.«

»Klar, mach das«, antwortete Vero, obwohl sie ihrer Freundin eigentlich gerade davon berichten wollte, dass sie Tom vermutlich erst am Sonntag wiedersehen würde.

»Super, danke!«, jauchzte Lisa da auch schon und nahm einen hörbaren Schluck, aus der vermutlich vor wenigen Minuten geöffneten Flasche.

»Hey, trinkst du etwa mitten am Tag Alkohol?«

»Wer bist du, die Promille-Polizei?« Lisa lachte laut auf. »Glaub mir, ohne Hochprozentiges hältst du es hier keine Minute aus. So eine Messe ist äußerst besäufniserregend. Such dir bloß einen vernünftigen Job!«

»Mmm«, zischte sie. »Ich wäre froh, wenn ich überhaupt einmal einen Job bekommen würde.«

»Oh, das klingt nicht gut. Gibt es etwas Neues von deinem Bewerbungsgespräch bei den Hipstern?«

Vero räusperte sich kurz. »Ja, sie haben mir vorhin eine Nachricht geschickt.«

»Und was stand drin?«

»Ich habe sie noch nicht geöffnet, aber eine E-Mail ist bekanntermaßen ja kein besonders gutes Zeichen.«

»Mach sie auf. Jetzt!«

Vero seufzte kurz, wissend, dass sie die Nachricht so oder so irgendwann öffnen musste. Sie schaltete das Telefonat auf ihren Lautsprecher um und folgte Lisas Aufforderung.

»Liebe Frau Sommer, vielen Dank für das nette Gespräch, das wir mit Ihnen führen durften. Leider müssen wir Ihnen mitteilen, dass ein anderer Bewerber besser auf die ausgeschrieben Stelle gepasst hat. Wir wünschen Ihnen …«

»Solche Deppen!«, kommentierte Lisa, bevor sie die Nachricht zu Ende lesen konnte. »Aber hey Liebes, die einen wollen dich nicht, der andere dafür umso mehr. Vielleicht findest du hier nicht deinen Traumjob, dafür aber deinen Traummann.«

Sie nickte stumm. Ihr Bauchgefühl hatte ihr zwar genau dies prophezeit gehabt, dennoch fühlte sich die jetzige Absage an, wie ein Schlag in ihre Magengrube. Schließlich war sie ja vorrangig deshalb nach Berlin gekommen: um hier einen Job in Lisas Nähe zu bekommen.

»Ich lege mich jetzt noch ein bisschen aufs Ohr«, erwiderte sie schließlich leise und ließ sich erschöpft auf das Sofa zurückfallen. Eigentlich war sie überhaupt nicht der Typ für einen Schlaf zur Mittagszeit, aber heute fühlte sie sich komplett gerädert. Die eingenommene Schmerztablette zeigte zwar ihre Wirkung, dennoch kam sie nicht so richtig in Fahrt. Ihr Körper fühlte sie ausgelaugt an, wie nach einer wilden Partynacht und jeder Muskel in ihrem Körper pochte erschöpft vor sich hin. »Mein Kopf brummt, als hätte ich gestern zu tief ins Glas geschaut.«

»Hast du?«

»Natürlich nicht. Ich hatte ein, zwei Bier und der Abend war recht entspannt.«

»Entspannt.« Lisa zischte spöttisch. «Als ob du jemals entspannt wärst.«

»Hey, pass auf was du sagst!«

»Wieso? Bewirfst du mich dann mit Watte-Bauschen?« Ihre Freundin lachte amüsiert. »Ach Vero, was erwartest du nach einer solchen Nacht?«

Ja, was erwartete sie – nach vier Jahren? Vermutlich hatte sie gestern einfach nur Muskelgruppen beansprucht, die ihr Körper längst vergessen hatte.

Ein müdes Lächeln quälte sich über ihr Gesicht, bevor sie sich von ihrer Freundin verabschiedete und bis in den Abend hinein schlief.

KAPITEL 15

Das penetrante Knurren ihres Magens holte Vero zurück aus ihrem Tiefschlaf. Mittlerweile war es achtzehn Uhr und sie hatte seit heute Morgen nichts mehr gegessen. Vermutlich musste sie keinen weiteren Blick in Lisas Küchenschränke werfen, um festzustellen, dass es hier in der Wohnung nichts Genießbares für sie gab.

Träge rollte sie sich vom Sofa und schlurfte dennoch zum Kühlschrank. Doch das Innenleben war erwartungsgemäß noch immer nicht wirklich berauschend: zwei Dosen Tunfisch, ein Päckchen Käse und eine schon recht haarige Avocado. Sie zog die Türe des Vorratsschrankes auf und griff sich eine Buchstabensuppe – besser als nichts. Dann ging sie wieder zurück zum Sofa und schaltete den Fernseher ein. *Jeopardy* lief auf einem der Privatsender und sie ließ sich einige Spielrunden lang berieseln, während sie gedankenverloren in ihrer Tütensuppe umherlöffelte. *T.O.M* suchte sie sich aus all den Buchstabennudeln heraus und schob sich diese grinsend in den Mund. Schon seit sie heute Vormittag seine Wohnung verlassen hatte, musste sie unentwegt an ihn denken. Sah die Bilder der vergangenen Nacht immer wieder vor ihren Augen aufblitzen, spürte seine fordernden Hände, seine Lippen auf ihren.

Als sie satt war, griff sie sich eines ihrer Bücher und lehnte sich entspannt in die weichen Kissen des Sofas zurück.

Fast zwei Stunden verlor sie sich in den geschriebenen Worten, bevor ihr fast die Augen zufielen. Ihr Kopf brummte noch immer und die gut hundert Seiten, die sie konzentriert gelesen hatte, hatten nicht unbedingt zu einer Besserung beigetragen. Schnell durchsuchte sie ihren Koffer nach einer weiteren Schmerztablette. Mit einem Schluck Wasser aus dem Badezimmerhahn verschwand sie in ihrem Magen. Dann putzte sie ihre Zähne, zog ihren Pyjama an und legte sich zurück auf das Sofa. *20:48 Uhr* stand auf ihrem Handydisplay. Eigentlich nicht wirklich ihre Zubettgehzeit, aber sie wollte den Abend auch nicht unnötig vor dem TV in die Länge ziehen.

Im Dunkeln zog sie sich ihre Decke über und rollte sich seitlich darin ein. Schon immer war dies ihre bevorzugte Einschlafposition. Sie war kein Bauchschläfer und niemand, der auf dem Rücken einschlafen konnte. Sie machte sich gerne klein, rollte sie zusammen wie ein schutzbedürftiges Baby und wiegte sich selbst in den Schlaf. Sofort überkam sie in dieser Position eine seichte Müdigkeit. Doch als sie ihre Augen schließen, sich der Erschöpfung gänzlich hingeben wollte, begann ihr Handy auf einmal auf der Tischplatte zu vibrieren. Ihr Herz machte einen Satz, ihr Blutdruck schnellte nach oben.

Hastig tastete sie nach ihrem Telefon. *Tom*, stand auf dem Display. »Hey«, nahm sie den Anruf entgegen.

»Selber hey«, erwiderte er. »Was machst du gerade?«

Vero zögerte kurz und starrte an die mit Stuck besetzte Decke. *Ob sie ihm sagen sollte, dass sie bereits im Bett lag? Um kurz vor neun?* Sie entschied sich für eine kleine Notlüge, die vor wenigen Minuten im Prinzip ja noch der Wahrheit entsprochen hatte. »Ich schaue eine wenig fern.«

»Du schaust fern?« Er wirkte sichtlich überrascht.

»Naja, eigentlich ist es nur eine Quizsendung, *Jeopardy*, und ehrlichweise habe ich tatsächlich schon fast geschlafen.«

»Oh! Ich habe dich aber nicht geweckt, oder?«

»Nein, natürlich nicht.« Sie lachte gekünstelt.

»Gut, dann kannst du mir als routinierte *Jeopardy* Zuschauerin sicher die passende Frage zum Stichwort *Taxi* nennen.«

Ihre Stirn legte sich in Falten. »Was ist gelb und viel zu teuer?«

»Was ist gelb und steht in Kürze vor deiner Haustüre?«, korrigierte Tom sogleich mit amüsierter Stimme.

Sie sprang auf und zog die Vorhänge an Lisas bodentiefen Fenstern zur Seite, um einen schnellen Blick nach draußen zu werfen. Kein Wagen war zu sehen. Noch nicht.

»Ich weiß, es ist schon spät. Aber ich würde dich gerne noch sehen.« Toms Stimme klang fordernd, aber nicht aufdringlich.

»Okay«, erwiderte sie leise.

»Das Taxi müsste in zirka zehn Minuten bei dir sein.«

»Wo bringt es mich denn hin?«

»Zu mir.«

✦

Um kurz nach neun stand das von Tom angepriesen Taxi vor der Haustüre. Silber, nicht gelb, und fünf Minuten später als angekündigt. Doch diese fünf Minuten mehr hatte sie wahrlich auch benötigt, um sich erneut aus ihrem Schlafanzug zu schälen und sich wieder einigermaßen ansehnlich zu richten. Jetzt trug sie eine hellblaue Jeans, ihre weißen Sneakers und ein schwarzes, schulterfreies Carmen-Shirt. In ihren Ohrlöchern steckten kleine, goldene Kreolen und ihre Haare hatte sie mehr schlecht als recht zu einem hohen Zopf zusammengebunden. Einige Strähnchen hatten sich bereits aus dem Band gelöst und fielen in leichten Wellen seitlich ihrer Schläfen hinab.

»Wo bringen Sie mich denn hin?«, fragte sie den Taxifahrer, nachdem sie bereits einige Minuten unterwegs waren. Sie hatte in den vielen Straßen Berlins kaum Orientierung, aber einzelne Orte kannte sie; so wie auch das Tempelhofer Feld, an welchem sie soeben vorbeifuhren.

»Nach Treptow. Mehr darf ich Ihnen aber nicht verraten.«

»Hat *er* Ihnen das so gesagt?«

»Nein.« Der Fahrer schüttelte mit seinem Kopf. »Aber ich war selbst einmal jung und wenn ein Junge einem Mädchen ein Taxi schickt, dann gibt es zumeist einen besonderen Anlass dafür. Vielleicht möchte Ihr Freund Sie überraschen oder Ihnen einen Heiratsantrag machen. Das möchte ich nicht versauen.«

Heiratsantrag? Vero schluckte, obgleich ihr durchaus bewusst war, dass das eine Nummer zu groß für sie beide war. Sie kannten sich ja erst seit fünf Tagen. Fünf Tage, in welchen alles allerdings unfassbar schnell an Fahrt aufgenommen hatte. Ein Date, ein Kuss, Sex. Das volle Programm.

»Glauben Sie denn, dass er Ihnen einen Antrag machen möchte?«, hakte der Fahrer neugierig nach.

Vero lachte auf. »Nein. Das denke ich wirklich nicht.«

»Na, dann lassen Sie sich einmal überraschen. Wir sind da. Spreepark in Berlin-Treptow.« Der Fahrer beugte sich nochmals zu ihr nach hinten. »Viel Glück!«

Glück. Vero wusste nicht, bei was sie jetzt Glück benötigen würde. Gedankenverloren schaute sie dem Fahrer nach, der seinen Wagen auf einer Wendeplatte drehte und mit einem kurzen Aufblinken seiner Warnleuchten davonfuhr.

»Hey«, hauchte Tom ihr auf einmal von hinten ins Ohr. Ein heftiger Schauder erfasste ihren Körper. Er legte seinen Kopf auf ihrer Schulter ab und winkte dem Taxi hinterher. »Ganz schon mutig, sich hier am späten Abend ganz allein mitten im Nirgendwo absetzen zu lassen.«

Vero drehte sich um. Fasziniert ließ sie ihre Augen einmal an seinem Körper hinab- und wieder hinaufwandern. Er trug eine dunkelblaue Hose, dazu ein helles Jeans-Hemd und die gleichen weißen *Converse* Sneakers, die auch sie heute wieder einmal gewählt hatte. Seine Augen strahlten, obgleich sein Gesicht ein wenig müde wirkte. Vermutlich ebenso müde, wie das ihre.

»Ja, ich bin auch überrascht, dass du dir das zugetraut hast.«

»Für dich springe ich gerne über meinen Schatten.« Er grinste und griff ihre Hand. »Lust auf ein Abenteuer?«

Abenteuer? Um halb zehn am späten Abend? Am Rande eines Parks, der scheinbar mit keiner einzigen Laterne ausgeleuchtet war. »Klar, wieso nicht.«

Sie folgt ihm zum Seiteneingang. Ein älterer Herr nickte Tom sogleich zu und fischte einen Bund mit zahllosen Schlüsseln aus seiner Hosentasche. In wenigen Handgriffen hatte er erstaunlicher Weise den passenden identifiziert und schloss ihnen das metallische Tor zum Park hin, auf.

»Hier«, er drückte Tom zwei Taschenlampen in die Hand und tippte jetzt einige Male auf seine Uhr am linken Handgelenk. »Um halb zwölf sind Sie wieder am Ausgang.«

»Natürlich.« Tom nickte und schritt mit Vero an der Hand durch das Eingangstor in den Park hinein. Sie hörte das Gewinde des Tors hinter sich quietschen und wie dieses schließlich zurück ins Schloss fiel.

Eine dichte Vegetation an Bäumen und Sträuchern tat sich vor ihnen auf. Keine Laterne leuchtete. Es war furchtbar dunkel. Nur das Licht der umliegenden Straßen erhellte die Nacht. Tom schaltete die beiden Lampen an und reichte ihr eine. »Nicht, dass du in der Dunkelheit noch verloren gehst.«

»Wo sind wir hier?« Vero blickte sich orientierungslos um, doch wirklich viel erkennen, konnte sie nicht. Das Licht ihrer Lampen leuchtete zwar den Weg vor ihnen aus, aber die Umgebung versank umrisslos im Schwarz der Nacht.

»In deinem schlimmsten Albtraum.« Er strahlte sich mit seiner Lampe ins Gesicht, während er dieses zu einer schon fast niedlich wirkenden Fratze verzog. Dann erhellte er einen Gegenstand, der sich direkt vor ihnen aufgetan hatte. Große Augen blickten ihr entgegen, darunter eine Schnauze mit zahlreichen spitzen Zähnen.

Vero stieß einen kurzen Schrei hervor und machte erschrocken einen großen Satz hinter Toms Rücken.

»Hach«, seufzte er. »Genau so, habe ich mir das vorgestellt.« Er lachte und legte schnell seinen Arm um sie. »Keine Sorge, ich beschütze dich vor Hexen, Dämonen, Geistern und auch vor bösen Dinos.«

Noch einmal leuchtete er die große Figur vor ihnen ab. Es handelte sich tatsächlich um einen Dinosaurier – allerdings einen aus Plastik – der rücklings auf dem Boden lag. Ein großes Loch klaffte seitlich an seiner Flanke auf und gab einen Blick in das hohle Innere seines Körpers preis.

»Das hier war einmal ein Vergnügungspark. Ist schon einige Jahre her. Seither liegt er brach und wird überwiegend für Fotoshootings, Filmsets oder geführte Touren genutzt.«

»Und die lassen dich hier so einfach rein?«

»Wie kommst du darauf, dass es einfach war?« Tom

zuckte mit den Schultern und grinste. «Mir war noch jemand einen Gefallen schuldig.«

»Du stehst wohl auf verlassene Orte?«

»Und du doch auf dunkle?« Er zwinkerte, bevor er sie noch fester an sich zog.

Gemeinsam liefen sie ein paar Schritte, bevor sich der Weg zu gabeln begann. Vero blickte auf den Wegweiser, dessen Aufschriften kaum noch zu lesen waren. *Fun Express* stand auf einem der Pfeile, *Schiffsschaukel* auf einem anderen. Tom bog zielstrebig in die rechte Weggabelung ein. Ein fast völlig ausgetrockneter Bach durchbrach nach wenigen Metern den Fußweg. Einige Tretboote in Form von weißen Schwänen standen am Ufer. Verwachsen mit Moos. Die helle Verkleidung an vielen Stellen porös und abgeplatzt.

»Unheimlich«, murmelte Vero, obwohl sie zugegebenermaßen von der Nostalgie dieses Ortes fasziniert war. Die Vorstellung, dass hier vor Jahren einmal ein Freizeitpark ansässig war, mit zahllosen Fahrgeschäften, Shows und Imbissbuden war ein schöner und doch irgendwie angsteinflößender Gedanke. Würde sie jetzt die Stimmen von kleinen Kindern hören oder einen Schatten durch das Gebüsch huschen sehen, würde sie vermutlich vor Schreck einen Herzinfarkt bekommen.

»Schau mal!« Tom lief in schnellen Schritten auf eine im Kreis angelegte Rennstrecke zu, auf der noch immer einige Autos standen, mit welchen die Kids wohl in den Neunzigern ihre Runden gefahren waren. Eilig nahm er auf der Fahrerseite eines roten Cabriolets Platz.

»Hast du denn einen Führerschein?«, hakte Vero schmunzelnd nach, während sie sich neben ihn auf das bereits vollkommen zerfledderte Lederpolster setzte.

»Den brauch ich nicht. Man steigt doch nicht in einen so schicken Wagen ein, nur um mit einem hübschen Mädchen ziellos im Kreis zu fahren. Man macht das, um zu knutschen.« Er rückte rasch an Vero heran. »Aber natürlich nur, wenn das Mädchen, das auch möchte.«

»Sie möchte«, hauchte sie ihm noch zu, bevor sie seinen Kuss erwiderte. Und obwohl sie ihn erst heute Morgen geküsst hatte, fühlte es sich an, wie ein Regen nach einer endlos langen Dürre. Ihre Adern füllten sich schlagartig mit Leben. Jeder Knochen, der vorhin zuhause auf Lisas Sofa, noch so schrecklich erschöpft war, jedes Pochen in ihrem Kopf, jeder schmerzende Muskel, wurde wieder mit Energie geflutet. Es bitzelte in jeder Faser ihres Körpers.

»Du schmeckst so gut …«, flüsterte er. »… nach Softeis.«

Sie blickte ihn amüsiert an.

»Hey, ich liebe Softeis.« Er grinste schelmisch. »Ein Hauch Naivität, ein Hauch Kindheit – sorglos, unbeschwert und frei. Davon krieg ich nie genug.«

Sie schmeckte nach Softeis. Ein schmeichelhafter Gedanke. Dass hatte ihr zuvor noch niemand gesagt. Vermutlich, weil die Wenigsten mit ihr Begrifflichkeiten wie sorglos, unbeschwert und frei assoziierten. »Dann hast du Glück. Es ist Happy Hour«, sie zwinkerte kurz, bevor sie ihn nochmals zu sich zog.

»Gefällt es dir denn hier?«

Sie leckte sich flüchtig über ihre feuchten Lippen, während sie ihm zunickte. Kurz überlegte sie, nach was er eigentlich schmeckte. Doch sie fand kein passendes Wort, das nur annähernd an sein süßes Kompliment herankam.

»Dann komm, ich zeig dir noch andere tolle Sachen.«

Tom zog sie rasch aus dem Wagen und sie gingen ein paar

Schritte den Weg entlang. »Da drüben war früher eine Wasserbahn.« Er zeigte auf eine Rutsche, die von einem Turm aus in die Tiefe führte. Ein riesiges Loch klaffte in der Mitte und nur die Ränder hielten diese noch an einem Stück porös zusammen. »Und dort gab es eine Achterbahn und ein Tassenkarussell.«

»Ein Tassenkarussell«, wiederholte Vero. »Das bin ich früher immer sehr gerne mit meinem Vater gefahren. Wir haben uns so lange im Kreis gedreht, bis er kaum noch Farbe in seinem Gesicht hatte.«

»Ich bin das auch immer mit Anna gefahren. Ich musste. Meine Mum war nicht schwindelfrei und mein Dad hatte nicht viel übrig für solche Kindereien. Also dufte ich mir den Magen verderben. Viele Male.« Er schmunzelte, bevor sie gemeinsam in eine der Tassen einstiegen.

Einige Mal drehte Tom daraufhin die Platte vor ihnen, als würde er die Attraktion dadurch in Bewegung setzen können und Vero riss ihre Arme in die Höhe, als wehte ihr der Fahrtwind entgegen. »Nicht so schnell, mir wird ganz schwindelig«, rief sie, während er laut zu lachen begann.

Eine kurze Zeit lang alberten sie herum, glucksten wie kleine Kinder, bevor Tom ihre Hand griff. »Ich habe noch eine Überraschung für dich«, sagte er.

Vero musste an die Worte des Taxifahrers denken. Seine Intuition war also nicht ganz so verkehrt gewesen. Wenn ein Junge einem Mädchen ein Taxi schickte, dann wollte er sie zumeist überraschen. »Noch eine? Welche denn?«

»Du musst deine Augen schließen. Ganz fest. Versprochen?«

»Aber lass mich bloß nicht alleine hier im Dunkeln stehen.«

»Keine Sorge, ich habe nicht vor, deine Hand wieder loszulassen. Ich pass auf dich auf.«

Ich pass auf dich auf. Ihr gefielen diese Worte.

Sie schenkte ihm ein kurzes Lächeln, bevor sie ihre Augen schloss. Tom fasste ihre Hand daraufhin ein wenig stärker und führte sie einige Meter den Rundweg entlang. Sie spürte den aufgerissenen Asphalt unter ihren Füßen.

»Achtung, Stufe«, sagte er noch, bevor er sich schwungvoll setzte und sie langsam zu sich zog.

Behutsam ließ sie sich auf einen weichen Polsterstoff gleiten. Er wirkte anders, als die bisherigen Sitze der Fahrgeschäfte. Nicht durchnässt, zerrissen oder zerfleddert.

»Wo sind wir hier, Tom?«, flüsterte sie ihm zu, als es auch schon einen Rums machte und sich etwas zu bewegen begann. Vero konnte nicht zuordnen, was es war. Der Boden unter ihr, die Umgebung um sie herum oder gar sie selbst?

Nach kurzer Zeit endete das Gefühl der Bewegung wieder, dafür wippten sie nun sanft hin und her.

»Darf ich meine Augen wieder öffnen?«, fragte sie zaghaft.

Er antwortete nicht, stattdessen fasste er ihr Gesicht und legte seine Lippen erneut auf ihre.

Veros Herz raste. »Fallen wir?«, fragte sie leise.

»Wir fliegen«, erwiderte er, bevor er ihr zärtlich einige Haarsträhnen aus dem Gesicht strich. »Du kannst deine Augen wieder aufmachen.«

Zögerlich blinzelte sie einige Male. Toms Gesicht baute sich vor ihr auf. Seine wunderschönen Augen, seine vollen Lippen, sein verschmitztes Lächeln und …

Sie starrte an ihm vorbei in die scheinbar endlose Tiefe.

»Ach, du meine Güte.« Eilig presste sie ihren Körper aufrecht in den weichen Polsterstoff des Sitzes hinein. Sie saß in der Gondel eines Riesenrads und schaukelte an dessen höchstem Punkt über den Baumkronen hin und her.

»Ich hoffe du hast keine Höhenangst?«

»Nein«, antwortete sie, obwohl ihr Puls gerade dabei war, sie vom völligen Gegenteil zu überzeugen.

Einige Sekunden lang blieb sie stillsitzen, bevor sie ihren Po langsam an den Rand der Sitzfläche schob und einen zögerlichen Blick in die Tiefe warf. Von hier oben konnte sie nicht nur das gesamte Areal der Parks überblicken, sondern halb Berlin. Zahllose bunte Lichter leuchteten unter ihr.

»Wie hoch sind wir hier?«

»*Das* ist deine erste Frage, an einem Ort, wie diesen?«

»Ja.«

»Etwa fünfundvierzig Meter.«

Sie schluckte. »Ich dachte der Park liegt brach?«

»Tut er auch. Aber das Riesenrad wird derzeit saniert und soll schon bald wieder in Betrieb genommen werden.«

»Schon bald?« Vero erstarrte förmlich. »Das klingt nicht besonders beruhigend.«

»Keine Sorge.« Tom zeigte senkrecht in die Tiefe hinab. »Siehst du den Kerl da unten? Das ist Karl. Er hat mir versichert, dass wir eine Runde fahren können, ohne ein Risiko einzugehen. Außerdem bin ich gut versichert.«

»Ich glaube, wenn wir einmal da unten aufgeschlagen sind, hilft dir auch keine Versicherung mehr.«

»Du bist ein kleiner Angsthase.«

»Nennen wir es misstrauisch. Oder besser vernünftig.«

Tom verlagerte seinen Schwerpunkt, so dass die Gondel begann, leicht hin und her zu schwenken.

»Aber manchmal ist die Unvernunft, doch das schönste Gefühl der Welt«, stieß er mit lauter Stimme hervor.

Und obgleich Vero flüchtig an Lisas Aussage zurückdenken musste, die schönsten Liebesgeschichten würden stets mit Unvernunft beginnen, warf sie ihm einen sorgenvollen Blick zu. Denn sie fühlte sie unsicher hier oben, in dieser schwankenden Kabine. Ein Gefühl, das sie die Tage über recht gut verdrängt hatte. Doch jetzt war es wieder präsent.

»Hey!« Er stoppte und fasste ihre beiden Hände. »Warst du nicht das kluge Mädchen, dass mir erst neulich im Park gesagt hat, dass man manchmal auch seine Komfortzone verlassen muss, um glücklich zu sein?«

»Oh, glaub mir Tom, du bist bereits weit außerhalb meiner Komfortzone. Dafür muss ich nicht extra in ein Riesenrad steigen.« Sie lächelte verlegen.

»Aber doppelt hält doch bekanntermaßen besser.« Er ließ seine Augenbrauen kurz nach oben tänzeln, bevor er aufstand und ihr seine Hand zusteckte. »Vertraust du mir?«

»Kommt drauf an, bei …«

»Vertraust du mir?«, wiederholte er.

Sie blickte nachdenklich auf den Boden der Gondel.

Natürlich vertraute sie ihm – hier oben. Er würde sie ja bestimmt nicht aus der Kabine ins Freie schubsen. Aber vertraute sie ihm auch so? Als Mensch? Als Mann?

Sie brachte es einfach nicht über ihre Lippen, konnte ihm nicht ihre Hand geben und einfach *Ja* sagen. Ihre Stimme wirkte wie blockiert. Ihr Kopf sträubte sich gegen diesen einen befreienden Satz: *Ja, ich vertraue dir.*

Toms Stirn legte sich in viele kleine Falten, während er seinen Kopf ein wenig in Schieflage drehte. »Vor was hast du Angst?«

»Davor zu fallen«, erwiderte sie kaum hörbar und mehr metaphorisch, als wortwörtlich gemeint.

»Ich lasse dich nicht fallen.« Eilig griff er nach ihrer Hand und zog sie abrupt zu sich in den Stand hinauf. Mit wackeligen Beinen stand sie ihm gegenüber. Ihre Atmung flach, angsterfüllt und völlig verkrampft.

»Mach deine Augen zu«, forderte er erneut. »Du wirst erst frei sein, wenn sich fallen für dich wie fliegen anfühlt. Ich halte dich, versprochen.« Schnell umfasste er ihre Taille.

Zögerlich folgte sie seiner Anweisung und schmiegte sich an ihn, während er mit ihr zu tanzen begann. Seine Bewegungen waren kaum mehr als angedeutet, ein leichtes Wippen von links nach recht. Sanft und doch rhythmisch, synchron zum dezenten Schaukeln der Gondel. Seine Hand lag auf der ihren, die er fest an seine Brust drückte.

»The world was on fire and no one could save me but you. It's strange what desire will make foolish people do. I never dreamed that I'd meet somebody like you …«, sang er leise.

Sein Atem kitzelte ihre Wange und versursachte eine Gänsehaut, die nicht zuletzt auch dem Klang seiner wundervollen Stimme geschuldet war. Eigentlich sang er nicht wirklich, er hauchte die Worte viel mehr, aber das machte es fast noch perfekter und schien sie förmlich zu erden. Und so bekam sie gar nicht mit, dass er sie mittlerweile an den Rand der Gondel geschoben hatte. Erst als ihr ein kräftiger Windstoß durch die Haare fuhr, öffnete sie abrupt ihre Augen und schaute erneut in die unverhüllte Tiefe.

»Spürst du das?«, fragte er mit leiser Stimme.

Eilig wich sie einen Schritt zurück und presste ihren Körper fest an den seinen, während sie versuchte nicht zu hyperventilieren. »Deine Lebensmüdigkeit?«

»Freiheit«, korrigierte er und küsste sie sanft auf ihre Schläfe. Dann stellte er sich hinter sie und legte seinen Kopf auf ihrer Schulter ab. Mit seinem Zeigefinger deutete er in die Ferne. »Da drüben ist der Fernsehturm, siehst du ihn? Und dort das Brandenburger Tor. Und etwa hier, zwischen den Häusern, ist meine Wohnung.«

Ihre Augen folgten seinen Worten, erfassten die Weite der Stadt, das Flackern der vielen Lichter, die Spitze des Fernsehturms und die zahllosen Gebäude, Freiflächen und Straßen unter ihnen. Und ja, er hatte Recht, musste sie sich eingestehen. Wenn sie die Tatsache ausblendete, dass sie nur ein einziger Schritt davon trennte, fast fünfzig Meter in die Tiefe zu fallen, dann spürte sie Freiheit, Schwerelosigkeit und einen Hauch seiner Unbefangenheit, die kurzweilig auch auf sie überzugehen schien. Ihre Atmung wurde langsamer und ihr Puls begann nicht mehr ganz so aufdringlich seitlich ihres Halses zu klopfen.

Behutsam drehte er sie wieder und zog sie dicht an sich. Sie schaute ihm in seine frech funkelnden Augen und bemerkte das charmante Lächeln, bei welchem sich stets kleine Grübchen an seinen Wangen bildeten. Selbst hier, im matten Licht der Kabinenbeleuchtung, sah er schon fast göttlich aus. Ein Mann wie gemalt. Ein Kerl, den man sich vielleicht in seinen kühnsten Träumen herbeiwünschte, aber sich niemals vorstellen könnte, einem solchen auch irgendwann einmal gegenüberzustehen. Tatsächlich würde sie an seiner Hand so ungefähr alles tun – selbst in den tiefsten Abgrund hinabblicken.

It's strange what desire will make foolish people do, kamen ihr seine gesungenen Worte wieder in den Sinn. Ja, es war schon seltsam, was Sehnsucht mit, oder auch aus einer Person machen konnte. Zu was sie jemanden verleiten, jemanden befähigen konnte.

»*Wicked Game*, mmh?«, hauchte sie ihm zu.

Er nickte, sichtlich beindruckt über die Tatsache, dass sie das Lied erkannt hatte, welches er nur kurz zuvor angestimmt hatte. »Eines der wenigen, schönen Liebeslieder auf dieser Welt.«

»Liebeslied? Du weißt aber schon, dass er sie am Ende des Songs verliert?«

»Tut er nicht.« Er grinste. »Das ist deine Interpretation.«

Sie legte ihre Stirn in Falten und versuchte sich an die genauen Textzeilen des Liedes zu erinnern. »And I never dreamed that I'd *lose* somebody like you«. Fiel es ihr wieder ein. »Das ist Textverständnis, keine Interpretation.«

»Hey, ich bin Optimist. Was erwartest du? Natürlich verliert er sie nicht.« Er küsste sie auf ihren Mund, bevor sie diesen für einen weiteren Protest hätte öffnen können.

Dann warf er ihr einen neugierigen Blick zu.

»Du fragst dich, woher ich das Lied kenne, richtig?«, schlussfolgerte sie.

Tom schüttelte dezent mit seinem Kopf. «Nein. Ich frage mich, ob du wohl Lust auf einen Quickie hättest? Gleich hier und jetzt.«

Seine Gegenfrage kam derart unerwartet über seine Lippen, dass sie kurz zusammenzuckte. *Quickie? Hier oben?*

Die Tatsache, dass es ihr am gestrigen Abend ungewohnter Weise einmal gelungen war, sich fallen zu lassen, hatte ihm offensichtlich ein falsches Bild von ihr vermittelt. Sie würde sich doch jetzt nicht ausziehen und hier mit ihm …

Ihr wurde auf einmal furchtbar heiß.

»Ja oder Nein?« Er lächelte verschmitzt, während er seine Finger einige Male den Saum ihres Oberteils entlangwandern ließ.

Ja? Nein? Sie wusste nicht, was sie auf seine offensive Frage hin antworten sollte. Müsste sie jetzt *Ja* sagen, nur um ihm zu beweisen, dass sie wirklich bereit wäre einmal mutig zu sein? War sie wirklich ein Mädchen für eine schnelle Nummer, in einem dunklen Park, in fünfzig Metern Höhe, inmitten der Nacht?

»Wein oder Wasser?«, fragte er da auch schon, bevor sie ihre Gedanken weiterfortführen konnte. Rasch zog er eine Flasche Rotwein und zwei Gläser unter einem Sitz hervorzog.

Veros Herz machte einen heftigen Sprung. Sie spürte es förmlich in ihrer Brust auf- und abtanzen.

»Wein«, antwortete sie völlig mechanisch, die Gedanken noch immer unsortiert.

»Gut! Ich hätte auch kein Wasser dagehabt.« Er drückte ihr eines der Gläser in die Hand, öffnete gekonnt die Flasche und schenkte ihnen ein. »Erleichtert oder enttäuscht?« Seine Lippen formten sich zu einem provokanten Grinsen, wusste er doch genau, dass sie soeben wirklich kurz gedacht hatte, dass er mit dem Wort *Quickie* nicht sein beliebtes Frage-Antwort-Spiel gemeint hatte.

Verlegen setzte sie sich und nahm einen schnellen Schluck. Ihre zittrigen Finger fuhren angespannt den Stil ihres Weinglases auf und ab.

Er musterte sie noch immer wachsam. »Und?«

Langsam setzte sie das Glas von ihren Lippen ab, ihren Blick mittlerweile auf den Boden abgesenkt. »Ich schiebe«, antwortet sie leise.

»Du schiebst?«

»Bei jedem Spiel kann man doch schieben. Ich überspringe deine Frage.«

»Das steht aber so nicht in den Spielregeln.«

»Sagt wer?« Sie warf ihm einen herausfordernden Blick zu.

Tom biss sich kurz amüsiert auf seine Unterlippe, bevor er ihr das Glas aus der Hand nahm und es beiseitestellte. Wortlos blickte er ihr für einige Sekunden tief in die Augen, als ob er versuchen würde, etwas in ihnen zu deuten.

»Ich denke du bist erleichtert«, hauchte er neckisch, während er sie sanft zu küssen begann. Ihre Wange entlang, auf ihren Mund.

Vero lächelte flüchtig, bevor sie seine Zuneigung erwiderte und ihre Hände zärtlich um seinen Hals legte. Sanft berührte sie seine Zunge mit der ihren. Er schmeckte so unfassbar gut. Nein, nicht nach Softeis. Nach Minze. Nach Rotwein. Nach Tom. Und für sie sogar nach weit mehr als das. Er schmeckte wahrhaftig nach Freiheit, nach Zwanglosigkeit, nach völligem Kontrollverlust, dem sie sich aber nicht, noch nicht, völlig hingeben wollte.

»Du schuldest mir übrigens auch noch eine Antwort«, flüsterte sie ihm zu, während seine Lippen noch immer auf den ihren ruhten. Bei ihrem allerersten Date, bei ihrer ersten Quickie Runde, hatte er ihr eine Gegenfrage zugesprochen. Eine Frage, die sie bisher noch nicht in Anspruch genommen hatte.

Langsam löste er sich von ihren Lippen und strich ihr eine kinnlange blonde Haarsträhne aus dem Gesicht. »Na, dann stell sie mir, deine noch offene Frage«, forderte er offensiv.

»Ich denke, ich behalte sie lieber vorerst für mich. Als eine Art Joker für den Notfall. Falls das erlaubt ist?« Sie schmunzelte und zwinkerte ihm neckisch zu.

»Welcher Notfall?«

»Wenn ich ihn jetzt schon kennen würde, wäre es ja kein Notfall mehr.«

Er schüttelte den Kopf. Ein Lächeln zeichnete seine Lippen. »Und du glaubst, eine Frage kann dich dann retten?«

»Wenn die Antwort der Wahrheit entspricht.«

»Du bist ein bisschen verrückt, weißt du das.«

»Und du bist trotzdem hier.«

»Ja, verrückt.«

Sein Atem kitzelte ihre Haut und umhüllte ihren Körper in einen warmen Schauder. Dann küsste er sie erneut. Ganz ohne Zunge, nur mit seinen warmen Lippen. Einmal, zweimal und ein drittes Mal. »Ich fand es gestern übrigens sehr schön mit dir«, sagte er dabei leise.

Ihr Magen zog sich heftig zusammen. Angespannt, nervös und verlegen über seine direkten Worte.

»Ich auch.«

»Das war aber nicht dein Erstes Mal, oder?«

»Mein erstes Mal?«

»Mit einem Mann.«

Vero glaubte sich verhört zu haben. Offensichtlich hatte er ihr angemerkt, dass sie ein wenig eingerostet war – wie Lisa es wohl betiteln würde – und daraus geschlussfolgert, dass sie noch nie zuvor mit einem Mann intim gewesen war. Ein unangenehmer Gedanke. »Ähm, ich bin sechsundzwanzig«, antwortete sie schnell.

»Und ich Linkshänder und jetzt?« Er schmunzelte kurz.

»Bist du? Ist mir noch gar nicht aufgefallen«, versuchte sie rasch vom Thema abzulenken.

»Du bist verdammt süß, wenn du verlegen bist, weißt du das?«, erwiderte er, bevor er seinen Körper in das Polster gleiten ließ und diesen mit seinen Beinen auf der gegenüberliegenden Sitzbank abstützte.

Veros Beine waren zu kurz, um die gleiche Haltung einzunehmen. Sie war nur ein Meter fünfundsechzig groß und damit vermutlich gut zwanzig Zentimeter kleiner als er. Zwanzig Zentimeter, die ihr nun fehlten, um mit ihren Füßen ebenfalls die gegenüberliegende Bank zu erreichen. Langsam ließ sie sich in den Stoff zurückfallen und starrte kurz an die Decke der Gondel. »Ich bin nicht verlegen«, intervenierte sie dabei leise.

»Oh doch, dass bist du.« Er grinste überlegen, während er kurz über die kleine Falte auf ihrer Stirn fuhr.

»Wieso denkst du, dass es mein erster Sex war?« Sie drehte ihren Kopf zu ihm, während sie noch überlegte, ob sie seine Antwort darauf überhaupt hören wollte.

»Es hat sich so angefühlt.« Er blickte sie noch immer direkt an und sie fragte sich, ob ihm jemals irgendetwas unangenehm war. »So ehrlich, aufrichtig und authentisch.«

Sie sah verdutzt auf, hatte sie doch mit wesentlich negativ behafteten Worten gerechnet. »Vielleicht, weil ich das bin. Ich schlafe nicht mit jedem.«

»Ich auch nicht.«

»Aber offensichtlich mit den Falschen«. Er fixierte ihre Lippen, auf die sie sich kurz kleinlaut biss. »Sonst würdest du diese Gefühle kennen und sie nicht auf mangelnde sexuelle Erfahrung schieben.«

»Autsch. Sei nicht so streng mit mir. Ich bin eben normalerweise nicht so der Gefühlsmensch.«

»Das heißt du schläfst nur mit Frauen, um …?«

»Nein, so ist das auch nicht.«

»Wie denn dann?«

»Oh Mann, jetzt bekomme ich meinen Kopf nicht mehr aus der Schlinge, richtig?«

Er zog sie in seine Arme.

»Glaub mir, es gibt auch genügend Frauen, die einfach nur mit *mir* schlafen wollen, ganz ohne Gefühle, ohne großes Tam-Tam.«

»Und das nutzt du dann aus?«

»Manchmal.«

Ein brennendheißer Stich fuhr Vero durch ihren Brustkorb hindurch und sie schloss kurz ihre Augen, um den Gedanken eilends wieder zu verwerfen, der sich gerade in ihrem Kopf manifestieren wollte. *Sie war eine von vielen.*

Tom küsste sie sanft auf ihre Schläfe. »In meiner Welt ist vieles einfach nur Fake. Ich bin umgeben von aufgesetzter Freundlichkeit und gespielten Gefühlen. In meiner Welt bist du etwas ganz besonderes, Vero. Und daher meinte ich es vollkommen ernst, als ich eben sagte, dass ich es sehr schön mit dir fand. Es war anders. Es war echt.«

»Ja, das war es.« Behutsam bettete sie ihren Kopf auf seiner Brust und schmiegte sich zärtlich an seine Seite. Es war ruhig hier oben und sie beide mussten die Stille nicht länger mit Worten füllen, um sich wohl zu fühlen. Sie hatten gestern etwas miteinander geteilt, dass für sie beide offensichtlich neuartig gewesen war; wenn auch auf eine ganz unterschiedliche Art und Weise. Die Gefühle, die sie erfahren hatten, waren jedoch aufrichtig gewesen. Dies zu wissen, fühlte sich hier oben, weit über dem Chaos der Großstadt, unbeschreiblich erkenntnisreich an.

Minutenlang lauschten sie dem Geräusch des Windes, der durch die Baumkronen wehte, dem Rascheln der Blätter und dem Rauschen des Verkehrs in der entfernten Innenstadt. Tom hielt ihre Hand, die so klein war, dass er sie locker mit seiner umschließen konnte. Zärtlich streichelte er mit seinem Daumen über ihren Handrücken hinweg, während die Gondel kaum merklich im Abendwind vor und zurück schaukelte. Ein wahrhaftiger Marmeladenglasmoment. Vero schloss ihre Augen und wünschte sich kurz, sie könnte diesen für immer konservieren.

Ein kurzes Ruckeln unterbrach ihre Vertrautheit jedoch abrupt. Das Rad setzte sich in Bewegung und brachte sie letztlich wieder sicher auf den Grund des Parks zurück.

»Hey, Tom«, grüßte jener Kerl, welchen sie vorhin aus der Gondel heraus, nur als winzig kleinen Punkt wahrgenommen hatte. »Wie geht's dir? Was macht die Arbeit?«

Tom nickte ihm zu und begrüßte ihn mit einem geräuschvollen Handschlag. »Bestens, alter Freund. Und selbst?«

»Kann mich nicht beklagen.« Er musterte Vero mit einem Lächeln auf den Lippen. Seine Haut war sonnengebräunt, das konnte sie selbst in der Dunkelheit erkennen. Zahlreiche Falten zeichneten sein Gesicht und machten ihn älter, als er vermutlich war. »Und das Mädchen? Deine Freundin?«

Tom schmunzelte. Eine Antwort gab er Karl jedoch nicht.

Mit eingeschalteten Taschenlampen liefen sie schließlich den dunklen Irrweg bis zum Ausgang zurück. Der Weg kam ihr wesentlich kürzer vor als noch zu Beginn, was vermutlich daran lag, dass sie vorhin einige Male im Kreis gelaufen waren, bis sie am Riesenrad angekommen waren. Der ältere Herr mit dem Faible für Schlüssel wartete schon am Ausgangstor auf sie. Er nickte nur wortlos, öffnete ihnen das Tor, und verschloss dieses sogleich wieder hinter ihnen.

Ein Taxi stand bereits mit laufendem Motor am Straßenrand. Tom öffnete die Türe und sie rutschten nacheinander auf die Rückbank. »Nach Schöneberg«, rief er dem Fahrer zu, der den Wagen sogleich in Bewegung setzte. Dann zog er sie hastig in seine Arme und drückte sie fest an sich.

Vero genoss die Fahrt über stumm seine Nähe, während ihre Gedanken umso lauter in ihrem Kopf umher wüteten. Ein kleines Feuer loderte tief in ihr und heizte den Gedanken an, ihn gleich zu bitten, sie zu begleiten. Um sie noch viele weitere Male zu küssen, sich mit ihr ins Bett zu legen, mit ihr zu schlafen. Und doch brachte sie es nicht über ihre Lippen.

»Danke für den wunderbaren Abend«, hauchte sie ihm vor Lisas Wohnung noch zu, bevor sie den Türgriff fasste und sich in Richtung der Wagentüre drehte.

Nein, dieses Mal wollte sie nicht warten, ob er sie zum Abschied nochmals küssen würde. Dieses Mal, wollte sie sich holen, wonach sich ihr Herz sehnte. Zumindest einen Teil davon.

Schnell drehte sie sich nochmals um und beugte sich zu ihm. Zärtlich legte sie ihre Lippen auf seine und schob ihre Zunge bestimmend in seinen Mund hinein. Er zögerte nicht und erwiderte ihre Leidenschaft.

Nach wenigen Sekunden löste sie sich blitzschnell von ihm. »Enttäuscht«, flüsterte sie ihm noch zu, bevor sie die Wagentüre aufstieß und aus dem Taxi ausstieg. »Enttäuscht, wäre die Antwort auf deine Frage gewesen, wenn ich wieder einmal mutiger gewesen wäre.«

KAPITEL 16

Tonight, coming out of my cage and I've been doing just fine, gotta be down, because I want it all. It started out with a kiss, how did it end up like this? It was only a kiss, it was only a kiss ..., dröhnte es in viel zu hoher Lautstärke am nächsten Morgen durch den Raum. Vero schreckte direkt aus dem Tiefschlaf hoch, ihr Herz hämmerte in ihrer Brust.

»Was zur Hölle?«, zischte sie mit rauer Stimme, bevor sie intuitiv begann, die Liegefläche neben sich nach ihrem Handy abzutasten. Doch das Klingeln war längst verstummt.

Was war das für ein Song?

Sie starrte irritiert auf den dunklen Bildschirm. Das Smartphone hatte sie erst letztes Jahr auf Wunsch ihrer Mutter hin gekauft, jedoch nie zuvor einen Klingelton eingestellt. Bislang nutzte sie lediglich die stumme Vibration oder jene voreingestellten, völlig altmodischen Töne, über die sich Lisa immer so sehr lustig machte.

Lisa! Ja, es musste Lisa gewesen sein, die ihr diesen Klingelton in einem unbeobachteten Moment auf ihr Handy gespielt hatte. Niemand anderes hätte ein Song der Band *The Killers* gewählt, schlussfolgerte sie. Denn ihre Freundin liebte Indie-Rockmusik wie keine Andere und hatte sie vor vielen Jahren sogar einmal auf ein Konzert der Gruppe mitgenommen. *Mr. Brightside* hieß das Lied. Vero erinnerte sich noch bestens an die vielen verschwitzen Menschen, die sich

Schulter an Schulter zu diesem Song vor der Showbühne in Ekstase geschrien hatten. Dreimal hatte sie im Anschluss duschen müssen, um sich den unangenehmen Mix aus Schweiß, Dreck und Hysterie abzuwaschen, der wie Blei auf ihrer Seele gelegen hatte.

Rasch entsperrte sie ihr Handy und blickte erwartungsvoll auf den Bildschirm. *Ein verpasster Anruf. Voice-Mail abrufen?,* stand auf dem Display, gleich neben einer Mitteilung von Anna. *Lust auf einen Eiskaffee in der City?*

Eigentlich hatte Vero absolut kein Verlangen danach, schon wieder in die Innenstadt zu fahren, sich erneut durch Massen an Menschen zu schlängeln und in einer völlig überfüllten Tram um einen Sitzplatz zu ringen. Doch den kompletten Tag alleine in Lisas Wohnung zu verbringen, erschien ihr definitiv als die weniger attraktive Option.

Gerne, wann?, tippte sie daher schnell zurück und blickte dann erneut auf die Nummer des verpassten Anrufers, welche sie auf die Schnelle nicht zuordnen konnte.

Eine freundliche, weibliche Stimme ertönte auf ihrer Mailbox, als sie diese sogleich abrief. »Hallo Frau Sommer, Meintel mein Name, von der Firma *Miles & Co.* Sie hatten sich vor einigen Wochen bei uns beworben und wir wollten Sie gerne zu einem Bewerbungsgespräch einladen. Bitte rufen Sie mich doch zurück, falls Ihrerseits noch Interesse an der Stelle besteht.«

Vero war wie versteinert. Mit einem weiteren Bewerbungsgespräch hatte sie zur aktuellen Zeit nicht gerechnet. Vor allem da bereits mehr als drei Wochen zwischen ihrer Bewerbung und dem heutigen Anruf lagen. Dennoch wäre der Job als Pressereferentin bei *Miles & Co.* nicht das Schlechteste was ihr passieren könnte. Die in Stuttgart ansässige Agentur betreute viele namhafte Firmen und war in der Region recht bekannt. Außerdem war die Stelle erst auf September ausgeschrieben und so könnte sie noch entspannt in Berlin bleiben, bis Tom zurück in die USA fliegen müsste. *Und dann?* Vero wusste es nicht. Noch nicht. Aber sie wollte ihrem Schicksal die Möglichkeit geben, alles in die richtige Bahn zu lenken. Erst kurz bevor sie auf dem Boden der Tatsachen aufprallen würde, wäre sie bereit den Notschirm zu ziehen, auch wenn sie sich aktuell alles andere als klar darüber war, wie genau dieser auszusehen hatte.

✦

Um dreizehn Uhr traf sie Toms Schwester in Berlin Mitte. Schon von Weitem aus winkte sie Vero überschwänglich zu, als diese aus einer Bahn ausstieg und die Straße überquerte. Kurz bevor sie Lisas Wohnung verlassen hatte, hatte sie Frau Meintel noch zurückgerufen. Dass sie derzeit in Berlin war und somit kein persönliches Gespräch wahrnehmen konnte, hatte sie nicht als Problem angesehen und ihr alternativ einen Video Call für kommenden Montag angeboten. Eine Chance, die sie dankend angenommen hatte.

In wenigen Schritten erreichte Vero nun den kleinen Tisch am Gehsteigrand, auf welchem bereits zwei Eiskaffee standen. »Hey, Süße!«, grüßte Anna, während sie auf dem noch freien Stuhl Platz nahm. »Wie geht's, wie steht's?«

»Alles bestens, danke. Und dir?«

Anna erzählte ihr sogleich von ihrem gestrigen Arbeitstag, der wenig aufregend verlaufen war, bevor sie sich in einigen Sätzen über den einbrechenden Regenschauer ausließ, der den gemeinsamen Abend am Donnerstag verfrüht beendet hatte. »Und du? Hat dich mein Bruder noch nach Hause begleitet?«, fragte sie abschließend.

»Nein, wir haben leider kein Taxi mehr bekommen«, erwiderte Vero. »Die Station war völlig überlaufen und wir mussten uns vor dem Regen in Toms Apartment flüchten.«

»*Mussten.*« Anna lächelte verschmitzt. »Und die Nacht musstet ihr dann vermutlich auch gemeinsam verbringen?«

»Ja, mussten wir«, entgegnete Vero spitz und versuchte Annas neugierigen Blicken geschickt auszuweichen. Doch diese hatte scheinbar bereits Blut geleckt und sah sie aus ihren dunkelbraunen Augen heraus erwartungsvoll an.

»Und?«

Schnell nahm sie einen Schluck ihres Kaffees. »Und was?«

»Mehr Details, bitte«, forderte Anna sogleich in erschreckender Lisa-Manier.

»Ähm, wir reden hier über deinen Bruder!«

»Deswegen interessiert es mich ja.« Ein Grinsen übermannte Annas Gesicht. »Also gut, dann fasse ich nochmals zusammen. Es hat geregnet, ihr habt euch in Toms Wohnung geflüchtet, eure nassen Kleider vom Leib gerissen …«

»… und dann eine Runde Poker gespielt. Nackt waren wir ja schon, das hat die Sache natürlich um einiges vereinfacht.« Vero schmunzelte überlegen.

»Chapeau! Eins zu null für dich.« Anna deutete eine Verbeugung an. Dann jedoch wurde ihre Mimik abrupt ernster. »Lass dich nur nicht zu sehr in seine Spielchen hineinziehen. Mein Bruder spielt herausragend, aber nicht gerne mit offenen Karten.«

»Ist das nicht der Sinn von Poker? Sich nicht in die Karten blicken zu lassen?«, hakte sie nach.

Anna lachte laut auf, hatte sie offensichtlich die Ironie in ihrer Frage nicht verstanden. »Das war doch nur eine Metapher.«

»Und das Pokerspielen nur ein Witz.«

»Dachte ich mir schon. Nimm dich trotzdem in Acht.«

»Vor was?«

»Vor …« Sie biss ihre Zähne fest zusammen und schaute ein wenig zerknirscht auf. Sichtlich suchte sie nach den richtigen Worten. »Tom hat viele Seiten. Viele Geheimnisse.«

»Muss ich mir denn Sorgen deswegen machen?«

Anna schüttelte mit ihrem Kopf und löffelte nachdenklich etwas Vanilleeis aus ihrem Kaffeebecher. »Nein. Es reicht, wenn ich das für dich tue.«

Vero warf ihr einen eindringlichen Blick zu, doch Anna fingerte sogleich hektisch ihr vibrierendes Handy aus der Tasche. »Sorry, da muss ich kurz ran«, sagte sie noch, bevor sie aufstand, um sich ein paar Schritte von ihr zu entfernen.

Nachdenklich blickte Vero ihr hinterher. Dass Tom voller Geheimnisse steckte, hatte sie längst bemerkt. Er gab nicht viel von seinem Leben preis und in seinen Augen hatte sie bereits mehrfach eine unergründliche und mehr als undurchsichtige Dunkelheit verspürt. Eine Dunkelheit, die sie jedoch auch wahnsinnig faszinierte, die eine enorme Anziehungskraft auf sie ausübte und ihr seltsamerweise gefiel.

Eine Hand legte sich auf ihre Schulter und sie zuckte aus ihren Gedanken hervor.

»Ich wollte dich nicht verunsichern. Bitte mach dir keine Sorgen. Ich pass schon auf dich auf, versprochen.« Anna schob ihre Mundwinkel mit ihren Zeigefingern nach oben.

Ich pass auf dich auf, versprochen. Zum wiederholten Male stolperte Vero über diesen Satz und erneut keimten dazu unterschwellige Gefühle in ihr auf. *Vertrauen. Geborgenheit. Zuversicht.* Sie nickte und Anna schenkte ihr ein zustimmendes Lächeln.

»Hast du noch etwas Zeit im Gepäck?«

»Klar.«

»Super, dann gehen wir Beide jetzt eine kleine Runde shoppen. Ich habe hier zwei Gutscheine von *Simon Grey*.« Sie zog einen Briefumschlag aus ihrer Handtasche und wedelte euphorisch damit vor ihrem Gesicht umher.

»Muss ich den Laden kennen?«

Anna schaute verdutzt auf. »Vero, das ist *das* neue Designerlabel hier in Berlin. Mein Team und ich haben den Vorstand bei der Suche nach einer geeigneten Immobilie betreut und daher einige Freikarten für die Launch-Party heute Abend bekommen. Sie findet im *Green Garden Hotel* statt und du meine Liebe, du wirst mich dorthin begleiten.«

Vero benötigte einige Minuten, um Annas Anschlag auf ihre Abendplanung zu verdauen. Ehrlicherweise hatte sie noch keine solche, aber mit einer Gala auf der Dachterrasse eines Berliner Hotels, hatte sie für heute wahrlich nicht gerechnet. Eigentlich wollte sie sich einen gemütlichen Abend machen, ein Buch lesen oder ein wenig Fernsehen. Doch Anna hatte aufgrund der Absage eines Freundes, noch einen Platz auf der Gästeliste frei und blieb hartnäckig bei ihrem Plan, sie heute Abend mit auf die Veranstaltung zu nehmen.

Wenige Minuten später verließen sie daher gemeinsam das kleine Straßen-Café.

Der Eingang zur Greys-Boutique befand sich etwas versteckt in einer Passage, die von der Hauptstraße aus in eine Nebengasse führte. Anna öffnete die schwere Glastüre und lief mit ihr an der Hand durch einen schmalen Flur in den riesigen Verkaufsraum hinein. Vero sah sich beeindruckt um, während Toms Schwester sich sofort angeregt mit einem Verkäufer am Empfangstresen unterhielt.

»Meine lieben Damen, bitte folgen Sie mir«, sagte dieser augenblicklich, wedelte einige Male theatralisch mit seiner rechten Hand in der Luft herum und lief dann eine imposante Treppe in den zweiten Stock hinauf.

Anna folgte ihm sofort in schnellen Schritten, während Vero sich noch ein kurzes Lachen verkneifen musste. Zu klischeehaft erschien ihr in diesem Moment das Auftreten des Verkäufers und sie wettete im Stillen, dass dieser vermutlich sogleich mit einem lauten Knall den Korken einer Prosecco Flasche für sie öffnen würde.

Schnell eilte sie den Beiden hinterher und ließ ihren Blick dabei über die hochpreisigen Etiketten schweifen, die hier Kleider, Hosenanzüge, Hemden und Blazer zierten.

»Also Süße, wir können es ordentlich krachen lassen. Alles auf Kosten von *Simon Grey*«, trällerte ihr Anna entgegen, als der Verkäufer in einem Nebenraum verschwunden war.

»Hast du dich hier einmal umgesehen?«, flüsterte sie eingeschüchtert. »Wir reden von vierstelligen Preisen. Ich habe noch nie ein so teures Kleid besessen.« Sie musste kurz an ihr hübsches cremefarbenes Blümchenkleid aus Italien denken, welches sie keine zwanzig Euro gekostet hatte. Und selbst ihre neuste Errungenschaft, das rote Kleid, welches sie erst vor einigen Tagen gekauft hatte, war zwar teuer gewesen, aber kam nicht einmal annährungsweise an die hier ausgeschriebenen Preise heran.

»In Jeans und Turnschuhen kommst du mir jedenfalls nicht auf die Gästeliste«, antwortete Anna und fing bereits an, sich einige Kleider an die Garderobenstange zu hängen.

»Schauen Sie sich gerne um. Sollten Sie Hilfe benötigen, lassen Sie es mich wissen«, quietschte der Verkäufer durch den Raum und stellte hastig zwei Gläser Prosecco auf einem runden Glastisch ab, der neben einer weißen Samtcouch stand. Dann drehte er sich blitzschnell ab und eilte dem klingelnden Telefon im Erdgeschoss entgegen.

Vero blickte auf die beiden Gläser, die auf einem silbernen Tablett auf dem Tisch standen und nickte ihrem eigenen Ego bestätigend zu.

»Was hältst du von diesem hier?« Anna hob sich ein grünes Etuikleid an ihren Körper, bevor sie mit einigen weiteren in einer der zahllosen Umkleidekabinen verschwand. »Warst du wirklich noch nie auf einer Gala?«, hörte Vero sie sogleich hinter dem Vorhang fragen. Noch bevor sie überhaupt ihre erste Frage hätte beantworten können.

»Nein.«

»Wieso nicht?«

»Vermutlich komme ich einfach aus einer anderen Welt.«

Vero nahm einen kräftigen Schluck Prosecco und ließ sich auf die Samtcouch fallen. Einige Male kreisten ihre Augen durch den Raum. Das hier, war jedenfalls definitiv nicht ihre Welt. Sie hatte nicht viel übrig für all den Glanz und Glamour und mochte keine Oberflächlichkeit, keine Menschen, die sich hinter teuren Kleidern und Accessoires versteckten.

»Und?« Annas Stimme riss sie aus ihren Gedanken. »Wie findest du das hier?« Sie tänzelte jetzt in einem saphirblauen Spitzenkleid aus der Umkleidekabine.

»Wow, du sieht wirklich wunderschön aus«, erwiderte sie und beobachtete amüsiert, wie Anna sich einige Male drehte und exzentrisch vor ihr posierte, wie ein Model auf einem Laufsteg.

Anna nickte selbstbewusst und nahm Vero das Glas aus der Hand, um selbst den letzten Schluck Prosecco daraus zu nehmen. »Okay, dann bist du jetzt an der Reihe, Aschenputtel«, witzelte sie und begann sofort einige Kleider von den Stangen zu pflücken. »Los, anziehen!«

Vero sah sich kurz hilfesuchend um. *Wo war noch gleich der Notausgang?* Doch Anna schob sie bereits in eine der Garderoben und zog den Vorhangen hinter ihr zu.

Widerwillig zog sie sich ein Modell nach dem anderen über, fühlte sich aber in keinem der Kleider wirklich wohl. Sie alle waren viel zu eng, zu kurz, zu … kleiderhaft. Und einen Moment lang kam sie sich unfreiwillig vor, wie die Hauptdarstellerin in einer Umstyling-Show.

»Mein junges Fräulein«, tönte plötzlich eine Stimme durch den Verkaufsraum und sie streckte eilig ihren Kopf seitlich des Vorhangs nach draußen. »Ich habe hier das perfekte Kleid für Sie«, sagte der Verkäufer und reichte ihr augenblicklich ein gelbes Satinkleid mit dünnen Trägern.

Vero musterte den dünnen Stoff zwischen ihren Händen kritisch. Auch dieses Modell hätte sie niemals selbst ausgewählt.

»Das Kleid kam eben mit unserer neuen Kollektion und ich meine, es würde einfach perfekt zu Ihnen passen«, erklärte der Verkäufer weiter und Anna stimmte ihm nickend zu.

Zögerlich zog sie sich das Kleid über und trat dann aus der Kabine hervor, ohne sich selbst vorher im Spiegel betrachtet zu haben. Das mattgelbe Trägerkleid passte wie angegossen und windete sich sanft mit jedem Schritt um ihren wohlgeformten Körper. Es reichte bis knapp über die Knie, betonte ihre Taille und fiel locker um ihr Dekolletee, was ihren kleinen Busen ein wenig größer erscheinen ließ.

»Wow! Also doch, sie ist eine Prinzessin«, sagte Anna, während der Verkäufer einige Male euphorisch in die Hände klatschte. Selten hatte sie so wunderschön ausgesehen.

KAPITEL 17

Auf zwanzig Uhr hatte sich Vero mit Anna im Foyer des *Green Garden Hotels* verabredet. Hier im achten Stock sollte am heutigen Abend das Treffen des *Who is Who* der Modebranche stattfinden. Doch schon auf der Fahrt zum Hotel fühlte Vero sich ein wenig unbehaglich. In ihrem normalen Leben wäre sie niemals Gast einer solchen Veranstaltung gewesen und mit Mode hatte sie bekanntermaßen so absolut gar nichts am Hut. Aber in Berlin war nun mal alles anders und die Menschen, die sie hier kennenlernen durfte, zeigten ihr eine komplett andere Welt. Eine Welt, weit außerhalb ihrer eigenen.

Angespannt zupfte sie sich ihr Kleid noch einmal zurecht und betrachtete ihre silberfarbenen Riemchen-Pumps, die sie sich vorhin noch in einem weniger teuren Schuhgeschäft gekauft hatte. Ein ungewohnter Anblick und doch fühlte sie sich erstaunlich wohl in ihrer Haut. Vorsichtig stieg sie aus dem Taxi und fuhr sich dabei noch einmal durch ihre Haare, die sie vorhin mit Lisas Lockenstab noch zu Wellen geformt hatte. In einer cremefarbenen Clutch trug sie neben ihrem Handy, Portemonnaie und Hausschlüssel, auch ihre Einladungskarte von Anna.

»Hey Vero, hier sind wir!«, ertönte eine männliche Stimme, als sie schließlich die Lobby des Hotels betrat. Rafael winkte ihr enthusiastisch aus einer Sitzecke heraus zu. Auch Anna und ihre Freundin Clara, die heute ein dunkles hautenges Kleid trug, warteten hier bereits auf sie.

Das Hotel, das von außen noch recht unscheinbar gewirkt hatte, zeigte sich im Inneren von einer wesentlich pompöseren Seite. An der Decke des Foyers hing ein schwerer Lüster, der das Licht der vielen kleinen Lämpchen in zahlreichen herunterhängenden Kristallen brach. Seitlich des Empfangstresens sprudelte ein Wasserfall aus der Wand und schlängelte sich einmal quer durch den Eingangsbereich hindurch, bis hin zu den vielen Sitzgruppen aus schweren dunklen Ledermöbeln.

»Hallo, zusammen«, begrüßte sie die Runde und bekam prompt die ersten Komplimente für ihr Outfit.

Anna griff sofort nach ihrer Hand, um sie in Richtung des Aufzugs am Ende des Foyers zu führen. »Na, dann wollen wir mal, Prinzessin«, sagte sie in einer Stimmlage, die ein wenig wie die Durchsage einer Fahrattraktion auf dem Rummel klang.

Ein geräumiger Aufzug brachte sie in den achten Stock, in welchem bereits ein vierköpfiges Sicherheitspersonal auf sie wartete, um ihre Eintrittskarten zu entwerten und ihre Taschen zu kontrollieren. Nur zwei Stockwerke lagen noch über der Terrasse, die vielmehr an einen Park erinnerte.

»Wahnsinn«, hauchte Vero, nachdem sie den langen Korridor vom Aufzug aus passiert hatte und durch eine geöffnete Flügeltüre nach draußen blickte. Vor ihr präsentierte sich eine riesige Terrasse auf drei Ebenen, mit zahlreichen Lounge-Gruppen, einer großen Bar mit Tanzfläche sowie Unmengen an dekorativen Pflanzen, die dem Hotel vermutlich seinen Namen gaben. Förmlich gekleidete Kellner liefen umher, trugen silberne Tabletts mit appetitlichen Häppchen und Champagnergläsern und sorgten dafür, dass jeder Gast allzeit bestens versorgt wurde. Aus den Lautsprechern schallte klassische Musik und eine Vielzahl an Lichterketten tauchte die Szenerie in ein warmes Licht.

Eilig folgte sie der Gruppe vorbei an einem Springbrunnen, aus welchem eine kleine Wasserfontäne sprudelte, bis hin zu ihrer vorreservierten Sitzgruppe am Rande der Terrasse. Interessierte mustere sie die Personen, die hier bereits auf den dunkeln Sesseln saßen und an knallbunten Cocktails nippten. Sie alle trugen teure Markenkleider, Maßanzüge und aufpolierte Schuhe. Bis auf Ian, der sein blondes Haar heute zu einem kleinen Zopf gebunden hatte, kannte sie jedoch niemanden.

Anna machte sie sogleich mit allen Anwesenden bekannt und stellte dabei auch ihren Kumpel Patrick vor, der für ein namhaftes Berliner Verlagshaus arbeitete. Angeregt begann Vero einen Small-Talk mit dem dunkelhaarigen Endzwanziger, der ein unglaublich ansteckendes Lachen hatte und mit seinen streng zurückfrisierten Haaren ein wenig wie ein Boyband-Mitglied aus den Neunzigern aussah.

»Und woher kommt deine Leidenschaft für Literatur?«, fragte er, nachdem er ihr soeben erzählt hatte, dass er selbst mit Büchern nahezu aufgewachsen war. Seine Mutter war Leiterin eines Kunstmuseums gewesen und sein Vater unterrichtete noch heute Germanistik an einer Universität in Hannover.

»Von meinem Vater.« Vero schluckte. Nur der Gedanke an ihn manifestierte bereits einen dicken Kloss in ihrem Hals.

»Ist er Schriftsteller gewesen?«

»Nein.« Sie musste kurz schmunzeln. »Er war Architekt.«

Patrick wirkte irritiert. »Architekt?«

»Mein Vater hatte eine blühende Fantasie und eine sehr kreative Ader. Er konnte aus der kleinsten Idee, dem flüchtigsten Gedanken, etwas ganz Beeindruckendes erschaffen.«

Ihre Augen begannen zu leuchten. Alle Erinnerungen an ihren Vater schienen ganz plötzlich wieder präsent zu sein. Als hätte sie ihn erst vorhin noch persönlich gesehen.

»Ich habe ihn einmal gefragt, da war ich etwa zehn, woher er all seine kreativen Ideen nimmt. Wie er es schafft, immer wieder so fantasievoll zu sein«, fuhr sie fort, während Patrick ihrer Erzählung noch immer aufmerksam folgte. »Er meinte, er schließe immer seine Augen, wenn er Inspiration benötigen würde. Wenn er völlig klarsehen, alle Störfaktoren ausblenden wollte. Er forderte mich damals auf, meine ebenfalls zu schließen, ganz fest. Er fragte mich, *was siehst du jetzt?*, und ich erwiderte *nichts*. Daraufhin sagte er zu mir, dass ich schon bald lernen würde, dass man mit geschlossenen Augen oftmals mehr sieht, als mit geöffneten.«

Vero nahm einen Schluck Mineralwasser und hielt einen Moment inne, bevor sie weitersprach. »Ich habe das natürlich nicht verstanden. Ich war noch ein Kind. Aber mein Dad hat mir am nächsten Tag das Buch *Alice im Wunderland* mitgebracht, woraus er zitiert hatte. Wir saßen gemeinsam in einer Höhle aus Decken und er hat mir daraus vorgelesen – das ganze Buch an nur einem Abend. Tja, und was soll ich sagen, auf *Lewis Caroll* folgten *Fitzgerald, Hemingway, Woolf, Brontë* und *Jane Austen.*«

»Eine wirklich schöne Geschichte.« Patrick nickte ihr beeindruckt zu. »Dann bist du heute wohl eine wahre Romantikerin?«

»Eine hoffnungslose«, korrigierte sie augenzwinkernd.

Er schenkte ihr ein sanftes Lächeln, welches seine makellosen, weißen Zähne zum Vorschein brachte. »Darf ich dich denn noch zu einem Drink an der Bar einladen? Ich würde mich gerne noch ein wenig mehr mit dir austauschen.«

»Nur wenn du mich über dein Veilchen am Auge aufklärst.« Sie fixierte kurz die kaum zu übersehende Stelle an seiner rechten Schläfe, die ihr bereits vorhin aufgefallen war. Sie war blau-violett verfärbt, vom Auge, bis hin zu seinem Jochbein. »Nicht, dass du ein …«

»… böser Kerl bist?« Er lachte kurz amüsiert auf.

Vero zuckte schmunzelnd mit ihren Schultern. »Bist du?«

»Nicht wirklich.« Patrick schüttelte einige Mal seinen Kopf und fuhr sich flüchtig durch sein dunkles Haar, das glanzvoll auffächerte, als hätte er erst kürzlich eine sündhaft teure Haarkur bei einem Friseur genossen. »Vielmehr ein Trottel. Ein blinder Trottel. Ich hatte Anfang der Woche eine etwas unschöne Begegnung mit einem Auto. Augen auf im Straßenverkehr, kann ich dazu nur sagen.«

»Mit einem Auto?«

»Naja, ich …«

»So, genug Geschnacke! Du hattest deine zehn Minuten mit ihr, Freundchen«, schaltete Clara sich auf einmal dazwischen. »Das Mädchen ist vergeben und außerdem gehört sie jetzt mir!« Eilig zog sie Vero an ihrer Hand aus dem weichen Polster des Sofas und beendete somit abrupt das Gespräch.

»Sorry«, warf Vero Patrick noch zu und schenkte ihm einen entschuldigenden Blick, bevor sie Clara wie fremdgesteuert die Treppen hinunter auf die unterste Ebene der Terrasse folgte.

Clara war unheimlich forsch, selbstbewusst und geradeheraus. Ihre kurzen blonden Haare umschmeichelten ihre markanten Gesichtszüge und ihren stechendblauen Augen konnte vermutlich niemand eine Bitte abschlagen. In ihrer Gegenwart fühlte sie sich stets wie ein kleines Mädchen und so hatte sie erst gar nicht versucht, einen Widerspruch einzulegen, obwohl sie durchaus gerne noch etwas mehr Zeit mit Patrick verbracht hätte. Stattdessen aber, nahm sie jetzt neben Clara auf einem freien Hocker an der Bar Platz.

»Hey, Romeo!«, rief diese einem Barkeeper sofort zu, der sich umgehend drehte und sich über den Tresen beugte.

»Darling«, erwiderte er und drückte Clara einen mehr als leidenschaftlichen Kuss auf die Lippen.

Vero musterte die beiden verlegen und beobachtete, wie Clara ihre Finger tief in seinem dunklen Vollbart vergrub, während er seine Zunge ohne jegliche Scham weit in ihren Mund hineinschob. Beschämt blickte sie kurz zur Seite und bemerkte aus ihrem Augenwinkel heraus *ihn*, Tom. Einen Moment lang hatte sie noch das Gefühl, sie hätte sich geirrt und bei dem attraktiven jungen Mann im dunkelblauen Jackett, mit leicht nach hinten frisierten Haaren, der inmitten einer großen Gruppe seitlich der Bar stand, würde es sich um jemand anderes handeln. Doch als sie ein zweites Mal verstohlen zu ihm hinüberschaute, trafen sich ihre Blicke kurz und Tom zuckte innerlich ebenso überrascht zusammen, wie sie selbst.

Hey, was machst du denn hier?, hätte sie ihm am liebsten über die Köpfe der vielen anderen Gäste hinweg zugerufen und doch entschied sich für ein einfaches Lächeln. Tom jedoch erwiderte ihre Begrüßung nicht. Er schien sie vielmehr überhaupt nicht erkannt zu haben, denn er wendete sich sogleich in eine andere Richtung ab und verschwand in schnellen Schritten aus ihrem Blickfeld. Sie starrte noch einige Sekunden auf die Stelle, an der er gerade noch gestanden hatte und zuckte zusammen, als Clara auf einmal ihre Hand auf ihre Schulter legte.

»Das ist Mark«, sagte sie. »Und das ist Toms Freundin Vero«, fügte sie noch hinzu und grinste ihren bärtigen Freund über beide Ohren hinweg an.

Vero räusperte sich. *Toms Freundin, wow!* Diese Formulierung hatte sie bislang noch nicht zu Ohren bekommen.

Mark streckte ihr seine Hand zu, die aussah, wie die Pranke eines großen, kräftigen Bären. »Freut mich, Vero. Ich hoffe unser Tom hat eine solch hübsche Erscheinung wie dich überhaupt verdient«, erwiderte er zwinkernd.

»Das hat er ganz bestimmt«, antwortete sie ein wenig verlegen und reichte ihm ihre Hand, auf welche er sogleich einen sanften Kuss setzte.

»Babe, wir sitzen auf dem Trockenen, was kannst du für uns tun?«, warf Clara ihrem Freund zu, der rasch in die Hocke ging und zwei Flaschen Tequila unter dem Tresen hervorzog, als hätte er diese bereits in guter Absicht dort gebunkert. Er platzierte die beiden Flaschen direkt vor ihrer Nase und Clara zog ihren Freund noch einmal stürmisch zu sich. »Danke, Sweetheart«, schmachtete sie ihm entgegen, bevor sie ihn erneut leidenschaftlich zu küssen begann.

Vero starrte auf den silbernen Metallknopf, der tief in ihrer Zungenspitze verankert war. Tatsächlich hatte sie selbst auch ein Piercing, eine Jugendsünde, einen Titanstab in ihrem Bauchnabel, obwohl sie von solcher Körperkunst eigentlich nicht viel hielt.

Vorsichtig schob sie die Flaschen zur Seite und musterte die Gruppe, bei welcher Tom soeben noch gestanden hatte. Drei Damen in schicken Cocktailkleidern unterhielten sich angeregt, waren kaum voneinander zu unterscheiden. Sie alle waren blond, hatten gepflegte Haare und trugen ein viel zu starkes Make-Up. Einige Herren in schicken Anzügen standen um sie herum und gestikulierten zum Teil recht wild mit ihren Händen in der Luft. *Ob das seine Arbeitskollegen waren? Wieso war sie nicht einfach zu ihm hinübergegangen und hatte ihn begrüßt? Ihn geküsst.* Alleine bei dem Gedanken daran, erwachte ein zartes Bitzeln in ihrer Magengrube.

Ein Kerl mit Glatze, der ebenfalls der Runde angehörte, lachte gerade auffällig laut, als Clara ihr ganz plötzlich einen kräftigen Stoß mit dem Ellenbogen in ihre Rippen gab. Ein stechender Schmerz fuhr umgehend durch ihren Oberkörper hindurch.

»Hey, bist du noch da oder hast du schon abgeschaltet? Ich sehe es in deinen müden Augen. Du brauchst Alkohol. Dringend.« Clara schnappte sich die beiden Flaschen Tequila und drückte ihr einen Stapel Gläser in die Hände. »Komm, wir gehen wieder zurück zu den anderen. Es wird Zeit für Hochprozentiges!«, trällerte sie.

Vero nickte stumm und balancierte den hohen Gläserstapel sogleich hinter Clara hinweg. Konzentriert achtete sie auf die vor ihr liegenden Stufen, um nicht Gefahr zu laufen, gleich in einem Scherbenmeer vor den Füßen der anderen zu landen.

»Ach schau an, wer uns besuchen kommt«, flüsterte Clara ihr neckisch zu, als sie nur noch wenige Meter von ihrer Sitzgruppe trennten.

Vero blickte rasch auf. Die Gläser in ihrer Hand begannen sofort heftig zu vibrieren. Tom stand am Rande der Lounge und diskutierte gerade lautstark mit seiner Schwester, die wiederum wild mit ihren Händen in der Luft gestikulierte.

»Du bist scheinbar vollkommen von Sinnen, Tom! Und

nein, ich wusste es wirklich nicht, glaub es oder lass es bleiben!«, hörte sie Anna noch mit hitziger Stimme sagen und ein »Doch Anna, du wusstest das ganz genau«, bevor die beiden zu ihr aufsahen und ihr Gespräch augenblicklich einstellten.

»Oh-oh«, kommentierte Clara leise.

Veros Blick begann irritiert zwischen den beiden hin und her zu tänzeln. Erstmals fiel ihr auf, dass sich die Zwei eigentlich optisch kaum ähnelten. Nur ihre Augen, ob grün oder braun, waren ebenso eindringlich, ebenso tiefgründig.

»Hi, was ist hier denn los?«

Anna blickte verlegen zu Boden, während Tom sie sekundenlang einfach nur musterte. »Können wir reden?«, stieß er nach einer kurzen Pause hervor und drehte sich bereits von ihr ab, um sich in eiligen Schritten von der Gruppe zu entfernen.

Vorsichtig stellte Vero den Gläserstapel auf dem Tisch ab. Die anderen beobachteten sie neugierig. Ohne zu ihnen aufzublicken, folgte sie Tom stillschweigend zu einem Stehtisch am Rande der Terrasse.

»Du siehst hübsch aus«, bemerke er kurz, doch sein Gesicht wirkte streng und wenig empathisch.

»Danke, du auch«, erwiderte sie und machte einen Schritt auf ihn zu, um ihm endlich den langersehnten Begrüßungskuss zu geben. Sie sehnte sich nach seinen weichen Lippen und nach all den Pheromonen, mit welchen sie in den letzten Tagen verwöhnt worden war. Doch Tom drückte sie leicht von sich, bevor sie ihn berühren konnte.

»Hör mir zu«, äußerte er sich mit ernster Miene. »Ich bin hier mit wichtigen Geschäftspartnern. Ich wusste nicht, dass du auch da sein wirst.«

Sie sah ihn fragend an. Seine Augen funkelten leidenschaftlich, doch er wirkte wesentlich kontrollierter, als sonst.

»Ich kann mich jetzt unmöglich um dich kümmern. Ich melde mich später bei dir«, fuhr er fort, gab ihr einen flüchtigen, mehr als gefühlsarmen Kuss auf die Stirn, und verschwand dann wortlos in der Menge der Gäste.

Vero starrte eine gute Minute lang ins Leere. Ihr Körper fühlte sich wie betäubt an, nur ihr Herz schlug wild in ihrer Brust.

Er kann sich nicht um mich kümmern, wiederholte sie seinen Satz im Stillen. *Kümmern? Wer war sie für ihn? Ein kleines Kind, das einen Babysitter benötigte? Eine nervige Verehrerin, die er heute hier, inmitten seiner ach so wichtigen Geschäftspartner, nicht an seiner Seite haben wollte? War sie ihm vielleicht sogar peinlich?*

Ihre Gedanken hämmerten in ihrem Kopf wie ein Presslufthammer und kurz schien es, als würde die Narbe, die ihr Herz zeichnete, erneut zu schmerzen beginnen. Die Tatsache, dass sie miteinander geschlafen, sich gestern im Spreepark noch mehrfach geküsst hatten, schien ihm ganz offensichtlich hier und jetzt, nichts mehr zu bedeuten. Wie konnte sie nur derart naiv gewesen sein, zu denken, dass sie in seinem Leben eine bedeutsame Rolle spielen würde. Lisa lernte andauernd Männer kennen, führte gute Gespräche, tauschte Küsse aus und hatte Sex. Aber sie war noch lange nicht mit jedem dahergelaufenen Kerl zusammen. Sie genoss die Gesellschaft, die kurzen, aber dennoch intensiven Verbindungen und dann … dann kappte sie das Band wieder und ging ihren eigenen Weg. Vielleicht hatte Tom gestern gelogen und sie war doch nur eine von vielen, mit welcher er eine bedeutungslose Bettgeschichte geteilt hatte.

Vero ärgerte sich, dass sie sich so schnell von ihren Gefühlen hatte übermannen lassen. Dass sie sich von seiner Art und seinen Worten hatte blenden lassen. Verkrampft schluckte sie das hässliche Gefühl hinunter, das sich gerade ihren Hals hinaufgewunden hatte. Eine Mischung aus Schmerz, Unverständnis und Wut. Dann lief sie zurück.

»Alles okay, Süße?«, fragte Anna, als sie erneut neben ihr Platz nahm. Der Rest der Gruppe tat überzeugend so, als hätten sie die Situation, die sich soeben nur wenige Meter von ihnen entfernt abgespielt hatte, nicht mitbekommen.

»Ich weiß es nicht«, antwortete sie immer noch ein wenig verunsichert. Eine mehr als ehrliche Antwort.

Clara füllte ihr schnell ein Glas mit Tequila und schob ihr dieses über die Tischplatte hinweg zu. »Trink das, Kleine«, sagte sie bestimmend und Vero nahm wie automatisiert einen kräftigen Schluck.

»Was hatte das eben zu bedeuten?«, fragte sie, nachdem sich der Drink, heiß wie Lava, ihren Hals hinunter gewunden hatte.

»Darf ich vorstellen, das war Tom.« Clara zischte einige Male abfällig durch ihre Lippen.

Anna schüttelte ihren Kopf und warf ihrer Freundin einen frostigen Blick zu. Diese zuckte jedoch nur wortlos mit ihren Schultern und nippte einige Male desinteressiert an ihrem Glas.

»Mein Bruder ist nicht einverstanden damit, dass ich dich mit auf dieses Event genommen habe«, erklärte sie schließlich mit ruhiger Stimme. »Er legt viel Wert darauf, Berufliches und Privates strikt voneinander zu trennen.«

Vero begann unruhig an ihren Fingernägeln zu hantieren. »Und was hat das mit mir zu tun?«

»Oh, Vero. Du bist längst mehr als privat für ihn. Und das hier, …« Anna deutete mit ihrer ausgestreckten Handfläche die vielen Stufen der Terrasse hinab. »… ist es definitiv nicht. Das hier, ist für Tom Arbeit. In diesem Umfeld bleibst du ihm besser fern, ansonsten wird er dir wehtun.«

»Wehtun?«

»Durch seine Ignoranz.«

»Und seine Arroganz!«, ergänzte Clara noch schnippisch und erntete prompt einen weiteren erbosten Blick.

Vero ließ sich langsam in den weichen Stoff des Sofas zurückgleiten und fragte sich kurz, ob sie von ein und derselben Person sprachen. Sie hatte Tom alles andere als arrogant und ignorant kennengelernt. Ganz im Gegenteil. Ihrer Empfindung nach, war er empathisch, feinsinnig und äußerst liebevoll.

Ihre Gedanken tobten weiter unsortiert in ihrem Kopf und hinterließen ein wahres Chaos der Gefühle, das sich auch nach drei weiteren Gläsern Tequila nicht besänftigen lies. Das bedrückende Gefühl auf ihrer Brust ging einfach nicht mehr fort und sie sehnte sich zunehmend nach etwas Raum zum Atmen. Eilig stand sie auf und schlängelte sich an Annas Beinen vorbei.

»Hey, wo gehst du hin?«

»Nur schnell auf die Toilette«, antwortete sie, passierte einige Stufen hinab und lief sogleich zielstrebig in Richtung Bar, bevor ihr jemand hätte folgen können.

Rasch verschwand sie dort hinter einer Trennwand, öffnete die Türe der Damentoilette und stellte sich mit pochendem Herzen an eines der Waschbecken. Schon lange hatte sie nicht mehr so viel Alkohol getrunken und in ihrem Kopf machte sich langsam, aber deutlich, ein dichter Nebel breit.

Vorsichtig stützte sie sich mit ihren Handflächen auf dem Rand des Beckens ab und blickte ihrem eigenen Spiegelbild tief in die Augen. Sie waren feucht. Tränengetränkt vor Enttäuschung.

Komm zurück, Liebes!, hörte sie Lisas Stimme in ihrem benebelten Kopf hallen. *Du gehörst dort nicht hin! Komm zurück!*

Schnell ließ sie ihre Hände mit Wasser vollaufen und fächerte sich eine ordentliche Portion des kühlen Nass in ihr Gesicht.

Ja, die Stimme in ihrem Kopf hatte mehr als Recht. Lisa hatte mehr als Recht. Sie sollte wirklich besser gehen. *Hatte sie tatsächlich gedacht, dass sie hierhergehören würde? Auf eine Gala, in einem sündhaft teuren Kleid, an die Seite eines Mannes, der sie offensichtlich dort nicht haben wollte? Wieso war sie nicht einfach zuhause in Lisas Wohnung geblieben, hatte sich gemütlich in ein Buch vertieft und ihr fragiles Herz vor einer solchen Situation beschützt?* Vero stieß einen kräftigen Seufzer hervor. Ihr Atem roch penetrant nach Alkohol.

Noch einmal suchte sie den Blick in den Spiegel. Ihr Gesicht war schön. Nach wie vor. Sie sah gut aus. Heute besser als je zuvor. Doch ihre Seele brannte, ihr Herz schmerzte und ihre Gedanken pochten unaufhaltsam. Sanft strich sie sich einige verirrte Haarsträhnen hinter ihr Ohr, bevor sie die Toiletten schließlich wieder in Richtung der Bar verließ.

»Hey, Verbündete! Alles gut?«, rief ihr eine Stimme freudig zu, als sie mit zittrigen Beinen hinter der Trennwand hervortrat. Patrick stand vor ihr und musterte sie kritisch.

»Alles bestens«, antwortete sie schnell, obwohl ihr Magen bereits die ersten Loopings drehte.

»So siehst du aber nicht aus.« Er legte seine Hand führsorglich auf ihre Schulter. »Du wirkst ziemlich blass.«

Vero blickte ihn an und musste sich tatsächlich ein wenig anstrengen ihn in einer ordentlichen Schärfe wahrzunehmen. Ihr war vorhin gar nicht aufgefallen, dass er äußerst attraktiv war. Ein schöner Mann, dessen blaue Augen einen faszinierenden Kontrast zu seinen dunklen Haaren setzten. Ein Mann, der ihr irgendwie bekannt vorkam. Als hätte sie ihn schon einmal gesehen. Doch sie konnte in ihren Erinnerungen kein passendes Szenario abrufen. Vor allem jetzt, in ihrem derzeitigen Zustand nicht. Sein Lächeln wirkte ehrlich, aufrichtig und vertrauenswürdig. All das, was sie soeben bei Tom in Frage stellte.

»Komm setz dich kurz, ich hol dir ein Glas Wasser«, sagte er und drehte ihr einen der Barhocker zu.

Auf Zehenspitzen schob sie sich auf die Sitzfläche hinauf und ließ ihren Blick dabei flüchtig den langen Tresen entlang schweifen. Auf den Stühlen rund um die Theke saßen zahlreiche Menschen. Lachten, unterhielten sich und ließen sich ein Bier zapfen oder einen schicken Cocktail mixen. Auf einem der Hocker, einige Meter entfernt, saß Tom. Er unterhielt sich angeregt mit einer brünetten jungen Frau in einem viel zu kurzen schwarzen Kleid, die sich immer wieder lachend an ihn lehnte und ihn förmlich anschmachtete. Erneut wurde ihr schlagartig übel und sie musste ihren Kopf mit beiden Händen abstützen, so sehr drehten sich ihre Gedanken im Kreis. Erst gab er ihr eine Abfuhr, ließ sie alleine zurück, jetzt flirtete er direkt vor ihren Augen mit einer anderen.

»Hier, das wird dir guttun«, riss Patricks Stimme sie zurück in die Realität. Er streckte ihr ein Glas mit Mineralwasser entgegen und lächelte sanft. »Soll ich dich zurück zu den anderen begleiten oder deinem Freund vielleicht Bescheid geben, dass er dich abholt?«

Vero setzte das Glas an ihren Lippen an und nahm einen kräftigen Schluck, während sie nochmals zu Tom hinübersah. *Meinem Freund Bescheid geben.* Beinahe hätte sie über Patricks Worte lachen müssen. Denn es gab offensichtlich keinen Freund. Niemand, der sie abholen und nach Hause bringen würde. Tom stand zwar nur wenige Meter von ihr entfernt, hatte aber offensichtlich soeben andere Interessen. Anders konnte sie sich nicht erklären, was sich gerade vor ihren Augen abspielte. Er war mittlerweile aufgestanden, zog seine Gesprächspartnerin sanft an sich und flüsterte ihr etwas ins Ohr. *Was er wohl gesagt hatte?* Vielleicht, dass er sie attraktiv fand oder dass er mit ihr schnellst möglich von hier wegwollte, um sich mit ihr eine schöne Zeit auf seiner Dachterrasse zu machen. So oder so, es musste etwas gewesen sein, was ihr geschmeichelt hatte, denn sie kicherte kurz wie ein kleines Mädchen, bevor sie ihm einen neckischen Kuss auf die Wange hauchte.

Veros Herz schlug wie wild in ihrer Brust. Jeder Schlag brannte sich durch ihre Adern wie flüssige Lava und gerade, als sie sich gekränkt von Tom abwenden wollte, drehte er flüchtig seinen Kopf und ihre Blicke trafen sich kurz. Das Grün seiner Augen bohrte sich durch sie hindurch wie eine Lanze.

»Ja, lass uns gehen. Bringst du mich zu den anderen?«

Sie nahm Patricks entgegengestreckte Hand und rutschte eilig von ihrem Hocker. Schützend legte er seinen Arm um ihre Schultern und begleitete sie zurück zu ihrer Lounge.

»Alles in Ordnung?«, fragte Clara, als sie sich erschöpft neben sie auf das Sofa gleiten ließ. »Soll ich dem Kerl in den Arsch treten? Glaub mir, ich kann das gut. Wäre nicht das erste Mal.«

Ein müdes Lächeln huschte über Veros Gesicht. Sie glaubte ihr, konnte sich mehr als gut vorstellen, dass Clara ihm bereits des Öfteren ihre Meinung gesagt hatte. Ungeschönt und ehrlich, so wie es Lisa stets tat.

»Nein, schon in Ordnung«, erwiderte sie. Doch in Ordnung fühlte sich längst nichts mehr an und Toms ignorante Art stellte all die schönen Erinnerungen der letzten Tage in einen düsteren Schatten.

»Hey!« Ian nahm neben ihr Platz und legte seinen Arm um sie. »Was ist los, Vero?« Er blickte sie mit seinen blauen Augen an, die so viel Mitgefühl ausstrahlten, und doch war er der Letzte, dem sie jetzt ihr Herz ausschütten wollte. Ihm, Toms vermeintlich bestem Freund. »Ist es wegen Tom?«

Sie nickte stumm, während die Pianoklänge, die gerade aus den Lautsprechern hallten, die bedrückende Situation nur noch zu verstärken schienen.

»Soll ich dich nach Hause bringen?«

Seine Frage wirkte wie ein Rettungsring, der ihr kurz vor dem Ertrinken zugeworfen worden war. Und augenblicklich hatte sie das Gefühl, dass Ian ihr ähnlicher war, als sie zunächst angenommen hatte. Jedenfalls war er außerordentlich einfühlsam und umsichtig. Hatte erkannt, dass es ihr nicht gut zu gehen schien und eine Lösung vorgeschlagen, dieses Problem schnellstmöglich zu beheben.

Er las ihr die Antwort auf seine Frage förmlich von den stummen Lippen ab. »In Ordnung. Gib mir fünf Minuten. Ich sage nur schnell ein paar Freunden Bescheid, dass ich kurz weg bin und dann fahre ich dich heim, okay?«

»Okay.«

Sie schenkte ihm ein Lächeln, welches allerdings nur so lange anhielt, bis sie erkannte, dass er geradewegs zu Tom an die Bar lief. Ihm vermutlich eine Standpredigt halten oder ihn auffordern wollte, sich doch gefälligst um sie zu kümmern. Doch Vero war nicht bereit dazu abzuwarten, wie er auf Ians Ansprache reagieren würde. Sie wollte nur noch weg. Schnell stand sie auf und ging zielstrebig zum Ausgang. Keine Minute länger wollte sie noch hierbleiben.

»Hey, warte!«, ertönte Annas Stimme auf einmal. Sie hatte einige Meter entfernt in einer anderen Lounge gesessen und sich dort mit Kollegen unterhalten. Eilig folgte sie ihr die Treppe hinauf. »Bitte sei nicht böse.«

Vero blieb stehen und blickte in ihre kastanienbraunen Augen, die unverkennbar von Schuldgefühlen geprägt waren. »Ich bin nicht böse«, antwortete sie. »Oder wusstest du etwa, dass er auch hier sein würde? Ich ihn treffen und er mich derart abweisen würde? Dass er in Begleitung eines anderen Mädchens ist?«

Anna schaute rasch zu ihr auf. Ihre Augen leuchteten im Licht der vielen weißen Lampions. »Nein, natürlich nicht.«

»Okay, dann bin ich nur enttäuscht.«

»Liebes, du musst nicht gehen.« Anna griff nach ihrer Hand und hielt sie fest umschlossen. »Nicht wegen ihm!«

»Ich möchte es aber. Es fühlt sich gerade nicht richtig an, hier zu sein. Sag Ian bitte, dass ich ihm für sein Angebot, mich zu fahren, sehr dankbar bin. Aber ich nehme mir ein Taxi. Ich muss nach Hause. Allein. Ich melde mich morgen bei dir.«

Anna umarmte sie zaghaft. »Es tut mir leid. Ich will wirklich nicht, dass er dir wehtut«, hörte Vero sie noch sagen, bevor sie sich aus ihrer Umarmung löste und eilig durch den Korridor in Richtung des Aufzuges lief. Jeder Schritt fühlte sich an, als würde sie durch einen langen, beklemmenden Tunnel rennen. Tränen flossen über ihr Gesicht, als sie schließlich den Aufzugsknopf betätigte und sich die Türen öffneten.

Ob das eben an der Bar seine Freundin war? Hatte sie sich wirklich so in ihm getäuscht? Hatten Anna und Clara vielleicht doch Recht damit, dass er ein ignorantes, ein arrogantes Arschloch war? Veros Gedanken spielten auf eine hässliche Art und Weise *Scrabble.*

Schnell betrat sie den Aufzug, der sich sofort in Bewegung setzte, nur um dann im sechsten Stock nochmals behutsam abzubremsen. Die Türen öffneten sich langsam und sie erwartete einen Blick in einen der endlos langen Flure des Hotels. Doch an der Schwelle des Aufzugs stand Tom.

»Es tut mir leid«, sagte er, während er sichtlich nach Luft rang und die Lichtschranke blockierte. Ian hatte ihm offensichtlich tatsächlich davon erzählt, dass sie nach Hause gehen wollte und er hatte den Aufzug hier in der sechsten Etage abgefangen, nachdem er eilig durchs Treppenhaus gerannt sein musste.

Vero senkte ihren Blick zu Boden, zu sehr hatte ihr sein Verhalten und das, was sich gerade vor ihren Augen abgespielt hatte, geschmerzt. Sie konnte ihm nicht ins Gesicht blicken, obwohl er heute wieder einmal unfassbar gut aussah. Mit seiner dunkelblauen Jeans, dem farblich abgestimmten Jackett und dem leicht aufgeknöpften weißen Hemd.

»Das war nur meine Freundin Alex, mit einigen Gläsern Champagner zu viel«, erklärte er weiter. »Ich bin ein verdammter Idiot.« Er machte einen bestimmenden Schritt auf sie zu, so dass sich die Aufzugstüren hinter ihm schließen konnten.

Vero wich schnell zurück und blinzelte einige Male, um ihre Tränen zurückzuhalten. Vor ihm weinen wollte sie nicht. Diesen Triumph wollte sie ihm nicht gönnen.

»Dein Verhalten hat mir sehr weh getan«, sagte sie leise, ohne ihn direkt anzublicken.

»Mir auch«, antwortete Tom und ging einen weiteren großen Schritt auf sie zu, so dass nur noch wenige Zentimeter zwischen ihnen lagen. »Ich wollte dich nicht verletzen. Bitte verzeih mir«, flüsterte er und sie spürte seinen warmen Atem auf ihrem Gesicht.

Dann küsste er sie. Reumütig, leidenschaftlich und fordernd zugleich. Vero versuchte noch ihn von sich zu drücken, doch er packte ihre Arme und senkte sie bestimmend zur Seite hin ab, während er seine Hüfte gegen ihren Körper drückte.

Wie anmaßend von ihm zu denken, dass er so um Entschuldigung bei ihr bitten könnte. Ihr Kopf zog eilig die Notbremse. »Warte, stopp! Eine oder deine Freundin Alex?«

»Eine«, keuchte er hervor und schob ihr Kinn nach oben, um mit seiner Zunge eine Linie über ihren Hals hinweg, bis hinauf zu ihrem Ohr zu zeichnen. »Oh Kleines, du siehst so unglaublich schön aus«, stieß er leise durch seine Lippen.

Schön. Da war es wieder; dieses eine kleine Wort. Schlicht. Unmissverständlich. Ein Seelenwärmer. Nur zu gerne hätte sie ihn in seine Schranken gewiesen, doch sie konnte sich der Situation nicht entziehen. Sie fühlte sich wie ein Schmetterling, gefangen in seinem Netz – unfähig und auch nicht willens, ihm zu entfliehen.

Hingebungsvoll legte sie ihren Kopf in den Nacken und der abwärtsfahrende Aufzug erschien ihr auf einmal, wie der Fall in einen tiefen Schacht. Ihr Kopf war so unfassbar

voll mit unsortierten Gedanken und ihr Körper hoch explo-
siv, wie eine Bombe. Am liebsten hätte sie ihm hier direkt
vor Ort beides gegeben, eine wütende Ohrfeige und den
vielleicht leidenschaftlichsten Sex aller Zeiten. Doch ein
schriller Ton signalisierte ihr sogleich, dass sie das Erdgeschoss erreicht hatten.

Als sich die Lifttüren öffneten, löste sich Tom in Windeseile von ihr.

»Und jetzt?« fragte sie und rechnete mit einer Verabschiedung.

»Jetzt, bringe ich dich nachhause.«

KAPITEL 18

Während der gesamten Taxifahrt nach Schöneberg hatten sie kein einziges Wort miteinander gewechselt. Zu viel Spannung lag zwischen ihnen und so hatten sie die kurze Fahrt stillschweigend nebeneinandergesessen und sich lediglich fest an den Händen gehalten, bis der Wagen schließlich vor Lisas Wohnung stoppte. Tom begleitete Vero noch bis an den Treppenaufgang und sah ihr sehnsüchtig hinterher, als sie die letzten Stufen in Richtung der Haustüre nahm.

»Was kann ich tun, damit du mir verzeihst?«, fragte er.

Sie stoppte und drehte sich nochmals zu ihm um. Langsam lief sie die bereits passierten Stufen zurück nach unten. Eine gute Armlänge von ihm entfernt blieb sie jedoch stehen.

»Weißt du, du sagtest kürzlich, dass sich das zwischen uns, für dich echt angefühlt hätte. Und genau das, suche ich in meinem Leben: etwas Echtes. Etwas Bedeutsames. Etwas Beständiges. Ich möchte nicht nur ein Moment, eine Gelegenheit oder ein Zeitvertreib für dich sein. Ich möchte dich berühren, Tom«, hauchte sie ihm leise zu.

Seine Augen weiteten sich. Er wirkte ein wenig überrumpelt. Zögerlich machte er einen Schritt auf sie zu und überwand die geringe Distanz, die noch zwischen ihnen lag. »Das kannst du.«

»Ich möchte dich aber *hier* berühren.« Sie legte ihre Hand auf seiner Brust ab und blickte ihm tief in seine Augen.

Er schluckte merklich, zögerte jedoch nicht mit einer Antwort. »Das hast du längst, sonst wäre ich nicht hier, bei dir.«

»Dann sag mir Tom; wer bin ich für dich? Was bin ich für dich?«

Veros Herz schlug kräftig in ihrer Brust, als hätte es einige Schläge nachzuholen, die es soeben ausgesetzt hatte. Erschrocken darüber, welche Worte und Fragen ihre Lippen gerade verlassen hatten und wie mutig sie ihm auf einmal ihr eigenes Herz auf einem Silbertablett präsentierte.

»Sehnsucht.« Er schaute verlegen zu Boden. »Sehnsucht nach allem, was mir in meinem Leben fehlt.«

Toms Worte klangen ehrlich. Sogar ein wenig zerbrechlich. Vor allem aber, waren es genau jene Worte, die sie selbst gewählt hätte, um ihre Verbindung zu beschreiben. Da war etwas zwischen ihnen. Etwas, das sie beide mehr als deutlich spürten. Eine Art Anziehung, ein Bann, ein unerbittliches Verlangen nach der Nähe des anderen, die so unglaublich guttat.

»Dann bleib heute Nacht bei mir, geh nicht wieder fort«, erwiderte sie leise und zog ihn sanft zu sich, bis sich ihre Lippen erneut berührten. Schon längst hatte sie den Vorfall im *Green Garden Hotel* beiseitegeschoben und wollte jetzt nur noch eines – ihn. Sie wusste durchaus, dass das mehr als naiv von ihr war. Gerade eben hatte er ihr noch einen unsanften Stich in ihr Herz verpasst und jetzt, keine Stunde später, war ihr diese Tatsache auf einmal völlig egal. Ihr Kopf schrie noch immer *Lauf!*, aber ihr Herz war lauter. Ihre eigene Sehnsucht unersättlich.

»Ist deine Freundin nicht da?«

»Nein, sie kommt erst morgen wieder zurück.«

Vero öffnete die Riemchen an ihren Schuhen und tänzelte

barfuß durch die große Eingangstüre ins Treppenhaus. Noch einmal blickte sie über ihre Schulter, hinein in seine wunderbaren, grünen Augen. »Erleichtert oder enttäuscht?«, fragte sie neckisch, wohlwissend, wie ihre Antwort auf diese Frage heute lautete. *Erleichtert.* Sie war erleichtert darüber, dass Lisa noch in Prag geblieben war und sie Tom heute in die Wohnung mitnehmen konnte. Obwohl er ihr gerade unfassbar weh getan hatte, wollte sie ihm noch mehr ihres zerbrechlichen Herzens schenken.

Tom biss sich kurz auf seine Unterlippe und schaute ihr wenige sekundenlang wie gebannt hinterher. Dann folgte er ihr mit schnellen Schritten und beobachtete angespannt, wie sie ihren Schlüssel im Schloss der Wohnungstüre drehte.

Der Flur war dunkel und Vero tastete soeben nach dem Lichtschalter, als er sie stürmisch gegen die kalte Wand drückte. Nur die Konturen seines Gesichtes konnte sie im einfallenden Licht der Straßenlaternen erkennen.

»Was machst du nur mit mir?«, stieß er leise hervor, bevor er sie leidenschaftlich zu küssen begann. Ihren Hals entlang. Die Wange hinauf. Über ihren Mundwinkel. Auf ihre Lippen.

Er schmeckte nach Alkohol und Vero war kurz überrascht darüber, wie sehr sie diese Tatsache auf einmal erregte.

»Was machst du mit mir?« *Was machst du aus mir?*

Eilig streifte sie ihm sein Jackett von den Schultern, das sogleich unbeachtet auf den Boden fiel.

Tom stützte sich mit seinem Arm über ihr an der Wand ab und ließ seine Zunge tief in ihrem Mund kreisen, bevor er sich mit seiner noch freien Hand einen Weg über die Innenseite ihrer Schenkel bahnte. Sanft streichelte er über ihre Haut hinweg, bis zum Rande ihres Slips.

»Was soll ich denn mit dir machen?«, fragte er provokant,

während er seine Fingerspitzen unter den dünnen Stoff ihres Höschens schob. Er berührte sie sanft. Nicht aufdringlich. Strich einige Male über ihre empfindsamste Stelle.

Vero stöhnte auf. Bebte vor Verlangen. Mit zittrigen Händen öffnete sie die Knöpfe seines Hemdes, bis es sich an seinem wohlgeformten Oberkörper teilte. Sachte ließ sie ihre Finger über seine erhabenen Bauchmuskeln gleiten, bevor sie seine Gürtelschnalle griff. Seine Hose glitt an seinen Beinen hinab auf den Fußboden. »Was auch immer du willst.«

Toms Augen leuchteten. Berauscht, erregt, beinahe schon diabolisch. Er machte einen bestimmenden Schritt auf sie zu und drückte ihren Körper gegen Lisas Massivholzkommode. Einige Briefumschläge und Schlüssel fielen zu Boden, als sie sich mit ihren Händen abzustützen versuchte.

Langsam ging er vor ihr in die Hocke, schob behutsam ihr Kleid in die Höhe und begann sie mehrfach auf die Innenseite ihrer Schenkel zu küssen. Sanft und voller Hingabe.

Jeder Kuss, jeder Zentimeter ihrer Haut, den er mit seinen Lippen berührte, schien das anregende Gefühl in ihrem Unterleib bis ins Unermessliche zu verstärken. Schwerfällig atmend beobachtete sie, wie er ihren Slip hinab zog und diesen über ihre Beine hinwegstreifte, bevor er sich erneut vor ihr aufbaute. Kräftig umfassten seine Hände ihre Hüfte. Dann schob er sie bestimmend in Richtung Sofa. Schwungvoll ließ er sich auf das weiche Polster fallen und zog sie fordernd auf seinen Schoss hinauf.

Vorsichtig ließ Vero sich von ihm das gelbe Satinkleid über den Kopf abstreifen. Ihr trägerloser roséfarbener BH kam zum Vorschein. Tom musterte sie einen kurzen Moment, bevor er seine Hand tief in ihren Haaren vergrub und ihre Lippen nochmals fest an die seinen drückte. Mit einem leisen Seufzen legte sie ihre Arme um seinen Hals und genoss seine leidenschaftlichen Küsse.

Sachte schob er seine zweite Hand nun auf ihren Rücken, öffnete ihren BH und streifte ihr hastig den noch verbleibenden Stoff von ihrem erhitzten Körper.

Vero hielt kurz inne.

»Alles okay?«, fragte er, ließ sie aber dennoch in seinem Arm rücklings auf das Sofa gleiten, bevor sie ihm eine Antwort hätte geben können. Doch sie wusste, dass er ihre unausgesprochenen Worte verstand. Dass es ihm durchaus bewusst war, dass es ihr nicht leichtfiel, sich ihm hinzugeben, alles auszublenden, was ihr noch kurz zuvor so unfassbar geschmerzt hatte. Sie sah es an seiner Miene, an seinen Lippen, die sich noch einmal leicht öffneten, um sie vermutlich erneut zu fragen, ob sie *okay* war. Bevor seine Stimme jedoch einen Ton fand, schenkte sie ihm ein Lächeln. Ein stummes *Ja*, ein stiller Schrei danach, nicht aufzuhören, mit seinen Küssen, seinen Berührungen und all dem, was er jetzt noch mit ihr tun würde.

Entschlossen entledigte er sich seiner Boxershorts, bevor er sich zwischen ihre Beine legte. Die Hitze seines Körpers ging schlagartig auf ihren über, während eine ekstatische Erregung von jeder Faser ihres Körpers Besitz ergriff.

Erneut dachte sie, dass das alles nicht real sein konnte, aber als er sie schließlich fest an sich zog, fühlte es sich auf einmal realer an, als alles, was sie jemals zuvor erlebt hatte. Und so ließ sie es erneut geschehen. Ließ sich in seinen Armen fallen, obwohl ihr Kopf nach wie vor protestierte. Doch ihre Gefühle für Tom waren soviel stärker und begannen etwas in ihr zu verändern. Vielleicht bedeutete Schicksal eben genau das: etwas in seinem Leben zu finden, was man eigentlich gar nicht gesucht hatte, nur um dann festzustellen, dass man nie etwas anderes wollte. Sie hatte ihn gefunden und mit ihm, auch irgendwie sich selbst. Er war der Schüssel zu einer ganz neuen Welt. Einer Welt, in der auch sie eine völlig andere war.

Lasziv hob sie ihre Hüfte an und spürte seine Lust, die ebenso groß zu sein schien wie ihre. Und als er endlich in sie eindrang, bog sie den Rücken durch und stöhnte, wissend, dass sie ihn mehr begehrte als jemals einen Mann zuvor.

Tom begann sich zu bewegen. Mit ihr. In ihr.

Wie in Trance beobachtete sie, wie er über ihr gebeugt, vor Erregung zu stöhnen begann. Erst ganz leise, dann etwas lauter. Seine Augen waren fest verschlossen und mit jedem Kuss wurden seine Stöße ein wenig stärker und ihre eigene Lust größer. Berauscht von ihren bisher unterdrückten Gefühlen, die sie nun wie eine Lawine übermannten, löste sich eine Träne aus ihrem Augenwinkel und rollte ihre Wange hinab. Gefolgt von einer zweiten und einer dritten.

Tom stoppte. »Ich wollte dir nicht wehtun. Ich will dir nicht wehtun«, sagte er leise und sie ahnte, dass er nicht nur den Sex meinte. Offensichtlich haderte auch er noch mit der Sache, die sich vorhin im *Green Garden Hotel* abgespielt hatte.

»Das tust du nicht. Das wirst du nicht.« *Hoffte sie zumindest.*

Er zögerte kurz und suchte sichtlich nach der richtigen, weiterführenden Formulierung, doch Vero erstickte seine unausgesprochenen Worte mit einem hingebungsvollen Kuss, in welchen sie alle Angst und allen Schmerz der letzten Stunden legte. Tom erwiderte ihn und als sie sich schließlich erneut liebten, schmeckte er das Salz ihrer Tränen und sie seine stumme Bitte um Vergebung.

KAPITEL 19

Draußen war es bereits hell und die Sonne bahnte sich ihren Weg durch die schweren altrosafarbenen Vorhänge in Lisas Wohnzimmer, als Vero am nächsten Morgen erstmalig ihre Augen öffnete. Sie hatte keine Ahnung, wie lange sie geschlafen hatte. Vorsichtig streckte sie sich unter der Bettdecke und ließ ihren Blick durch den Raum wandern. Keine Spur von Tom. Gestern war sie in seinen Armen eingeschlafen, doch jetzt war der Platz neben ihr leer.

Eilig tapste sie in den Flur hinaus und sah sich um. Die Badezimmertüre stand offen und ihr Handy zeigte keine neuen Nachrichten an.

Du verdammter Kerl, dachte sie noch, bevor sie ins Bad hineinlief, um sich erst einmal eine kühle Dusche zu gönnen. Ihr Nacken fühlte sich heute deutlich verspannt an und einige blaue Flecken leuchteten auf ihrer Haut auf, als sie sich nach dem Duschen im Badezimmerspiegel betrachtete.

Was für eine Nacht. Ihre Gedanken waren noch immer mehr als unsortiert. Da war einerseits das große Fragezeichen, was den gestrigen Abend betraf, andererseits das große Ausrufezeichen, was die darauffolgende Nacht anging. Vero schüttelte ihren Kopf in der Hoffnung, dass sich ein paar der Puzzleteile stimmig zusammensetzen würden, doch der erhoffte Aha-Effekt blieb aus. Stattdessen begann ihr Magen zu Knurren.

Schnell zog sie sich einen knielangen Pullover über und trocknete ihre Haare provisorisch mit einem Handtuch. Barfuß huschte sie anschließend aus dem Badezimmer in den Flur zurück, als ihr sogleich ein wohltuender Geruch von frisch gebrühtem Kaffee in die Nase stieg.

Tom stand in der Küche und schenkte ihr ein freudiges Lächeln. »Hey, Kleines. Ich habe uns Frühstück besorgt«, sagte er und wedelte stolz mit einer Papiertüte, aus welcher ein köstlicher Duft strömte. Er zog zwei große Kaffeebecher sowie belegte Toasts hervor und platzierte diese auf dem Esstisch.

Vero war baff. »Wow! Ist das deine Art Entschuldigung zu sagen? Eine heiße Nacht und ein warmer Kaffee am Morgen?«, fragte sie Tom und drückte ihm im Vorbeigehen einen sanften Kuss auf die Wange. Sein Hemd war falsch geknöpft und seine wirren Haare hatten dem Verkäufer im Café vermutlich sofort verraten, dass er keine ruhige Nacht hinter sich hatte.

Er griff nach ihrer Hand und zog sie zurück in seine Arme. »Würde es denn reichen? Die heiße Nacht und der warme Kaffee?«

»Das muss ich mir noch durch den Kopf gehen lassen.« Vero drehte sich geschickt aus seiner Umklammerung. »Wenn der Kaffee so gut ist, wie es die Nacht war, dann vielleicht.«

Sie griff nach den Toasts und lief zum Sofa. Tom fuhr sich kurz angeregt mit seiner Zunge über die Lippen, bevor er ihr mit den beiden Bechern in der Hand folgte und sich neben sie setzte. Langsam legte er seinen Kopf in den Nacken und nahm einen kräftigen Schluck seines Kaffees.

Vero starrte wie versteinert auf die dicken, schwarzen

Buchstaben, die den Becher zierten. *TOM* stand mit Filzstift auf braunem Hintergrund. *TOM.*

Ein seltsames Gefühl beschlich sie auf einmal und tief in ihrem Inneren vernahm sie eine Stimme, die unverkennbar nach ihr rief. *Hey, hörst du mich? Kannst du mich hören? Bleib bei mir! Bitte, bleib bei mir!* Immer und immer wieder. Erst ganz deutlich, dann etwas dumpfer. Sie schloss ihre Augen und suchte in ihren Erinnerungen nach passenden Bildern, doch ihre Gedanken blieben schwarz.

»Hey, hörst du mich? Hey!« Toms Worte mischten sich mit den wirren Lauten. Schnell legte er seine warmen Hände um ihre Wangen und in ihrem Kopf herrschte augenblicklich Stille.

Zögerlich öffnete sie ihre Augen und schaute in sein besorgtes Gesicht. »Alles gut bei dir, Kleines? Was ist los?«

Vero schüttelte sich und massierte kurz ihre pulsierenden Schläfen. »Ich glaube, ich hatte gerade ein Déjà-Vu.«

»Ein Déjà-Vu? Von was denn?«

»Keine Ahnung. Es fühlte sich nur erschreckend vertraut an, als ob ich …«

»Vielleicht hast du gestern einfach nur zu viel getrunken«, unterbrach er sie mit einem tadelnden Ton in der Stimme.

»Wie kannst du denn beurteilen, ob ich gestern zu viel getrunken habe? Du warst keine fünf Minuten in meiner Nähe.«

»Und doch habe ich dich nicht aus den Augen gelassen«, antwortete er selbstsicher. »Du hast gestern definitiv zu viel getrunken und die Männer um dich herum, haben das scheinbar auch gleich ausgenutzt.«

Vero griff nach ihrem Kaffeebecher und warf ihm einen kritischen Blick zu. »Männer?«

Tom sah sie mit ernster Miene an. »Na der Kerl, der

ständig um dich herumgetänzelt ist. Der dich mehr als nur angeschmachtet hat. Der seinen Arm um dich gelegt hat, als wärst du seine Freundin.«

Sie lachte kurz auf. »Patrick?«

Er zuckte nur mit seinen Schultern.

»Also erstens, sprechen wir hier, wie du bereits selbst schon bemerkt hast, von *einem* Mann – Singular!«, antwortete sie bissig. »Und zweitens, möchte ich an dieser Stelle nochmals anmerken, dass ich meine Zeit viel lieber mit dir verbracht hätte. Dann hätte ich nicht so viel Tequila trinken müssen und er hätte nicht seinen Arm um mich gelegt.«

Tom seufzte und kratzte sich kurz nachdenklich am Hinterkopf. »Du hast Recht. Es tut mir leid, wirklich. Ich wollte dich nicht vor den Kopf stoßen, dir nicht wehtun und vor allem wollte ich nicht, dass du mehr trinkst, als du verträgst.«

Seine Mundwinkel zuckten kurz nach oben, doch Vero erwiderte sein angedeutetes Lächeln nicht. »Dann erklär mir, wieso du mich gestern einfach stehen gelassen hast? Wieso durfte ich dich nicht küssen? Wieso bist du so schnell wieder abgehauen?«

»Ich …«

»Ich habe gehört, was du zu Anna gesagt hast«, log sie, obwohl sie lediglich die letzten beiden Sätze des Gespräches mitbekommen hatte. »Du wolltest nicht, dass ich zu diesem Event komme, richtig?«

»Richtig«, stimmte er sofort wahrheitsgemäß zu, ohne den Versuch zu unternehmen, ihr eine schlechte Ausrede aufzutischen. »Ich trenne gerne Berufliches von Privatem.«

»Und das ist vollkommen in Ordnung«, antwortete sie sachlich. »Aber wieso hast du mir das gestern nicht genau so gesagt? Dann hätte ich einen gewissen Abstand zu dir gewahrt.«

»Das hättest du gemacht?«

»Klar. Wenn dir meine Anwesenheit so unangenehm ist.«

»Das ist sie nicht!« Seine Stimme wurde deutlich lauter. »Ich hätte dich gerne an meiner Seite gehabt. Dich geküsst und mit dir den Abend verbracht.«

»Aber?«

»Oh Vero, mach es nicht komplizierter, als es bereits ist.«

»Das zwischen uns ist für dich also kompliziert?«

»Du verdrehst mir die Worte im Mund.« Er nahm einen weiteren Schluck seines vermeintlich mittlerweile kalten Kaffees.

»Und genau das ist der Grund, weswegen ich keine Schickimicki-Veranstaltungen mag«, nuschelte sie und setzte ihren Becher nun ebenfalls nochmals an. Der Kaffee war wirklich bereits kalt und schmeckte vielmehr wie eine bittere, abgestandene Brühe.

»Schickimicki-Veranstaltungen?« Tom warf ihr einen grimmigen Blick zu.

»Na, solche oberflächlichen Events, bei denen es nur darum geht, gut auszusehen und sich möglichst gewinnbringend zu verkaufen. Wo man lieber ohne Begleitung hingeht, um keine Angriffsfläche für Spekulation und Lästerei zu bieten.«

»Ich habe dich schon verstanden.« Er wirkte ein wenig gekränkt. »Das heißt, ich bin in deinen Augen ein oberflächlicher Schickimicki-Snob?«

»Sag du es mir, bist du einer?«

»Wäre das denn ein Problem für dich?«

»Wenn das bedeuten würde, dass du dich in der Öffentlichkeit mir gegenüber immer so benehmen würdest, ja, sicher!«

Tom stellte seinen Kaffeebecher zur Seite und griff nach ihren Händen. »Nochmal, Kleines; es tut mir leid. Ehrlich.« Er sah sie reumütig an. »Ich bin kein oberflächlicher Snob, versprochen! Mich hat die Situation nur völlig überrumpelt. Ich stehe inmitten von Menschen und plötzlich sehe ich dich, in deinem hübschen Kleid, mit deinen blauen Augen und diesem furchtbar süßen Lächeln. Plötzlich ist es mir sowas von egal, was meine Kollegen, meine Chefs und Partner gerade von mir wollen. Ich sehe nur dich und will zu dir, dich küssen. Unbedingt.«

Vero schmunzelte verlegen, bevor ihre Mine wieder ernster wurde. »Aber?«, fragte sie erneut.

»Aber das geht so nicht! Ich muss in meinem beruflichen Umfeld fokussiert sein. Die Distanz zu meinen Freunden und meiner Familie ist wichtig. Ich darf das auf keinen Fall vermischen; Berufliches und Privates, Freundin und Job.«

Freundin? Unmittelbar spürte sie einen dicken Kloss in ihrem Hals. *Hatte er sie gerade als seine Freundin betitelt?*

»Und was ist mit deiner Freundin Alex? Wieso darf sie in deiner Nähe sein?«

»Weil sie es muss«, verbesserte Tom. »Alex und ich kennen uns bereits seit unserer Kindheit. Wir arbeiten zusammen, schon viele Jahre.«

»Arbeiten? Für mich sah das gestern aber nach weit mehr als nur nach einer beruflichen Verbindung aus.« Vero dachte an den Kuss, den Alex ihm gestern gegeben hatte. Er war nur auf die Wange und durchaus flüchtig gewesen, aber dennoch hatte ihr der Anblick unglaublich geschmerzt.

»Bist du eifersüchtig?« Sein Lächeln wirkte triumphierend.

»Hätte ich denn einen Grund dafür?«

»Nein, absolut nicht. Unsere Beziehung ist rein platonisch und ausschließlich auf unsere gemeinsame Arbeit bezogen. Ich stehe nämlich auch nicht auf Schickimicki-Snobs.« Er zwinkerte kurz. »Das, was du gestern gesehen hast, war eine völlig aus dem Zusammenhang gerissene Situation. Ich hatte Alex nur ein Wasser an der Bar bestellt und ihr gesagt, dass sie besser weniger Alkohol trinken sollte. Weiß du, ich bin einer von den Guten.«

Ein kurzes Lächeln huschte über Veros Lippen und Tom drehte sogleich den Kaffeebecher in ihren Händen. *I´m sorry* stand anstelle ihres Namens auf der braunen Pappe.

»Verzeihst du mir nun endlich? Ich bettle nicht gerne.« Er blickte sie mit einem derart charmanten Lächeln an, zu welchem man nur schwer *Nein* sagen konnte.

»Na gut, den Kaffee lasse ich als Entschuldigung durchgehen.«

»Und die gestrige Nacht wird nicht mit angerechnet?«

»Ich befürchte, die müssen wir wiederholen. Du weißt schon, der Tequila und die vielen anderen Männer. Ich kann mich leider kaum noch daran erinnern.« Sie rollte kurz mit ihren Augen, bevor sie ihren Mund zu einem neckischen Lächeln formte.

»Du befürchtest? Autsch!« Tom griff sich mit beiden Händen theatralisch an seine linke Brust. »Dann habe ich dein leises Stöhnen gestern wohl missverstanden. Ich dachte du hättest so etwas gesagt, wie …« Er packte sie mit beiden Händen an der Taille und schubste sie sanft rücklings auf das Sofa. »Oh, Tom! Bitte mach weiter. Hör nicht auf«, flüsterte er ihr schlüpfrig ins Ohr, während er ihren Körper in das weiche Polster drückte.

Ein kurzes Kichern überkam sie, bevor sie sich in seinen Armen drehte, sodass er nun unter ihr lag und sie ihm in seine frech schimmernden Augen blicken konnte. »Du hast eine rege Fantasie«, feixte sie ihm entgegen, bevor sie ihn sanft küsste – wieder und wieder – und einen Moment lang erneut in einem wahren Rausch an Endorphinen versank.

Ein lautes Geräusch unterbrach ihre Zärtlichkeiten jedoch abrupt. Lisas Kuckuck schnellte ganze zehn Mal wie wild geworden aus seinem kleinen Vogelhäuschen hervor.

Tom zuckte zusammen und blickte sich einige Male irritiert um. »Wer zur Hölle besitzt heute noch eine Kuckucksuhr? Wie alt ist deine Freundin, achtzig? Bitte sag jetzt nicht, du wohnst bei einer Seniorin.«

Vero schüttelte lachend mit ihrem Kopf. »Absolut nicht. Davon ist sie weit entfernt, glaub mir.« Sie stieg von ihm hinab und setzte sich wieder neben ihn.

Tom nahm einen letzten Schluck seines kalten Kaffees. »Wie ist sie denn so, deine Freundin?«

»Ein absolutes Unikat.«

»Also, ist sie so wie du?«

Vero lachte amüsiert und dachte kurz an Lisas durchtriebene Art, ihren Hang zu Hochprozentigem, zu exzessiven Partynächten und an ihr ausschweifendes Sexleben. An ihre unerschöpfliche Quelle an Positivität, ihre stetige Unbeschwertheit und an ihr großes Ego, das schon beinahe eine eigene Postleitzahl verdiente. »Nein, eigentlich ist sie das genaue Gegenteil von mir.«

»Dann muss sie ja ein furchtbarer Mensch sein.« Tom zwinkerte, bevor er wieder zu ihr aufrückte.

»Was wollen wir jetzt tun?«, fragte Vero, während er sanft ihren Hals hinab küsste.

»Oh, mir würden da so einige Dinge einfallen.« Er fuhr in Schlangenlinien über ihren nackten Oberschenkel, bis zum Rande ihres Slips. »Ich könnte deinen Erinnerungen bezüglich gestern Nacht ein wenig auf die Sprünge helfen.«

»Ich meinte eigentlich, was wir den Tag über machen?«, entgegnete sie und schob seine Hand behutsam zurück. »Oder musst du etwa wieder arbeiten?«

»Nein«, erwiderte Tom sichtlich enttäuscht von ihrer Abfuhr. »Du willst also etwas unternehmen? Außerhalb dieser vier Wände? Weg von diesem mehr als einladenden Sofa?«

Vero nickte, obwohl sie den Gedanken, den ganzen Tag hier mit ihm im Bett zu verbringen, mehr als anregend fand.

Er räusperte sich kurz. »Okay. Ich hätte da vielleicht eine Idee, die dir gefallen könnte. Gib mir Zeit für einen Anruf bei einem Freund.« Rasch griff er nach seinem Handy und ging hinaus in den Flur, so dass sie nur wenige Worte des Telefonates aufgreifen konnte. Nach wenigen Minuten kam er mit einem breiten Lächeln auf dem Gesicht zurück. »Pack' deine Badesachen, wir fahren raus an den Wannsee. Ich ruf uns ein Taxi, einverstanden?«

Eine Abkühlung am Badesee? Vero war begeistert. Doch eine derart lange Strecke mit einem Taxi zu fahren, hielt sie definitiv für eine Spur zu dekadent. «Ich hätte da eine bessere Idee«, reagierte sie schnell und tippte bereits eine Nummer in ihr Handy ein. »Wir fragen Anna und Ian ob sie uns begleiten wollen, dann haben wir auch gleich eine Mitfahrgelegenheit.«

Tom stöhnte laut auf. Es war ihm sichtlich unangenehm seine Schwester nach dem gestrigen Streit, um ein gemeinsames Date zu bitten, doch Vero ließ nicht locker.

»Komm schon, ich ruf sie jetzt an.«

KAPITEL 20

Eine Stunde nachdem sie aufgelegt hatte, fuhr Ian mit einem schwarzen Cabriolet vor. Anna saß auf der Beifahrerseite und winkte ihnen verhalten zu. Schon während des Telefonats, welches Vero vorhin aus Lisas Schlafzimmer geführt hatte, hatte sie ein wenig reserviert gewirkt. Natürlich hatte sie sich über den Anruf gefreut und sich mehrfach für den Verlauf des gestrigen Abends bei ihr entschuldigt, aber Annas Stimme hatte nach wie vor angespannt gewirkt. Vermutlich war es auch ihr unangenehm, nach dem Streit des Vorabends, heute schon wieder auf ihren Bruder zu treffen. Doch Vero hasste verhärtete Fronten und unnötig hinausgezögerte Entschuldigungen. Sie würde die beiden schon wieder zusammenbringen, da war sie sich absolut sicher.

Sie schirmte ihre Augen jetzt gegen die Sonne ab und blinzelte hinauf in den blauen Himmel. Die schwülwarme Luft ließ ihr schwarzes Top ein wenig aufflattern, welches sie zu einer blauen Jeans-Shorts und weißen Stoff-Sneakers trug.

»Hallo, ihr Zwei«, rief Ian ihnen freudig entgegen, bevor er ausstieg und eilig den Kofferraum öffnete, so dass sie ihre Badetasche darin verstauen konnte. Seine muskulösen Oberarme kamen heute in einem weißen Tank-Top besonders gut zur Geltung und mit seiner Pilotenbrillen und den blonden schulterlangen Haaren sah er ein wenig aus wie *Jason Lewis* aus *Sex and the City*. Jahrelang hatte der Kerl mit dem göttlichen Sixpack von einem Poster, das Lisa unge-fragt in ihrer WG aufgehängt hatte, auf sie hinabgeschaut. Nackt. Nur mit einer Wodka Flasche zwischen den Schen-keln. Vero lief es eiskalt den Rücken hinab. Tom konnte sie sich nur zu gut in einer solchen Pose vorstellen, aber Ian … Ihre Wangen erröteten bereits bei dem Gedanken daran.

»Können wir noch einen kurzen Halt bei mir zuhause ma-chen? Sonst muss ich nachher nackt baden gehen«, witzelte Tom passend zu ihren vorausgegangenen Gedanken.

Ian hob seinen rechten Daumen in die Luft, bevor er das Gaspedal durchtrat. »Machen wir! Bitte anschnallen, die Fahrt geht los. Nächster Stopp: Prenzlauer Berg.«

Fünfzehn Minuten später hatten sie Toms Apartment er-reicht und als dieser außer Sichtweite war, drehte sich Anna erstmalig zu ihr um. »Alles klar bei euch?«, fragte sie leise.

»Wieso flüsterst du?«, erwiderte Vero und sah sich einige Male gekünstelt um, um die angespannte Situation humor-voll aufzubrechen.

Anna kicherte kurz, dann wurde ihre Miene wieder erns-ter. »Süße, nochmals wegen gestern. Es tut mir leid, wirk-lich! Ich wusste nicht, dass Tom auch auf die Veranstaltung gehen und sich derart machohaft aufführen würde.«

Machohaft. Vero stolperte über diese Formulierung. Tom war vieles – souverän, dominant, selbstbewusst und sicher-lich am gestrigen Abend, auch eine Spur zu unbedacht – aber er war sicher kein Macho.

»Hätte ich es gewusst, hätte ich dich nicht mitgenommen.«

»Wegen?« Vero warf Anna einen irritierten Blick zu.

»Weil Tom nicht Tom ist, im beruflichen Umfeld. Da kennt er nur eines, sich selbst. Da hat niemand anderes neben ihm Platz. Das hätte ich dir sicher nicht absichtlich angetan.«

»Angetan? Übertreib es nicht, Anna«, schaltete sich Ian auf einmal in das Gespräch mit ein. Sein Tonfall wirkte ruhig und doch bestimmend. »Tom arbeitet viel, ja, was übrigens auch der Grund dafür ist, dass er erfolgreich ist. Er muss sich durchsetzen, sich behaupten und dafür leider auch das ein oder andere Opfer bringen. Nichts ist umsonst, vor allem nicht Erfolg und wir sollten ihn unterstützen und nicht hinter seinem Rücken kritisieren.« Er legte seine Hand auf Annas Schulter, als ob er sie davon abhalten wollte noch mehr unschöne Dinge über ihren Bruder zu sagen. »Vero, mach dir keinen Kopf. Tom ist vielleicht ein wenig speziell, aber er hat das Herz am rechten Fleck. Er ist ein guter Kerl.«

»Wer ist ein guter Kerl?« Tom erschien seitlich des Wagens. Er hatte eine Sporttasche geschultert und schaute neugierig in die Runde.

Vero musterte ihn verliebt, während er sogleich zur gegenüberliegenden Wagentüre lief. Er trug eine kurze Jeanshose, die locker um seine Hüfte saß und seine dunklen Haare wehten verführerisch im schwülen Sommerwind auf und ab. Seine Haut war gebräunt, die Muskeln seiner Oberarme sportlich definiert und unter seinem weißen T-Shirt konnte sie bestens die Konturen seiner leicht erhabenen Bauchmuskeln erkennen.

»Du natürlich«, rief Ian ihm zu und die beiden gaben sich einen lautstarken High-Five, nach welchem er Tom jedoch nochmals zu sich zog. »Aber wenn du diesem Mädchen dahinten weh tust, bring ich dich um, Buddy. Ist das klar?«

Seine Worte waren äußerst leise, doch Vero konnte sie genauestens hören. Aufmerksam beobachtete sie Toms Reaktion auf Ians Aussage, die er zwar mit einem Lächeln begleitet, aber dennoch unüberhörbar ernsthaft gemeint hatte.

»Erlaubnis erteilt«, antwortete Tom nur kurz und klopfte Ian einige Male kumpelhaft auf die Schulter. Dann warf er seine Tasche auf die Rückbank und nahm neben ihr Platz.

Vero sah, wie Anna ihren Kopf kaum merklich schüttelte, bevor Ian den Motor startete.

»Können wir nun endlich los? Sind alle Befindlichkeiten geklärt?«, witzelte Ian und schielte kurz neckisch zu seiner Freundin auf den Beifahrersitz.

Anna nickte stumm.

✦

Die Fahrt zum Wannsee dauerte etwa vierzig Minuten. Die Straßen rund um Berlin waren heute recht voll und es schien, als wäre an diesem Sonntag jeder auf der Suche nach einem schattigen Plätzchen im Freien. Während der gesamten Fahrt hatte Tom ihre Hand gehalten, doch gesprochen hatten sie kaum ein Wort. Die warmen Temperaturen, gepaart mit dem kühlen Fahrtwind, der ihnen um die Ohren geweht war, hatte etwas unglaublich entschleunigendes gehabt. Die Welt schien sich heute nur in halber Geschwindigkeit zu drehen und selbst der zähe Straßenverkehr hatte keinerlei stressende Wirkung auf sie gehabt.

Als Ian eine letzte Linkskurve auf einen Parkplatz direkt am Seeufer nahm, konnte Vero erstmals einen Blick auf den See werfen. Das Wasser glitzerte in der senkrecht stehenden Sonne der Mittagshitze und sie bekam große Lust sich sofort mit einem Hechtsprung ins kühle Nass zu stürzen.

Seitlich des Parkplatzes ragte ein langer Holzsteg ins Wasser, an dem einige Boote ankerten. Tom sprang lässig über die geschlossene Türe des Wagens und lief mit eiligen Schritten zu einem jungen Kerl, der auf einem Liegestuhl am Rande des Ufers saß. Vero blickte ihm hinterher und beobachtete einen begrüßenden Handschlag, sowie ein kurzes Gespräch zwischen den beiden. Dann kam er zurück zum Wagen gesprintet und wedelte mit einem Schlüsselbund in seiner Hand.

»Auf geht's Freunde, wir können starten. Da drüben steht das Baby.« Er zeigte stolz auf eines der größeren Sportboote.

»Ist das deins?«, fragte Vero beeindruckt. Ihre Vorfreude auf den gemeinsamen Nachmittag stieg soeben auf ein neues Level.

»Nein, es ist nur ausgeliehen«, antwortete Tom, bevor er seiner Schwester eine Kühltasche abnahm, die sie im Kofferraum verstaut hatte. Anna lächelte ihn dankbar an und es schien, als hätten sich die Wogen zwischen den beiden wieder geglättet.

Vero schulterte ihre Badetasche und folgte den anderen zum Boot. *Brightside* stand in geschwungener Schrift auf der weiß lackierten Außenfassade und kurz hörte sie Lisas schräge Stimme in ihrem Kopf hallen – wie damals auf dem *Killers*-Konzert.

Sie ergriff Toms Hand, um über die Reling hinweg auf das Boot zu steigen. Schnell hakte sie sich dort mit ihrem Arm bei Anna ein, die ebenfalls ein wenig unsicher über den wackeligen Schiffsboden tänzelte und sie steuerten gemeinsam eine kleine Sitzgruppe im hinteren Bereich des Bootes an.

Tom ging zielstrebig zum Fahrerpult, drehte den Schlüssel und lies den Motor aufbrummen. »Bitte alle gut festhalten, das Ding hat einiges an Pferdestärken in sich«, rief er ihnen noch zu und setzte das Boot schwungvoll in Bewegung.

Anna warf ihre Arme in die Höhe und quietschte freudig, bevor sie zwei Flaschen Limonade aus ihrer Kühltasche fischte und ihr eine davon reichte.

Vero nahm einen kräftigen Schluck und rutschte an den äußersten Rand der Lounge, um einen Blick über die Reling zu werfen. Kühler Fahrtwind peitschte ihr sogleich ins Gesicht. Der See war gut besucht und sie konnte am Ufer zahlreiche Menschen sehen, die auf Decken oder Liegestühlen der Hitze des Tages trotzten.

Anna ließ sich neben ihr nieder und schlüpfte aus ihrem Shirt, das sie über einem knielangen Wickelrock trug. Ein weiß-blau gestreifter Badeanzug kam zum Vorschein. Ihre helle Haut wirkte zerbrechlich wie Porzellan. »Keine Sorge, ich gehöre nicht zu den weißen Wanderern«, sagte sie schmunzelnd.

»Weiße Wanderer?« Vero schüttelte unwissend mit ihrem Kopf, mutmaßte aber, dass Anna soeben auf eine Serie oder einen Film anspielte, welchen sie offensichtlich nicht kannte.

»Ach Süße, du bist wirklich so gar nicht von dieser Welt.« Anna verdrehte ungläubig ihre Augen und tätschelte einige Male Veros Oberschenkel.

»Anna!« Ians kräftige Stimme ertönte. »Beweg deinen hübschen Hintern hierher und hör auf zu sticheln.« Er zwinkerte Vero kurz zu, bevor er seiner Freundin seine Hand entgegenstreckte. Sein Shirt hatte er bereits ausgezogen und sein durchtrainierter Oberkörper zeigte noch einmal deutlich auf, dass er wohl einiges an Zeit im Fitnessstudio verbrachte.

Anna stöhnte genervt auf, bevor sie die wenigen Schritte in Richtung der Fahrerkabine nahm und sich sanft von hinten an den Rücken ihres Freundes schmiegte.

Vero beobachtete die beiden einen kurzen Moment. Sie mochte die Zwei, auch wenn Anna seit gestern ein wenig gereizt und reserviert wirkte. Vor allem Ian war es aber, der sie in vielerlei Hinsicht überrascht hatte. Obwohl sie es zumeist mied, Menschen nach ihrem Äußeren zu bewerten, hatte sie bei ihrem ersten Zusammentreffen noch gedacht, er sei ein oberflächlicher Schnösel. Ein Typ, der sich primär um sein Äußeres kümmerte, tagtäglich in der Mucki-Bude pumpen ging und dessen Augen nur deshalb so wunderbar blau leuchteten, weil die Sonne durch seine hohle Birne schien. Aber nein, Ian war ein feiner Kerl, eine gute Partie und sicher ein toller Freund – sowohl für Anna, als auch für Tom. Sie hatte sich geirrt.

»Wie wäre es mit einem Stopp und etwas Sonnenbaden?«, fragte er gerade in die Runde.

Tom drosselte die Geschwindigkeit und lenkte das Boot seitlich an ein weniger gut besuchtes Ufer. Als der Motor verstummte, folgte sie Anna und Ian zum Bug des Schiffes und beobachtete einen Moment lang ihre erfrischende Verliebtheit. Wie sie gemeinsam ein Handtuch ausbreiteten, sich küssten und Anna ihre Fingerspitzen kreisförmig über Ians kräftigen Rücken gleiten ließ.

»Na, neidisch?« Tom legte seine Arme von hinten um ihren Bauch und küsste sie auf ihre Wange.

»Ein wenig«, erwiderte sie mit gemäßigter Stimme und drehte sich in seinen Armen einmal um ihre Achse, so dass sie ihm direkt in sein Gesicht sehen konnte. Im hellen Tageslicht war er noch schöner, als in der geheimnisvollen Dunkelheit der Nacht. Fasziniert zählte sie kurz die wenigen Sommersprossen seitlich seiner Nasenflügel, die seinem Gesicht stets etwas Freches gaben.

»Hey du Träumerin, wo bist du nur schon wieder mit deinen Gedanken«, rissen sie Toms Worte aus ihrem Tunnelblick.

»Bei dir.«

»Und? Fühlt sich verdammt gut an, oder? Ich in deinem Kopf.« Er schmunzelte selbstsicher, bevor er sie an ihrem Top zu sich zog und ihr einen sanften Kuss gab. Spielerisch fuhr er den Saum ihres Oberteils nach und berührte dabei immer wieder sachte mit seinen Fingerspitzen ihre nackte Haut. »Ausziehen, jetzt!«, forderte er leise, während er bereits den Bund ihrer Shorts lockerte.

Ihre Hose glitt an ihren frisch rasierten Beinen hinab. Vermutlich hatte sie noch nie derart akribisch ihre Beine rasiert. Schwungvoll zog sie sich auch ihr Top aus. Sie trug einen schwarzen Monokini, dessen Cut-Outs einen Blick auf ihre wunderschön geformte Taille freigaben.

Ganz ungeniert musterte Tom sie. »Verdammt«, raunte er. »Wie soll ich diesen Anblick den ganzen Tag über ertragen?«

Vero lächelte verlegen und beobachtete aufmerksam, wie sich nun auch er aus seinem T-Shirt schälte und seinen perfekt definierten Oberkörper frei legte. »Dito«, flüsterte sie ihm zu und küsste ihn sachte auf seine Wange.

»Sollen wir unsere erhitzten Gedanken abkühlen?«

»Abkühlen, klingt verdammt gut«, antwortete sie noch, bevor sie rasch einige Schritte an die Reling machte und mit einem gekonnten Kopfsprung ins Wasser hinabsprang. Eine völlig unbedachte Handlung, die sie selbst noch nicht einmal hatte kommen sehen. Ihr Kopf hatte blitzschnell entschieden zu springen und ihr Körper hatte anstandslos Folge geleistet. Sie hatte nicht einmal einen Bruchteil einer Sekunde Zeit gehabt, diesen Plan zu überdenken. Ein ungewohntes Gefühl, kamen ihre Impulse doch zumeist erst dann in ihrem Körper an, wenn ihr Kopf alle Eventualitäten gegeneinander abgewogen hatte. Sie hätte abrutschen, sich den Kopf im vielleicht viel zu seichten Wasser stoßen können. Hätte einen peinlichen Bauchklatscher hinlegen und sich damit zur Lachnummer machen können. Aber es war nichts dergleichen passiert.

Tom sah sie beeindruckt vom Boot aus an. »In dir schlummert wohl doch eine Amazone«, witzelte er, bevor er seine Jeans auszog und ebenfalls kopfüber ins Wasser sprang. Als er vor ihr auftauchte, strahlten seine Augen noch grüner als jemals zuvor. »Du überraschst mich immer wieder«, sagte er, während er sich seine nassen Haare aus dem Gesicht strich. »Komm, wir verschaffen uns ein wenig Privatsphäre.«

Er steuerte eine Badeinsel aus blauem Kunststoff an, die in der Nähe des Ufers fest im Grund verankert war. Lässig lehnte er sich an den Rand der Insel und legte seinen Kopf in den Nacken, so dass die vielen Wassertropfen auf seiner Haut funkelten wie kleine Edelsteine.

Vero folgte ihm mit einigen schnellen Zügen und versuchte auf Zehenspitzen den schlammigen Grund unter sich zu erfühlen. Tom zog sie hastig an sich. Leicht streiften seine Fingerspitzen die Rundungen ihrer Brüste und suchten sich anschließend zielstrebig ihren Weg nach oben. Langsam zog er die Träger ihres Badeanzugs zur Seite, um ihren Hals mit Küssen zu bedecken. Vero schloss berauscht ihre Augen und fragte sich erneut, wie es nur möglich war, dass ein Mensch eine solche Anziehungskraft auf sie ausüben konnte. Was hatte er nur an sich, dass er sie in Sekundenschnelle vollkommen in einen Rausch bringen konnte? Als würden seine Küsse ihr eine Überdosis Adrenalin in ihren Blutkreislauf injizieren.

Seine Zunge malte filigrane Kreise auf ihre Haut und arbeitete sich nun weiter über ihr Kinn hinweg, bis sie schließlich ihren Mund erreichte. Ein kurzer Schauder lief ihr den Rücken hinab und einige Sekunden lang fühlte sie sich ungewohnt kurzatmig, erstickt von seinen leidenschaftlichen Küssen.

Behutsam umfasste sie seine Oberarme und fühlte die Wärme seiner Haut, während sie sich noch fester an ihn schmiegte. Ihre Körper klebten förmlich aneinander. Erhitzt von der brennenden Nachmittagssonne, feucht vom kühlen Wasser des Sees.

»Das wollte ich schon immer tun«, sagte er auf einmal, bevor er sie noch enger umfasste und mit ihr im Arm unter der Wasseroberfläche abtauchte. Seine Lippen umschlossen noch immer die ihren, nur seine Zunge ruhte mittlerweile, sodass sie keinerlei Gefahr liefen, Wasser zu schlucken.

Für einen kurzen Moment fühlte Vero sich wie im freien Fall. Völlig schwerelos.

Nach einigen Sekunden löste sich Tom von ihren Lippen. Ihre Gesichter trennten nur wenigen Zentimeter voneinander und doch konnte sie ihn nicht richtig erkennen. Das Wasser umgab ihn wie eine Milchglasscheibe, verschwommen und trüb.

Eine bedrückende Stille breitete sich aus. Nur ihren Herzschlag vernahm sie noch. Als könnte sie all das Blut hören, das gerade durch ihre Adern gepumpt wurde. Starr fixierte sie noch immer Toms Gesicht. Sie hatte es schon einmal derart verschwommen wahrgenommen, damals, nachdem sie zusammengestoßen waren und sie zu ihm aufgeblickt hatte. Nur langsam hatte es sich vor ihren Augen geschärft.

Gedankenfetzen, Erinnerungen an jenes Zusammentreffen in der Berliner Innenstadt blitzen ganz plötzlich vor ihr auf. Wie aus einer Vogelperspektive sah sie sich selbst die

Straße entlanglaufen, sah wie sie ihrem Spiegelbild in einem der Schaufenster zulächelte und dann um die nächste Straßenecke huschte. Heftig spürte sie nochmals jenen Rums, den sein Körper ausgelöst hatte, als sie an eben genau dieser Straßenecke zusammengestoßen waren. Und sie spürte den warmen Kaffee auf ihrer Haut. Wie er durch den Stoff ihrer Bluse gesickert war, sich langsam zwischen ihrem BH hindurchgeschlängelt hatte und schließlich auf den dunklen Asphalt getropft war.

Kurz hatte Vero das Gefühl sich in ihrer eigenen Geschichte vollkommen zu verlieren – als wäre die Zeit hier unter Wasser endlos. Doch dann wurde ihre Luft knapp. Ein Druck lastete auf ihrem Oberkörper. Sie konnte nicht mehr richtig atmen. Panik stieg in ihr auf. Panik zu ersticken, zu ertrinken. Luftblasen drangen aus ihrem Mund hervor und sie bewegte ihre Arme einige Male hektisch auf und ab, solange, bis zwei Hände ganz plötzlich ihre Taille umfassten.

Schwungvoll zog Tom sie zurück nach oben.

Ihr Kopf durchdrang die Wasseroberfläche. Sie atmete tief ein, japste, als hätte sie soeben ihre Luft für eine lange Zeit anhalten müssen. Doch vermutlich war sie nur wenige Sekunden unter Wasser gewesen.

Tom grinste. Wasser tropfte von seinen Haaren.

Vero starrte ihn an. Ihr Herz pochte noch immer wie wild in ihrer Brust. Sie schluckte einige Male verkrampft. »Mach das nie wieder!«

»Dich unter Wasser küssen? So schlimm?«

»Mich so zu überrumpeln.«

»Ich überrumple dich aber gerne.« Er biss sich angeregt auf seine Unterlippe und schmunzelte provokant, bevor er nochmals einen Versuch unternahm, sie zu küssen.

Sie stieß ihm jedoch wortlos einen Schwall Wasser ins Gesicht, bevor seine Lippen sie berühren konnten.

Tom kniff seine Augen zusammen und nickte mit einem aufsässigen Grinsen, während einige Wassertropfen über sein Gesicht hinweg liefen. »Na warte.« Er machte zwei große schwerfällige Schritte auf sie zu. Seine Arme weit nach ihr ausgestreckt.

Vero drehte sich von ihm ab, versuchte schnell davonzulaufen, doch im Wasser bewegte sie sich wie in Zeitlupe. Nur die Spitzen ihrer Zehen berührten den Untergrund.

»Lauf nur, du entkommst mir sowieso nicht«, hörte sie Tom noch sagen, bevor seine Hände sie zu fassen bekamen und er sie zurück in seine Arme zog.

»Ja, ich entkomme dir nicht«, wiederholte sie leise.

Sie konnte ihm wahrhaftig nicht entfliehen. Anders als das kleine Mädchen, das sich in Lisas Hinterhof so geschickt aus den Fängen des ihr hinterherjagenden Jungen gelöst hatte.

Seine warmen Hände legten sich um ihr nasses Gesicht. Widerstandslos erwiderte sie einen weiteren seiner Küsse. Ihr Körper war leicht, geflutet von Glückshormonen, und kurz fühlte sie sich, als wäre sie noch immer tief unter Wasser, völlig abgekapselt, in ihrer eigenen kleinen Traumwelt – mit ihm.

Laute Stimmen durchbrachen ihre Intimität abrupt. Einige Teenager enterten soeben die Badeinsel und stießen sich gegenseitig lautstark ins Wasser.

»Komm, lass uns zurückschwimmen«, raunte Tom, bevor er rasch kopfüber ins Wasser sprang.

Vero folgte ihm anstandslos und ließ ihren Körper die letzten Züge zum Boot hin, auf dem Rücken über die Wasseroberfläche gleiten. Ihren Kopf legte sie dabei weit in den

Nacken und schloss für einen Moment ihre Augen, als die warmen Strahlen der Sonne ihr Gesicht berührten.

Anna und Ian lagen noch immer auf ihren Handtüchern und bräunten sich, als sie die Bootsleiter erreichten. Tom zog sich am Geländer hoch und reichte ihr seine Hand, um sie energisch aus dem Wasser zu ziehen. Sein Lächeln beflügelte Vero und sie wünschte sich kurz, sie wären doch alleine hier und könnten jetzt mehr als nur Küssen austauschen.

»Na, ihr zwei Turteltauben, habt ihr euch schön abgekühlt?«, fragte Anna vom Bug aus.

Ian lag glänzend vor Sonnenöl auf einem Handtuch und richtete seinen Oberkörper schlaftrunken auf. »Ihr seid schon wieder da? Das war aber eine schnelle Nummer«, murmelte er leise.

»Das, mein Freund, war nur das Vorspiel«, erwiderte Tom zwinkernd.

»Gut, dann machen wir jetzt einen fliegenden Wechsel und ihr könnt in die zweite Runde gehen«, sagte Ian noch, bevor er aufstand und sich mit einem athletischen Kopfsprung ins Wasser hechtete. Anna schaute ihrem Freund noch kurz imponiert hinterher, entschied sich dann aber selbst, für den Einstieg über die Leiter am Bootsheck.

Tom breitete ein Handtuch aus, legte sich lässig darauf und winkte sie zu sich. Viele kleine Wassertropfen zierten seinen Oberkörper und funkelten verführerisch im hellen Licht. Vero legte sich neben ihn und genoss die wohltuenden Sonnenstrahlen, die ihren nassen Körper sofort angenehm erwärmten.

»Was denkst du, wie lange die beiden weg sein werden?«, flüsterte er ihr ins Ohr, während er mit seinem Zeigefinger kleine Kreise auf ihren Bauch malte.

»Vermutlich nicht lange genug.«

Er seufzte und sie spürte die kühlen Wassertropfen, die von seinem Haar auf ihre erwärmte Haut hinabfielen.

Geschmeidig ließ sie ihre Fingerspitzen über seine Bauchmuskulatur gleiten, die sich in einer anregenden V-Linie von seiner Hüfte zum Hosenbund hin abzeichnete. »Natürlich könnten wir kurz unter das Deck gehen …«

»Kleines, hier gibt es kein Unterdeck. Hey, spielst du etwa Spielchen mit mir?«

Er grinste frech und durchaus vereinnahmend. Doch Vero musste auf einmal an Annas Worte denken. Gestern, im Eiscafé. Er sei ein Spieler. Ein guter Poker Spieler. Jemand, der sich nicht gerne in die Karten blicken lässt. »Nein. Du etwa?«

Tom wirkte irritiert. »Wieso sollte ich?«

»Anna meinte, du spielst gerne Poker, aber nicht immer mit offenen Karten.«

»Sagt sie das«, raunte er und löste sich abrupt von ihr.

Verdammt! Jetzt hatte sie die knisternde Stimmung zwischen ihnen zerstört und der angeknacksten Bruder-Schwester-Beziehung vermutlich neuen Zündstoff gegeben. »Tut mir leid, ich …« stotterte sie hervor. »… ich rede zu viel.«

»Schon okay, ich sehe gerne wie sich deine Lippen bewegen.« Er fuhr mit seinem Daumen über ihre Unterlippe. Seine Berührungen prickelten, als hätte sie ihre Zunge in Brausepulver gesteckt und doch brannte ihr noch immer eine Frage unter den Nägeln.

»Was ist das zwischen dir und Anna? Habt ihr Streit?«

Tom schnaufte, rollte sich genervt zurück auf sein Handtuch und starrte in den blauen Himmel. Langsam drehte sie sich zu ihm und legte sich in seinen Arm. Er zog sie fest an sich. Schweigend.

KAPITEL 21

Es war bereits später Nachmittag, als Ian und Anna die Bootsleiter zurück auf das Deck kletterten. Sie hatten sich am Seeufer ein Eis gegönnt und ein wenig in der Sonne gesessen, auch wenn das offensichtlich bereits ausgereicht hatte, um Annas Rücken krebsrot zu färben. Ebenso rot, wie es jetzt am Horizont schimmerte. An jener feinen Linie, an welcher sich die Sonne abgesetzt hatte, um ihre letzten warmen Strahlen über die Wasseroberfläche zu schicken.

Tom steuerte das Boot auf direktem Weg zurück zur Anlegestelle. Er hatte noch einen Tisch in einem nahegelegenen Restaurant reserviert und ein Kellner begleitete sie sogleich zu einem kleinen Séparée auf der Dachterrasse.

»Schön, dass ihr alle da seid«, stimmte er dort eine kurze Rede an. »Ich möchte euch gerne noch zum Essen einladen, als Dank dafür, dass ihr immer hinter mir steht und mich in all meinen Belangen unterstützt, auch wenn das dem ein oder anderen offensichtlich etwas schwerer fällt.« Er warf seiner Schwester einen kritischen Blick zu, die daraufhin nur kopfschüttelnd in eine der Speisekarten stierte.

Mist!, dachte Vero. Er hatte ihre Aussage von vorhin also noch nicht vergessen und seiner Schwester gerade einen Seitenhieb für ihren unpassenden Poker-Spruch gegeben.

Tom bestellte eine Flasche eines hochpreisigen Rotweins und verteilte die restlichen, vor ihm liegenden Speisekarten, aus welcher sie sich eine Portion Lasagne auswählte. Eine gute halbe Stunde später wurde serviert.

»Und Tom, harte Woche vor dir, was?«, fragte Ian während des Essens, bevor er sich gierig ein Stück Rinderfilet in den Mund schob.

Annas Augen weiteten sich schlagartig und sie sah erwartungsvoll zu ihrem Bruder, der soeben genüsslich einen Schluck Rotwein in seinem Mund hin und her jonglierte.

»Ja, so könnte man das sagen.« Tom zuckte nur mit den Schultern, ohne weiter auf Ians Anmerkung einzugehen.

Vero musterte ihn wachsam, doch er erwiderte ihren Blick nicht und ließ ihre stille Frage unbeantwortet.

Auf einmal durchbrach laute Musik die angespannte Situation und Anna sprang in Windeseile auf, um neugierig hinunter auf das Seeufer zu schauen. Einige Meter vom Restaurant entfernt versammelten sich soeben zahllose Menschen, die sofort damit begannen, sich gegenseitig mit buntem Pulver zu bewerfen. Ihre lauten Stimmen hallten durch die einbrechende Dunkelheit.

»Entschuldigen Sie den Lärm. Wir veranstalten heute einen Vorgeschmack auf das *Holi Festival* im Herbst«, erwähnte ein Kellner. «Ich hoffe, Sie fühlen sich dadurch nicht gestört.«

Ian gab einen lauten Freudenschrei von sich. »Wahnsinn! Kommt, lasst uns auch runter gehen«, sagte er und schob seinen Stuhl hastig beiseite, so dass dieser mit einem lauten Knall zu Boden fiel.

»Jetzt?«, fragte Vero, die noch ein halbvolles Glas ihres Weins vor sich stehen hatte.

»Klar, wieso nicht?« Ian griff nach ihrer Hand und zog sie aus ihrem Stuhl heraus. »Komm schon Buddy, das wird lustig!«, forderte er auch Tom auf.

Dieser stellte sein Glas zur Seite und nickte genügsam, bevor er sich ebenfalls erhob. »Okay, aber wenn es schon schmutzig wird, dann gehört dieses Mädchen da an meine Hand«, erwiderte er und zog Vero eilends an sich.

Gemeinsam liefen sie die Treppe zum Eingangsbereich hinab. Mittlerweile tönte laute Musik aus den Lautsprechern und Anna rannte der feiernden Meute sofort aufgeregt entgegen. Ian schmunzelte und sah ihr einen Moment lang verliebt nach. Ihre roten Haare, die wild durch die Luft wirbelten, unterschieden sich nach einigen zurückgelegten Metern kaum mehr von all den Farben, die sie umgaben.

»Wollen wir auch?«, fragte Tom.

Vero nickte und folgte ihm mit tänzelnden Schritten bis zur Mitte der Tanzfläche. Anna und Ian standen hier, hielten sich fest in den Armen und küssten sich innig, während es soeben lila-eingefärbtes Pulver auf sie herabrieselte. Vero spürte das Kitzeln auf ihrer Haut und eine schon beinahe kindliche Freude, die sie augenblicklich übermannte.

Lachend drehte sie sich mit ausgestreckten Armen im bunten Farbregen. Toms Silhouette huschte bei jeder Umdrehung an ihr vorbei. Sein definierter Körper, seine breiten Schultern, sein dunkles Haar. Seine Wangen hatten sich bereits bunt verfärbt und er strahlte sie mit seinem wunderbaren Lächeln an. Das Grün seiner Augen funkelte im Scheinwerferlicht.

Vero fühlte sich von den vielen Farben wie berauscht. All das, jeder Augenblick mit ihm, jede Sekunde an seiner Seite, fühlte sich wie ein Traum an. *Ein Traum, den sie niemals enden lassen wollte*, dachte sie noch, bevor die nächste Ladung rotes Pulver über ihr blondes Haar hinweg rieselte.

Tom zog sie fest an sich und während sich der Himmel

über ihnen immer und immer wieder in ein prächtiges Farbenmeer verwandelte, küsste er sie für einen langen Moment.

✦

Als die Veranstaltung nach zwei Stunden endete, fühlte Vero sich wie ein kleines Kind, das unter keinen Umständen aus dem Spielparadies im Einkaufsladen abgeholt werden wollte. Das bunte Farbpulver hatte sich nicht nur auf ihrer Haut, ihren Haaren und ihrer Kleidung abgelegt, sondern auch ihren Gedanken einen völlig neuen Anstrich verliehen.

Mit einem zufriedenen Lächeln auf den Lippen folgte sie Tom zurück auf die Terrasse des Restaurants, wo Anna und Ian wenige Minuten zuvor bereits Platz genommen hatten.

»Darf es noch etwas zu trinken sein?«, fragte ein Kellner, bevor er einige Getränkekarten auf dem Tisch ablegte.

»Für mich noch eine Cola, ich muss noch fahren«, rief Ian ihm über den Tisch hinweg zu, doch der Kellner schenkte ihm keine Aufmerksamkeit, sondern lehnte sich nochmals zu Tom vor.

»Herr Ward, es tut mir leid. Ich habe Sie gar nicht erkannt. Sie wollen doch sicher wieder im Séparée sitzen. Ich lasse Ihnen gerne nochmals einen Tisch eindecken. Nicht, dass …«

Tom sprang blitzschnell von seinem Stuhl auf, legte den Arm um den Kellner und entfernte sich mit ihm eilig vom Tisch.

Ward? Vero schaute den beiden irritiert hinterher.

Nach wenigen Sekunden kam er bereits wieder zurück, blickte jedoch niemanden direkt an.

Fürsorglich legte sie ihre Hand auf seiner Schulter ab und wiederholte die Worte des Kellners mit spitzen Lippen. »Ich habe Sie gar nicht erkannt, Herr Ward.« Sie lachte kurz, bevor sie fortfuhr. »Da geht es dem Kellner offensichtlich wie mir. Tatsächlich dachte ich nämlich bislang, du heißt Biel, so wie deine Schwester. Ich habe mich schon gewundert, wieso das Internet nichts über dich ausgespuckt hat.«

In Sekundenschnelle war es still am Tisch. Sehr still. Alle blickten überrascht zu ihr auf.

»Woher kennst du meinen Nachnamen?«, fragte Anna mit einer derartigen Betroffenheit in der Stimme, als hätte Vero ihr soeben gestanden, ihr Tagebuch an ein Boulevardblättchen verkauft zu haben.

»Stand auf dem Notizzettel, auf welchen du deine Telefonnummer geschrieben hattest. Damals im Café.«

Tom gab kurz einige undefinierbare Laute von sich, die sich ganz offenbar an seine Schwester richteten.

»Hey, was ist denn los? Habe ich etwas verpasst?«, fragte Vero irritiert. »Sollte mir dein Nachname etwas sagen? Bist du undercover unterwegs oder ein namhafter Serienkiller?« Sie verzog ihre Augen zu kleinen Schlitzen und blickte einige Male finster in die Runde, als wäre sie auf einer heißen Spur. Doch niemand reagierte auf ihre Darbietung. Nur Ian räusperte sich kurz und warf Tom einen kritischen Blick zu.

Eine weitere unangenehme Gesprächspause machte sich am Tisch breit, bevor Annas schließlich das Wort ergriff. »Tom!«, stieß sie hervor. »Sei nicht dumm. Du solltest …«

Tom ließ seine Hände mit einem lauten Knall auf dem Tisch aufschlagen und seine Gesichtszüge wurden auf einmal ungewohnt hart. »Halt dich da raus, Anna! Mein Leben und meine Entscheidungen gehen dich nichts an.«

Vero zuckte kurz zusammen. Sie hatte keine Ahnung weswegen die Stimmung am Tisch nun derart schnell gekippt war und warum Tom und Anna sich schon wieder in den Haaren lagen. Sie konnte ihren Worten, ihren Anschuldigungen nicht folgen und verstand nicht, woher die Spannung zwischen den beiden ganz plötzlich erneut kam.

Anna stieß zornig ihren Stuhl beiseite und verließ die Terrasse über ein paar Stufen hinab zum See. Tom folgte ihr.

Sie schaute den beiden noch einen Moment lang hinterher, bevor sie Blickkontakt zu Ian suchte, der jedoch nur mit seinen Schultern zuckte und einen Schluck seiner Cola nahm.

»Was ist hier eigentlich los? Was haben die beiden denn für ein Problem miteinander?«, fragte sie und griff sein Handgelenk.

Er schaute erschrocken auf, als hätte sie ihm gerade tausende von Volt durch die Adern gejagt. Seine Wangen waren rot verfärbt und sie war sich nicht sicher, ob es seine Verlegenheit oder die Farbe des Pulvers war, die sie so zum Leuchten brachten.

Behutsam stellte er sein Glas zurück. »Ach Vero, das fragst du sie besser selbst«, sagte er und zog seine rechte Braue markant in die Höhe. »Das ist so ein Geschwister-Ding. Ich misch mich da nicht ein. Schon lange nicht mehr.«

Ein Geschwister-Ding, wiederholte sie stumm, während sie zu überlegen begann, was Ian damit wohl genau meinte. *Vielleicht waren sie gar keine leiblichen Geschwister? Schließlich trugen sie nicht einmal denselben Nachnamen. Vielleicht hatte sie gerade unbeabsichtigt in ein Wespennest gestochen?*

Vero stand auf. Am Rande des Parkplatzes sah sie die beiden wild gestikulierend stehen. Hätte sie nicht gewusst, dass es sich um einen Streit zwischen Geschwistern handelte, hätte sie die beiden für konkurrierende Clowns aus einem Zirkus gehalten. Komplett mit bunter Farbe besudelt, hatte die Situation etwas ungewollt Komisches an sich.

Doch die Zwei hatten sichtlich keinen Spaß miteinander. Denn Tom packte seine Schwester gerade an ihrem Handgelenk und diese stieß ihn daraufhin unsanft von sich.

Ian verdrehte seine Augen und schob seinen Stuhl ein wenig nach hinten. »Komm Kleines, wir gehen besser, bevor die beiden sich noch an die Kehle gehen«, sagte er und zog einige Geldscheine aus seinem Portemonnaie, die er anschließend auf der Mitte des Tisches platzierte.

Vero bemerkte eine unschöne Mixtur aus Wut und Hilflosigkeit in sich aufsteigen. *Was spielte sich hier nur ab?*

Kaum hatten sie das Restaurant hinter sich gelassen, konnte sie die aufgebrachte Stimmen der beiden Geschwister bereits hören.

»Weißt du Tom, mach was du willst, aber sag nicht, ich hätte dich nicht gewarnt«, äußerte Anna sich soeben in einem mütterlichen Ton gegenüber ihrem Bruder, der sich nur kopfschüttelnd von ihr abwandte.

»This is none of your goddamn business«, hörte sie Tom daraufhin schimpfen, bevor seine Schwester ihm eine ordentliche Portion rotes Pulver an den Rücken warf. »Deadhead!«, schrie sie laut und er drehte sich erneut mahnend zu ihr um.

»So, ihr zwei, es reicht jetzt«, ging Ian eilig dazwischen. »Wir wollen doch nicht unnötig Aufmerksamkeit erregen.«

Anna sah Vero eindringlich an. Sie atmete schwer, als hätte sie der kurze Streit viel Energie gekostet. »Er wird dir das Herz brechen, Liebes. Mach die Augen auf! Du hast keinen Platz in seiner Welt«, zischte sie schon beinahe hysterisch. Dann drehte sie sich von ihr ab.

Ian warf ihr einen entschuldigenden Blick zu. »Tut mir leid. Sie meint es nicht so. Ist es okay, wenn ihr euch ein Taxi nehmt?«, sagte er noch, bevor er Anna zu seinem Auto nacheilte.

Vero sah den beiden fassungslos hinterher, bis die Scheinwerfer des Wagens in der Dunkelheit verschwanden.

Dann drehte sie sich um. Tom hatte sich mittlerweile einige Meter entfernt und schaute vom Ufer aus, auf den dunklen See hinaus. »Hey, was ist denn los?«

Tom regte sich nicht, stattdessen senkte er seinen Kopf und atmete deutlich hörbar aus, während die Muskeln um seine Mundwinkel nervös zu zucken begannen.

»Tom?« Vero legte ihre Hand auf seine Schulter, doch er verharrte völlig in sich gekehrt. Minuten vergingen.

»Dann gehe ich jetzt besser auch?«

Das war eine Frage, keine Aussage, du Idiot. Halt mich auf!, flehte sie im Stillen, doch er starrte weiterhin stumm auf die glanzvolle Wasseroberfläche, in der sich der aufsteigende Mond spiegelte.

Vero runzelte ihre Stirn, bevor sie sich abwandte und in schnellen Schritten die kleine Seepromenade entlanglief. Am anderen Ende des Parkplatzes hatte sie vorhin eine Haltestelle gesehen und hoffte nun, dass zu dieser Uhrzeit noch ein Bus fahren würde. Ansonsten hätte sie ein gewaltiges Problem.

Am Ufer war es mittlerweile ruhig geworden, nur das Knirschen der weißen Kieselsteine unter ihren Füßen durchbrach die Stille. In der Luft hing noch immer der typische Freibad-Geruch nach fettigen Pommes, süßlicher Sonnencreme und Schweiß. Ein Geruch, der kindliche Erinnerungen in ihr weckte.

»Warte!«, hallten Toms Worte aus der Ferne. »Bitte, bleib bei mir!«

Sie stoppte. *Bleib bei mir*. Erneut triggerten diese Worte ein seltsames Gefühl tief in ihrem Inneren und sie fühlte sich auf einmal völlig fremdgesteuert wie eine Marionette. Ihre Beine waren schwer wie Blei und es schien, als könnte sie sich keinen Meter weiter von ihm entfernen.

Tom kam eilig näher und griff nach ihrer Hand, um sie zu sich zu drehen. »Warte!«, sagte er nochmals in einem härteren Tonfall. Nur wenig Raum lag zwischen ihren Gesichtern und sie konnte seinen schnellen Atem auf ihrer Haut spüren.

»Tom, was willst du?«, fragte sie ihn mit lauter Stimme und drückte ihn mit einem kräftigen Stoß von sich.

»Dass du bleibst.« Er zog sie zurück in seine Arme. »Bei mir.« Seine Wangen leuchteten in allen Farben des Regenbogens und sie hätte fast laut losgelacht, wenn es die Situation nicht anders gewollt hätte.

»Dass ich bleibe? Dann klär mich bitte auf. Was ist hier los? Ich bin vielleicht naiv, aber nicht blind. Ihr verheimlicht mir etwas und seid offensichtlich der Meinung, dass ich zu dämlich bin, das zu erkennen.« Ein feuchter Film legte sich über ihre Augen und sie wendete ihren Blick schnell von ihm ab, um nicht vor Hilflosigkeit weinen zu müssen.

»Das denken wir nicht.«

»Offenbar schon, ansonsten …«

»Setzen wir uns«, unterbrach er sie, bevor er sich auf einem schmalen Grünstreifen direkt am Seeufer niederließ. »Bitte.«

Sie nickte stumm, setzte sich jedoch nicht neben ihn. Nein, sie wollte ihn ansehen können, wenn er nun endlich erzählen würde, was für ein seltsames Spiel hier am Laufen war. Langsam kniete sie sich zwischen seine angewinkelten Beine auf den flachen Rasen und blickte ihm direkt in sein makelloses Gesicht. In seinen Augen erkannte sie vieles, nur nicht die bevorstehende Antwort auf ihre Frage. »Also?«

Toms Stirn legte sich tief in Falten und er ließ seinen Blick über ihr Gesicht, bis hin zu ihren Lippen schweifen.

Oh, wage es nicht, mich jetzt zu küssen. Jetzt und hier wollte sie Antworten. Keine Küsse. Keine leeren Worte.

»Du bist mir wichtig«, antwortete er schließlich leise.

»Du mir auch«, erwiderte sie nüchtern. *Aber? Bitte lass es kein Aber geben. War Alex vielleicht doch mehr, als nur seine Freundin aus Kindheitstagen? Würde er ihr jetzt beichten, dass sein Herz eigentlich für eine andere schlägt? Dass er bereits in festen Händen war und Anna das für ihn geheim halten musste?*

Tom schüttelte kaum merklich seinen Kopf, als wollte er ihre unausgesprochenen Fragen beantworten.

»Weißt du, mir ist bewusst, dass ein Mädchen wie du …« Er räusperte sich kurz. »… mehr verdient hat. Einen Mann, der dich auf Händen trägt, die Momente mit dir ohne Zeitdruck genießen kann, dich leidenschaftlich küsst, auch wenn ihr gerade inmitten seiner Geschäftspartner auf einer Dachterrasse eines Designerhotels steht.«

Vero biss sich nachdenklich auf ihre Unterlippe. Solch einen Satz hatte sie im Kern schon einmal gehört. Damals von ihrem Ex-Freund Timo. Er hatte es als Entschuldigung missbraucht, ihr das Gefühl zu geben, sie wäre zu gut für ihn und sie hätte etwas Besseres verdient. In Wirklichkeit aber, wollte er nur sein eigenes Gewissen bereinigen, damit die zahlreichen Tränen, die sie damals vergossen hatte, nicht auf seiner Seele lasten mussten.

»Und du kannst oder du willst dieser Mann nicht sein?«

»Oh, ich will dieser Mann für dich sein, glaub mir.«

»Aber?« Verdammt, da war es wieder. Das kleine, aber

feine Wort *aber*. Und mit diesem Wort war auch die Angst, ihre Unsicherheit, ihre Skepsis auf einmal wieder präsent.

»Es ist kompliziert.«

»Kompliziert?« Sie schüttelte genervt mit ihrem Kopf. »Bitte benutze nicht immer dieses Wort, ohne mir dessen Bedeutung zu erklären, Tom. Willst du wirklich das ich bleibe?« Es war eine wichtige Frage, die allesentscheidende Frage. *Wollte er wirklich, dass sie bleibt? Oder wollte er die Sachen zwischen ihnen nun doch beenden, weil … weil es offensichtlich zu kompliziert war?*

»Ja«, erwiderte er, ohne zu zögern. In einem Tonfall, der keinen Zweifel zuließ.

»Dann möchte ich gerne ein paar Antworten. Ein paar ehrliche Antworten. Jetzt und hier.«

Er nickte stumm.

»Was ist das zwischen dir und deiner Schwester?«, fuhr sie ohne Ausschweifen fort. »Warum streitet ihr euch ständig?« Sie stellte diese Frage bewusst ein weiteres Mal. Denn sie spürte, dass die Antwort darauf das war, was unverkennbar zwischen ihnen beiden stand.

»Wir sind unterschiedlicher Meinung bezüglich dir.« Seine Antwort kam schnell. Ehrlich und schnell. So wie sie es von ihm gefordert hatte.

»Weswegen?«

»Ich sagte doch bereits, dass ich Berufliches strikt von Privatem trenne – immer. Und ich habe nicht vor, bei dir eine Ausnahme zu machen. Anna befürwortet das allerdings nicht. Sie möchte, dass du alles über mich weißt und mich in all meinen Facetten kennenlernst, bevor du dich …«

»Bevor was?«

»… du dich in mich verliebst.«

Verdammt. Sie wollte, dass er ehrlich ist, aber doch nicht so ehrlich. Ein Wärmeschwall flutete ihren Körper und trieb ihr eine Röte ins Gesicht, die in der Dunkelheit gottseidank vor ihm verborgen blieb. Sonst hätte er vermutlich sofort verstanden, dass dies bereits längst geschehen war.

»Und warum möchtest du das nicht?«

»Dass du dich in mich verliebst?« Er lächelte und warf ihr einen neckischen Blick zu.

»Nein, ich meinte, dass ich alles über dich weiß. Wieso möchtest du das nicht?« Sie war äußerst irritiert über diese Aussage, obwohl ihr bereits mehrfach aufgefallen war, dass er einen Teil seines Lebens bewusst vor ihr verborgen hielt.

»Ich möchte dich einfach beschützen.«

»Vor was, Tom?« Ihre Stimme wirkte zunehmend frustriert über seine ständige Geheimniskrämerei.

»Vor mir«, erwiderte er kaum hörbar.

Ihre Augen weiteten sich. Kurz kam ihr in den Sinn, dass Ian Tom vorhin als *speziell* bezeichnet hatte. Eine seltsame Beschreibung für einen besten Freund. »Also bist du doch ein Serienkiller?« Sie musste schmunzeln, obwohl ihr eigentlich überhaupt nicht zum Lachen zumute war.

»Sehe ich etwa aus wie einer?«

»Naja, die meisten Serienkiller sind attraktive, empathische und gut situierte Männer«, erwiderte sie altklug. *Verdammt, ja! Er war der perfekte Serienkiller.*

»Nein Veronika, ich bin kein Serienkiller.«

Veronika. Sie hielt einen Moment inne. Ihren vollen Namen hatte sie schon lange nicht mehr gehört. Ihre Freunde nannten sie niemals bei ihrem vollständigen Namen. Denn sie mochte ihn nicht besonders. Ihr Vater hatte ihn ausgewählt. Damals vor sechsundzwanzig Jahren. Weil er der

Herkunft nach, für Stärke stand, für Kampfgeist und Mut. Veronika, die Siegbringende. Nur hatte sie sich nie derart gefühlt, hatte nie einen Sieg eingefahren, einen wirklichen Erfolg verzeichnet. Sie war keine Veronika, sie war Vero.

»Ein Callboy, vielleicht?« Ihre Zunge war schneller als ihre Gedanken – viel schneller. Aber eben war ihr in den Sinn gekommen, dass Anna erwähnt hatte, sie sei anders, als die Mädchen, die Tom sonst so datete. Völlig anders. Und selbst er hatte das unlängst vor wenigen Tagen zu ihr gesagt.

»Ein Callboy?« Er lachte amüsiert und seine Gesichtszüge wurden ein wenig weicher. »Nein, das bin ich definitiv nicht. Ich arbeite viel. Ich arbeite hart. Und ich verdiene gutes Geld. Aber ich schlafe mit niemandem dafür, versprochen!«

Er fuhr sich durch sein Haar und ein wenig blaugefärbtes Pulver rieselte von seiner Stirn auf den dünnen Stoff seines T-Shirts. »Ist es für dich denn so wichtig, wer ich bin? Ist es nicht wichtiger, was du fühlst, wenn du bei mir bist?« Sein Handrücken streifte kurz über ihre Wange hinweg und er suchte ganz offensichtlich nach einem Funken Verständnis.

»Ich bin nun mal ein Mädchen, das die Dinge um sich herum gerne in Frage stellt.«

»Und ich bin nun mal ein Kerl, der dir auf viele Dinge einfach keine Antworten geben kann. Geben wird.«

»Dann sind wir vielleicht nicht füreinander bestimmt.« Sie schluckte verkrampft. »Dann wollte das Schicksal vielleicht nur, dass wir uns treffen, aber niemals, dass wir zusammenbleiben.«

Tom schien erstaunt. »Glaubst du das wirklich?«

Sie griff geistesabwesend einen Ast, der in der Wiese neben ihr lag und malte feine Linien vor sich in den grobkörnigen Sand. »Ich weiß nicht mehr, was ich glauben soll.«

Tom beobachtete sie nachdenklich. Dann nahm er ihr den Stock aus der Hand und beugte sich ein wenig nach vorne. Auf den Knien begann er einen Kreis zu zeichnen.

»Schau mal, das bin ich«, erklärte er, bevor er einen weiteren Kreis formte, der den seinigen durchbrach, so dass sich eine Schnittfläche in der Mitte bildete. »Und das bist du. Du, wie du am vergangenen Montag einfach so aus dem Nichts in mein Leben gestolpert bist.«

»Ich bin nicht gestolpert«, protestierte sie leise.

»Es klingt aber romantischer.« Er zwinkerte.

Vero begutachtete seine behelfsmäßige Zeichnung. Die beiden Kreise sahen aus wie ein Unendlichkeitszeichen. Zwei ineinander verschlungene Kreise. In der Mitte eine Ellipse.

»Unsere Leben haben sich überschnitten. Das hier, teilen wir miteinander.« Schnell schraffierte er die Schnittstelle der beiden Kreise. »Aber das hier Außen …« Er zeigte auf die äußeren Ränder, auf die jeweiligen Flächen der Kreise, die nicht miteinander verbunden waren. »…, das ist etwas anderes.«

»Etwas anderes?«

»Manche nennen es persönliche Freiheit oder Individualität. Manch einer versteckt dort aber auch einfach nur gerne einen Teil von sich, den er selbst nicht besonders mag.«

»Auf was willst du hinaus, Tom?« Sie konnte seinen Worten, seiner skizzenhaften Darstellung zwar folgen, verstand jedoch nicht, was er ihr damit genau sagen wollte.

»Magst du den Mann denn, der vor dir sitzt?«

»Ist das eine rhetorische Frage?« Natürlich war es das. Er wusste, dass sie ihn mochte. Vermutlich wusste er auch längst, dass sie sich in ihn verliebt hatte.

»Ich mag ihn auch, sehr.« Seine Augenbraue hob sich kurz

an und ein selbstbewusstes Grinsen zog über sein Gesicht. »Er ist irrational, ehrlich, emotionsgetrieben. Er öffnet sich für andere, hat sich für dich geöffnet.« Sein Blick wurde wieder ernster. »Aber weißt du, in jedem von uns existieren doch irgendwie zwei Persönlichkeiten, zwei Realitäten, die ganz unterschiedliche Trigger haben. Bei dir mag es Enttäuschung und Schmerz sein, bei mir ist es meine Arbeit. Wenn es um meinen Job geht, bin ich ein reiner Vernunftmensch. Und es geht leider viel zu oft, nur um meinen Job. Ich treffe Entscheidungen dann ausschließlich mit meinem Kopf. Bin rational, egoistisch, vielleicht sogar narzisstisch und ein wahrer Opportunist. Du hattest also vermutlich Recht, ich *bin* ein oberflächlicher Snob, einer, der dir sogar schon einmal weh getan hat. Und ich mag diese Persönlichkeit ebenso wenig wie du, wie Anna, wie die meisten meiner Freunde – daher halte ich sie stets fern von den Menschen, die mir wichtig sind.«

Auf Veros Stirn zeichneten sich einige Falten ab und kurz dachte sie an Annas Worte. *Tom ist nicht Tom im beruflichen Umfeld. Da bleibst du ihm lieber fern.*

»Kleines, ich kann dir nur diesen Tom hier bieten.« Er tippte mit dem Ast in seiner Hand nochmals auf die Schnittfläche der beiden Kreise. »Ich will dir nur diesen hier bieten. Fünfzig Prozent meiner selbst, aber hundert Prozent meines Herzens. Du musst das akzeptieren, lernen mir zu vertrauen oder mich für meine Prinzipien ebenso hassen, wie es meine Schwester tut.«

Vero schluckte merklich. *Hass.* Sie mochte dieses Wort nicht. Es klang so furchtbar hart und die meisten Menschen nutzten es stets falsch. Denn das Gegenteil von Liebe, war nicht Hass, sondern vielmehr Gleichgültigkeit und Annas

Verhalten war mit Sicherheit alles andere, als gleichgültig. Sie wollte offensichtlich nur für klare Verhältnisse sorgen.

»Anna hasst dich nicht«, stieß sie leise hervor. »Sie ist deine Schwester. Sie wird dich immer lieben und deine Entscheidung früher oder später akzeptieren.«

»Und du?«

»Ich …« Sie zögerte, denn sie wusste nicht, wie sie es formulieren sollte. Wie sie ihm sagen sollte, dass sie ihn niemals hassen könnte. Dass sie ihn vermutlich ebenso liebte, wie Anna das tat – trotz, oder vielleicht auch gerade wegen seiner Geheimnisse. Aber, dass sie ihre Vernunft nicht ausblenden konnte. Ihr Kopf hatte stets das letzte Wort und dieser forderte nach wie vor lautstark *Geh!* Sie konnte ihre Augen nicht einfach davor verschließen, dass er ihr etwas verheimlichte. Timos Betrug hatte sie gelehrt, dass es durchaus sinnig war, Menschen, die sich einen Platz in ihrem Herzen sichern wollten, mit einer guten Portion Skepsis zu begegnen. Vertrauen war nur mal kein nachwachsender Rohstoff, den man in beliebigen Mengen verschenken konnte.

Angespannt wartete Tom noch immer auf ihre Antwort und sie verlor sich für einen Moment im berauschenden Grün seiner Augen, als sie zu ihm aufsah.

»Was siehst du?«, fragte er sofort.

Ein buntes Clownsgesicht.

»Einen tollen Mann, der mir scheinbar komplett den Verstand geraubt hat oder rauben will«, flüsterte sie.

»Und du fühlst dich wohl mit mir?«

Ihre Gedanken zeigten einen Kurzfilm der vergangenen Nacht. »Ja«, erwiderte sie zögerlich, während erneut eine leichte Röte in ihrem Gesicht aufstieg. »Ja, mehr als das.«

»Reicht dir das nicht?«

Veros Kopf fühlte sich wie im Schleudergang einer Waschmaschine und sie versuchte ihre Gedanken auf die Schnelle im Kurzprogramm zu sortieren. *Reichte ihr das?* Wollte sie den Mann, der ihr gerade gegenübersaß, nicht mit all seinen Geheimnissen kennenlernen, auch wenn diese noch so dunkel wären? Machte das eine zwischenmenschliche Beziehung nicht aus? Oder war das nur ein Irrglaube und jeder Mensch hatte durchaus das Recht, gewisse Dinge für sich zu behalten. Bedeutete zu vertrauen nicht auch, genau das zuzulassen? Geheimnisse zuzulassen.

»Ich weiß es nicht«, antworte sie leise und mehr als ehrlich.

»Wer weiß es nicht? Dein Kopf oder dein Herz?«

»Vermutlich mein Kopf.« Natürlich war es ihr Kopf. Ihr Herz hatte längst alle Unsicherheiten ausgeblendet, war genügsam, wollte nur empfinden. Ihr Kopf jedoch, wollte diskutieren.

Er tippte mit seinem Finger auf ihren äußeren Kreis und nickte einige Male stumm, als würde er ihr nochmals verdeutlichen wollen, dass dieser Teil ihrer selbst, ganz offensichtlich ihre Schattenseite war.

Dann dreht er sich zu ihr und drückte ihre Hand fest an seine Brust. »Spürst du das?«, fragte er. Sein Herzschlag war schnell, furchtbar schnell. »Das machst du mit mir.« Sanft hob er ihr Kinn ein wenig an. »Du wolltest mich berühren Vero, das ist dir mehr als gelungen. Mein Herz zeigt mir deutlich was es will. Es will dich.«

Er stand auf und streckte ihr seine Hand entgegen. »Bleibt also nur eine Frage offen: Was willst du?«

Seine Frage kam zurück wie ein Bumerang. Schnell und eigentlich vollkommen vorhersehbar. Und doch musste sie erneut innehalten. *Was wollte sie? Wem wollte sie mehr ver-*

trauen? Ihren Zweifeln oder ihrem rasenden Herzen, das bereits seit ihrem ersten Date vollkommen von ihm vereinnahmt war?

Sie blickte in sein Gesicht, in seine ehrlich anmutenden Augen, wissend, dass die Antwort seinen Namen trug. Und doch wirkte ihr Körper wie blockiert. Ihre Lippen stumm, ihre Hand nicht fähig, die seine zu greifen.

»Dann hat das Schicksal wohl doch Recht behalten. Wir sollten offensichtlich nie zusammen sein.« Er nickte einige Male. Seine Mimik sichtlich gekränkt. Dann drehte er sich ab und lief langsam am Seeufer entlang.

Als sie ihren Kopf anhob, konnte sie ihre Tränen nicht länger zurückhalten. Sie rollten, eine nach der anderen über ihre Wange, während sie ihren Blick über den Nachthimmel schweifen ließ. Keine Wolke zierte ihn und der Mond schien heller zu erstrahlen, als sie es jemals zuvor gesehen hatte. Sterne erkannte sie jedoch keine, egal wie sehr sie sich konzentrierte.

Du wirst noch lernen, dass man mit geschlossenen Augen oftmals mehr sieht, als mit geöffneten, hörte sie die Stimme ihres Vaters ganz plötzlich in ihrem Kopf hallen. Und in der Dunkelheit des Nachthimmels zeichnete sich auf einmal sein Gesicht vor ihr ab. Seine dunklen Augen, sein braunes Haar. Die vielen Falten, die sein Gesicht säumten und dieses so liebenswert machten. Denn es waren, anders als bei ihr, keine Sorgenfalten. Es waren Lachfalten, Falten der Freude, der Liebe und des Glücks.

Langsam senkte sie ihren Kopf und sah hinüber zu Tom, der sich bereits einige Meter von ihr entfernt hatte. Seine Hände steckten in den Hosentaschen und seine Körperhaltung wirkte geknickt, enttäuscht, über ihren vermeintlichen Laufpass.

»Warte!«, war es nun sie, die ihm hinterherrief. Eilig stand sie auf und rannte die wenigen Meter zu ihm. »Warte!«, wiederholte sie laut, während der Abstand zwischen ihnen schrumpfte.

Schließ deine Augen, hörte sie ihren Vater fordern.

»Stell die Frage nochmal.«

Er hielt kurz inne und dachte nach.

»Was willst du?«, wiederholte er schließlich leise.

Und ehe er das letzte Wort ausgesprochen hatte, folgte sie der Forderung ihres Vaters, schloss ihre Augen und küsste ihn. Langsam und achtsam.

Was siehst du jetzt?

Ein Wärmeschwall erfasste ihren Körper. Und auf einmal waren ihre Gedanken ebenso klar, wie der Himmel über ihr. Sie sah nichts und doch alles. Tausende Sterne, die auf sie herableuchteten. Die sie umhüllten, die Dunkelheit verdrängten. Die ihr Herz förmlich umtanzten und ihr Bauchgefühl bestärkten, dass er es wert war, mutig zu sein, zu kämpfen, zu siegen.

»Was ist das nur zwischen uns, Tom?«, hauchte sie und löste sich langsam von seinen warmen Lippen.

»Vielleicht, ist das Liebe.«

Liebe. Eilig ließ sie ihre Hand in seine gleiten. Ihre Augen glänzten erfüllt, spiegelten all das, was sie sich immer erträumt hatte.

»Versprich mir nur, dass Anna nicht Recht behalten wird. Dass du mich nicht verletzen wirst.«

»Das werde ich nicht. Ich pass auf dich auf, versprochen!«

Toms Worte hallten den gesamten Rückweg zum Parkplatz wie ein endloses Echo in ihrem Kopf nach.

Ich pass auf dich auf, versprochen!

KAPITEL 22

Ich schlafe heute bei Tom, hoffe du bist gut angekommen?, schrieb Vero schnell in einer Nachricht an Lisa, die mittlerweile am Flughafen in Berlin gelandet sein musste.

Das Taxi zum Nachttarif zurück in die Innenstadt hatte sie ein halbes Vermögen gekostet und ihr Anblick war nicht unbedingt das gewesen, was der Fahrer wohl einen normalen Fahrgast nennen würde. Doch Tom hatte ihm soeben emotionslos einen hundert Euro Schein in die Hand gedrückt, bevor sie ausgestiegen waren.

Inzwischen war es kurz vor Mitternacht, als sie ihre Tasche erschöpft auf den Fußboden in Toms Apartment gleiten ließ. Ihr Gespräch am See war kräftezehrend gewesen. Nicht unbedingt der Dialog mit ihm, sondern vielmehr jener, den sie mit sich selbst geführt hatte. Mit ihrem Kopf, ihrem Verstand, ihrer eigenen Schattenseite.

»Du willst sicher noch unter die Dusche?«, fragte Tom mehr rhetorisch, als ernsthaft, und musterte sie dabei lächelnd.

Vero nickte, bevor sie aus ihren Schuhen schlüpfte und barfuß in das gefliese Badezimmer tapste. Umgehend zog sie sich aus, doch als sie noch flüchtig ihr buntverfärbtes Gesicht im Spiegel betrachtete, klopfte es an der Türe. Zögerlich öffnete sie diese einen spaltweit und schaute noch einmal hinaus.

Nur in Shorts stand Tom vor ihr und grinste lasziv. »Darf ich mit duschen?«, fragte er, während er sich bereits den Weg ins Innere des Raums bahnte.

Vero sah ihm überrumpelt nach und beobachtete verlegen, wie er sich sogleich seine Hose abstreifte und die Duschbrause aufdrehte. Sofort färbte sich das Wasser in allen Farben und ihr Puls beschleunigte sich auf hundertachtzig, als sie seinen nackten Po durch die Scheibe erblickte. Er stand mit dem Rücken zu ihr und schäumte sich mit einem Duschgel ein, während sich das buntverfärbte Wasser an seinem wohlgeformten Körper hinabschlängelte.

»Willst du nicht reinkommen?«, fragte er provokant, unterdessen er sich durch sein feuchtes Haar strich.

Vero schluckte und besänftigte ihre aufkeimende Scham mit einem Lächeln, bevor sie sich aus ihrem Badeanzug schälte und zu ihm unter die Dusche stieg. Das warme Wasser hatte die Kabinenscheiben bereits leicht beschlagen und prasselte angenehm von ihrem Kopf, auf ihre Schultern hinab.

Tom nahm noch einmal eine Flasche Duschgel von der Ablage, schäumte den Inhalt kurz in seinen Händen auf und legte diese dann sanft um ihre Schultern. In Schlangenlinien ließ er seine Finger über ihr Dekolletee, an ihrem Brustbein hinunter, bis zu ihrem Bauchnabel kreisen. Eine ganze Farbpalette blätterte Schicht für Schicht von ihrem Körper ab, doch eine einzige Farbe war besonders dominant: rot.

Bewegungslos starrte Vero hinab auf den Boden der Dusche, der kurzweilig aussah, als wäre er völlig in Blut getränkt. Als hätte sie eine offene Wunde, aus welcher jene rote Farbe unaufhaltsam sickern würde.

Einige Wassertropfen benetzten ihre Lippen, die vor Anspannung zu zittern begannen. Doch mit dem nächsten Wasserschwall verschwand der Farbrausch wieder und auch das ungute Gefühl, welcher er ausgelöst hatte.

Sanft fuhr Tom in gewohnter Manier mit seinem Daumen über ihre Stirn hinweg. »Hey«, sagte er leise, umfasste ihr Kinn und hob ihr Gesicht ein wenig an. »Du fürchtest dich noch immer. Vor was, Kleines?«

»Ich weiß es nicht«, erwiderte Vero verunsichert. »Da ist irgendetwas, irgendetwas tief in mir, das mich beunruhigt. Vermutlich habe ich einfach Angst vor dem Tag, an dem uns die Realität wieder einholen wird. An dem sich unsere Wege, unsere Leben, wieder trennen werden.«

»Das musst du nicht«, hauchte er ihr ins Ohr, während er damit begann ihren Hals zu küssen. Er umfasste ihr Gesicht nochmals mit seinen Händen und schaute ihr tief in die Augen. »Sag es nur einmal, Vero. Sag, dass du mich ebenso willst, wie ich dich. Und ich werde bleiben. Versprochen.«

Sie schloss erneut ihre Augen, während sich das Wasser über ihr Gesicht ergoss. Und als er sie küsste, schmeckte sie all die Emotionen, die sie soeben durchlaufen waren: Wut, Verzweiflung, Hilflosigkeit und bedingungslose Liebe.

»Ich will dich«, antworte sie leise. So leise, dass sie ihre Stimme schon fast selbst kaum wahrnahm. Doch obgleich sich ihr Hals beengt anfühlte und sich ihr Kopf gegen all das sträubte, was sie gerade einfach so in drei Worte gegossen hatte, war sie sich noch nie in ihrem Leben derart sicher gewesen. Sie wollte ihn. Kein Aber, kein was wäre wenn, kein Abwägen von Eventualitäten – nicht mehr. Es fühlte sich wie ein Triumph an. Als hätte sie den Schlüssel endlich gefunden, nach draußen, raus aus ihrem ganz eigenen *Escape Room*. Raus aus den Fesseln, die sie sich einst selbst angelegt hatte.

»Ich will dich auch. Nur dich. Niemand anderen«, hörte sie ihn noch sagen, bevor er sie stürmisch küsste und damit alle noch so kleinen Zweifel in ihr ausradierte.

Ihr Kopf schaltete sogleich auf Autopilot.

Erregt vergrub sie ihre Fingerspitzen in seinem Rücken und fuhr mit ihrer Hand an seinem Rückgrat hinab, ertastete zärtlich jeden einzelnen seiner Wirbel. Sie spürte seine weiche Haut unter ihren Fingern und seinen warmen Atem keuchend an ihrem Hals.

Ungehalten drückte er ihren Körper gegen die Wandfliesen und schob ihr Kinn nach oben, um sich mit seiner Zunge einen Weg über ihren Hals, bis zu ihrem Schlüsselbein zu bahnen. Sie japste nach Luft, als das warme Wasser der Duschbrause ihr Gesicht umspielte und Tom nutzte den spannungsgeladenen Moment, um sich zwischen ihre Schenkel zu drängen. Er war durchaus fordernd und doch zärtlich. Sein Becken kreiste und ließ ihre Hormone die völlige Kontrolle über ihren Körper übernehmen.

Mit zittrigen Händen umfasste sie seine muskulösen Oberarme und zog ihn noch dichter zu sich, so dass sie ihr rechtes Bein schwungvoll um seine Hüfte winden konnte. Ihr Körper glitt sofort vom perfekten Rhythmus seiner Stöße an den kühlen Wandfliesen auf und ab.

Es war wie ein Rausch. Sie fühlte sich stärker, schöner und kühner als jemals zuvor in ihrem Leben. Und all die Zweifel in ihrem Kopf wurden mehr und mehr zu einem kaum mehr hörbaren Hintergrundrauschen. Alles was sie noch wahrnahm, waren seine zärtlich fordernden Hände auf ihrer Haut. Und so überließ sie sich schließlich vollkommen den Wellen, auf denen ihre Körper auf und niederschwamm, bis sich ihre Erregung nahezu zeitgleich entlud.

»Wow«, stieß sie als erstes hervor, als er sich schließlich wieder aus ihr zurückzog.

Tom drehte umgehend das Wasser der Dusche ab und wickelte sie in ein großes Handtuch. »Das war mehr als wow.«

Sie zitterte noch immer am ganzen Körper, als er sie an sich drückte, und seine Berührungen fühlten sich wie viele feine Nadelstiche auf ihrer Haut an.

»Komm, lass uns schlafen gehen«, sagte er und führte sie hinaus in Richtung seines Schlafzimmers.

Sie folgte ihm durch eine große Schiebetüre hindurch und bemerkte das riesige Boxspringbett, welches umringt von einigen massiven Einbauschränken in der Mitte des Zimmers stand. Die helle Satinbettwäsche schimmerte im Licht der schwachen Deckenbeleuchtung und schrie förmlich danach, sich um ihren erschöpften Körper zu winden. Langsam setzte sie sich auf die Bettkante und ließ sich mit ausgestreckten Armen rückwärts auf die weiche Matratze fallen. Es fühlte sich himmlisch an.

Aufmerksam beobachtete sie im Liegen, wie Tom das Handtuch um seine Hüften ablegte und sich eine frische Boxershorts aus einer der Schubladen zog. Rasch streifte er sich diese über und warf ihr daraufhin eines seiner Shirts entgegen. Es war weiß und sie musste kurz schmunzeln, als sie sich dieses über ihren nackten Körper hinweg zog.

Ihr Unterleib zuckte noch immer und ihre Lippen brannten förmlich von Toms leidenschaftlichen Küssen. Ihr Körper war erschöpft und auch ihr Kopf hatte noch nicht alles verarbeitet, was sie in den letzten Tagen erlebt hatte.

Tom zog sie fest in seinen Arm und sie überkam auf einmal eine unsägliche Müdigkeit, die sie schnell in einen tiefen Schlaf führte.

KAPITEL 23

Als sie ihre Augen öffnete, war es noch immer dunkel und alles kam ihr völlig fremd vor. Das war nicht ihr Bett, nicht ihr Schlafzimmer und selbst der Geruch, der ihr sofort in die Nase stieg, löste keinerlei Vertrautheit in ihr aus. Es roch steril, nahezu klinisch, völlig befremdlich.

Ein wenig benommen setzte sie sich auf die Bettkante.

Zaghaft ließ sie ihre Finger einige Male um ihr Handgelenk kreisen. Sie hätte schwören können, dass jemand ihre Hand eben noch fest umschlossen hielt. Doch der Platz neben ihr war leer. Niemand lag dort. Tom lag nicht dort.

Laute Stimmen halten augenblicklich von draußen in den Raum. Weibliche Stimmen. Lisas Stimme. Die Stimme ihrer Mutter. *Wie war das möglich?*

Eilig tapste sie dem hellen Licht entgegen, das ihr unter dem Türspalt den Weg nach draußen aufzeigte. Doch der lange Flur lag in Dunkelheit. Niemand war zu hören. Niemand zu sehen. Nur der Mond, der durch die große Fensterscheibe im Wohnzimmer leuchtete, gab ein wenig von der Umgebung preis. Er reflektierte sich in einem hellen Licht auf Toms weißem Gemälde, das über dem Sofa an der Wand hing.

Vero starrte auf den dunklen Kreis und ein seltsames Gefühl beschlich sie sogleich – Angst, Beklommenheit, ein Kribbeln wie nach einem Stromstoß.

Langsam näherte sie sich einem Spiegel, der im Flur über einer Kommode an der Wand hing. Sie fühlte sich schwach und ihre Beine waren zittrig, gar so, als wären sie kaum mehr in der Lage sie länger zu tragen.

Zögerlich hob sie ihren Kopf an. Große Augen blickten sie umgehend aus einem blassen Gesicht heraus an, doch es waren nicht ihre. Sie leuchteten, so unfassbar grün.

Beklemmt starrte sie in ihr vermeintliches Spiegelbild. Auf ihrer Stirn klaffte eine Wunde und einige Tropfen Blut liefen hinab. Erst einer, dann zwei, bald war ihr gesamtes Gesicht mit Blut verschmiert. Panisch griff sie sich an die Wangen, begann einige Male hektisch nach Luft zu schnappen. Doch alles was ihre Sinne noch wahrnahmen, war einzig und allein dieser penetrante, metallische Geruch nach Blut, welches nun auch ihre Hände gänzlich säumte.

Ein völlig surreales Gefühl überkam sie augenblicklich. Es fühlte sich an, wie ein tiefer Fall in einen dunklen Schacht. Als würde sie die Bindung zu ihrem Körper verlieren, zu ihrem Geist, ihrem Bewusstsein.

Ehrfürchtig blickte sie an sich herab.

Sie lag wieder im Bett. Wieder in Toms Schlafzimmer. Doch die eben noch so helle Satinbettwäsche war jetzt dunkelrot. Sie windete sich um ihren Körper, schwer wie Blei, und gab ihr kaum Raum zu Atmen.

Ihr Mund öffnete sich, bevor ein lauter Schrei ihre Lippen verließ.

»Hey, hey! Alles ist gut! Du bist hier, bei mir.«

Jemand fasste ihr Gesicht.

Vero zuckte heftig zusammen und öffnete ihre Augen.

Tom hatte sich über sie gebeugt und sah sie besorgt an. »Das muss aber ein heftiger Traum gewesen sein«, sagte er und küsste sie sanft auf ihre Stirn. »Ich hoffe du hast nicht aus Angst geschrien, sondern …« Er grinste schelmisch.

Ein Traum? Veros Hände zitterten, ihr ganzer Körper schien zu beben. Einige Sonnenstrahlen fielen durch die weißen Vorhänge in Toms Schlafzimmer, ließen die makellose, cremefarbene Satinbettwäsche förmlich schimmern.

Orientierungslos ließ sie ihren Blick einen Moment lang im Raum hin und her schweifen.

»Kleines, was ist los? Hast du nicht gut geschlafen?«

»Eigentlich besser als in den letzten sieben Tagen«, antwortete sie mit trockener Stimme. »Ich hatte nur eben einen ziemlich verrückten Traum.«

Sie schüttelte ihren Kopf und hoffte, die Gedanken an das eben geträumte, schnell wieder vergessen zu können. Noch immer spürte sie ihr Herz in ihrer Brust klopfen, schmeckte den metallischen Geschmack von Blut auf ihrer Zunge und ein seltsames Kribbeln durchlief ihre Adern.

»Einen schlimmen Traum?«

»Ja.«

Tom zog sie wortlos zu sich und sie legte ihren Kopf behutsam auf seiner nackten Brust ab. Sein Herz schlug langsam und konstant, wie der Pendel eines Metronoms. Vero lauschte dem Klopfen – *bum, bum, bum* – und mit jedem neuen Schlag wurde ihr Unbehagen ein weniger kleiner.

Sachte fuhr er ihr einige Male durch ihr Haar. »Kann ich denn etwas tun, damit du dich besser fühlst?«

»Ein Softeis wäre toll«, witzelte sie.

»Alles was du willst.« Er schenkte ihr ein flüchtiges Lächeln, bevor er sein Handy griff. Schnell wählte er eine Nummer. »Guten Morgen Fernando, wären Sie so nett und würden meiner Freundin und mir einen Frühstückskorb bringen lassen?«, sagte er freundlich, als sich am anderen Ende der Leitung eine tiefe, männliche Stimme meldete.

Meiner Freundin. Vero fühlte sich geschmeichelt. Jetzt schien es also offiziell zu sein. Sie war seine Freundin.

Kurz lauschte sie noch dem Gespräch der Beiden, bevor sie aufstand und die Türklinke leise nach unten drückte. »Ich gehe kurz ins Bad«, flüsterte sie ihm zu.

Rasch schob er seine Hand über den Hörer. »Bleibst du auch, wenn es kein Softeis gibt?«

Sie lächelte und nickte.

Dann lief sie in den langen Flur hinaus, ging ins Badezimmer und verschloss die Türe eilig hinter sich. Müde nahm sie auf der Toilette Platz und legte ihr Gesicht in ihren Händen ab. *Was war nur los mit ihr?* Seit sie in Berlin war, seit sie auf Lisas Sofas schlief und mit Tom Zeit verbrachte, hatte sie immer wieder gedankliche Aussetzer, diffuse Schmerzen, Déjà-Vus und nun auch Albträume. Ihr Körper fühlte sie zerrissen an – schwankend, zwischen zwei Welten. Zwischen Toms Welt und ihrer. Zwischen ihrem Verstand und ihrem Herzen. Eine Hälfte schrie sie förmlich an, davon zu laufen, die andere verzerrte sich derart nach seiner Liebe, dass es schon fast wehtat. In seiner Nähe fühlte sie sich stark, mit jedem Schritt von ihm entfernt jedoch unglaublich zerbrechlich, so, wie ein dünner Ast in einem aufkeimenden Sturm.

Schnell rieb sie sich den verbleibenden Schlaf aus ihren Augen, bevor sie aufstand und einen zögerlichen Blick in den Spiegel über dem Waschbecken warf. Ein ungeschminktes, ein wenig zerknautschtes Gesicht schaute sie an. Keine Wunde. Kein Blut. Sie fühlte sich erleichtert, obwohl ihr durchaus bewusst war, dass das, was sie vorhin zu sehen gedacht hatte, nicht real gewesen sein konnte. Doch es hatte sich wiederholt. Nicht das erste Mal hatte sie die Farbe Rot bewusst wahrgenommen. Rot, die Farbe der Sehnsucht, der Leidenschaft und Stärke. Aber auch der Gefahr, der Wut und ... und des Schmerzes.

Rasch drehte sie den Wasserhahn auf und fächerte sich einige Minuten lang kaltes Wasser in ihr Gesicht, als plötzlich ein dumpfes Pochen durch den Flur hallte. Sie hörte Toms Schritte sowie ein kurzes Gespräch und das Schließen der Haustüre. Vorsichtig linste sie aus dem Türspalt und dann an sich selbst hinab. Sie trug sein weißes Shirt, sonst nichts. Keinen BH, keinen Slip. In leisen Schritten schlich sie hinaus. Ihre Tasche stand noch immer im Flur, Ersatz-Unterwäsche steckte darin. Sie hatte sie gestern noch sicherheitshalber eingepackt, bevor Anna und Ian sie abgeholt hatten.

Anna. Verdammt! Sie hatte den Streit mit Anna am gestrigen Abend völlig ausgeblendet. Hoffentlich könnte sie mit ihr in den nächsten Tagen noch ein klärendes Gespräch führen. Gerne wollte sie ihr sagen, dass Tom ihr einiges erzählt hatte – nicht alles, leider – aber vieles. Und dass sie damit leben könnte, nicht jedes Detail über ihn zu wissen, weil sie ihn ..., weil sie ihn liebte.

Hastig holte sie einen schwarzen Slip hervor und zog sich diesen über ihre Schenkel hinweg, bevor sie weiter ins Wohnzimmer lief. In der gesamten Wohnung roch es bereits köstlich nach Brötchen und frisch gebrühtem Kaffee.

»Kommst du mit raus?«, rief Tom ihr zu und balancierte ein Tablett an ihr vorbei. Er trug kein T-Shirt, dafür aber eine schwarze Stoffhose, die locker auf seinen Hüften saß und den Bund seiner Boxershorts preisgab.

Mit wenigen gekonnten Handgriffen knotete sie ihre Haare zu einem Zopf zusammen, griff sich anschließend einen grauen Hoodie, der am Küchentresen über einem der Hocker hing und folgte ihm nach draußen.

»Hier! Nicht, dass du noch wegen Erregung öffentlichen Ärgernisses hinter Gittern kommst«, sagte sie in Anlehnung an Herrn Königs vergangene Worte und warf ihm den Reißverschlusspullover zu.

Tom schnappte ihn mit einer Hand aus der Luft und schlüpfte sogleich in die Ärmel hinein. Den Reißverschluss ließ er jedoch offen. »Das wollen wir natürlich nicht«, erwiderte er und lehnte sich lasziv an die Platte des Esstisches, so dass sie noch einmal einen Blick auf seinen makellosen Körper werfen konnte.

Er musterte sie ebenso intensiv. Helle Sonnenstrahlen durchdrangen den dünnen Stoff ihres weißen Shirts, so dass er von seinem Platz aus bestens sah, wie sich ihr Körper nahezu unverhüllt gegen den Morgenhimmel abzeichnete.

»Aber du darfst es?«

»Was darf ich?«

»Na, die Öffentlichkeit erregen.«

»Ich sehe keine erregte Öffentlichkeit«, antwortete sie neckisch und ging ganz bewusst in kleinen Schritten auf ihn zu. »Oder sprichst du etwa von dir?«

In Toms Hose wölbte sich eine große Beule. Sie spürte sie deutlich, als er sie schließlich in seine Arme zog. Zärtlich ließ sie ihre Hände an seinem Pullover vorbeigleiten und umfasste seinen nackten Rücken, bevor sie ihn rasch küsste. Er gab nur ein genügsames Brummen von sich, fasste sie an ihrer Hüfte und drehte sie, bis sie die Kante des Tisches an ihrem Po spürte. Ein Quicken stieß aus ihr hervor, als seine Hand zu ihrer Taille wandere und er sie mit einer einzigen fließenden Bewegung auf den Tisch hinaufhob. Seine Zunge kreiste noch immer in ihrem Mund und sein Atem wurde von Sekunde zu Sekunde schneller, leidenschaftlicher und fordernder. Mit einer Hand öffnete er den Bund seiner Hose und streifte sich diese, zeitgleich mit seiner Boxershorts, ab.

»Hey! Was ist, wenn uns jemand sieht?«, hauchte sie ihm verunsichert ins Ohr, während er sich bereits zwischen ihre Beine drängte und ihren Slip in die Kniekehlen zog.

»Uns sieht niemand, mein süßer Angsthase«, flüsterte er noch, bevor er ihr mit einem selbstbewussten Stoß aus seinen Hüften mehr als deutlich zu verstehen gab, dass er keine Lust mehr auf eine Konversation mit ihr hatte.

Vero schoss augenblicklich ein explosiver Mix aus Endorphinen und Adrenalin durch den Körper, der ihre Gedanken in Sekundenschnelle lahmlegte. So etwas hatte sie noch nie zuvor erlebt. Sie fühlte sie vollkommen von ihm genommen. Nahezu in Besitz genommen. Nie hätte sie gedacht, dass sie sich einer solchen Situation einfach einmal völlig hemmungslos hingeben könnte. Doch Tom beherrschte nicht nur ihre Gedanken, sondern auch ihren Körper in einem Ausmaß, der ihr jegliche Selbstkontrolle nahm. All ihre Sinne schienen nur noch ihn wahrzunehmen.

Berauscht legte sie ihre Arme um seine breiten Schultern und schmiegte ihren Kopf an sein glühendes Gesicht, während er sie an ihrer Taille fasste und rhythmisch auf und ab schob. Er atmete schnell und ein wenig Schweiß setzte sich auf seiner Haut ab. Vero windete ihr Bein fest um seine Hüfte und inhalierte seinen vertrauten Geruch, während er leidenschaftlich ihren Hals auf und ab küsste.

Dann wurde sein Atem plötzlich schneller und auch seine Stöße. Sie hielt ihn fest umklammert, während sie sich ihm schließlich vollkommen hingab.

»Na, wenn das mal nicht besser, als jedes Softeis der Welt war«, stieß er abschließend leise hervor, bevor er seinen Kopf erschöpft auf ihrer Schulter ablegte.

Vero spürte seinen Atem an ihrem Hals. Er war warm und verursachte eine durchdringende Gänsehaut, die sich ihren Rücken kitzelnd hinabwandte.

Tom richtete sich auf und zog den Bund seiner Hose wieder um seine Hüften. »Danke.« Er umfasste ihr Gesicht mit beiden Händen und drückte ihr einen sanften Kuss auf die Stirn. »Dass du meinen Traum Wirklichkeit hast werden lassen.« Er hob sie behutsam von der Tischplatte hinunter.

»Und du meinen.«

»*Du* wolltest schon immer einmal Sex auf einem Terrassentisch im Freien haben?« Er schmunzelte amüsiert.

»Vielleicht wollte ich schon immer einmal Sex auf einem Tisch, unter freiem Himmel, mir *dir* haben.« Sie schaute ihn mit großen Augen an, ohne ihn wissen zu lassen, ob sie gerade scherzte oder nicht.

»War das dein erster Gedanke, als wir uns trafen?«

»Nein.« Sie lachte belustigt und stoppte erst, als sie erkannte, dass er offensichtlich ein wenig enttäuscht über ihre schnelle Verneinung war. »Deiner etwa?«

Er hob sein Kinn an und warf ihr einen selbstsicheren Blick zu. »Nein.« Dann begann auch er zu lachen. »Das war erst ein Tag später. Abends im Park.«

»Da wolltest du mit mir schlafen?«

»Da wusste ich, dass ich dich näher kennenlernen möchte. Dass ich dich küssen und mit dir schlafen werde.«

»Bescheidenheit ist wohl nicht deine Stärke.«

»Nein. Aber bekanntermaßen Optimismus. Und schließlich hatte ich ja auch Recht …«

»Womit?«

»Na, dass ich dich küssen und mit dir schlafen würde.«

Vero schüttelte mit ihrem Kopf. »Weißt du, dass du meiner Freundin Lisa erschreckend ähnlich bist?«

»Der Verrückten mit der Kuckucks-Uhr?«

Sie schmunzelte. »Der Verrückten mit der Kuckucks-Uhr.«

»Müde wie ich bin, nehme ich das mal als Kompliment an und hoffe, der folgende Kaffee wird diese Einschätzung nicht trüben.« Er schob ihr einen der vielen Stühle zu, die um den langen Esstisch herum positioniert waren. »Setz dich.«

»Vielen Dank, Herr Ward«, erwiderte sie und deutete einen madamhaften Knicks an, bevor sie Platz nahm.

Er zuckte kaum merklich unter ihren Worten zusammen. »Du darfst mich gerne weiterhin Tom nennen«, sagte er, bevor er sich auf der anderen Seite des Tisches niederließ und die kleine silberfarbene Kaffeekanne griff.

»In Ordnung. Also, Tom«, begann sie ihren Satz. »Wieso trägt deine Schwester einen anderen Nachnamen als du?«

»Das ist der Name unserer Mutter«, antwortete er schnell und ohne zu ihr aufzublicken.

»Und Ward ist der Name eures Vaters?«

Er nickte.

»Du sprichst nicht viel über ihn. Wieso?«

»Weil er kein guter Mensch ist.« Er raunte kurz. »Weißt du, ich hätte hier sein müssen, als meine Mutter starb«, ergänzte er noch, doch das Wort *starb* reichte bereits aus, um einen dicken Kloss in ihrem Hals zu schüren.

Blitzartig schossen ihr die Bilder ihres eigenen Vaters durch den Kopf, wie ein kleines Daumenkino. Nicht die Bilder, die ihn zu Lebtagen zeigten, sondern die, die sie seit über zehn Jahren zu verdrängen versuchte. Die letzten Tage im Krankenhaus. An seinem Bett. Vor seinem ausgelaugten Körper, der nicht mehr in der Lage gewesen war, sich gegen den Krebs weiter zur Wehr zu setzen. Mit zittrigen Händen griff sie ihre Tasse und nahm einen Schluck.

»Das tut mir leid«, erwiderte sie leise.

»Schon gut. Ich war Anfang Zwanzig, jung und naiv. Ich dachte mein Leben voranzubringen, drüben in den Staaten, wäre mehr wert, als am Bett meiner Mutter zu sitzen und ihr beim Sterben zuzusehen. Heute weiß ich, dass das falsch war und mein Vater mir das vor Augen hätte führen sollen. Doch ändern kann ich es leider nicht mehr. Aber ich trage die Last auf meinen Schultern, dass ich nicht da war, als meine Mum und auch Anna mich gebraucht hätten.«

»Woran ist sie denn gestorben?«

»Non-Hodgkin-Lymphom. Es blieben nur drei Monate. Drei verdammte Monate.« Er schluckte und Vero war sich sicher, dass er sich nur deshalb kurz die Augen rieb, um seine Tränen zurückzuhalten.

Sie griff solidarisch nach seiner Hand. »Mein Vater ist auch gestorben. Als ich fünfzehn war.« Ihre Worte überraschten sie. Sie sprach nicht oft über den Verlust ihres Vaters, nicht einmal mit ihrer Mutter oder Lisa.

»Das hast du nie erzählt«.

Sie nickte wortlos und nahm einen weiteren Schluck aus ihrer Tasse. Das Zittern ihrer Hände hatte aufgehört. Die Tatsache, dass sie es ausgesprochen und damit real gemacht hatte, war weniger schmerzhaft gewesen, als sie vermutet hatte. Ja, es fühlte sich sogar ein wenig erleichternd an.

»Möchtest du darüber sprechen?«

Vero hielt kurz inne und schaute auf ihre Hände, die sich noch immer fest in der Mitte der Tischplatte hielten.

Dann lächelte sie und begann zu erzählen. Von ihrem Vater. Ihrem Helden. Ihrem Vorbild. Erzählte, wie sie in den Kornfeldern vor ihrem Haus Drachen steigen ließen, wie sie gemeinsam versucht hatten, eine Schaukel am Ast der alten Eiche in ihrem Garten zu befestigen, und wie ihr Vater daraufhin wochenlang mit Gips-Arm herumlaufen musste. Wie er ihre Hand hielt, als sie wegen einer Blinddarmentzündung operiert werden musste, so wie sie seine hielt, als er im Krankenhaus lag. Nur, dass er die ihre irgendwann losließ. Sie ihn aber gedanklich niemals.

Es war eine seltsame Situation. Eben hatten sie beide noch leidenschaftlichen Sex gehabt, genau dort, wo sie nun saßen und über den Verlust ihrer Eltern sprachen. Vielleicht hatte Sex ja auch etwas Offenbarendes an sich. Vielleicht sorgte die körperliche Nähe dafür, dass man nicht nur seine Kleider abstreifte, sondern irgendwie auch den eigenen Schutzwall abriss. Als würde man eine Nuss knacken, um an das weiche Innere zu gelangen.

Toms Augen wirkten glasig, berührt von den vielen schönen und doch zugleich traurigen Erinnerungen, die sie gerade mit ihm geteilt hatte. »Ich weiß, du denkst jeder dem du dein Vertrauen, deine Liebe schenkst, verlässt dich«, sagte er, als hätte er aus ihrer Erzählung versucht, einen Rückschluss auf ihr von Angst und Unsicherheit geprägtem Verhalten zu ziehen. »Aber dein Vater ist dort oben.« Er zeigte kurz in den Himmel hinauf. »Deine Freundin lebt nur in einer anderen Stadt und ich bin hier, direkt vor dir. Und ich werde dich nicht mehr loslassen.«

»Kannst du das denn versprechen?«

Er schüttelte mit seinem Kopf. »Aber ich kann fest daran glauben, dass uns nichts trennen wird.«

»Du könntest deinen Job kündigen und mit mir durchbrennen«, witzelte sie.

»Ab Samstag habe ich ein paar Tage frei. Dann gehöre ich dir. Nur dir alleine.«

Samstag. Vero zählte im Stillen kurz die Tage, die bis zum Wochenende noch vor ihnen lagen. Vier. Vier lange Tage.

»Hast du denn noch viele Termine diese Woche?«

»Zu viele, ja. Die nächsten Tage werden sehr anstrengend und ich werde kaum Zeit für dich finden. Ich fahre später zum Flughafen, um zwei Kollegen abzuholen, danach treffen wir einige Geschäftspartner. Am liebsten würde ich mich gleich selbst in einen Flieger setzen und per One-Way-Ticket auf eine einsame Insel abhauen.«

»Wenn du mich mitnimmst, wäre das in Ordnung«, erwiderte sie und schenkte ihm ein Lächeln.

»Ja, das wäre schön. Zu schön, um wahr zu sein.«

Vero spürte förmlich den Ballast auf seinen Schultern und ihr drängte sich die Frage auf: »Macht dich dein Job denn überhaupt nicht glücklich?«

»Natürlich macht er das. Sonst säßen wir nicht hier und würden über den Dächern Berlins frühstücken.« Er lächelte bemüht, während sich eine ganze Palette widersprüchlicher Gefühle in seinen Augen spiegelte.

»Geld alleine macht nicht glücklich«, erwiderte sie altklug.

»Aber es gestattet zumindest, auf angenehme Weise unglücklich zu sein.« Tom lachte und schob ihr den Frühstückskorb entgegen. »Komm, tut mir den Gefallen und iss etwas, bevor du wieder Kopfschmerzen bekommst.«

Nachdenklich nahm sie sich eine Banane und starrte überrascht auf eine kleine Box, die zwischen zwei Äpfeln steckte.

»Für dich.« Er warf ihr einen erwartungsvollen Blick zu.

Zögerlich nahm sie die kleine Schachtel in ihre Hände und fuhr leicht über den samtweichen schwarzen Stoff. Es knackste laut, als sie den Deckel öffnete. Eine Kette mit Anhänger lag im Inneren, gebettet auf einem weißen Stoffkissen. Vero zog den Schmuck aus der Box und betrachtete die beiden ineinander verschlungenen, goldenen Ringe, die vor ihren Augen im Kreis rotierten, wie ein hypnotisches Pendel.

Ihre Hände begannen zu zittern. Und auf einmal schoss ihr ein stechender Schmerz durch den Kopf. Betäubend, wie ein Schuss aus nächster Nähe. Schmerzerfüllt schloss sie für einen Moment ihre Augen, während sich die Kette aus ihren Händen löste und zu Boden fiel.

Entsetzt sprang sie von ihrem Stuhl auf und krabbelte auf allen Vieren unter den Tisch. »Das tut mir so leid.«

Hektisch tastete sie die Terrassenfliesen ab. Ihre Sinne wirkten noch immer wie benebelt.

»Hey, keine Panik.« Tom ging in die Hocke, rutschte zu ihr unter den Tisch. »Alles gut, hier ist sie doch.« Er hob die Kette auf, die sich in der Fuge zweier Platten verkeilt hatte.

Vero seufzte erleichtert. »Tut mir leid, ich bin ein Schussel.«

»Ein Schussel«, wiederholte er leise ihre Worte, bevor er mit seinem Daumen zärtlich über ihre Unterlippe fuhr und ihr einen sanften Kuss gab. »Jetzt bin ich mir sicher.«

»Sicher?«

»Dass es Liebe ist.« Tom griff ihre Hand. Sie schluckte und ihr Herz stand für einen kurzen Moment still. »Kleines, du bist so anders. Und ich liebe die Art, wie du denkst. Dein aufrichtiges Lächeln. Das leidenschaftliche und doch so naive Funkeln in deinen wunderschönen, blauen Augen. Und vielleicht auch die Tatsache, dass du ein Angsthase und Schussel bist. Ein verdammt süßer Schussel.«

Machte er ihr gerade eine Liebeserklärung? Hier auf allen Vieren, unter dem Tisch seiner Terrasse? Vero wurde heißt, ihr Atem beschleunigte sich und ihre Augen füllten sich unkontrolliert mit Tränen.

»Ich glaube nicht an Schicksal. Mein Kopf nicht und auch mein Herz nicht. Aber ich kann mit Sicherheit sagen, dass du der schönste Zufall in meinem Leben warst«, hauchte er ihr nach einigen Sekunden der Stille zu. »Mir ist bewusst, dass wir aus verschiedenen Welten kommen, und trotzdem, oder vielleicht auch gerade deswegen, ist für mich das, was wir hier und jetzt gemeinsam haben, etwas Vollkommenes, etwas Perfektes. Und ich werde dich festhalten, *uns* festhalten, solange es geht.«

Vero legte ihren Kopf auf seiner Schulter ab.

Aus verschiedenen Welten. Ja, das war vermutlich genau der richtige Wortlaut. Ihr war nie wirklich bewusst gewesen, dass ihm das scheinbar ebenso klar war, wie ihr. Und dass, obwohl sie ja bereits bei ihrem ersten Date festgestellt hatten, dass sie offensichtlich nur die Vorliebe für guten Kaffee verband. Doch was bedeuteten schon solche Oberflächlichkeiten? Nichts auf der Welt war doch nur schwarz oder weiß. Und gerade die Liebe, definierte sich doch über so viel mehr.

Tom stand auf und streckte ihr seine Hand entgegen. »Misses Ward, darf ich bitten?«, witzelte er und zog sie schwungvoll nach oben. Vorsichtig öffnete er den Verschluss der Kette und legte sie um Veros schlanken Hals. Sanft schmiegte er sich an ihre Wange. »Lass mich ein Teil deines Lebens sein. Sei ein Teil von meinem.«

Sie fuhr behutsam die beiden Ringe der Kette ab, die sich unter ihren Fingern auf einmal so vollkommen anfühlten.

KAPITEL 24

Gegen vierzehn Uhr kehrte Vero zurück in Lisas Wohnung. Der Abschied von Tom hatte ihr fast das Herz gebrochen, doch ihre Freundin hatte sie herzlich empfangen und im Gespräch mit ihr konnte sie den Abschiedsschmerz des Vormittags für ein paar Stunden vergessen.

»Alter Schwede, so viel Leidenschaft hätte ich dir gar nicht zugetraut«, erwiderte sie grinsend, nachdem Vero ihr eine Kurzfassung der vergangenen Tage gegeben hatte. Eine, die sie selbst noch nicht so recht glauben konnte. Ihre Erzählungen klangen, als würde sie über jemand anderes sprechen.

»Ihr hattet Sex unter der Dusche? Und am helllichten Tag auf seiner Terrasse?« Lisa schüttelte völlig entgeistert ihren Kopf. »Ich frage dich jetzt nochmals: Wer zur Hölle bist du und was hast du mit meiner kleinen, unschuldigen Freundin gemacht?«

»Glaub mir, ich habe mich selbst am meisten damit überrascht«, entgegnete sie. »Bald mache ich dir Konkurrenz.«

»Das halte ich für ein Gerücht. Ich sage nur: zwei Männer im Whirlpool.« Lisa nickte und tätschelte Veros Schulter.

»Klingt nach einer Menge Arbeit.«

»Das war es. Aber lohnenswert!« Ihre Freundin grunzte, bevor sie sich im Schneidersitz vor ihr auf den Boden setzte.

»In deinem Hotel in Prag?«, hakte Vero nach, auch wenn

sie eigentlich wenig Lust auf noch mehr Details, aus dem exzessivem Sexleben ihrer Freundin hatte.

Lisa kippte sich einen Schluck Rotwein in den Mund und nickte dabei sichtlich unberührt.

»Das bedeutet dann wohl, dass sich das verlängerte Wochenende für dich gelohnt hat?«

»Mindestens genauso, wie deins!« Lisa zwinkerte. »Jetzt habe ich aber erst einmal frei, bevor es in zwei Wochen weitergeht. Wir können nun endlich ein paar schöne Tage gemeinsam verbringen. Nur du und ich.«

Nur du und ich, wiederholte Vero im Stillen, während sie darüber nachdachte, wie und vor allem wann, sie Lisa beichten sollte, dass sie sich ab Samstag vermutlich in einer Art Liebesblase befinden würde. Völlig isoliert, in Toms Bett, in seinen starken Armen.

Sie räusperte sich kurz. »Apropos weiter: Ich habe gleich noch ein weiteres Bewerbungsgespräch. Darf ich deinen Laptop dafür benutzen?«

❖

Das Gespräch mit *Miles & Co.* ging fast zwei Stunden lang und kostete sie so einiges an Energie. Eine junge Dame, um die dreißig, sowie der Leiter der Presseabteilung durchleuchteten sie bis ins kleinste Detail. Nach dem Gespräch sackte sie erschöpft auf dem Sofa zusammen. Schon morgen würde sie ein erstes Feedback erhalten und ihr Gefühl sagte ihr, dass sie gute Chancen hatte, die Stelle zu bekommen.

Lisa hatte sich in der Zwischenzeit in ihr Schlafzimmer zurückgezogen und linste neugierig durch den Türspalt, als sie die Badezimmertüre öffnete. »Und, wie war´s?«, fragte sie und drehte ihren rechten Daumen auf und ab. »Taugt der Laden was?«

»Ja, auf jeden Fall. Die Stelle wäre ein guter Einstieg und ich glaube ich habe mich gut verkaufen können. Die Tage wissen wir mehr«, antwortete Vero, bevor sie den Hahn aufdrehte, um sich kaltes Wasser über ihre Handgelenke laufen zu lassen. Ihr Kreislauf kam heute Nachmittag absolut nicht in Schwung und einige Male während des Bewerbungsgesprächs hatte sie kurzzeitig das Gefühl gehabt, sogleich im Sitzen einzuschlafen.

»Möchtest du heute noch etwas unternehmen?«, fragte Lisa, die sich mittlerweile an den Türrahmen gelehnt hatte. »Hey, wir könnten uns blind saufen oder ein Auto abfackeln. Was man halt so macht, hier in Berlin.«

Vero stöhnte erschöpft auf. »Klingt verlockend, aber ich bin wirklich k.o. Lass uns heute das Sofa hüten und morgen die Stadt unsicher machen, in Ordnung?«, antwortete sie und begann sich erneut ihre Schläfen zu massieren. Die Aufregung der letzten Tage schien ihr dieses Mal nicht auf den Magen, sondern vielmehr auf den Kopf geschlagen zu sein. Anders konnte sie sich die häufigen Kopfschmerzen, die sie hier in Berlin hatte, nicht erklären. Bislang hatte sie nur das ungemütliche Sofa ihrer Freundin als Übeltäter in Verdacht.

»Wie du magst«, antwortete Lisa genügsam, ohne den Anschein zu erwecken, enttäuscht zu sein. »Ich flitz noch schnell zum nächsten Supermarkt. Wir brauchen etwas Essbares. Und Nervennahrung. Ich hasse es, wenn außer mir, nichts Süßes im Haus ist.« Sie lachte, schnappte sich ihren Schlüssel und verschwand augenblicklich aus der Haustüre.

Vero schaute ihr noch einen Moment lang müde hinterher, schlurfte dann zurück ins Wohnzimmer und griff sich nach einigen Minuten ihr Handy.

Na, bist du schon auf dem Rückweg vom Flughafen? Oder hast du dich doch für das One-Way-Ticket ins Niemandsland entschieden?, tippte sie rasch ein und schickte die Nachricht an Tom.

Leider ersteres. Ich sitze gerade in einem Taxi in Richtung Innenstadt, kam prompt die Antwort zurück.

Dann wünsche ich dir einen schönen Abend, schrieb sie schnell, zögerte dann aber doch mit dem Absenden der Nachricht. *Ob sie noch ein Herzchen hinzufügen sollte? Oder wäre das zu voreilig?*

Ich wünschte du wärst hier, leuchtete da schon auf ihrem Bildschirm auf und sie verwarf ihre Gedanken schnell. Es waren nur wenige Stunden vergangen, seit sie sich verabschiedet hatten und doch vermisste sie ihn bereits derart schmerzlich, dass es ihr schon beinahe Unbehagen bereitete. Irgendein diffuses, nicht greifbares Gefühl, sorgte dafür, dass sie sich ohne ihn völlig verloren, völlig haltlos fühlte.

Das wünschte ich auch, schrieb sie zurück und drückte ihrem Handy einen langen und sehnsüchtigen Kuss auf das Display.

»Oje, dich hat's ja richtig erwischt«, hallte es plötzlich aus dem Flur ins Wohnzimmer hinein und Vero zuckte kurz zusammen. Lisa stand mit einer Einkaufstüte in der Hand im Gang und warf ihr einen mitleidigen Blick zu.

Schnell schob sie ihr Handy zur Seite und strich sich verlegen eine Haarsträhne hinter ihr Ohr.

Dann sah sie ihre Freundin an und fing an zu weinen. Einfach so. Ohne, dass sie es selbst hätte kommen sehen.

»Hey, hey«, stammelte Lisa, ließ ihre Tüte fallen und machte einen Satz auf sie zu. »Was ist los, Liebes?«

Veros Schädel hämmerte und sie suchte tief in ihren zerstreuten Gedanken nach der Antwort auf Lisas Frage. »Ich glaube, das ist die Mitleids-Krise.«

»Du meinst Midlife-Krise?«, korrigierte Lisa umgehend.

»Nein, ich meine die *Mitleids*-Krise. Ich glaube, ich habe Mitleid mit mir selbst.« Vero musste kurz über ihre eigenen Worte schmunzeln.

»Du spinnst! Schau dich doch einmal um. Du bist hier in Berlin, bei mir. Hast die letzten Tage mit einem ultra heißen Kerl verbracht und bekommst vielleicht schon bald eine Zusage für einen tollen Job in deiner Heimat. Das ist doch perfekt. Was willst du mehr?«

Eine berechtigte Frage. Wieso fühlte sich all das, trotz der augenscheinlichen Perfektion, für sie nicht perfekt an?

»Macht dich Tom denn nicht glücklich? Hey, hat er dich zu etwas gedrängt, was du nicht wolltest?«

»Nein«, intervenierte sie sofort. »Tom ist … er ist toll.«

»Toll? Ich dachte, er ist Mister Perfect?«

»Mister Perfect mit unglaublich vielen Geheimnissen.«

»Und das ist schlecht? Liebes, du kennst ihn erst seit einer Woche. Was erwartest du? Dass er dir sein ganzes Leben auf einem Silbertablett serviert? Ich treffe einige Männer seit Wochen und kenne noch nicht einmal deren Nachnamen.«

Vero zog ihrer Freundin das Weinglas aus der Hand und nahm selbst einen Schluck daraus. Der bittere Geschmack floss über ihre Zunge, den Rachen hinab und ging direkt in ihr Blut über. Langsam drehte sie die Flasche und studierte kurz das Etikett, während sie überlegte, ob Lisa der richtige Maßstab für eine funktionierende Beziehung war.

»Jeder hat doch seine Geheimnisse. Manche Dinge will man einfach mit niemandem teilen; schlechte Charaktereigenschaften, persönliche Ängste, den scheiß Herpes, der dir seit einer Woche in der Unterlippe pocht oder, eben in seinem Fall, sein Berufsleben. Vielleicht ist er ja ein masochistischer Chef, der seine Angestellten gerne von oben herab mit Überstunden quält. Oder er hat einen total beknackten Job, ist Vertreter für Dildos oder Tupperware. Solange er gut zu dir ist und du dich wohl bei ihm fühlst, lass ihm seinen Freiraum.«

Vero nickte stumm. Der Sarkasmus ihrer Freundin war nicht unberechtigt, denn im Prinzip hatte Tom ihr ja genau das mittgeteilt; dass er in seinem Job jemand war, den er selbst nicht mochte. Ob nun Tupperwaren-Vertreter oder schikanierender Chef, er wollte diese Information nicht mit ihr teilen und sie musste es ganz offensichtlich akzeptieren, wenn sie ihn nicht verlieren wollte.

Lisa schwang ihren Arm um sie. »Wovor hast du denn Angst? Versuch es doch selbst einmal in Worte zu fassen. Und bitte komm mir jetzt bloß nicht mit deiner Serienkiller-Theorie. Oder hast du etwa ein Clowns-Kostüm in seiner Wohnung gefunden? Clowns sind nämlich echt gruselig.«

Vero lächelte bemüht. »Nein, die Killer-Theorie ist längst überprüft und verworfen. Ich habe vielmehr Angst davor, dass er mich verletzt, mich anlügt, wir in zwei Wochen am Flughafen Lebewohl sagen müssen und ich ihn nie wiedersehe. Ach, keine Ahnung. Es sind viele kleine Puzzleteile. Vielleicht habe ich auch einfach Angst, dass ich das hier alles nur träume. Dass ich gleich in meinem Bett in Stuttgart aufwache und du mich am Telefon für diesen absurden Traum auslachen wirst.«

Lisa ballte ihre Hand zu einer Faust und schlug ihr ohne jegliche Vorankündigung kräftig auf den rechten Oberarm.

Autsch. »Sag mal, spinnst du?«

»Scheint als wärst du schon wach, Dornröschen. Hör sofort auf mit dieser Gedankenkotze.« Lisa schüttelte mit ihrem Kopf. »Wie lange kennen wir uns jetzt schon? Vier Jahre? Vier Jahre, in denen ich mir den Mund fusselig geredet habe und immer wieder gesagt habe, dass du anfangen musst zu leben, positiv zu denken und dir nicht über alles den Kopf zu zerbrechen. Und jetzt erzählst du mir, dass du genau das endlich einmal getan hast – und es sich auch noch für dich ausgezahlt hat – und trotzdem ist dein Glas halbleer. Wieso bist du nur so pessimistisch?«

»Man hat weniger zu verlieren, wenn das Glas halb leer ist«, murmelte sie leise vor sich hin.

»Aber auch weniger Freude. Dein Glas sollte immer voll sein. Halbvoll oder im besten Fall komplett voll.«

Lisa füllte ihre Gläser nochmals mit einem Schwall Rotwein auf, bevor sie aufstand und mit ihrem eigenen Glas in der Hand in die Küche ging.

»Und was soll ich jetzt genau tun?«, rief Vero ihr nach.

»Na, genau da weitermachen, wo du gerade angefangen hast; dich von deinen Ängsten lösen und die Zeit mit ihm genießen. Dein Kopf ist ein Arsch, gib ihm nicht zu viel Macht über dich. Lass nicht zu, dass dich deine eigenen Gedanken sabotieren. Du musst nicht gleich losrennen und alle Mauern niederreißen. Aber bleib nicht stehen, geh weiter. Manchmal zeigt sich der Weg erst, wenn man ihn beginnt zu gehen. Vielleicht bleibt er wegen dir hier, vielleicht begleitest du ihn in die USA? Vielleicht seht ihr euch nie wieder und du lernst einen neuen tollen Mann kennen?« Lisa sprach ohne Unterbrechung und länger, als Vero ihre Freundin jemals hatte sprechen hören.

»Gut, dann geh ich weiter. Aber dann musst du mich ab Samstag mit ihm teilen«, erwiderte Vero zähneknirschend.

»Sag ihm, er darf gerne einen Antrag stellen. Aber erst

möchte ich ihn kennenlernen und checken, ob er gut genug für dich ist. Denn wenn er dir wehtut, das steht außer Frage, zerquetsche ich ihn wie eine Wanze.«

Vero musste grinsen. Sie erinnerte sich noch gut, wie ihre Freundin einem Kerl aus dem Abschlussjahrgang vor Jahren einmal gewaltig in den Hintern getreten hatte, als der sich damit gebrüstet hatte, sie noch bis Ende des Studiums flachzulegen. Lisa wollte man definitiv nicht zu seiner Feindin haben. Aber als Stütze. Sollte sie fallen, wäre sie zur Stelle, um sie aufzufangen.

»Aber das wird er bestimmt nicht. Ich glaube Tom ist einer von den Guten und du einfach nur unfassbar verliebt.«

 Lisa ging zurück an den Küchentresen und zog einen großen Kochtopf aus einer Schublade. »Und jetzt Liebes, jetzt gibt's Spaghetti Bolognese á la Lisa, so wie damals in den guten, alten Zeiten.«

Langsam richtete Vero sich auf und ließ Lisas Worte auf den wenigen Metern in Richtung Küche nochmals in schnellen Zügen Review passieren. Ihre Freundin hatte Recht. Das, was sie da fühlte, war Liebe. Völlig irrational, nicht planbar, unberechenbar. Wie eine unbekannte Variable. Wie ein Sprung ins Nichts, ohne Netz und doppelten Boden. Vielleicht musste sie wirklich riskieren zu fallen, um am Ende bedingungsloses Glück zu erfahren. Vielleicht war Liebe immer auch mit einem unkalkulierbaren Risiko verbunden.

»Danke.« Sie legte ihre Arme um ihre Freundin und schmiegte sich an ihren Rücken. »Für dich. Deine Worte. Deine Freundschaft.«

»Quid pro quo.« Lisa streckte ihr lächelnd einen Kochlöffel entgegen. »Auf jetzt!«, sagte sie, und gemeinsam kochten sie die beste Bolognese ihrer langjährigen Freundschaft.

KAPITEL 25

Es klingelte soeben Sturm an der Haustüre, als Vero ihre Augen öffnete und in den Raum hineinblinzelte. Neben ihr auf dem Sofa lag Lisa, den Mund leicht geöffnet und schnarchte genügsam vor sich hin. Müde warf sie einen Blick auf die leere Weinflasche auf dem Couchtisch. Sie hatten gestern definitiv einige Gläser zu viel getrunken und waren wohl auf dem Sofa eingeschlafen. Wie damals zu alten Studienzeiten, als es für sie beide schon fast ein Ritual war – die obligatorische Flasche Wein am späten Abend.

Die Türklingel ertönte erneut.

Vero riss ihre Arme in die Höhe und streckte sich. Ihr Körper fühlte sich an, als wäre jeder einzelne Knochen darin gebrochen. Als wäre eine Planierraupe über sie hinweg gefahren. Langsam drehte sie sich zur Seite und rollte sich gemächlich vom Sofa, bis sie mit ihren Fingern die Kante des Tisches berühren konnte. Mit einem kräftigen Schwung setzte sie sich auf.

Schlaftrunken schlurfte sie in den Flur hinaus und öffnete die Türe. Ein junger Mann in einer dunkelbraunen Uniform stand vor ihr. In der Hand einen riesigen Strauß Blumen.

»Sind Sie Veronika?«, fragte er freundlich, während er konzentriert auf seine Auslieferungsliste starrte.

Sie nickte wortlos.

»Dann sind die hier wohl für Sie.« Der junge Mann

drückte ihr hastig den Blumenstrauß in die Arme, machte einen Haken auf seiner Liste und verschwand dann eilends wieder aus der Haustüre.

»Wer war das?«, hörte sie Lisa rufen.

Rasch zog Vero die Türe ins Schloss und lief zurück ins Wohnzimmer. Ihre Freundin saß auf dem Sofa, die Haare zerzaust, wie nach einer wilden Partynacht.

»Wow, da denkt aber einer an dich!«, sagte sie beeindruckt und schnappte sich die Karte, die in dem wunderschönen Bouquet aus weißen Nelken und rosafarbenen Rosen steckte.

»Hey, gibt die wieder her«, schrie Vero und versuchte ihrer Freundin die kleine weiße Karte abzunehmen, die sie hinter ihrem Rücken vor ihr versteckt hielt.

Lisa reichte ihr zwinkernd das Kärtchen. »Gib mir die Blumen, ich stell sie dir in eine Vase.«

Vero übergab ihr den Blumenstrauß, vorsichtig und mit Bedacht, als wäre er ein wertvolles *Fabergé-Ei*, und klappte dann die Karte auf, die eine handschriftliche Notiz enthielt.

Perhaps it is our imperfections
that make us so perfect for one another. -Tom-

Ihr Herz stolperte vor Glück und ein verschmitztes Lächeln machte sich auf ihrem Gesicht bemerkbar.

»Zeig mal her!« Lisa streckte ihre Hand fordernd aus.

Vero gab ihr die Karte und stellte sich erneut anbetungsvoll vor Toms Blumenstrauß, den ihre Freundin in einer kugelförmigen, weißen Vase auf dem Esstisch platziert hatte.

»Ganz schön kitschig«, kommentierte Lisa den Inhalt der Karte. »Ist das so ein poetisches Insider-Ding zwischen euch beiden oder stehe ich auf dem Schlauch?«

»Das ist von *Jane Austen*«, nuschelte Vero, während sie den süßen Duft der Rosen tief in ihre Nase inhalierte.

»Von wem? Ich dachte die Blumen sind von Tom?«

»Nein, das Zitat ist von *Jane Austen*. Aus *Emma*.«

»Kenn ich nicht, diese Emma.« Lisa lachte und zuckte gleichgültig mit ihren Schultern.

Vero warf ihrer Freundin einen ungläubigen Blick zu.

»What ever. Solang das kein Fetisch von euch beiden ist. Du weißt doch, für mich ist so etwas reinste Folter. Ich stehe nicht auf schnulzige Geschichten aus der Steinzeit.«

»Steinzeit?« Vero schüttelte verständnislos ihren Kopf.

»Apropos Folter«, sprach Lisa weiter. »Das Sofa geht ja gar nicht. Kein Wunder, dass du ständig Kopfschmerzen hast. Mir tut jeder Knochen weh. Ab heute pennst du bei mir und ich sorge jetzt erst einmal für eine Runde Entspannung für uns beide.«

❖

Am frühen Nachmittag verließen sie jenes Massagestudio wieder, das Lisa zur Rehabilitation ihrer geschundenen Körper ausgewählt hatte und in welchem sie sich je eine wohltuende Ganzkörpermassage sowie eine Maniküre gegönnt hatten.

»War gut, wa?«, fragte Lisa mit aufgesetztem Berliner Akzent, bevor sie die Türe zu ihrer Wohnung aufschloss und ihre Tasche mit einem lauten Knall auf den Fußboden schleuderte.

»Jup, dit war dufte«, antwortete Vero und ließ ihre Schultern einige Male kreisen. Tatsächlich hatte die Behandlung unglaublich gutgetan. Sie fühlte sich ungewohnt leicht, als hätte ihre Masseurin einen straffen Gürtel um ihren Brustkorb gelockert. Ihr Rücken und auch ihr Kopf schmerzen nicht mehr und sie hatte das Gefühl, endlich wieder völlig frei atmen zu können.

Lisa zog soeben zwei Gläser aus ihrem Küchenschrank, als ihr Handy zu vibrieren begann. Konzentriert starrte sie einige Sekunden lang auf das Display, bevor sie wieder aufblickte. »So, wir Zwei machen jetzt noch einen kurzen Mittagsschlaf, dann treffen wir uns später mit ein paar Freunden auf ein Feierabend-Bierchen«, sagte sie in einem bestimmenden Tonfall und tippte sogleich eine Nachricht zurück.

Vero nickte gefügig und schlüpfte schnell aus ihrer Kleidung, hinein in eine gemütliche Jogginghose und ein legeres weißes Shirt. Toms Shirt.

Verdammt! Sie hatte es ihm noch gar nicht zurückgegeben. Dabei war das Shirt ja der eigentliche Grund für ihr Wiedersehen am vergangenen Montagabend gewesen.

Vorsichtig ließ sie den Stoff zwischen ihren Fingern hin und her gleiten, bevor sie sich diesen an ihre Nase hielt und tief einatmete. Es roch noch immer nach ihm. Vertraut. Faszinierend. Erregend. Als hätte er es bis gerade eben noch selbst getragen.

Lisa ließ sich mit einem lauten Seufzer auf dem Sofa nieder und begann sich sogleich in eine Decke einzukuscheln. Genügsam schmatzte sie einige Male vor sich hin und rollte sich dann zur Seite. Vero beobachtete sie kurz schmunzelnd. Lisa konnte einfach überall schlafen. Nicht dösen, nicht schlummern, schlafen und das in nur wenigen Minuten. Doch ihr war soeben gar nicht nach einem Mittagsschlaf zu Mute, hatte sie sich doch während der Massage bereits einen kurzen Powernap gegönnt.

Leise zog sie ihr Handy hervor. *Danke, für die wunderschönen Blumen*, tippte sie schnell ein, denn sie hatte in der

Aufregung des Vormittags komplett vergessen, Tom für den Strauß zu danken. Doch es kam keine Antwort zurück. Auch nach einigen Minuten nicht. Und so ließ auch sie sich letztlich in den weichen Sofa-Stoff zurückgleiten und schloss für einen Moment ihre Augen.

Fantasievoll baute sie Bilder in ihren Gedanken auf, die sie mit Tom erleben wollte. Ein Kinobesuch, bei welchem sie sich eine große Portion Popcorn teilen und im Dunkeln knutschen würden. Ein Abend im Restaurant, mit einem guten Glas Rotwein, einer tollen Pasta und Kerzenlicht. Danach würden sie gemeinsam durch die Straßen Berlins schlendern, vielleicht noch ein wenig in der Dunkelheit des kleinen Parks in Schöneberg sitzen. Im warmen Gras liegen, die Sterne betrachten, bevor sie sich auf seiner Dachterrasse lieben würden. Einmal, zweimal, dreimal. Bis in die frühen Morgenstunden hinein.

»Hey! Wir müssen los!«, schrie Lisa auf einmal und Vero wurde abrupt aus ihrem vermeintlich kurzen Schlaf gerissen.

Sie blickte ungläubig auf ihr Handy. Nein, es war kein kurzer Schlaf gewesen; fast zwei Stunden hatte sie auf dem Sofa gedöst und nicht einmal ansatzweise mitbekommen, dass Lisa sich in der Zwischenzeit bereits geduscht und umgezogen hatte.

»Ich habe uns ein Taxi gerufen«, sagte ihre Freundin jetzt, die einen knöchellangen Rock trug und ein weißes Shirt, welches locker über ihre Schulter fiel. Ihre dunklen Haare waren offen und sichtlich frisch gewaschen.

Schnell sprang Vero auf und überforderte damit fast ihren noch schlaftrunkenen Kreislauf. »Wieso hast du mich nicht früher geweckt?«

»Du hast so friedlich geschlafen und immer wieder leise

seinen Namen geflüstert. *Tom. Tom. Oh, Tom!*«, antwortete Lisa mit einem dreisten Grinsen auf den Lippen. »Ich wollte dich nicht aus deinem Traum reißen. Wer weiß, was der Kerl gerade mit dir angestellt hat.«

Veros Wangen erröteten und kurz blitzten einige der Bilder vor ihren Augen auf, die sie sich gerade ausgemalt hatte.

»Heute jedenfalls will ich nichts mehr von ihm hören. Heute machen wir uns einen schönen Abend – ohne Männer. Der Kerl bekommt dich ab Samstag wieder. Aber jetzt gehörst du mir.«

Vero nickte stumm und lief ins Badezimmer hinein. Zwei Bürstenstriche, ein Haargummi und schon waren ihre hellen Haare zu einem hohen Pferdeschwanz gebunden. Dazu das neue, dunkelrote Kleid, das noch ein wenig zerknittert über einem Stuhl im Flur hing, weiße Sneakers, fertig. Sie war eine wahre Meisterin, wenn es darum ging, sich in nur wenigen Minuten einigermaßen ansehnlich zu stylen.

Es klingelte an der Türe. »Auf jetzt Dornröschen«, bellte ihr Lisa entgegen und schmiss ihr schwungvoll ihre Tasche entgegen. »Wir müssen los, das Taxi ist da!«

KAPITEL 26

Gegen halb sieben trafen sie in der Bar in der Nähe des Frankfurter Tors ein. Lisas Kollegen, die mittlerweile zu guten Freunden für sie geworden waren, saßen bereits an einem Tisch im Außenbereich und winkten ihnen von der Ferne zu.

»Da seid ihr ja endlich«, begrüßte sie ein großer Hagerer, der mit seinem weißen Hemd und den Hosenträgern wie ein neumodischer Dandy wirkte.

»Sorry, meine Freundin ist eingepennt«, entschuldigte Lisa sich umgehend.

Vero zuckte mit den Schultern und zwinkerte der Gruppe flüchtig zu. »Hi, ich bin Vero, ich bin Lisas Ausrede.«

Ein herzliches Lachen ging durch die Reihen.

»Darf ich vorstellen, das sind meine Kolleginnen und Kollegen aus der Agentur«, sagte Lisa sogleich und machte eine schwungvolle Geste mit ihrer Handfläche. »Das sind Nik, Kira, Luis und Marlene. Und das hier sind meine beiden Musen, Oliver und Tim.« Ihre Freundin legte ihre Arme zuletzt um zwei Kerle und küsste sie nacheinander auf die Wangen. Die beiden nickten Vero freundlich zu und sagten dann nahezu synchron »Hi!«.

»Hallo, zusammen«, entgegnete sie und versuchte mit jeder vorgestellten Person zumindest kurz Blickkontakt zu halten. Dann setzte sie sich gegenüber von Lisa an den Kopf des Tisches.

»Vero und ich teilten uns eine Wohnung während unserer Studienzeit in Stuttgart. Sie ist meine bessere Hälfte«, klärte Lisa die Gruppe über ihre Beziehung zueinander auf.

»Besser Hälfte?«, quickte Tim. »Das glaube ich dir sofort«. Er grinste, bevor er Lisa einen entschuldigenden Handkuss zuwarf.

»Jedenfalls Hut ab, dass du dir mit der Verrückten eine Wohnung geteilt hast«, ergänzte Nik, den sie aufgrund seiner graumelierten Schläfen auf mindestens Dreißig schätzte. »Mir reichen schon täglich acht Arbeitsstunden mit ihr.«

Vero lachte und musste an ihre zum Teil recht chaotische Zeit mit Lisa in Stuttgart denken, als auf einmal ein freundliches »Olá« von der gegenüberliegenden Straßenseite hallte.

»Hola como estas?«, entgegnete Lisa einem weiteren jungen Mann und lächelte ihn bis über beide Ohren hinweg an.

»Könnte nicht besser sein«, antwortete dieser und umarmte ihre Freundin sogleich innig.

Vero musterte ihn fasziniert. Seine Augen waren tief schwarz, sein Gesicht markant geformt und mit einem Dreitagebart bedeckt. Er trug eine dunkle Jeans, dazu ein helles Shirt und ein legeres graues Jackett.

»Das ist meine Freundin Vero«, sagte Lisa. »Und das Liebes, das ist mein Fitnesstrainer Javier.«

Vero schüttelte höflich seine Hand, bevor sie Lisa überrascht ansah. »Du machst Fitness?«

»Ich war in einem Spinningkurs«, erwiderte sie stolz.

»Spinning? Du?« Vero legte ihre Stirn irritiert in Falten, bevor sie Javier einige Male imponiert zunickte. Dieser schmunzelte nur und zuckte mit seinen Schultern.

»Und was machst du hier in Berlin?«, fragte er, während er neben ihr Platz nahm.

»Ich hatte hier letzte Woche ein Vorstellungsgespräch.«

»Und? Bleibst du uns in Berlin erhalten?«

»Vermutlich nicht. Ich habe bereits eine Absage bekommen«, entgegnete sie und der plötzliche Gedanke daran, trieb ihr einen längst verdrängten Kloss in den Hals.

»Dann sind das wohl Idioten«, entgegnete Javier und zwinkerte ihr zu. Kleine Grübchen bildeten sich seitlich seiner Mundwinkel und sie verstand auf einmal, wieso Lisa wohl jenen ominösen Spinningkurs bei ihm besucht hatte.

Die Sonne stand bereits tief am Horizont und die vor wenigen Stunden noch stark erwärmte Luft, kühlte sich so langsam angenehm ab. Vero liebte diese Abende, mit Freunden, bei milden Temperaturen, draußen im Freien. Und obwohl sie gerne in der Natur unterwegs war und seit jeher viel Zeit am Stadtrand verbracht hatte, löste der Geruch nach Großstadt stets eine gewisse Sehnsucht in ihr aus. Warmer Asphalt, Abgase, Frittenfett vermengt mit dem Duft hunderter von Menschen, die sich durch die engen Straßen Berlins windeten – nicht unbedingt eine Wohltat für die Sinne –, doch sie saß gerne hier. Direkt an der großen Hauptstraße am Frankfurter Tor, an der sich zahlreiche Restaurants, Bars und Clubs aneinanderreihten und sich die unterschiedlichsten Musikrichtungen zu einem bunten Remmidemmi vermischten.

Auf einmal summte ihr Handy auf.

Freut mich, dass sie dir gefallen haben. Was machst du gerade?, stand in einer Nachricht von Tom, die offensichtlich noch auf ihre dankenden Worte bezüglich seiner Blumen bezogen war.

Ich bin mit Lisa und ein paar Freunden in einer Bar in Friedrichshain und du?, tippte sie hastig zurück.

In welcher?

Vero musterte den Schriftzug über dem Eingang.

Im Eleven.

Schau mal auf die andere Straßenseite, hoch in den 4. Stock.

Langsam wendete sie ihre Augen von ihrem Display ab und sah auf die gegenüberlegende Straßenseite. Ein imposantes Gebäude mit bestimmt zehn Stockwerken erstreckte sich vor ihr. Ein einzelner, rotbeleuchteter Buchstabe, ein *T*, prangte an der Hausfassade. *Für was er wohl stehen mochte; vielleicht für Tom, vielleicht gehörte ihm das Gebäude?* Der Gedanke war nicht ganz abwegig. Neugierig wanderte ihr Blick in die Höhe und sie zählte im Stillen vier Stockwerke ab. Die Scheiben waren abgedunkelt und sie konnte nur erahnen, dass Tom dahinter auf sie herabblicken würde.

Schön siehst du aus. Trägst du etwas unser First-Kiss-Kleid?

Vero konnte sich ein Lächeln nicht verkneifen. *Ich sage mal nein und hoffe, dass du runterkommst, um es zu überprüfen,* schrieb sie schnell zurück und blickte dann nochmals verstohlen hinauf in den vierten Stock des Gebäudes.

»Hey, Erde an Vero«, maulte Lisa. «Mit wem schreibst du denn? Hatten wir nicht gesagt, heute kein Mister Perfect?«

»Das war er nicht«, platzierte sie eine kleine Notlüge.

»Gut! Heute ist das Motto nämlich nachschenken, statt nachdenken. Dein Rausch wird ausnahmslos daraus bestehen …« Lisa schob ihr ein Cocktailglas zu, welches bis zum Rand mit einer dunkelblauen Flüssigkeit gefüllt war.

»Sieht giftig aus«, bemerkte sie kritisch.

»Das ist es auch. Perfekt, um uns dezent zu alkoholisieren.«

Vero sah noch einmal auf ihr Display – keine Antwort von Tom – bevor sie ihr Handy in ihre Tasche zurückgleiten ließ. Dann nahm sie einen Schluck ihres Cocktails, der sich süß und hochprozentig seinen Weg durch ihren Hals brannte.

Lisa schenkte ihr ein zufriedenes Lächeln, bevor sich zwei Kellner an ihnen vorbeidrängten und mehrere große Platten mit Oliven, gerösteten Paprikas, Serrano Schinken, Käsewürfeln und vielem mehr auf den Tisch stellten. Vero platzierte einige der Leckereien auf ihrem Teller und lauschte dann dem Gespräch, das am Tisch gerade die Runde machte.

»Also ich habe uns dieses Jahr zum ersten Mal Tickets gekauft«, sagte Tim soeben stolz und riss seine Hände euphorisch in die Höhe.

Vero blickte irritiert in die Runde. »Was für ein Event ist das denn genau?«

»Die *NMC*«, antwortete Kira, als wäre das ein feststehender Begriff, den jeder kennen müsste. Und sie war augenblicklich nicht mutig genug, noch einmal konkreter nach der Bedeutung dieser Abkürzung zu fragen.

»Apropos«, hörte sie Nik noch zu Lisa sagen, während sie sich bei einem Kellner ein Mineralwasser bestellte, um den noch immer nachbrennenden Cocktail aus ihrem Hals zu spülen. »Schmitti hat heute gefragt, ob wir nicht Lust hätten auf der Aftershow-Party am Freitag auszuhelfen. Als kleines Goodie für unsere gute Arbeit in den letzten Wochen.«

Lisa nahm einen Bissen ihres Brötchens und sah ihn herablassend an. »Sehe ich so aus, als hätte ich während meiner Urlaubszeit Lust auf unbezahlte Überstunden?«

Tim quietschte auf und warf ihr einen entsetzten Blick zu, als hätte sie gerade verkündet, auf einen Millionengewinn verzichten zu wollen. »Lisa! Bist du irre? Hallo, Aftershow-Party!? Ich würde alles tun, um dort reinzukommen.«

»Tja Schätzchen, dann hast du wohl den falschen Beruf gewählt«, erwiderte Lisa schadenfroh.

Tims Augen verzogen sich zu kleinen Schlitzen.

»Es gibt dafür wohl auch eine kleine Bonuszahlung«, fügte Nik noch schnell hinzu.

»Okay überredet, dann bin ich selbstverständlich dabei. Sag das doch gleich!«

Die Runde begann zu lachen.

»Wer ist Schmitti?«, flüsterte Vero ihr zu, die dem Gesprächsverlauf nicht gänzlich hatte folgen können.

»Ach, nur mein Chef. Du weißt doch, einer dieser netten Kerle«, antwortete ihre Freundin und schenkte sich noch einmal etwas Rotwein nach.

Vero rollte eine Scheibe Schinken zusammen und steckte sich diese genüsslich in den Mund. Sie hatte längst bemerkte, dass Javier sie seit einiger Zeit musterte und erwiderte nun erstmals seinen eindringlichen Blick.

»Wie lange bleibst du noch in Berlin?«, fragte er.

»Ich habe mir bisher kein Rückflugticket gekauft, wollte aber auf jeden Fall bis Ende kommender Woche bleiben«, antwortete sie. Ihre letzten Worte jedoch gingen in einem Schwall an Musik unter. Eine vierköpfigen Gruppe lief soeben die Straße entlang und spielte Musik auf ihren Gitarren.

Kira sprang blitzschnell auf, stellte sich auf die Sitzbank und begann ihre Hüften augenblicklich zu kreisen. Auch die anderen standen sogleich auf und tänzelten den Gehsteig entlang, auf dem sich viele weitere zur Musik bewegten.

»Darf ich bitten?«, fragte Javier und reichte ihr seine Hand. »Ein heißblütiger Spanier und eine süße Blondine, die perfekte Kombination.«

Uhh! Was für ein Spruch. Selbstverliebt, arrogant und anmaßend. Da hatte Anna ihren Macho. Nicht Tom, nicht ihren Bruder, sondern Javier. Vero lächelte befangen und warf Lisa einen unsicheren Blick zu. Auf keinen Fall wollte sie ihre Freundin verärgern, indem sie jetzt nach seiner Hand griff und sich von ihm zu einem heißen Tanz verführen lassen würde. Doch Lisa drehte sich bereits an Tims Hand und quietschte freudig vor sich hin, während sie mit ihm in der Menge untertauchte.

»Komm schon, ich beiße nicht«, sagte Javier mit einem provokanten Lächeln und zog sie hinauf.

Vero folgt ihm einige Schritte auf den breiten Gehsteig vor der Bar und zuckte angespannt zusammen, als er wie selbstverständlich seine Hand auf ihren Rücken legte. Rhythmisch begann er sich mit ihr im Arm zur Musik zu bewegen.

»Du bist süß. Ich mag dein Lächeln«, bemerkte er leise.

Vero spürte seinen Atem auf ihrer Haut, wie viele kleine, äußerst penetrante Nadelstiche. Es fühlte sich seltsam an, einem fremden Mann unfreiwillig derart nahe zu sein und sie hoffte, dass Tom sie nicht durch die abgedunkelte Scheibe auf der gegenüberliegenden Straßenseite beobachten würde.

»Danke«, erwiderte sie verlegen und nutzte sogleich eine schwungvolle Drehung, um sich geschickt aus seinen Armen zu lösen. In kleinen Schritten und mit einem bemühten Lächeln auf den Lippen tänzelte sie zu Lisa hinüber.

»Hilfe«, flüsterte sie. »Würdest du mir bitte deinen Fitnesstrainer vom Hals halten?«

Lisa nickte, drückte sie in Tims Arme und lief zielstrebig zu Javier. Ohne zuvor auch nur ein einziges Wort mit ihm ausgetauscht zu haben, schob sie ihm ihre Zunge in den Mund. Einfach so. Vero wusste bis eben noch nicht einmal, dass die zwei etwas miteinander hatten und musste sich einen überraschten Ausruf verkneifen. Erst jetzt zählte sie eins und eins zusammen und verstand, mit wem Lisa wohl kürzlich in der Sauna eines Fitnessstudios Sex gehabt hatte.

»Sag bloß, die forsche Art deiner Freundin überrascht dich noch?« Tim grinste breit.

Vero schmunzelte, vor allem über das Wort *forsch*, welches laut Lisa doch eigentlich nur Menschen nutzten, die einen Stock im Hintern hatten. Tim jedoch, hatte diesen mit Sicherheit nicht. Er war alles andere als spießig, war laut und unbefangen. Sein jungenhaftes Gesicht war von vielen Sommersprossen gezeichnet, so dass kaum noch etwas von seiner blassen Gesichtsfarbe zu erkennen war. Seine blonden Haare lockten sich eng an seinem Kopf zusammen und er wirkte unglaublich jung und lebhaft. Vero schätzte ihn nicht älter als Anfang Zwanzig.

»Woher kennst du Lisa?«, fragte sie, während sie nun begann in einem Halbkreis um ihn herumzutanzen.

»Ich arbeite beim Radio. Lisa und ich haben vor einem Jahr eine Promotion-Reihe zusammen gemacht. War ´ne coole Zeit. Hab die Irre echt liebgewonnen.«

Vero ging einen Schritt auf ihn zu. »Darf ich dich etwas fragen?«, hauchte sie ihm leise zu.

»Klar, immer raus mit der Sprache.«

»Für was steht die Abkürzung *NMC*?«

»Ach herrje, bist du süß«, erwiderte er lachend. »Das steht für New Movie Convention, eine Art Messe für Film- und Serienfans.«

Natürlich. Wer wusste das nicht? Sie, ganz offensichtlich.

»Ich verbringe nicht besonders viel Zeit vor dem Fernseher. Ich kenne mich da nicht sonderlich gut aus«, erwiderte sie sogleich und zuckte verlegen mit den Schultern.

»Wirklich? Du schaust keine Serien?« Tim schüttelte entgeistert mit seinem Kopf, als hätte sie ihm gerade erzählt, sie würde kein Sauerstoff zum Atmen benötigen. »Und

Filme? Wenigstens die gängigen Klassiker?« Er summte den typischen *Star Wars* Soundtrack an und flüsterte anschließend mit tiefer Stimme »Ich bin dein Vater«, bevor er laut zu lachen begann.

»Doch, sicher. Die kenn ich natürlich.«

Sie kannte durchaus viele Filme, sie war ja kein Einsiedler ohne Zugang zu Strom und Internet. Außerdem hatte sie den Satz *Ich bin dein Vater* in ihrer Jugend gefühlte tausend Male gehört. Zumeist war er ironischerweise aus dem Mund ihres eigenen Vaters gekommen. Denn dieser war ebenfalls großer *Star Wars* Fan gewesen. Schon im Kindesalter hatte sie sich alle Teile der Saga mindestens einmal im Jahr ansehen müssen und war stets peinlich berührt gewesen, wenn er sie vor ihren Freunden in der Sprache der *Wookiees* angesprochen hatte.

»Lebst du denn schon immer hier in Berlin?«, wechselte sie schnell das Thema.

Er nickte. »Und du? Lisa meinte, du könntest dir vorstellen auch hier her zu ziehen. Hast du dich etwa verliebt in unsere Großstadt?«

»Ja, irgendwie schon. Seit Lisa hier lebt, ist Berlin für mich ein Sehnsuchtsort geworden. Der völlige Kontrast zur Kleinbürgerlichkeit meines süddeutschen Heimatkaffs.« Sie belächelte kurz ihre eigenen Worte. »Es wäre nur schön, wenn sich die Stadt auch in mich verlieben würde. Ich brauche dringend einen Job, ein wenig Glück und etwas Zuspruch in Sachen Liebe.«

»Gleich drei Wünsche auf einmal?« Tim lachte spöttisch und zog sie mit beiden Händen dicht an sich. »Mädchen, Berlin ist laut, schmutzig, hässlich. Berlin macht keine Gefälligkeiten. Berlin verschenkt nichts. Hier musst du dich durchbeißen und darfst es nicht ganz so ernst nehmen, wenn dir die Großstadt wieder einmal nur den Mittelfinger zeigt. Aber ich würde es dir natürlich wünschen. Und mir ehrlicherweise auch. Liebe und Glück sind schließlich immer zu gebrauchen. Also, du graue, hässliche, unbarmherzige Stadt, wenn du uns hörst …« Tim sah hinauf und Veros Augen folgten ihm in das sternenlose Grau. »Schenk uns deine Liebe!«, rief er mit lauter Stimme hervor.

Ja!, dachte sie und wiederholte seine Worte im Stillen. *Schenk uns deine Liebe! Schenk MIR deine Liebe. Lieb mich, Berlin!*

Wenig später zog die Musikgruppe unter tosendem Applaus weiter und überquerte die Hauptstraße, um die Bars und Restaurants auf der anderen Straßenseite zu bespielen.

Vero ließ sich erschöpft neben Lisa und Javier nieder, als auf einmal ihr Handy vibrierte. Es war ein Anruf von Tom.

»Flirtest du schon wieder mit anderen Männern?«, sagte er ohne eine vorherige liebevolle Begrüßung. »Ich muss dich sehen. In zwei Minuten in der Seitenstraße, an der Imbissbude da vorne. Geht das?« Seine Stimme klang fordernd.

Vero drehte sich rasch um und bemerkte die Leuchtreklame einer kleinen Imbissbude an der nächsten Straßenecke.

»Natürlich«, antwortete sie und schlängelte sich währenddessen bereits an Javier vorbei.

Lisa starrte sie eindringlich an.

Schnell schob sie ihre Hand vor ihr Mikrofon. »Meine Mutter, ein Notfall, ich muss kurz telefonieren.«

Ihre Freundin nickte verständnisvoll und Vero tauchte rasch vor ihrem neugierigen Blick in einer Gruppe Jugendlicher ab, die vor der Bar standen. Obwohl Tom bereits aufgelegt hatte, hielt sie ihr Handy noch immer fest an ihr Ohr.

In eiligen Schritten lief sie in Richtung der Pommesbude

und bog dann in eine weniger gut ausgeleuchtete Querstraße ein. Noch einmal blickte sie über ihre Schulter hinweg auf die gut besuchte Hauptstraße, als sie jemand abrupt am Arm packte und sie energisch zwischen zwei parkende Lieferwagen zog.

»Hey, schöne Frau«, sagte Tom und küsste sie sofort.

Vero drückte ihn geistesgegenwärtig von sich. »Bist du verrückt? Ich habe mich zu Tode erschrocken.«

»Verrückt nach dir«, flüsterte er und lächelte sanft. »Tut mir leid. Ich konnte nicht mehr mit ansehen, wie sich diese Typen an mein Mädchen herangeschmissen haben.«

»Welche Typen?«

»Na die Beiden, mit denen du gerade getanzt hast.«

Sie räusperte sich kurz, während ein selbstsicheres Lächeln über ihre Lippen huschte. »Mister Ward, sind Sie etwa eifersüchtig?«

Tom antwortete ihr nicht. Stattdessen drückte er sie erneut gegen die Hauswand und küsste sie stürmisch. Vero schnappte noch überrumpelt nach Luft, ließ sich dann jedoch auf das aufregende Zungenspiel mit ihm ein. Einige Minutenlang küssten sie sich innig, seine Hand streifte dabei immer wieder ihre nackte Schulter, bevor sich ihre Lippen wieder voneinander lösten.

»Hey, du bist doch ein Film-Fan, richtig?« sprudelte es ganz plötzlich aus ihr hervor. »Dann weißt du doch bestimmt auch, für was das Kürzel NMC steht?«

Tom schluckte. Seine Stirn legte sich in viele kleine Falten. »Natürlich«, erwiderte er trocken.

»Okay, ich wusste das nämlich nicht. Woher auch? Scheinbar bin ich die einzige von Lisas Freunden, die …«

Tom unterbrach sie mit einem weiteren Kuss, bevor er

ganz plötzlich mit geballter Faust gegen die Fassade hinter ihnen schlug. »Fuck. I´m so in love with you«, zischte er. »Kleines, ich muss dringend …«

Dieses Mal hauchte Vero ihm einen Kuss auf die Lippen und unterbrach seine Worte mit leidenschaftlicher Hingabe. Sie strich ihm über die Wange und schenkte ihm ein verständnisvolles Lächeln. »Schon gut. Du musst zurück? Die Arbeit, stimmt's? Es ist okay. Geh schon, wenn du musst.«

»Komm heute Nacht zu mir, bitte«, hauchte er ihr ins Ohr. »Ich werde erst spät nach Hause kommen. Aber du könntest auch ohne mich in meine Wohnung, dort auf mich warten.« Ein kurzes Funkeln in seinen Augen ließen seine Worte wie eine sehnlichste Bitte wirken.

Sie schüttelte leicht den Kopf. »Das geht leider nicht. Du sagtest wir sehen uns nicht vor Samstag wieder und ich habe Lisa daher versprochen, die nächsten Tage mit ihr zu verbringen. In einer völlig männerfreien Zone.«

»Auch die Nächte?«

»Auch die Nächte.«

»Mmm …«; raunte er, während seine Lippen sanft ihren Mundwinkel berührten. «In Ordnung. Aber dann werde ich am Wochenende so einiges mit dir nachholen müssen.«

Vero durchlief ein kurzer, aber intensiver Schauer. »Ich freue mich darauf, mein süßer Callboy«, antwortete sie zwinkernd und zog ihn nochmals zu sich heran.

Er erwiderte ihren Kuss und fasste sie eng um ihre Taille.

Dann löste er sich blitzschnell von ihr.

»Ich sagte doch, ich bediene keine deiner wilden Fantasien, bin weder ein Serienkiller noch ein Callboy«, erwiderte er zwinkernd, bevor er zur Hauptstraße zurück ging.

»Wer bist du dann?«, rief sie ihm neckisch hinterher.

Er drehte sich nochmals zu ihr um. »Nur ein dummer, verliebter Mann.« Dann verschwand er im wilden, abendlichen Treiben Berlins.

Vero verweilte noch einige Minuten alleine in der dunklen Seitengasse. Wie gerne wäre sie seiner Einladung gefolgt, aber Lisa und sie hatten sich so auf die gemeinsamen Wochen hier in Berlin gefreut und schon genug Zeit durch ihre Reise nach Prag verloren. Jetzt musste sie sich auch einmal auf das fokussieren, weswegen sie eigentlich hergekommen war – wegen ihrer besten Freundin. Tom musste sie wohl oder übel erst einmal auf Samstag vertrösten und auch dann wusste sie noch nicht, wie sie den Balanceakt schaffen sollte. Wie sie Lisa gerecht werden und zugleich jede noch so flüchtige Minute mit Tom verbringen konnte.

In schnellen Schritten lief sie schließlich zurück zu den anderen. Sie alle saßen noch immer zusammen, tranken bereits die vierte Runde Bier und tauschten Geschichten über ihren Alltag aus. Lisa unterhielt sich angeregt mit Kira und sie konnte an ihrer Gestik bereits gut erkennen, dass es auf keinen Fall zu einem weiteren Drink kommen durfte – ansonsten würde sie ihre Freundin heute noch nachhause tragen müssen.

»Hey, da bist du ja wieder«, sagte Javier und lächelte sie freundlich an, als sie sich neben ihn auf die Holzbank setzte.

»Da bin ich wieder«, erwiderte sie und warf noch einen letzten sehnsüchtigen Blick auf das verspiegelte Fensterglas im vierten Stock gegenüber, in welchem sich das rote Licht *seines* Anfangsbuchstaben spiegelte.

KAPITEL 27

Es war bereits ein Uhr nachts, als Vero sich mit Lisa und Javier ein Taxi Richtung Schöneberg nahm. Der Abend war nach Toms Verschwinden noch einige Stunden weitergegangen und Lisa hatte schlussendlich doch mehr Promille intus gehabt, als es ihr lieb gewesen war. Zuletzt hatten sie noch vor einem Imbiss gesessen und über das Leben sinniert. Über all das, was man sich mit Mitte, Ende Zwanzig so sehnlichst wünschte, wonach man strebte und was man dringlich erreichen wollte.

Als sie sich schließlich auf den Heimweg machen wollten, hatte ihnen Javier angeboten, sie zu einem Taxistand zu begleiten. Und jetzt, jetzt saß er neben ihnen. Oder besser gesagt, zwischen ihnen beiden. Lisas Kopf lehnte auf seiner Schulter und sie trällerte beschwipst die Zeilen eines Kinderliedes, während sie mit ihrer Hand seinen Schenkel auf- und abfuhr. Ein Bild, das Vero nicht das erste Mal sah und sie nur wenig schockieren konnte. Tief in ihrem Inneren wusste sie auch bereits, dass sie heute Nacht entweder alleine in Lisas Bett schlafen müsste oder auf dem Sofa, während Javier dort nächtigen würde.

Als das Taxi schließlich vor Lisas Wohnung stoppte und niemand sich regte, warf sie ihrer Freundin einen fragenden Blick zu.

»Schlimm?«, stieß diese nur leise hervor.

»Geh ruhig mit ihm mit«, erwiderte Vero, wohlwissend, dass Lisa das, mit ihrer Frage ausdrücken wollte.

»Ich bin zum Frühstück wieder da, versprochen.«

»Versprich nichts, was du nicht auch halten kannst«, erwiderte Vero spitz, bevor sie ausstieg und die Treppen zur Haustüre hinaufsprintete. Umdrehen wollte sie sich lieber nicht noch einmal. Vermutlich steckten die beiden bereits tief mit ihren Zungen im Mund des jeweils anderen.

Eilig drehte sie den Schlüssel im Schloss der Wohnungstüre und ließ ihre Tasche auf den Fußboden fallen. Sie war erschöpft und doch noch nicht bereit dazu, sofort ins Bett zu gehen. Rasch schaltete sie daher das Licht im Wohnzimmer an und beschloss, sich noch ein wenig vor dem TV berieseln zu lassen.

Eine Dauerwerbesendung lief soeben und sie beobachtete einige Minuten lang wie hypnotisiert, was man mit einem Gemüsehobel alles anstellen konnte, bevor sie ihr Handy griff. Vielleicht war Tom ja bereits zuhause und sie könnte sich doch noch ein Taxi nehmen und zu ihm fahren. Jetzt, wo Lisa sie ebenfalls für einen Mann hatte sitzen lassen. Wieder einmal, wohlbemerkt.

Bist du schon zuhause?, tippte sie hastig ein.

Nein, schrieb er erstaunlich schnell zurück. Nein, einfach nur nein. Eine Antwort, mit welcher sie so, nicht gerechnet hatte.

Ernüchtert legte sie ihr Handy zur Seite und warf einen Blick auf Lisas Kuckucksuhr. Es war kurz nach zwei. Noch rund drei Stunden, dann würde bereits die Sonne aufgehen. Dann wäre einer von vier Tagen ohne ihn geschafft.

Vero ließ sich langsam in das Polster des Sofas gleiten, sie fühlte sich matt, aber noch immer nicht müde. Kurz verharrte sie in dieser Position, bevor sie erneut aufstand und sich unter die Dusche stellte. Das Wasser spülte die Schwere der Großstadt von ihrer Haut, ebenso wie alle Überbleibsel des vergangenen Abends. Alkohol, Zigarettenrauch, Abgase und den fettigen Geruch nach Fritten und Burgern. Anschließend schlüpfte sie in eine schwarze Leggings und einen Oversize-Pullover, der ihr fast bis zu den Knien reichte. Dann griff sie sich ihren Schlüssel und zog eilig die Haustüre hinter sich ins Schloss.

✦

Gut eineinhalb Stunden lief Vero durch die Straßen Berlins. Die Luft war angenehm abgekühlt und der Trubel der Großstadt noch nicht ausgebrochen. Es war wunderbar ruhig und es roch unglaublich gut nach Kaffee und frisch gebackenem Brot. Die ersten Bäckereien würden sicherlich in Kürze öffnen. Dann würde sie sich ein Croissant holen, einen warmen Milchkaffee und sich irgendwo den Sonnenaufgang ansehen. Vielleicht im Tiergarten. Vielleicht direkt am Brandenburger Tor. Wo auch immer sie ihre Füße noch hintragen würden. Zu Tom? Sollte sie ihn vielleicht mit einem Frühstück überraschen? Mit einer Bäckertüte bei ihm aufschlagen und mit ihm auf der Terrasse frühstücken?

Nein! Sie schüttelte einige Male mit ihrem Kopf, in welchem sich gerade das Szenario aufbaute, das sie an jenem Sommerabend im Juni vor vier Jahren erleben musste. Sie hatte den Schlüssel im Schloss zu Timos Haustüre gedreht. Ihren Schlüssel wohlbemerkt, welchen sie bereits seit langem besaß, um auch ohne ihn in seine Wohnung zu kommen. Doch an diesem Tag hatte er ganz offensichtlich nicht mit ihr gerechnet. Vero hatte sein Gestöhne bis in den Flur hinaus gehört und doch war sie weitergegangen. Immer weiter. Bis zur Türschwelle des Schlafzimmers. Bis vor das Bett, in welchem sie am Vorabend noch selbst gelegen hatte. Ein blondes Mädchen hatte auf ihm gesessen, nackt, und sich erschrocken umgedreht. Timo hatte sie noch geistesgegenwärtig von sich gestoßen, war ihr aber nicht nachgekommen, als sie den Raum fluchtartig verlassen hatte. Erst einen Tag später hatte er die Courage besessen, ihr gegenüber zu treten. Ihr zu gestehen, dass es schon länger ging und es für ihn mehr als nur eine bedeutungslose Affäre war. Das war eigentlich das Schlimmste für sie gewesen. Nicht ihn mit einer anderen zu sehen. Nicht die Tatsache, dass er sie hinter ihrem Rücken betrogen hatte, sondern, dass er sie wahrhaftig liebte. Dass er das andere Mädchen mehr liebte als sie. Dass jeder Kuss, den er ihr in den Wochen zuvor gegeben hatte, all seine Worte über ihre gemeinsame Zukunft, nicht von Herzen gekommen waren. Dass es alles Lügen gewesen waren.

Nein! Sie würde nicht einfach bei Tom vorbei gehen und Gefahr laufen, erneut eine solche Szene miterleben zu müssen. Er würde sich schon melden, wenn er Zeit hätte. Bis dahin würde sie einfach weiter durch die Straßen Berlins bummeln, sich einen Kaffee holen und den frühen Morgen genießen.

Um kurz nach halb fünf begann es bereits zu dämmern und die Schatten der Nacht wichen einem diffusen Morgengrauen. Vero war mittlerweile am Alexanderplatz angekommen und hatte derart Hunger, dass es ihren Magen schon fast zerriss. Zielstrebig steuerte sie ein Café an, das geöffnet hatte. Ein wunderbarer Geruch nach frischem Gebäck und Kaffee stieg ihr in die Nase, als sie die Räumlichkeiten betrat.

»Ich hätte gerne ein Croissant und einen großen Milch-kaffe«, sagte sie gerade zu einem der Angestellten, als ihr Handy auf einmal in ihrer Tasche vibrierte.

Sorry, Kleines. Ich hatte keine Zeit mich früher zu melden. Ich bin jetzt zuhause. Und du?

Nein, schrieb sie schmunzelnd zurück, ebenso wortkarg, wie Tom es zuvorgetan hatte.

Keine Sekunde später klingelte ihr Telefon.

»Guten Morgen!«, begrüßte sie ihn freundlich.

Ein Verkäufer schob ihr eine Papiertüte über den Tresen zu. »Ihr Croissant, der Kaffee kommt gleich«, sagte er.

»Es ist fünf Uhr morgens, wo zur Hölle bist du?« Toms Stimme klang angespannt und irritiert zugleich.

»Spazieren. Du glaubst nicht, wie schön Berlin um diese Uhrzeit ist.«

»Vero, wo steckst du?«

»Ich bin am Alexanderplatz.«

»Alleine?«

»Ja.«

»Wo ist deine Freundin?«

»Bei ihrem Fitnesstrainer.« Sie kicherte kurz ungewollt.

»Ich dachte, ihr wolltet eine männerfreie …«

»Hey, hast du Lust zu frühstücken?«, fiel sie ihm ins Wort.

»Jetzt?«

»Klar, wieso nicht?«

Tom überlegte still. »Bleib wo du bist, ich lasse dich sofort abholen.«

»Das musst du nicht, ich kann auch mit der Bahn fahren.«

»Nein.« Seine Stimme klang kompromisslos.

»Okay.« Sie zuckte kurz mit den Schultern und signali-sierte dem Verkäufer, dass er noch ein weiteres Croissant und einen zweiten Milchkaffee für sie zubereiten konnte.

»Ich stehe vor einem dieser Hipster-Cafés und warte.«

»Rühr dich nicht von der Stelle.«

Keine Viertelstunde später stand ein dunkler Wagen vor ihr. Ein junger Mann mit braunen Haaren und müdem Gesicht öffnete ihr sogleich die Türe. Er trug einen schwarzen Anzug, sah aber nicht wirklich aus, wie ein Chauffeur oder dergleichen. »Veronika?«, fragte er.

Sie nickte ihm zu, bevor sie auf der Rückbank Platz nahm.

»Ich bin Fernando«, sagte er noch, bevor er die wenigen Kilometer zur Toms Apartment zurücklegte. Es waren tatsächlich keine zehn Minuten Fahrt und es war ihr äußerst unangenehm, dass sie deswegen extra abgeholt werden musste.

»Danke, Fernando. Ich weiß, dass sehr zu schätzen«, bedankte sie sich freundlich, bevor sie mit dem Aufzug in den sechsten Stock fuhr und zaghaft an Toms Türe klingelte.

Er öffnete nur einen kurzen Moment später. In einer grauen Jogginghose und einem weißen unifarbenen Shirt. Seine Augen wirkten müde, sein Lächeln jedoch mehr als belebend.

»Hey«, begrüßte er sie.

»Selber hey«, erwiderte sie leise, bevor sie seine Türschwelle übertrat und ihm in die Wohnung folgte.

»Ich heiße es nicht gut, dass du mitten in der Nacht alleine durch Berlin läufst. Weißt du, wie gefährlich das ist?«

»Ich konnte nicht schlafen.«

Tom warf ihr einen kritischen Blick zu.

»Hast du Hunger?«, fragte sie beschwichtigend.

»Mehr als das«, antwortete er und zog sie rasch an sich.

Vero hielt ihre Papiertüte fest umklammert, auch dann

noch, als er seine Hände sanft um ihr Gesicht legte und sie zärtlich küsste. Er roch nach Shampoo und Minze. Nach einer morgendlichen Dusche. Nach einer vermeintlich viel zu langen Nacht.

»Sollen wir uns raus setzen, den Sonnenaufgang anschauen? Das wolltest du doch so gerne von hier oben aus.«

Sie war überrascht, dass er sich daran noch erinnern konnte. Schließlich hatte sie diesen Wunsch an jenem Abend geäußert gehabt, als sie derart von ihren Gefühlen überwältig gewesen waren, dass sie letztlich miteinander geschlafen hatten.

Vero zog die beiden Kaffeebecher aus der Tüte und reichte ihm ein Croissant. Dann folgte sie ihm auf die Dachterrasse hinaus und nahm neben ihm auf seiner Lounge Platz. Schweigend saßen sie nebeneinander, tranken ihre lauwarmen Milchkaffees, aßen ihre Croissants und blickten in die Ferne. Die Stadt unter ihnen schlief noch immer, Stille war präsent und die Sonne tauchte den Horizont gerade in wunderschöne Orangetöne. Und als Tom sie schließlich in seine Arme zog und sie sich noch einmal an diesem wunderbaren Ort liebten, fühlte sie sich, als wäre sie selbst Teil des Himmels über ihnen.

KAPITEL 28

»Bist du wach?«, fragte Lisa in den dunklen Raum hinein.

Vero öffnete ihre Augen. Das wenige Licht, das durch einen Spalt des Rollladens fiel, gab nicht viel von seiner Umgebung preis. Vorsichtig tastete sie die weiche Matratze unter sich ab und versuchte ihre Orientierung zu erlangen.

Erst vor wenigen Stunden hatte sie sich von Tom erneut verabschiedet und war zurück in Lisas Wohnung gefahren. Die kurze Zeit, die sie in den frühen Morgenstunden mit ihm verbracht hatte, lag ihr noch immer wie Balsam auf der Seele. Schweigend hatten sie den Sonnaufgang genossen, bevor sie sich erneut ihren Gefühlen hingegeben hatten. Sie hatten noch einmal miteinander geschlafen, im rötlich schimmernden Licht der aufgehenden Sonne. Völlig erschöpft und doch hingebungsvoll. Zeitweise hatte sie nicht mehr differenzieren können, ob sie gerade träumte oder hellwach war. Ob sie wirklich in seinen Armen lag, in welchen sie anschließend auch eingeschlafen war.

Gegen neun war sie schließlich zurück in die Wohnung gekehrt. Lisa war erwartungsgemäß noch nicht zuhause gewesen und so hatte sie sich nochmals hingelegt. Nicht auf das Sofa, sondern direkt in das Bett ihrer Freundin.

»Jetzt, ja«, antwortete sie und zog sich die Bettdecke über den Kopf. »Wie spät ist es?«

»Zwölf Uhr mittags«, erwiderte Lisa. »Aber bleib ruhig

noch etwas liegen, wenn dir danach ist. Ich mache uns erst einmal einen starken Kaffee.«

Vero nickte und schloss ihre Augen erneut, als Lisa den Raum verließ. Doch schlafen konnte sie nicht mehr. Einige Male wälzte sie sich noch von links nach rechts, setzte sich schließlich auf und lies den Rollladen nach oben schnellen. In der gesamten Wohnung roch es bereits wunderbar nach Kaffee und sie hörte ihre Freundin in der Küche hantieren.

Eilig huschte sie ins Bad, unter die Dusche. Das warme Wasser und das duftende Duschgel taten gut. Sanft strich sie sich über die Innenseite ihrer Schenkel und musste dabei kurz an ihre Begegnung mit Tom unter der Dusche denken. Hätte ihr jemand vor zwei Wochen erzählt, dass sie in Berlin ihren Traummann treffen und den großartigsten Sex ihres Lebens haben würde, sie hätte ihn vermutlich ausgelacht. Niemals, so dachte sie bislang, könnte sie sich derart fallen lassen – in die Arme eines nahezu Fremden. Doch obwohl sie Tom erst kurz kannte, fühlte sie sich bei ihm sicher und geborgen. Sie musste sich bei ihm nicht verstellen, keine Rolle spielen. Sie konnte einfach sie selbst sein. Mit all ihren Unsicherheiten, Ängsten und Fehlern.

»Bist du duschen, Liebes? Frühstück ist fertig«, grölte eine Stimme von draußen und riss sie aus ihren Gedanken.

Als sie die Badezimmertüre öffnete, stand Lisa im Flur und reichte ihr eine Tasse. »Mein Wiedergutmachungs-Kaffee«, sagte sie kleinlaut, ein verlegenes Lächeln auf den Lippen.

Schon wieder ein Kaffee, der der Wiedergutmachung diente, dachte Vero noch, bevor sie ihr die Tasse aus der Hand nahm und ihr ins Wohnzimmer folgte. Der Esstisch war bereits gedeckt und in einer Pfanne auf dem Herd brutzelten noch einige Scheiben Speck vor sich hin. »Wow, habe ich etwas verpasst?«, fragte sie und ließ ihren Blick über eine Platte mit frisch geschnittenem Obst wandern.

»Du bist mein Gast und ich war bisher leider keine sonderlich gute Gastgeberin«, antwortete Lisa geknickt. »Was bin ich nur für eine Freundin? Du kommst extra hier her, um dann wieder und wieder alleine in meiner Wohnung zu sitzen und die Nächte auf einem harten Sofa zu verbringen.« Ihre Freundin schlug sich einige Male sanft mit ihren Handflächen gegen die eigenen Wangen.

Vero winkte ab. »Du übertreibst. So ist das nicht gewesen. Du musstest arbeiten, das ist vollkommen in Ordnung. Und außerdem hatte ich ja auch ein nettes Alternativprogramm.«

»Nett? Als ob!« Lisa lachte und drückte sie herzlich an sich. »Ich glaube über nett, bist du längst hinaus.«

»Du scheinbar auch?« Vero musste grinsen.

»Ich? Schon lange.«

»Ich meinte wegen Javier. Gestern?«

»Ach so!« Lisa löste sich aus der Umarmung und zuckte kurz mit den Schultern. »Meinst du wirklich, ich lasse mir so ein Sahneschnittchen entgehen?« Sie setzte sich an den gedeckten Esstisch und griff sich einen Apfelschnitzen.

»Sahneschnittchen? Ich finde er ist ziemlich selbstverliebt.«

»Ich steh eben auf Arschlöcher. Mit ´nem Softie kann ich nichts anfangen.«

Softie. Vero musst kurz schmunzeln, denn das Wort *Softeis* huschte erneut durch ihre Gedanken. »Und für ihn hast du dich extra im Fitnessstudio angemeldet?«

Lisa prustete ungehalten los. »No way!«

»Ich dachte du warst in seinem Spinningkurs?«

»Nur zweimal. Ich wusste ja bereits vorher, dass der Trainer mein Ziel ist und nicht diese überschüssigen Pfunde.«

Sie kniff sich in ihren Bauch und drückte eine kleine Speck-falte hervor. Ein großes Tattoo zierte ihre rechte Hüfte und das dunkle Muster ihrer Jugendsünde blitzte kurz unter ih-rem Shirt hervor.

Vero schüttelte ihren Kopf. »Unverbesserlich.«

»Nennen wir es strategisch.« Lisa ließ den kleinen Apfel-schnitzen in ihrem Mund verschwinden und grinste dabei.

»Und die Nacht war gut?«

»Oh, ja.« Die Augen ihrer Freundin blitzten angeregt auf. Sichtlich beschwingt von ihren Erinnerungen an die gest-rige Nacht. »Ich sag dir, der Kerl macht Sachen mit seiner Zunge …«

»Also hat es sich gelohnt, mich zu versetzen?«, stichelte sie.

»Ich sage mal dreist ja und gehe mich nachher unter der Dusche dafür schämen«, lachte Lisa.

»Tu das!«, erwiderte Vero noch, als sie beide ganz plötz-lich ein schriller Ton aufschrecken ließ.

Lisa linste auf ihr Handy und verdrehte die Augen. »Ich muss nachher nochmal ins Büro. Hab vergessen meine Rei-sekostenabrechnung abzugeben«, raunte sie.

»Kein Problem. Ich habe mir sowieso ein kleines Pro-gramm für heute überlegt. Da können wir den kurzen Ab-stecher sicher integrieren.«

»Ein Programm? Klingt anstrengend.«

»Es ist Lisa-konform.«

»Also legen wir uns faul an den See?«

»Nicht ganz. Wir lassen uns ein wenig durch Berlin chauf-fieren.«

»Mit einer Limo?« Lisas Augen leuchteten auf, wie die ei-nes kleinen Kindes.

»Nein, mit einem Bus. So wie ganz normale Menschen.«

»Na gut«, stieß Lisa emotionslos hervor und pickte geistesabwesend mit ihrer Gabel in eine Cocktailtomate.

Vero beobachtete sie kritisch. »Was ist los? Bist du etwa schon auf Javier-Entzug?«

»Vermutlich.«

»Kommst du trotzdem mit, auch wenn deine Libido rebelliert?«

»Klar! Wenn du unbedingt einen auf Touri machen willst, bin ich selbstverständlich dabei. Widerwillig und nur, wenn ich dafür das Abendprogramm auswählen darf.«

»Deal!« Sie gaben sich einen geräuschvollen High-Five.

»Aber bevor wir losgehen, brauche ich noch eine kalte Dusche und ein Gesicht. Dringend!«, rief ihr Lisa noch auf halbem Weg in Richtung Badezimmer zu.

Vero blickte ihr schmunzelnd nach und bemerkte augenblicklich ihr eigenes Handy, welches auf dem Sofa sanft vor sich hin surrte. Schnell stand sie auf und nahm den Anruf ohne zu zögern entgegen.

»Hallo Frau Sommer, Meintel von der Firma *Miles & Co.* Wie geht es Ihnen? Sind Sie noch in Berlin?«

Sie brauchte einige Sekunden, um ihre Gedanken zu ordnen. »Hallo, Frau Meintel. Mir geht es gut, danke der Nachfrage. Ja, ich bin aktuell noch in Berlin.«

»Das freut mich zu hören. Frau Sommer, ich wollte Ihnen nur mitteilen, dass wir das Gespräch mit Ihnen als sehr angenehm empfunden haben und uns freuen würden, wenn Sie zeitnah ein Teil unseres Teams werden würden.«

Vero blieb kurz die Spucke weg. *Eine Zusage?* Anscheinend hatte ihr kleines Gebet, das sie gestern gemeinsam mit Tim verfasst hatte, bereits seine Wirkung gezeigt.

»Wow!«, antwortete sie leicht verdutzt. »Sehr gerne, Frau

Meintel. Mir hat das Gespräch ebenfalls gut gefallen und ich würde mich freuen, sie künftig unterstützen zu dürfen.«

»Das freut mich. Bitte geben Sie uns doch bis Montag eine Rückmeldung, ob wir mit Ihnen planen dürfen. Der Arbeitsbeginn wäre nämlich bereits kommenden Mittwoch.«

Veros Wangen brannten, als hätte ihr soeben jemand zwei heftige Ohrfeigen verpasst. *Bereits kommende Woche? Hatte in der Anzeige nicht September gestanden?*

»Frau Sommer? Sind Sie noch da?«

»Ja«, antwortete sie zögerlich. »Danke für das Angebot. Ich würde mich dann am Montag bei Ihnen zurückmelden.«

»Wunderbar! Wir freuen uns auf Ihre Rückmeldung.«

Bäm! Da war sie; ihre erste Zusage. Langersehnt und doch jetzt und hier, völlig fehlplatziert. Sie wollte noch nicht abreisen. Nicht bevor Tom zurück in die USA müsste. Nicht bevor es unausweichlich war, sich von ihm zu verabschieden.

Veros Gedanken drehten sich im Kreis und ihr wurde völlig flau im Magen. *Karriere oder Liebe? Stuttgart oder Berlin? Er oder sie? Wäre sie, gerade erst auf Wolke Sieben angekommen, schon bereit, eine solche Entscheidung treffen zu können?*

»Hey, was ist los?«, fragte Lisa, die augenblicklich im Bademantel in der Türeschwelle erschien. »Doch keine Lust mehr auf deine Touri-Tour?«

»Doch, doch.«

»Was dann? Du siehst ein wenig bedrückt aus, alles gut?«

»Ja, alles bestens. Nur ein wenig Kopfschmerzen, wie immer«, log Vero schnell und lächelte sie bemüht an. Sie konnte Lisa einfach noch nichts von ihrer Job-Option bei *Miles & Co.* erzählen. Von ihrer Chance auf einen beruflichen Neustart. Erst musste sie ihre Gedanken selbst ein wenig sortieren und eine eigene Entscheidung treffen.

Lisas Kopf legte sich ein wenig in Schieflage. Einen Moment lang blieb sie stumm, ihre Augen zu Schlitzen verzogen. »Liebes, ich hoffe du weißt, dass du mein Lieblingsmensch bist. Egal was auch immer passieren wird, egal wie die Sache mit Tom ausgehen wird, ich werde immer an deiner Seite sein. Ich werde immer auf dich aufpassen.«

Vero blickte überraschte zu Lisa auf.

»Du und ich«, stieß diese sogleich laut hervor und streckte ihren kleinen Finger in die Höhe.

»… gegen den Rest der Welt«, vervollständigte Vero ihren Satz und hakte sich mit ihrem eigenen, kleinen Finger bei ihrer Freundin ein. Eine simple Geste, hinter welcher für sie beide jedoch eine tiefe Bedeutung stand. Eine Bedeutung, die ihren Ursprung bereits drei Jahre zuvor fand.

Damals, noch zu Studienzeiten, waren sie nach einem Besuch auf dem Rummel, im Zelt einer Wahrsagerin gelandet. Die ältere Dame, mit schlechtsitzender Perücke und angeklebter Warze, hatte ihnen damals natürlich so einiges an Humbug aufgetischt – und so war weder sie Lottomillionärin geworden, noch hatte Lisa ihren Traummann kennengelernt. Aber da gab es eine Sache, die ihnen beiden noch lange nachhing. Die Frau hatte sie damals als Zwillingsseelen bezeichnet. Eine Seele in zwei Körpern, mit völlig unterschiedlichen Charaktereigenschaften, die sich aber perfekt ergänzen würden. Das hätte sie sofort an ihren Augen erkannt und an der Länge ihrer kleinen Finger. Ja! Der kleinen Finger. So würden Lisas recht lange Finger für Dominanz und Stärke stehen, während Veros kurze Finger auf viel Empathie und Tiefgründigkeit hinweisen würden. Man müsste diese Eigenschaften kreuzen, damit sie ihre volle Kraft entfalten könnten. Sie beide waren daraufhin laut prustend aus dem

Zelt gestürmt und hatten sich den gesamten Heimweg nicht mehr eingekriegt. Doch den einfachen Handgriff, das Kreuzen der kleinen Finger, hatten sie beibehalten – bis heute.

✦

Eine gute Stunde später passierten sie gemeinsam die Unterführung der U-Bahn hinauf zum Ku´damm und Vero konnte die roten Busse bereits von Weitem aus sehen. Sie reihten sich an der Bordsteinkante der Flaniermeile aneinander und warteten nur darauf, dass Touristen zu viel Geld dafür bezahlten, in ihnen durch Berlin zufahren.

Zielstrebig steuerte sie darauf zu. Lisa wirkte noch immer skeptisch, aber bald darauf waren die Tickets gekauft und sie beide saßen oben auf dem Deck, in der ersten Reihe. Ein Fahrplan steckte in einer Halterung seitlich des Sitzes und ihre Freundin faltete diesen sogleich auf.

»Mitte müsste ich raus. Da sitzt meine Firma«, sagte sie und fuhr den Verlauf der Route mit ihrem Zeigefinger ab.

»Kein Problem, machen wir!«

»Okey-Dokey«, antwortete Lisa flapsig und zog grinsend zwei Glasflaschen Prosecco aus ihrer Tasche. »Dann können wir uns jetzt ja das volle Programme geben und dabei ein wenig Vitamin D und ein paar Schlückchen davon tanken.«

Der Bus setzte sich in Bewegung und fuhr den Ku´damm entlang, bis zum Potsdamer Platz. Dann passierte er Checkpoint Charlie, den Gendarmenmarkt und fuhr schließlich in Richtung des Alexanderplatzes. Vero lauschte aufmerksam den Worten des Reisführers, der über Kopfhörer gerade ein paar Fakten über den Berliner Fernsehturm erläuterte. Als der Bus stoppte, blickte sie beeindruckt die knapp dreihundertsiebzig Meter bis zur Turmspitze hinauf, die wie ein Speer in den Himmel ragte.

»Komm, lass uns hoch gehen!«, forderte Lisa lautstark.

»Auf keinen Fall!«, intervenierte sie noch, doch ihre Freundin zog sie bereits an ihrer Hand aus dem Bus und lief geradewegs auf den Turm zu.

Veros Beine zitterten, als sie in der Schlange vor dem Aufzug stoppten und auch dann noch, als sie mit ihrem Ticket in der Hand in jenem standen und auf die Abfahrt zur Aussichtsplattform warten. Sechs Meter pro Sekunde, fuhr dieser schnell, hatte der Reisführer vorhin erklärt gehabt und darauf verwiesen, dass der Fernsehturm nicht nur das höchste Gebäude Deutschlands war, sondern auch den schnellsten Aufzug Europas besaß. Was genau das bedeutete, erfuhr Vero keine Minute später am eigenen Leib. Nicht nur der Aufzug raste in schwindelerregende Höhe, sondern auch ihr Puls. Die Fahrt nach oben fühlte sich wie ein Fall in die Tiefe an. Wie völlige Schwerelosigkeit. Als würde ihr Geist einen Moment lang ihren Körper verlassen.

Wir fliegen, hörte sie Toms Worte in ihren Ohren rauschen, was ihr pochendes Herz zumindest ein klein wenig besänftigte. Dennoch klopfte es merklich, als sich die Aufzugstüren schließlich öffneten und sie einen ersten unsicheren Schritt auf die Besucherplattform in über zweihundert Metern Höhe machte.

Lisa kicherte und hing mit ihrer Nase bereits an einer der vielen Fensterscheiben. Als Vero zu ihr aufschloss, lehnte sie sich dicht an das Glas und blickte furchtlos hinab in die endlose Tiefe. »Spürst du das?«, fragte sie. »Das ist Freiheit!«

Vero schloss einen Moment lang ihre Augen und rückte nun Schritt für Schritt ebenfalls näher an den Rand der Plattform. Als sie mit ihren Händen das Glas der Fensterscheibe berührte, linste sie vorsichtig durch ihre zunächst noch halbgeschlossenen Lider hindurch. Es war nicht zu leugnen; der Ausblick war atemberaubend. Sie sah zahllose bunte Punkte – Autos, Menschen –, das Brandenburger Tor, die grüne, unbebaute Fläche des Tiergartens, das blaue Wasser der Spree, die sich kilometerlang durch die Stadt hindurchschlängelte. Und auf einmal fühlte sie sich nicht mehr wie ein winziger Fisch in einem riesigen Schwarm, nicht mehr wie eine beliebige Zahl auf einer nahezu unendlichen Skala. Sie fühlte sich erhaben und bedeutsam. Sie sah, sie spürte die Freiheit, von welcher Tom und nun auch Lisa sprachen.

✦

Wenig später erreichten sie zu Fuß die Spandauer Straße, in welcher Lisas Firma ihren Sitz hatte.

»Da drüben ist mein Büro. Wartest du hier? Dann können wir gleich etwas zusammen Essen gehen«, sagte Lisa, bevor sie mit ihrer Reisekostenabrechnung in der Hand eilig die Straßenseite wechselte.

Vero nickte ihr noch zu, ehe sie gemächlich in Richtung des Roten Rathauses schlenderte. Langsam lief sie einmal um das imposante Gebäude herum und schoss einige Fotos, die sie mit lieben Grüßen an ihre Mutter versendete. Ein paar Meter weiter befand sich ein italienisches Restaurant, von dessen Terrasse man einen wunderbaren Blick auf den Fernsehturm erhaschen konnte. Sie setzte sich an einen der freien Tische und bestellte sich einen Milchkaffee.

Sitze im Piazza Rossa und warte dort auf dich, schrieb sie an Lisa, als plötzlich ihr Handy zu vibrieren begann.

»Hey, Kleines«, grüßte Tom mit seiner furchtbar charmanten Stimme, die ihren Puls sogleich in die Höhe trieb.

»Hey, was verschafft mir die Ehre?«

»Du bist meine Kaffeepause.«

Vero vernahm einige Laute im Hintergrund und hörte Toms schnelle Schritte, mit welchen er sich vermutlich gerade davon entfernte. Denn der Geräuschpegel wurde augenblicklich deutlich leiser.

»Ich habe fünf Minuten, diesen äußerst schlechten Instant-Kaffee und dich. Also erzähl mir etwas, versüß mir meine Pause.« Sie hörte ihn einen Schluck seines Kaffees nehmen.

»Was willst du denn hören?«

»Eigentlich nur deine Stimme.«

»Du bist süß«, erwiderte sie leise.

»Nicht mehr als du.«

Tom machte eine kurze Pause, bevor er fortfuhr. »Lust am Samstag einen kleinen Ausflug zu machen? Ich habe ein Zimmer im *Lake Side* reserviert, ein wenig außerhalb von Berlin. Nur du und ich, die Burg Suite, die Dusche, die Terrasse …«

Vero hörte ein leises Nuscheln am Ende der Leitung, als hätte Tom ganz plötzlich seine Hand über das Mikrofon gelegt, um seinen Satz zu unterbrechen und sich mit einer anderen Person zu unterhalten. »Tom? Bist du noch dran?«

»Tut mir leid«, erwiderte er nach einigen Sekunden hörbar genervt. »Ich muss leider auflegen. Mein Typ ist gefragt.«

Er stöhnte auf, als jemand lautstark seinen Namen rief. Es war eine weibliche Stimme und Vero war kurz irritiert, obwohl sie natürlich nicht davon ausgehen konnte, dass er nur männliche Arbeitskollegen hatte. Vermutlich war es Alex.

»Du fehlst mir, Tom.«

»Du mir auch. Danke für deine Stimme. Hat gutgetan. Bis Samstag, Kleines«, fügte er noch hinzu, bevor er auflegte.

Mit einem träumerischen Lächeln auf den Lippen blickte sie noch einige Sekunden lang auf das dunkle Display.

»Bitte sehr, Ihr Milchkaffee.« Ein Kellner platzierte ein

hohes Glas, braun weiß geschichtet, vor ihrer Nase und riss sie abrupt aus ihren leeren Gedanken. »Sind Sie alleine oder warten Sie noch auf jemanden?«

»Meine Freundin kommt gleich noch nach.«

»Die junge Frau dort drüben?«

Der Kellner zeigte auf die andere Straßenseite und sie folgte seinem ausgestreckten Zeigefinger. Ein rothaariges Mädchen in einem luftigen schwarzen Kleid stand auf der gegenüberliegenden Seite und winkte ihr verhalten zu.

Hastig sprang Vero von ihrem Stuhl auf. »Hey, Anna!«, rief sie ihr bereits aus einigen Metern Entfernung zu.

»Was machst du denn hier?«, erwiderte diese und schob eine große, schwarze Sonnenbrille über ihre Stirn hinweg.

»Ich bin auf einer Sightseeing-Tour mit meiner Freundin. Magst du dich vielleicht ein wenig zu uns setzen?«

Anna schüttelte ihren Kopf, bevor sie ihr einen eindringlichen Blick zuwarf. »Süße, wegen Sonntag, es tut mir leid. Ich habe die letzten Tage deswegen kaum ein Auge zugetan.«

»Schon gut.« Vero versuchte ihr ein Lächeln zu entlocken, doch Anna wirkte ungewohnt bedrückt und unsicher.

»Ich hätte das nicht sagen dürfen, nicht zu ihm und nicht zu dir. Ich hatte nicht das Recht, mich in Toms Angelegenheiten einzumischen. Verzeih mir, wenn das jetzt zu einem Bruch zwischen euch geführt hat.«

»Hat es nicht. Wir haben alles geklärt und ich würde mir sehr wünschen, dass ihr euch auch wieder versöhnt.«

»Alles?«, stieß Anna sichtlich ungläubig hervor und Vero musste umgehend an Toms Skizze denken. An die beiden sich schneidenden Kreise, die nun an einer goldenen Kette um ihren Hals hingen. An dass, was sie gemeinsam hatten und den Teil seines Lebens, den er vor ihr verborgen hielt.

»Naja, nicht *alles*, aber genug, um nachts sorglos schlafen zu können. Er ist kein Mafiaboss, kein Callboy, kein Polygamist – also alles im grünen Bereich«, scherzte sie.

Anna runzelte ihre Stirn. »Du liebst ihn, nicht wahr?«

Vero schluckte. »Ja, das tue ich.«

»Ich auch.«

»Ich weiß, Anna.«

»Obwohl er mein großer Bruder ist, habe ich immer versucht ihn zu beschützen, ihm immer den Rücken gestärkt. Aber er hat sich in den letzten Jahren verändert und …« Sie hielt inne und suchte sichtlich nach den richtigen Worten. »Ich mag dich sehr, Vero. Versprich mir einfach, dass du auf dich aufpasst. Dir nicht die Finger verbrennst.«

Anna wendete sich abrupt von ihr ab und lief einige Schritte an der Bordsteinkante entlang. Ihre roten Haare fielen in seichten Wellen über ihre Schulter hinweg und schimmerten im hellen Sonnenlicht wie ein loderndes Feuer.

Vero folgte ihr mit schnellen Schritten und legte ihre Hand eilig auf ihrer Schulter ab, um sie zum Stehenbleiben zu bewegen. »Wie meinst du das?«

Anna begann nervös ihre Haare aus dem Gesicht zu zupfen und zog sich mit einer schnellen Handbewegung nochmals die Brille vom Gesicht. »Liebes, ich kenne mein Bruder wie keine andere und kann dir bestätigen, dass sein Herz für dich brennt. Er liebt dich. Oh, verdammt, ja! Er liebt dich. Aber Tom wird immer Tom bleiben und die Arbeit immer seine Nummer Eins. Ich denke nicht, dass er dir geben kann, wonach du suchst.«

»Warnst du mich jetzt vor deinem eigenen Bruder?«

»Vielleicht tue ich das, ja«, antwortete Anna kleinlaut. «Du kennst ihn nicht. Du weißt nicht, auf was du dich da einlässt.«

»Ich kenne ihn.« Veros Stimme kam überraschend laut über ihre Lippen und sie zuckte kurz innerlich selbst ein wenig zusammen. Sie kannte Tom. Natürlich kannte sie ihn.

»Das tust du nicht. Du kennst ihn nicht. Du kennst nur das, was er dir erlaubt von ihm zu wissen. Seine Realität ist eine ganz andere, als die deine und ich denke, das weißt du längst«, zischte Anna in einem rauen Tonfall, bevor sie einen nervösen Blick auf ihre Armbanduhr warf. »Ich muss jetzt leider los. Ich hoffe wirklich, du findest was du suchst, Vero. Ich hoffe Tom kann dir geben, was du verdient hast.«

»Das hoffe ich auch«, flüsterte sie kaum hörbar, während Anna zum Straßenrand lief und wortlos in einen dunklen Wagen einstieg, der nur einen Augenblick später davonfuhr.

Wenige Sekunden lang schaute sie ihm noch hinterher, völlig verunsichert und irritiert über Annas konfuse Worte. Ihr Blick blieb schließlich an einer winkenden Lisa hängen.

»Huhu!«, rief diese gerade und kam in schnellen Schritten auf sie zugelaufen. »Alles erledigt. Jetzt gönnen wir uns endlich etwas Leckeres.«

»Du hast gerade Anna verpasst, Toms Schwester«, murmelte Vero, während sie beide Platz nahmen.

Lisa verzog ihren Mund. »Ehrlich? Verdammt! Den Rotfuchs hätte ich gerne einmal kennengelernt. «

»Naja, sie war nach wie vor nicht gut auf Tom zu sprechen. Sie hat einige kryptische Aussagen von sich gegeben.«

»Vielleicht ist sie in Wahrheit die böse Stiefschwester, so wie in *Eiskalte Engel*?«, unterbrach Lisa sie mit einem triumphierenden Lachen auf den Lippen.

»Eiskalte … was?«

»Na, der Film? Sie liebt ihren Stiefbruder und gönnt ihm seine Liebe zu seiner unschuldigen kleinen Freundin nicht.«

»Ich kann dir nicht folgen.« Vero schüttelte genervt mit dem Kopf. »Außerdem sind die beiden richtige Geschwister, keine Stiefgeschwister, und Anna ist ein guter Mensch.«

»Bist du dir da sicher? Vielleicht bist du auch nur unfassbar naiv? Hast du schon einmal darüber nachgedacht, dass sie womöglich eifersüchtig auf dich ist? Dass sie es einfach nicht ertragen kann, dass ihr Bruder nur noch Augen für dich hat? Dass er seine wenige Zeit mit dir verbringt und nicht mit ihr.« Lisa warf ihr einen selbstsicheren Blick zu, als hätte sie soeben das Kreuzworträtsel der *New York Times* gelöst.

»Ja, vielleicht«, antwortete Vero gedankenverloren, während Lisa einige Sekunden lang einfach weitersprach.

»Hörst du mir noch zu?«, fragte sie irgendwann irritiert. »Schmitti will, dass ich auf der Aftershow-Party aushelfe.«

»Auf welcher Aftershowparty?«

»Hallo? Wo warst du in den letzten zwei Tagen? *NMC*? Aftershowparty? Morgen?«, ergänzte Lisa leicht genervt.

»Ich dachte du wolltest keine Überstunden machen?«

»Wir bekommen tatsächlich alle eine ordentliche Bonuszahlung dafür. Und rate mal …«, fuhr Lisa fort und trommelte mit ihren langen Fingern auf der Tischkante. »Du, meine Liebe, kommst auch mit.«

»Ich komme auch mit?«

»Na logo! Du weißt doch, du und ich …« Lisa streckte ihren kleinen Finger in die Höhe, doch Vero sah sie noch immer überfordert an. Sie, auf einer Party inmitten lauter Serien- und Filmjunkies. Zwischen der verblendeten High-Society. Oberflächlichkeit wohin das Auge reichen würde.

»Und? Sag ja! Komm schon.«

»Mmm …«, raunte sie nur, doch ihre Freundin interpretierte ihren Laut bereits als eine Zusage.

KAPITEL 29

»Ich bin ganz schön platt«, stöhnte Lisa, als sie den Woh-
nungsschlüssel drehte und in den Flur hineinlief. Nach dem
gemeinsamen Mittagessen waren sie noch den Rest der Bus-
linie abgefahren und schließlich an der Endstation am Tiergarten ausgestiegen, um den restlichen Weg mit der Bahn
nach Hause zu fahren.

Vero folgte ihr und ließ sich sogleich träge auf das Sofa
fallen. In einem einzigen Tag Berlin erkunden, das war dann
doch ein mehr als optimistischer Plan gewesen. Heute hatten sie vielleicht zwanzig Prozent der Hauptstadt gesehen
und doch war sie von der Flut an Informationen und den
vielen Sehenswürdigkeiten, die sie angefahren hatten, komplett erschöpft. Außerdem spukten ihr noch immer Annas
Worte im Kopf herum.

»Ich ziehe mir kurz etwas Gemütliches an und dann
schmeißen wir uns vor den Fernseher, einverstanden?«, rief
Lisa ihr bereits halb entkleidet aus dem Flur entgegen.

»Wie? Ich dachte wir saufen uns blind oder fackeln ein
Auto ab? Was man halt so macht, in Berlin«, witzelte sie in
guter Erinnerung an die vergangenen Worte ihrer Freundin.

»Nope!«, stieß Lisa flapsig hervor. »Heute sehne ich mich
tatsächlich einmal nur nach meinem Sofa, einer fettigen
Pizza und entspannten Stunden mit meiner Freundin vor
dem Fernseher.«

»Okay, meinetwegen.« Vero nickte genügsam.

»Du wählst die Pizza, ich den Film.« Lisa schmiss ihr einen Werbeflyer eines Lieferservices vor die Füße, wedelte noch kurz mit einer DVD-Box und verschwand dann in ihrem Schlafzimmer.

Vero blickte ihr amüsiert hinterher, ehe sie aufstand und sich den Flyer und die voluminöse Box griff. Selbstverständlich hatte sie diese sofort erkannt, handelte es sich doch um ihre gemeinsame Lieblingsserie, die sie früher nahezu jeden Abend geschaut hatten. Aufmerksam studierte sie einige Minuten lang das Angebot auf dem Werbeflyer, bevor sie sich für eine große Salami-Pizza entschied und erneut auf dem Sofas Platz nahm.

»Ich mach uns noch eine Flasche Rotwein auf.« Lisa schlurfte nur wenige Minuten später in Jogginghose an ihr vorbei in Richtung Küche.

Schnell warf Vero noch einen Blick auf ihr Handy, das nach Toms kurzem Anruf den ganzen Nachmittag über stumm geblieben war. Nur ihre Mutter hatte sich mit einem Daumen-Hoch-Emoji für das zugesendete Foto bedankt. Mit einem schnellen Handgriff stellte sie den Klingelton auf stumm und ließ das Telefon in einer Sofaritze verschwinden.

Ein lauter Flop hallte durch das Wohnzimmer, als Lisa den Korken aus der Weinflasche zog. »Was du heute kannst entkorken, das verschiebe nicht auf morgen«, trällerte sie, bevor sie die Flasche sowie zwei Weingläser zum Couchtisch balancierte. Ein Schwall herb riechender Rotwein ergoss sich in eines der Gläser und verschwand sofort in ihrer Kehle. »Kann man trinken.« Lisa schenkte sich nochmals nach und füllte auch Veros Glas zur Hälfte auf.

»Auf uns«, sagten sie beinahe synchron und ließen ihre

Gläser mit einem lauten Klirren aneinanderstoßen, bevor sie die erste von sechs DVDs einlegten.

✦

Fünf Folgen *Sex and The City* und eine ganze Familienpizza später, forderte sie der TV auf, die nächste DVD einzulegen. Vero gähnte und während sie gerade die zweite Disc aus der Box zog, blickte sie flüchtig zu Lisa hinüber. Diese war mit ihrem Kopf bereits tief in einem überdimensionalen Kissen versunken und schnarchte leise vor sich hin, während sie ihr Glas noch immer in ihrer Hand hielt. Ein letzter Schluck Rotwein schwenkte mit jedem Atemzug hin und her. Vorsichtig nahm sie ihrer Freundin dieses aus der Hand und stellte es auf dem Couchtisch ab.

Ein dumpfes Donnern hallte von draußen durch die Wände. Helle Blitze durchbrachen die Dunkelheit und ein sommerlicher Gewitterschauer prasselte sogleich auf den schwarzen Asphalt. Sachte zog Vero die Vorhänge zu und ließ sich wieder neben ihrer schlafenden Freundin nieder. Auch sie überkam so langsam eine leichte Müdigkeit und das letzte Glas Wein, das sie vor einer guten halben Stunde noch gemeinsam mit Lisa genossen hatte, steuerte einen nicht unwesentlichen Beitrag dazu bei.

Ping! Ein Geräusch ließ sie noch einmal aufschrecken.

Vero schaute sich irritiert um. *Was war das?*

Ping! Da war es wieder.

Erneut schob sie sich vom Sofa und lief hellhörig einige Schritte durch den Wohnraum.

Ping! Ping! Das Geräusch kam von draußen. Jemand schmiss offenbar kleine Steine ans Fenster.

Zögerlich schielte sie an den schweren Vorhängen vorbei, doch die Fensterscheiben waren von vielen kleinen Regentropfen benetzt, so dass kaum etwas zu erkennen war. Langsam öffnete sie das Fenster und blickte nach draußen.

Am Fuß der Treppe stand ein Kerl, dunkel gekleidet, mitten im Regenschauer. Schnell zog er die Kapuze seines Pullovers ab. Es war Tom, der sich im herabprasselten Regen grinsend durch seine Haare fuhr. »Kommst du raus?«

Vero nickte und schloss mit klopfendem Herzen das Fenster. Dann tapste sie auf Zehenspitzen in den dunklen Flur hinaus, schlüpfte in ihre Sneakers und schnappte sich Lisas Hausschlüssel. Eilig lief sie die wenigen Stufen im Treppenhaus hinab, zog die schwere Haustüre auf und drückte sich durch den engen Spalt nach draußen.

»Tom, was machst du hier?«, hauchte sie ihm entgegen.

Er streckte ihr seine Hand zu und zog sie hastig in seine Arme. »Ich hatte Angst, dass du wieder alleine spazieren gehst.«

»Bei diesem Wetter?«

»Mit diesem Shirt.« Er senkte seinen Blick kurz auf ihr weißes T-Shirt ab, das vom Regen durchnässt, bereits an ihrer Haut klebte und die Konturen ihres Spitzen-BHs abzeichnete.

»Zu aufreizend?« Sie grinste frech.

»Nicht für mich, aber für jeden anderen. Wieso bist du nicht an dein Telefon? Ich habe dich einige Male angerufen.«

Vero sah ihr Handy bildlich in einer von Lisas Sofaritzen verschwinden. »Ah, tut mir leid. Ich habe mein Handy lautlos gestellt und irgendwo auf dem Sofa abgelegt.«

»Ich habe zehn Minuten.«

Er zeigte auf einen Wagen am Straßenrand. Dann drückte er sie eilig an sich und küsste sie leidenschaftlich im so herrlich herabprasselnden Sommerregen.

Vero atmete tief ein. Jenen Duft, der sich nur dann offenbarte, wenn warmer Regen auf den von der Mittagssonne noch stark erhitzen Asphalt fiel, *Petrichor*. Und in Kombination mit seinem vertrauten, männlichen Geruch, mischte sich die Luft zu einem berauschenden Cocktail.

Toms Hände fassten sie dicht an ihrem Hinterkopf und seine Daumen zeichneten feine Linien über ihre Wangen hinweg, während er sie noch immer hingebungsvoll küsste. Vero fiel das Atmen schwer und ihr Herz geriet in einen seltsamen, aber dennoch schönen Stolperschritt.

»Ich hab dich vermisst«, flüsterte er ihr zu, bevor er ihren Po umfasste und sie ein wenig in die Höhe hob.

Ihre nassen Haare legten sich um ihre Wangen und einige Tropfen fielen von ihrer Stirn herab, als sie ihren Kopf senkte.

»Ich dich auch.«

Er ließ sie langsam an seinem Körper hinabgleiten und sie sahen sich für einen langen Moment tief in die Augen, während der Regen ihre Kleidung nahezu vollständig durchnässte. Wassertropfen sammelten sich auf seinen vollen Lippen und liefen anschließend an seinem Kinn hinab.

Der dunkle Wagen am Straßenrand begann zu hupen.

Tom strich ihr sanft einige nasse Haarsträhnen aus dem Gesicht, bevor er nochmals genüsslich mit seiner Zunge ihre Lippen nachfuhr. Vero fühlte sich noch immer wie berauscht.

»Hey, Tom! Come on!« Ein dunkelhaariger Mann streckte seinen Arm durch das geöffnete Fenster des Wagens und machte eine fordernde Handbewegung.

Tom hauchte ihr einen schnellen Kuss auf den Mund. Und einen zweiten. Und einen Dritten. Dann biss er ihr sanft auf die Unterlippe. »Verstehst du jetzt, wieso ich manchmal gerne jemand anderes wäre? Unsichtbar wäre?« Er lächelte bemüht und blickte kurz zu seinem Kollegen, der seinen Kopf mittlerweile wildgestikulierend durch das geöffnete Fenster gestreckt hatte.

»Du kannst sein, wer immer du willst. Hier bei mir.«

»Ich weiß. Das macht es nicht einfacher.«

Vero ließ den Anhänger ihrer Kette einige Male durch ihre Finger gleiten und beobachtete, wie der Regen über seine Haare hinweg, das Gesicht hinunterlief.

»Tom, we are running late!« Der Wagen hupte erneut.

Er küsste sie noch einmal, unbeirrt von jeglichem Zeitdruck.

»Lass uns gehen«, flüsterte er ihr ins Ohr, nachdem sich ihre Lippen wieder voneinander gelöst hatten.

Sie sah irritiert zu ihm auf. Seine Augen funkelten.

»Los!«, rief er ihr noch zu, bevor er mit ihr an der Hand durch den Regen rannte. Die Straße entlang, kichernd wie ein kleiner Junge, der gerade aus seinem Hausarrest ausgebüxt war.

Veros Schuhe sogen sich mit Wasser voll, als sie durch eine große Pfütze hindurch sprinteten. Ein warmer Wasserschwall schwappte über ihre Hose hinweg und durchnässte den dünnen Stoff völlig.

»Tom, wo willst du hin?«, fragte sie noch. Doch er rannte immer weiter, bis hin zu jenem Riss in der metallischen Absperrung des kleinen Parks. Schnell drückten sie ihre Körper nacheinander durch den kaputten Zaun und liefen die vor ihnen liegende Wiese hinab.

Tom atmete schwer, als sie das erste Mal stoppten.

Vero musste lachen und japste kurz nach Luft, während sie sich mit ihren Händen auf ihren Oberschenkeln abstützte. »Was war das denn?«

»Kettenlösen in Perfektion oder auch nur ein müde Versuch, meinem Leben zu entfliehen.«

»Das war jetzt aber nicht dein Bewährungshelfer, oder?«

»Wenn ich ja sage, hast du mir dann einen Tipp, wie ich ihn am besten loswerde?« Er lachte kurz.

»Willst du ihn denn loswerden?«

»Unbedingt.« Tom griff ihre Hand und zog sie über die eingelassenen Platten des Sees, hinauf auf die kleine Anhöhe.

Vero sah sich flüchtig um. Sie waren hier, an jenem Ort, an welchem alles mit einem Kuss begonnen hatte. Er stand vor ihr, so wie damals, hielt ihre Hände und sah sie an, während er über etwas nachdachte. Sie konnte es an den vielen Falten erkennen, die sich auf seiner Stirn abzeichneten.

»Was beschäftigt dich?«

»Vieles.«

»Die Arbeit?«

»Auch.« Sein Blick wirkte apathisch, seine Gedanken unverkennbar unsortiert.

»Hey, was ist los?«

»Wenn ich dich bitten würde mit mir zu gehen, gleich jetzt, weg von hier – würdest du mitkommen?« Er legte seine Hand fest um ihren Nacken und zog sie noch einmal bestimmend zu sich.

»Tom, bist du betrunken?«, fragte sie.

Doch statt ihr zu antworten, küsste er sie heftig.

Seine Zunge war warm. Wärmer, als die abgekühlte Abendluft, wärmer, als der Regen. Und in Veros Kopf begann sich auf einmal alles ganz wunderbar zu drehen. Das Grau des Himmels, die Dunkelheit der Nacht. Ihre Gedanken kreisten um ein Leben mit ihm. Um seine Bitte abzuhauen. Seine Hand zu greifen und alles hinter sich zu lassen. Jetzt sofort.

Ein sanftes Brummen durchbrach die Stimmung jedoch abrupt und Tom linste sofort auf sein Display. *ARE YOU KIDDING, ME?*, stand in Großbuchstaben in einer Nachricht. Direkt neben zahllosen unbeantworteten Anrufen.

Schlagartig zeichnete sich eine Anspannung auf seinem Gesicht ab. Er wirkte aufgewühlt.

Vero griff nach seiner Hand. »Geh schon, wenn du musst. Ich möchte nicht, dass du wegen mir deinen Job verlierst.«

Tom presste seine Zähne aufeinander. »Und ich möchte nicht, dass ich dich wegen meines Jobs verliere«, raunte er.

Sie legte ihre Hand um seine Wange und schüttelte sanft mit ihrem Kopf. »Das wirst du nicht.«

»Du weißt nicht wer ich bin«, sagte er mit leiser Stimme.

»Ein dummer, verliebter Mann?« Vero schmunzelte.

Er nickte. »Ein dummer, verliebter Mann«, wiederholte er.

»Komm, lass uns zurückgehen, bevor dein Kollege noch einen Suchtrupp losschickt.«

Sie streckte ihm ihre Hand entgegen und als er sie ergriff, führte sie ihn zurück zur Absperrung des Parks. Der dunkle Wagen stand mit blinkenden Warnleuchten seitlich am Straßenrand. Die Fenster verschlossen.

Tom schlüpfte als erstes durch das Loch im metallischen Zaun. Noch einmal griff er ihre Hand durch den Riss in der Absperrung und sah sie zerrissen an. Mit diesem Blick, den er oft hatte, sie aber bislang nicht zu deuten wusste. Er war wie ein unausgesprochenes Wort, ein Satz, den man nicht über die Lippen bekam, wie ein Geheimnis, das ihn von innen heraus zerfraß.

»Ich liebe dich, Kleines. Aus tiefstem Herzen. Bitte vergiss das nicht. Heute nicht, morgen nicht, hier nicht und auch an keinem anderen Ort«, sagte er schließlich.

Vero lächelte und doch übermannte sie auf einmal ein seltsames Gefühl – ganz tief in ihrem Inneren. Ein Gefühl, welches sie nur zu gut kannte: Verlust.

»Wieso klingt das wie ein Abschied, Tom?«

»Du hast noch eine Frage offen. Erinnerst du dich?«, erwiderte er leise. »Möchtest du sie nicht endlich stellen? Deinem Kopf ein wenig Frieden schenken?«

»Nein.« Ihre Antwort kam schnell. »Ich weiß bereits alles, was ich wissen muss.«

Tom schluckte kurz merklich. »Dann lass mich dich etwas fragen. Nur noch ein letztes Mal.«

Sie nickte stumm.

»Welche Frage würdest du mir stellen, wenn du wüsstest, dass meine Antwort darauf *Ja* wäre?«

Vero starrte in seine grünen Augen. Sein Blick wirkte furchtbar zerstreut; ebenso wie ihre eigenen Gedanken.

»Ist das eine Fangfrage?«

»Eine Schlüsselfrage.«

Ihre Stirn kräuselte sich, bevor sie seine Hand noch ein wenig stärker fasste. »Sehen wir uns wieder?«

Er lächelte, bevor er sie noch ein letztes Mal fest an sich zog. Sie schmeckte die wahrhaftige Liebe, die sie beide verband, spürte aber auch das Zittern seiner Lippen, welches sich auch flüchtig auf ihre übertrug.

»Ja, das werden wir. Ganz bestimmt«, erwiderte er zuletzt, bevor er sich von ihr löste und durch den noch immer anhaltenden Regen zum Wagen lief.

Er blickte nicht zurück. Die Türe öffnete und schloss sich und er fuhr davon – zurück in seine Welt, die ihr nahezu unbekannt war.

Vero sah den rotleuchtenden Rücklichtern des Wagens

noch bis zur nächsten Straßenecke nach, bevor sie zurück zu Lisas Wohnung rannte. Sie war bereits komplett durchnässt und doch fühlte sich der Regen jetzt, ohne ihn, unangenehm auf ihrer Haut an. Auf Zehenspitzen schlich sie leise in den Flur hinein und zog die Wohnungstüre hinter sich zu, als Lisa plötzlich vor ihr stand.

»Hey, warst du so spät noch duschen?« Sie taumelte ein wenig und wirkte wie benebelt, gar so, als würde sie schlafwandeln.

»Ja«, antwortete Vero intuitiv. *Na klar. Mit meinen Kleidern.*

»Okay, ich gehe ins Bett. Kommst du auch?« Lisa schlurfte mit halb geschlossenen Augen an ihr vorbei und ließ sich wie ein Stein auf die Matratze ihres Bettes fallen.

Vero trocknete ihre Haare provisorisch mit einem Handtuch, wechselte ihre Kleidung und huschte dann ebenfalls ins Schlafzimmer hinein. Langsam zog sie sich die Bettdecke über und rollte sich seitlich zusammen.

»Nacht du Lügnerin.«

»Nacht.«

KAPITEL 30

»Lisa, ich muss dir etwas sagen«, fing Vero das Gespräch am nächsten Morgen am Frühstückstisch an.

»Falls du mir jetzt gestehen willst, dass du dich gestern Nacht heimlich aus der Wohnung geschlichen hast, um mit deinem Lover auf der Straße eine Peep-Show abzuziehen, muss ich dich enttäuschen. Das wusste ich bereits.«

»Tut mir leid.«

»Schätzchen, ich bin nicht deine Mutter. Du musst dich nicht entschuldigen. Nicht dafür.«

»Ich dachte, du schläfst und ich kann mich kurz für ein paar Minuten entbehrlich machen.«

»Habe ich auch. Aber so ein rücksichtsloser Idiot hat ja draußen hunderte Male gehupt. Ich wollte gerade das Fenster öffnen und ihn fragen, ob er noch alle Latten am Zaun hat, als ich euch beide vor der Haustüre gesehen habe.«

Vero sah verlegen auf ihre Kaffeetasse, konnte sich jedoch ein Lächeln nicht verkneifen.

»Ah, dieses Grinsen. Er macht dich glücklich, das sieht man. Du strahlst richtig.« Lisa lächelte zufrieden. »Also ich habe nicht viel von ihm erkennen können, aber – holla, die Waldfee – wie er dich geküsste hat. So voller Leidenschaft und Hingabe. Ich hatte kurz Angst, dass ihr euch gleich die Kleider vom Leib reißt.« Sie prustete amüsiert los und einige Spritzer ihres Kaffees verteilten sich auf Veros Gesicht.

Mit verzogenem Mund wischte sie sich über ihre feuchten Wangen hinweg. »Hey! So war das nicht.«

»Oh, doch!« Lisa nickte mit weit aufgerissenen Augen, bevor sie ihr einen Korb mit Brötchen entgegenschob. »Und was wolltest du mir nun tatsächlich sagen? Ich nehme an, diese Geschichte hättest du mir nicht freiwillig erzählt.«

Vero nahm sich zögerlich ein Laugenbrötchen und schnitt es druckvoll in zwei Hälften. »Ich habe gestern eine Zusage von *Miles & Co.* bekommen.«

»Wie bitte? Und das sagst du mir erst jetzt? Das ist ja grandios, Liebes. Glückwunsch!« Lisa sprang hastig auf, stellte sich hinter sie und schlang ihre Arme fest um ihren Hals.

Vero blickte emotionslos auf das halbierte Brötchen auf ihrem Teller und bestrich dieses stumm mit ein wenig Butter.

»Oh, diesen Gesichtsausdruck kenne ich. Was ist los? Wieso freust du dich nicht? Ist die Bezahlung schlecht? Die Stelle befristet? Hat dein zukünftiger Chef Haare auf den Fingern? Das finde ich nämlich äußerst abstoßend. Dann würde ich den Job auch nicht annehmen wollen.«

»Nein, der Job ist nahezu perfekt. Nur, wenn ich zusage, müsste ich schon am Montag abreisen.«

»Ja und?« Lisa schüttelte irritiert mit dem Kopf.

Vero brummte einige Male monoton vor sich hin.

»Ach so, verstehe! Das Problem hat drei Buchstaben. Na klar!« Lisa verschränkte schmollend ihre Arme vor ihrer Brust. »Und ich dachte schon, es geht um mich.«

»Es geht um euch beide. Ich müsste den Urlaub hier bei dir abbrechen und ja, mich auch von Tom verabschieden.«

»Tja, die Kernfrage des Lebens lautet wohl wieder einmal Geld oder Liebe.« Lisa lachte laut auf, verstummte aber sofort, als sie Veros glasige Augen bemerkte. »Ach Liebes, bitte fang jetzt bloß nicht an zu weinen. Du wolltest doch genau das, einen guten Job oder nicht?«

Schnell wischte Vero sich eine Träne aus dem Augenwinkel und nahm einen weiteren Schluck aus ihrer Kaffeetasse.

»Ja, das wollte ich bisher. Aber momentan will ich nur eines: hier in Berlin sein. Ich möchte nicht zurück in meine Welt. Ich fühle mich wohl hier. Bei ihm. Bei dir.«

Lisa dachte kurz nach. »Bis wann musst du dich denn zurückmelden?«

»Bis Montag.«

»Dann kannst du dir das Wochenende ja noch in Ruhe Gedanken machen und dich bis Sonntag entscheiden. Ein Flug zurück nach Stuttgart bekommst du jederzeit.«

Vero nickte stumm.

»Heute Abend jedenfalls gehen wir erst einmal auf die NMC-Gala und dann sehen wir weiter. Lass uns Spaß haben, ein paar Drinks nehmen. Vielleicht hast du morgen bereits eine ganz andere Meinung zu diesem Thema.«

»Wieso sollte das so sein?«, fragte Vero verhalten. Morgen wollte sie eigentlich mit Tom in einem übergroßen Bett im *Lake Side Hotel* liegen und sich bestimmt keine Gedanken über eine Joboption machen müssen.

»Naja, manchmal kann sich in vierundzwanzig Stunden alles um hundertachtzig Grad drehen. Vielleicht wirst du nachher von einem Blitz gegrillt und musst dich gar nicht mehr entscheiden«, antwortete Lisa und grinste schon fast unverschämt. »Oder du gewinnst im Lotto und kannst dir mit Tom eine Villa auf den Bahamas kaufen. Oder, mein absoluter Favorit, du bekommst heute Abend einen Heiratsantrag von *Harry Styles* und, Spoiler Alarm, du wohnst ab sofort in Beverly Hills und hast zwei hübsche Kinder.«

»Das halte ich für recht unwahrscheinlich.«

»Stimmt. *Ich* bekomme natürlich den Heiratsantrag, nicht du. Aber du darfst dann gerne bei mir wohnen und mir Tag täglich kühle Drinks an meinen Pool bringen«, scherzte Lisa.

»Du spinnst!« Vero musste lachen und die Last auf ihren Schultern schien ein wenig an Gewicht zu verlieren.

»Nichts ist unmöglich!«, erwiderte Lisa. »Du wirst schon sehen, alles wird sich fügen und am Ende wird deine Entscheidung ganz einfach sein.«

»Wenn du meinst«, entgegnete Vero und nahm einige Bissen ihres Brötchens, das sie in der Zwischenzeit mit einer Scheibe Wurst belegt hatte. Sie wussten den Optimismus ihrer Freundin durchaus zu schätzen, aber in diesem Falle hatte sie Sorge, dass Lisa nicht optimistisch, sondern einfach nur verdammt naiv war.

Ein heftiges Vibrieren ließ sie beide kurz aufschrecken.

Lisa schielte sofort auf ihr Display. »Das ist Javier«, sagte sie noch, bevor sie den Anruf mit einem flapsigen »Hey, Amigo!«, annahm und in Richtung Küche lief.

Vero ließ ihren Stuhl einige Zentimeter nach hinten gleiten, stand auf und lief zum Couchtisch. Sehnsüchtig warf sie einen Blick auf ihr eigenes Handy, doch das Display war schwarz. Keine neuen Nachrichten. Keine verpassten Anrufe. Kein Lebenszeichen von Tom.

Gedankenversunken legte sie ihr Telefon auf die Tischplatte zurück und ging ins Badezimmer. Das kühle Wasser, das nur wenige Minuten später aus der Duschbrause über sie hinwegrieselte, tat gut und das anschließende, monotone Brummen ihrer rotierenden Zahnbürste wirkte überraschend beruhigend auf sie. Wie hypnotisiert beobachtete sie sich im Spiegelbild, unterdessen die Bürste über ihre Zähne hinwegkreiste. Heute strahlten ihre Augen nicht ganz so blau. Sie wirkten erschöpft und matt. Müdigkeit hatte den Glanz der vergangenen Tage nahezu gänzlich ausgelöscht.

Während sie sich noch selbst in die Augen blickte, bemerkte sie auf einmal etwas. Etwas, dass sich unter dem Rand ihres Handtuchturbans hervorwindete und nun über ihre Stirn hinweglief. Ein einzelner Tropfen Blut.

Ihr unklarer Blick in den Spiegel fokussierte sich sofort.

Sanft wischte sie über ihre Stirn hinweg. Ihre Fingerspitzen färbten sich umgehend rot. Mit gesenktem Kopf starrte sie diese einen Moment lang an, als plötzlich etwas hinab ins Waschbecken tropfte. Ein weiterer Tropfen Blut. Und ein zweiter. Ein dritter. Sie zeichneten ein wirres Muster auf dem weißen Keramik, wie bei einem *Rorschach*-Test.

Ihr Puls beschleunigte sich, ihr Kopf schoss wie automatisiert nach oben. Schnell wickelte sie ihr Handtuch von ihren nassen Haaren. Doch da war nichts. Keine Wunde, kein einziger Tropfen sichtbares Blut.

Sie schluckte hart. *Was war nur los mit ihr?* So langsam kam es ihr vor, als würde sie ihren Verstand verlieren.

»Vero, bist du fertig?«, hörte sie Lisas Stimme augenblicklich durch den Flur hallen. »Kannst du kommen? Schmitti ruft gleich an und gibt uns noch Infos für heute Abend.«

Zögerlich ging sie zurück ins Wohnzimmer. Lisa saß bereits erwartungsvoll vor ihrem Handy auf dem Sofa. Sie schien voller Vorfreude auf den heutigen Abend zu sein.

Vielleicht hatte sie ja Recht. Vielleicht wäre diese Veranstaltung heute wirklich eine willkommene Ablenkung. Vielleicht würde der Abend alles drehen – um Hundertachtzig Grad – und sie aus ihren wirren Gedanken und ihrer Zerrissenheit hinausführen.

KAPITEL 31

Pünktlich um siebzehn Uhr erreichten sie das Kongress Zentrum im Ortsteil Neukölln, in welchem am heutigen Abend die *NMC*-Gala stattfinden sollte. Das imposante Gebäude am Schiffskanal erstrahlte in hellen Lichtern und über dem Eingangsbereich hing ein großes Banner, welches farbenfroh auf die heutige Veranstaltung hinwies. Vor dem Eingang tummelten sich bereits eine Vielzahl an Menschen, die hektisch Stehtische aufstellten und einen meterlangen, roten Teppich ausrollten, der bis ins Foyer hinein reichte.

Einige Herren in dunklen Hemden standen direkt vor dem Einlass und musterten sie kritisch, als sie in schnellen Schritten zur Akkreditierung eilten. Lisa zeigte ihre beiden Ausweise vor, die sie vorhin noch von Herrn Schmidt per E-Mail zugesendet bekommen hatte und sie schlossen sich eilig einer Gruppe weiterer Aushilfskräfte an, die bereits im Foyer warteten.

Ein dunkelhaariger Mann nahm sie umgehend in Empfang. »Schön, dass Sie alle da sind«, sagte der attraktive, etwa Mittvierziger, der sich sogleich als Herr Bauer vorstellte. »Ich bringe Sie jetzt hinunter in den Festsaal, wo wir Ihnen noch ein paar Informationen zum heutigen Abend mitteilen werden.«

Die Gruppe setzte sich in Bewegung und folgte ihm eine imposante Treppe hinab in den Festsaal.

Vero blickte sich fasziniert um. Der Raum erstrahlte in einem stimmungsvollen, lilafarbenen Licht, war an der Decke mit zahlreichen weißen Ballonketten abgehängt und in verschiedene Bereiche unterteilt. Eine riesige Bar schlängelte sich durch die Raummitte und splittete diesen in eine Tanzfläche und einen Cateringbereich. Sie folgte der Gruppe an zahlreichen Stehtischen vorbei, die Reihe an Reihe aufgestellt und mit weißen Hussen abgedeckt sowie mit kleinen Blumenbouquets dekoriert waren. Eine große Leinwand zeigte das hektische Treiben auf dem Roten Teppich vor dem Gebäude und auf einer Bühne bauten soeben einige Techniker einen DJ-Pult auf, an welchem ein platinblonder Kerl seine mitgebrachten Platten sortierte. Seitlich der Treppe, die sie gerade hinabgestiegen waren, fanden sich zahllose rote Polstermöbel, die zu Sitzgruppen zusammengestellt waren und mit Namensschildern auf ihre künftigen Besitzer hinwiesen.

Noch nie zuvor war sie in einer solchen Location gewesen. *Wie viele Menschen hier wohl hineinpassen würden? Hoffentlich nicht zu viele.* Vero scannte den Raum kurz in gewohnter Manier nach Notausgängen und Fluchtwegen ab.

Hinter einer schweren dunklen Türe, die sich kaum vom Schwarz der Wandverkleidung abhob, tat sich eine große Industrieküche auf. Einige Servicekräfte positionierten hier soeben feinsäuberlich zahlloses Fingerfood mit weißen Handschuhen auf silbernen Tabletts.

Herr Bauer stützte sich auf einer der glänzenden Arbeitsplatten ab und warf der Gruppe einen strengen Blick zu. »Nochmals herzlich willkommen und vielen Dank, dass Sie uns heute alle tatkräftig unterstützen werden. Ich erwarte höchste Professionalität und ein dezentes Auftreten. Kurz zu Ihrer Information: die Veranstaltung in der *Station Berlin* läuft noch etwa eine halbe Stunde. Danach werden die Gäste direkt hier in die Location kommen. Auf dem gesamten Gelände sind keine Fans zugelassen. Journalisten und Fotografen sind angehalten, ihre Interviews und Bilder draußen auf dem Red Carpet zu machen.«

Red Carpet, wiederholte Vero im Stillen. Wer hatte sich nur solch einen Schwachsinn einfallen lassen? Was befähigte manche Menschen, über ein solches Stück Stoff laufen zu dürfen, andere wiederrum nicht? Wieso wurde ein Schauspieler derart für seinen Job gefeiert, jemand, der Tag täglich die Post zum Briefkasten trug, jedoch in keiner Weise?

Herr Bauer hob nun einige Tüten aus Hochglanzpapier auf den Tisch hinauf. »Bitte nehmen Sie sich alle eine Tasche und ziehen Sie sich nach der Einweisung im Nebenraum um.«

Die Runde nickte hörig.

»Außerdem darf ich Sie bitten, mir ihre Handys auszuhändigen. Im Innenraum sind Mobiltelefone strengstens verboten. Nach Veranstaltungsende dürfen Sie diese gerne wieder bei mir abholen.«

Handyfreie Zone auch für das Personal? Vero warf Lisa einen kritischen Blick zu, bevor sie ihr Smartphone aus der Tasche zog. Mit einem leisen Plumps verschwand es im Inneren einer Plastikbox und damit auch jegliche Kontaktmöglichkeit am heutigen Abend zu Tom.

Lisa griff nach zwei der Taschen und drückte ihr eine davon bestimmend in die Hand, bevor sie eilig hinter den anderen hinweg, zurück in den großen Festsaal liefen.

»Hey, ihr Zwei«, schallte eine Stimme durch den Raum, als sie den Bartresen ansteuerten. Kira winkte ihnen erfreut zu und Herr Bauer überließ ihr die weitere Einführung.

»Hallo, zusammen«, begrüßte das kleine, brünette Mädchen mit den schulterlangen Haaren nun auch die gesamte Runde. »Ich bin Kira und heute für den reibungslosen Ablauf im Service verantwortlich.« Sie begann sogleich mit der Erläuterung der Aufgaben und Pflichten. Im Kern ging es darum, wie sie sich heute zu benehmen und möglichst unauffällig durch die Massen an VIPs zu bewegen hatten.

»Und was ist mit den Sitzgruppen dort oben?«, fragte Vero und zeigte auf den abgesperrten Bereich seitlich des Treppenaufgangs. Auf vier Ebenen waren hier rote Lounge-Möbel zu Sitzgruppen zusammengestellt.

»Das ist der VIP Bereich.«

»Ein VIP Bereich auf einer VIP Party?«, fragte sie stirnrunzelnd und einige der Servicekräfte lachten amüsiert auf.

»Ja, so etwas gibt es hier tatsächlich.« Kira zuckte kurz mit den Schultern. »Viele der Gäste, die heute Abend hier sein werden, sind sehr eigen und genießen gerne die Annehmlichkeit, sich dort oben zurückziehen zu können. Es ist entspannter, ruhiger, nur geschultes Personal serviert die Getränke und keine Green Card Besitzer dürfen hinein.«

»Green-Card Besitzer? Was bedeutet das?«, kam ihr eines der Mädchen zuvor, bevor sie diese Frage selbst gestellt hätte.

»Das sind diejenigen, die eine Menge Geld dafür bezahlt haben, ihre Idole zwei Tage lang auf Schritt und Tritt zu begleiten. Die Karten sind sehr rar und ermöglichen unter anderem den exklusiven Eintritt hier zur Gala.«

Vero wusste nicht, was sie mehr anekelte. Der Gedanke daran, dass sich jemand für Geld an einen sabbernden Groupie verkaufte oder die Tatsache, dass es genau diese extremen Fans gab, die sich für Bares, die Gunst eines Prominenten erkauften.

»Wichtig für euch zur Unterscheidung …« Kira deutete soeben auf ihr Schlüsselband, welches sie um ihren Hals trug und an dem ihr Serviceausweis baumelte. »Rot gleich Promi, Blau gleich wichtig, aber kein Promi, Gelb gleich Service, grün gleich Groupie, kapiert?«

Die Gruppe nickte, bevor Kira sie schließlich in eine Art Pausenraum führte. Hier gab es neben zahlreichen Schließfächern auch Sitzmöglichkeiten und einen gut bestückten Süßigkeiten-Automaten. Einige weitere Servicekräfte, die zuvor vermutlich in der Küche ausgeholfen hatten, warteten hier bereits auf den Beginn der Veranstaltung. Sie alle trugen das gleiche Outfit, glichen wie ein Ei, dem anderen.

Vero öffnete ihre Tasche und zog eine in Folie eingeschweißte, weiße Bluse hervor. Kurz musterte sie diese noch kritisch, hatte ihr eine solche ja zuletzt nicht sonderlich viel Glück gebracht. Ihre eigene Bluse lag noch immer in Lisas Wäschekorb und vermutlich würde sie die Flecken, die Toms Kaffee damals verursacht hatte, nie wieder richtig herausbekommen. Sie riss die Folie auf und zog sie dennoch an. Dann knotete sie sich eine rote Fliege um ihren Hals und band eine Schürze um ihre Hüfte. Mit gerümpfter Nase betrachtete sie sich kurz im Spiegel ihres Schließfaches. Sie sah aus, als wäre sie auf dem Weg zum Karneval. Verkleidet.

»Na, wie sehe ich aus?«, fragte Lisa, während sie sich einmal um ihre eigene Achse drehte und ihre Arme weit von sich streckte.

»Reizend.«

»Reizend, wie Pfefferspray?«

Vero zuckte nur schmunzelnd mit den Schultern.

»Ich werde mir später ein paar männliche Meinungen dazu einholen.« Lisa grinste breit.

»Hey, Mädels! Kommt, setzt euch zu uns«, forderte Kira aus einer Sofaecke heraus und rückte ein wenig zur Seite, so dass Lisa und sie sich zu der Gruppe gesellen konnten.

»Seid ihr auch so aufgeregt?«, fragte eines der Mädchen gerade. »Total«, antwortete eine andere und wedelt wild mit ihren Händen in der Luft. Danach kreischten sie sich einmal quer durch die Gästeliste der Veranstaltung.

Vero nahm die genannten Namen kaum war, nur einer schwirrte ihr ständig im Kopf herum: Tom. Er würde sie vermutlich auslachen, wenn er wüsste, dass sie soeben als Kellnerin verkleidet bei einer Promi-Veranstaltung aushelfe. Einer Film-Veranstaltung. Einem versnobten Schickimicki-Event. Sie schmunzelte und verlor sich kurz in dem Gedanken, ihn morgen endlich wiederzusehen und sich dann mit ihm, über ihre ganz persönlichen Highlights des heutigen Abends auszutauschen. Vielleicht würde sie ja nachher auf *Chewbacca* treffen – der all die VIPs in den Schatten stellen würde – und für Tim ein Autogramm holen.

Plötzlich öffnete sich die Türe zum Pausenraum und der dumpfe Knall des Griffs, der an die Wand schlug, ließ alle aufschrecken. »Los! Auf eure Positionen, die ersten Gäste kommen!«, rief eine Dame in einem blauen Hosenanzug.

Sofort sprangen alle auf, zupften sich noch einmal ihre Kostüme zurecht und gingen in den Festsaal. Lisa griff Veros Hand und zog sie aufgeregt hinter sich her.

Die Situation draußen glich der Ruhe vor einem Sturm. Kaum jemand bewegte sich, die Szenerie wirkte wie ein Standbild, wie eingefroren. Angenehme Lounge-Musik beschaltet den Saal und an jeder Ecke standen mindestens zwei ihrer Servicekollegen – regungslos und mit einem nervösen Lächeln auf den Lippen.

»Ihr stellt euch da vorne hin«, sagte die Dame bestimmend und zeigte einige Meter vor sich auf die ersten Reihen der Stehtische.

»Jawohl, meine Meisterin«, nuschelte Lisa, als sich diese wieder mit schnellen Schritten von ihnen entfernt hatte.

Vero prustete durch ihre zusammengepressten Lippen, verkniff sich aber ein lautes Lachen, als die ersten Gäste die Treppen in den Saal hinabliefen. Die meisten gingen direkt an die Bar, einige stellten sich bereits an die Stehtische. Die Mehrzahl von ihnen trug blaue Ausweise, wenige rote. Vero musterte sie genau, doch niemand kam ihr bekannt vor.

»Oh mein Gott, da ist dieser heiße Typ aus der neuen Horror-Serie«, quietschte ihr Lisa auf einmal ins Ohr und deutete mit einigen hektischen Kopfbewegungen auf einen jungen Mann, der keine fünf Meter von ihnen entfernt, am Bartresen stand. Er hatte pechschwarze, nach hinten gekämmte Haare, und trug einen schicken dunklen Smoking mit unfassbar aufpolierten Schuhen, die im Lichte der vielen Scheinwerfer nahezu funkelten.

»Hey, wo schaust du denn hin?«

»Auf seine schönen, sauberen Schuhe.«

»Auf seine Schuhe? Da steht …« Lisa zögerte kurz und suchte in ihrem Kopf sichtlich nach dem richtigen Namen. »Ach, nennen wir ihn einfach Paul. Da steht Paul, der heiße Typ aus der neuen *Netflix* Serie und dich faszinieren seine sauberen Schuhe? Was stimmt mit dir nicht?«

»Paul?«

»Ich finde das ist ein guter Name für einen heißen Kerl.«

Vero lachte. »Ich weiß nicht, was mich mehr irritiert, dass du auch nicht jeden hier namentlich kennst oder die Tatsache, dass du Paul für einen heißen Männernamen hältst.«

»Pah!« Lisa verzog ihren Mund zu einer Schnute. »Ganz schön frech für so ein kleines Ding. Tom scheint ja nicht nur deiner Libido gutzutun, sondern offensichtlich auch deinem Ego.«

»Entschuldigen Sie, ich möchte Sie ja ungern bei ihren privaten Gesprächen stören, aber würden Sie uns vielleicht endlich unsere Getränke bringen?«, ertönte plötzlich eine tiefe Männerstimme hinter ihnen.

Sie drehten sich nahezu synchron um. Ein Mann mit einem drei Millimeter Haarschnitt und buschigen Augenbrauen stand vor ihnen. Sein Blick wirkte arrogant, beinahe schon hochnäsig.

»Natürlich, was darf es denn sein?«, kam ihr Lisa zuvor. Sie wirkte recht gefasst und hatte vermutlich soeben einen dicken Aggression-Kloss hinunterschlucken müssen. Denn normalerweise ließ sich ihre Freundin solche harschen Worte nicht gefallen. Unter normalen Umständen hätte sie dem Kerl, der sie noch immer abfällig musterte, verbal so richtig einen eingeschenkt. Doch heute, hier und jetzt, musste auch sie sich zusammenreißen und Vero konnte am Zucken ihrer Kiefermuskeln gut erkennen, wie viel Überwindung sie das soeben kostete.

»Vero?« Eine Hand tippte auf ihre Schulter. Nik, Lisas Arbeitskollege, stand dicht hinter ihr. »Könntest du kurz am Einlass aushelfen?«

»Natürlich, wo genau soll ich mich denn melden?«, fragte sie zurück und blickte ihrer Freundin flüchtig nach, die gerade in Richtung Bar lief.

»Vorne am Eingang, direkt bei Herrn Bauer«, antwortete Nik, auf dessen Stirn sich einige Schweißperlen abgesetzt hatten.

Sie nickte und lief die Treppe zum Eingangsbereich hinauf. Immer mehr Menschen kam ihr entgegen. Eilig schlängelte sie sich an den Massen vorbei und lief dann Richtung Ausgang. Herr Bauer stand an einem schicken, schwarzen Akkreditierungs-Tresen direkt neben dem Eingang. Er wirkte unverkennbar gestresst.

»Ich sollte mich bei Ihnen melden«, sagte sie.

»Da sind Sie ja!«, erwiderte er sichtlich erleichtert. Erst jetzt bemerkte sie die vielen Falten um seine Augen, die er vermutlich seinem stressigen Job zu verdanken hatte. »Könnten Sie diese Ausweise mit nach draußen nehmen und den Herrschaften geben, die vorne am Roten Teppich herumlungern? Ich möchte nicht, dass sich unsere Gäste bereits im Eingangsbereich belästigt fühlen.« Er reichte ihr einen Bündel Ausweise und eine Namensliste, aufgespannt auf einem Klemmbrett.

Vero musterte die Bändchen, an welchen die eingeschweißten Ausweise hingen. *Oh je, grüne Bänder. Die Groupies sind da.*

Sie nickte und ging mit den Ausweisen in der Hand durch die Seitentüre nach draußen. Von hier aus konnte sie erstmalig den meterlangen, ausgerollten Teppich sehen, vor welchem sich bereits zahlreiche Journalisten versammelt hatten. Ungefähr in der Mitte des Teppichs stand eine Gruppe junger Menschen, die auf Zehenspitzen versuchten, über die Köpfe der Fotografen hinweg, einen Blick auf ihre Idole zu erhaschen. Zwölf Frauen und acht Männer zählte sie schnell und bemerkte kopfschüttelnd die viel zu kurzen Röcke der jungen Mädchen.

Eilig steuerte sie die Gruppe an und wedelte mit den Ausweisen vor ihren Gesichtern. »Sind das eure Green Cards?«

Alle blickten sie abrupt mit großen Augen an, als hätte sie soeben verkündet, dass der Messias höchstpersönlich auf der Erde gelandet sei und einige der Mädchen fielen sich kreischend in die Arme. Vero beobachtete das skurrile Szenario ungläubig.

»Ich müsste nur kurz eure Namen abgleichen, dann könnt ihr durch den Seiteneingang zur Akkreditierung«, erklärte sie noch, doch die Truppe hatte sich bereits erneut von ihr abgewendet und hielt schreiend ihre Handys in die Höhe.

Einige Personen liefen soeben über den Teppich.

»Wer ist das?«, fragte sie mehr aus Höflichkeit, als aus Interesse.

»Die Hauptdarsteller von *A Vampire Story*«, antwortete ihr eine große Blonde, die Beine lang wie Stelzen hatte. »Und da vorne sind gerade die beiden heißen Typen aus der neuen Krimi-Serie *X-Crimes* ausgestiegen.«

Vero zuckte mit den Schultern. Keinen der Titel hatte sie jemals zuvor gehört. »Okay. Könnte ich trotzdem eure Namen haben?«, erwiderte sie nüchtern. Doch keiner der Groupies hörte ihr auch nur ansatzweise zu. Genervt tapste sie kurz von einem Fuß auf den anderen. »In Ordnung, dann könnt ihr jetzt wieder nach Hause fahren.«

»Nein!«, stießen einige der jungen Mädchen nahezu synchron hervor und warfen ihr einen entsetzten Blick zu.

Vero biss sich fest auf die Zähne, um sich ein spöttisches Lachen zu verkneifen. Dann verteilte sie die Ausweise, setzte zwanzig Hacken hinter die Namen auf der Liste und eilte letztlich wieder ins Foyer zurück. Herr Bauer stand noch immer an der Akkreditierung, sein Hals von vielen roten Flecken gezeichnet. Hektisch zog er gerade eine Flasche unter dem Tresen hervor und schenkte sich ein Glas ein.

»Erledigt«, sagte sie und reichte ihm das Klemmbrett mit der abgehackten Namensliste.

»Perfekt! Vielen Dank«, erwiderte er und nickte freundlich. »Würden Sie mir noch einen Gefallen tun?« Er reichte ihr ein Tablett, auf welchem leere Kaffeetassen und Teller mit einigen Speiseresten standen. »Würden Sie das in die Küche bringen und darum bitten, dass man meiner Kollegin und mir bei Gelegenheit noch zwei Tassen Kaffee bringt?«

»Selbstverständlich«, entgegnete sie und drehte sich mit dem Tablett in der Hand rasch zur Seite hin ab.

»Vorsicht!«, hörte sie Herrn Bauern noch rufen, als sie auch schon heftig mit jemandem zusammenstieß.

Das Tablett rutschte ihr aus den Händen und kippte nach vorne weg. Intuitiv versuchte sie es abzufangen, verlor dabei aber selbst die Balance. Das Geschirr konnte sie noch einigermaßen auf dem Servierbrett abfangen, sich selbst jedoch nicht mehr. Unbeholfen fiel sie auf ihre Knie.

Ein kurzes Raunen ging durch die Gruppe an Menschen, die sich im Eingangsbereich aufhielten und ihre ungeschickte Aktion mitverfolgt hatten. Verlegen senkte sie ihren Blick auf den roten Teppich unter ihr ab, bevor sie das Geschirr wieder zurück in die Mitte des Tabletts schob.

»Können Sie nicht aufpassen!«, hörte sie eine männliche Stimme zur ihr sprechen, bevor ihr jemand eine Tasse, die vom Tablett gerutscht war, mit seinem Schuh zuschob.

Zögerlich blickte sie auf das schwarze, aufpolierte Leder, die dunkelblaue Anzugshose hinauf. »Entschuldigen Sie, ich bin ein Schussel. Ich wollte nicht …«

Sie hob ihren Kopf, sah in sein Gesicht und ihre Worte verstummten abrupt. Ihr Atem stockte. Ihr Körper erstarrte. Nur ihr Herz pochte wild in ihrer Brust.

Vor ihr stand Tom. In einem Smoking mit schwarzer Fliege, die Haare streng nach hinten gelegt und mit einem ebenso verdutzten Blick, wie sie selbst. Vero konnte nicht aufhören zu starren. Sie sah direkt in seine grünen Augen, zu seinen sinnlichen Lippen und auf die Falten, die sich auf seiner Stirn abzeichneten.

Was machte er hier?

»Ich bitte vielmals um Entschuldigung«, hörte sie ganz plötzlich Herrn Bauers Stimme durch ihren völlig überforderten Kopf hallen. »Ich hoffe Ihnen ist nichts passiert?«

Weitere Stimmen waren zu hören. Stimmen von aufgeregten jungen Mädchen, die wohl soeben mit ihren Green Cards durch den Eingang gekommen waren.

Eine Hand griff nach Tom.

»Nein, schon gut«, hörte sie ihn noch sagen, bevor er ganz einfach weiterging.

Vero war noch immer völlig fassungslos und nicht in der Lage aufzustehen. Sie sah, wie sich die Schuhe, die Beine, der Menschen, die bis eben noch untätig um sie herumgestanden waren, wieder in Bewegung setzten.

»Alles okay bei Ihnen?«, fragte Herr Bauer und streckte ihr seine Hand entgegen.

Vero fixierte den Ehering an seinem Finger. Er war golden. Ebenso, wie die beiden Ringe, die sie um ihren Hals trug. Die sie von Tom geschenkt bekommen hatte. Jenem Mann, der sie gerade einfach vor sich auf dem Boden hatte sitzen lassen.

»Hey!« Herr Bauer beugte sich kurz zu ihr hinab. »Sie müssen aufstehen, sofort.«

Ihre Beine zitterten, als sie sich schließlich aufrichtete. Ihr Mund war trocken, ihr Herz hämmerte. »Tut mir leid. Das wollte ich nicht«, entschuldigte sie sich, ohne ihm direkt ins Gesicht zu schauen.

Dann lief sie zurück in den Festsaal, bis in den kleinen Pausenraum zurück. Mit einem lauten Knall ließ sie die Türe hinter sich ins Schloss fallen und atmete tief ein und aus, als hätte sie gerade die Ziellinie nach einem Marathon überquert.

Hatte sie sich das gerade nur eingebildet oder war das eben wirklich Tom gewesen, mit dem sie – wieder einmal – zusammengestoßen war? Aber wieso hatte er dann nichts zu ihr gesagt? Weshalb hatte er ihr nicht aufgeholfen, sie einfach auf dem Boden sitzen gelassen? Zwischen all den Menschen, die völlig desinteressiert um sie herumgestanden waren. Vero wurde schwindelig.

»Alles in Ordnung?« Lisa stand auf einmal hinter ihr und sah sie fragend an. »Ich habe dich an mir vorbeirennen sehen, wie von einer Tarantel gestochen. Sag bloß, er ist hier?«

»Wer?«

»Na, *Harry Styles*«, gluckste Lisa.

»Ich habe Tom gesehen«, antwortete Vero mit überraschend ruhiger Stimme.

»Wie, du hast Tom gesehen?«

»Ich habe Tom gesehen«, wiederholte sie, als müsste sie sich diese Tatsache selbst noch einmal vor Augen führen.

»Liebes, was ist los? Wo hast du Tom gesehen?«

»Draußen, am Eingang.«

»Am Eingang? Arbeitet er hier?«

»Ich weiß es nicht.« Veros Lippen zitterten.

Lisa trat einen Schritt näher an sie heran. »Hey, beruhig dich. Vielleicht hat er beruflich mit diesem Event hier zu tun. Oder er ist die Begleitung von irgendjemandem?«

Vero zuckte mit den Schultern. Sie wusste es nicht. Sie hatte ihn ja nie nach seinem Job gefragt. Oder fragen dürfen.

»Kommst du wieder mit raus? Lass uns gemeinsam herausfinden, was er hier macht«, sagte Lisa und griff nach ihrer Hand.

»Ich weiß nicht, ob ich das will. Was, wenn er mit einem anderen Mädchen hier ist?«

»Quatsch, wieso sollte er?«

Vielleicht, weil er sie völlig ignoriert hatte? Durch sie hindurchgesehen hatte, als wäre sie unsichtbar?

Lisa nahm sie in den Arm und drückte sie fest an sich. »Komm schon! Es wird sicher eine simple Erklärung dafür geben. Finden wir sie heraus«, sprach sie mit ruhiger Stimme und hakte sich sogleich mit ihrem kleinen Finger bei ihr ein. »Vergiss nicht, du bist eine Göttin und er nur ein verdammter Glückspilz. Wir gegen den Rest der Welt!«

»Du und ich«, ergänzte Vero und folgt ihr schließlich zögerlich zurück in den großen Festsaal.

KAPITEL 32

Der Geräuschpegel im Saal hatte mittlerweile drastisch zugenommen, ebenso wie die Anzahl der Gäste. Immer mehr Menschen strömten die Treppe hinab und teilten sich zwischen Bar, Tanzfläche und den vielen Sitzmöglichkeiten auf.

Vero sah sich unsicher um, scannte so viele Gesichter wie nur möglich, doch Tom entdeckte sie auf die Schnelle nicht. Die vielen Stimmen, das Lachen, die Musik – alle Geräusche wirkten um ein Vielfaches verstärkt und rissen ihre Gedanken förmlich in Stücke. Keine einzige Überlegung konnte sie zu Ende bringen, keinen Gedanke in einen sinnigen Entschluss packen.

»Hey, Mädels!« Ein Barkeeper winkte sie hektisch zu sich heran. »Könntet ihr das bitte an Tisch Fünf bringen? Die Gäste warten schon eine Viertelstunde auf ihre Getränke.« Er stellte einige Cocktailgläser vor ihnen auf dem Tresen ab.

Lisa nickte wortlos und positionierte drei der Getränke auf ihrem Tablett. »Los, lass uns unseren Job machen«, sagte sie und ging in Richtung des Stehtisches mit der Nummer 5.

Vero griff die beiden anderen Gläser, die mit einer orangeroten Flüssigkeit gefüllt waren und balancierte sie zu den Gästen, zu einer Gruppe von Damen, allesamt in schwarzen Etuikleidern, mit blauen Ausweisen. Sie lächelte flüchtig, stellte ihre Cocktails ab und eilte zurück zur Bar. Lisa folgte ihr.

Verstohlen ließ sie ihren Blick die Treppe hinauf und wieder hinunter wandern und musterte die Gäste, die am Rande der Bar standen. Auf der Tanzfläche herrschte noch gähnende Leere und die Musik war soeben merklich um einige Lautstärken hinuntergedreht worden, um die Übertragung auf der großen Leinwand besser verfolgen zu können. Eine breite Sponsorenwand war zu sehen, bedruckt mit zahllosen Logos. *Station Berlin, Aufzeichnung Pressekonferenz* stand im unteren rechten Bildereck sowie das gestrige Datum.

Ein dunkelblonder, großer Kerl trat vor die Kamera. »Hello, Berlin!«, sagte er und hob begrüßend seine Hand. Er trug einen dunkelblauen Anzug, ein weißes Hemd mit schwarzer Fliege sowie ein charmantes Lächeln auf seinen schmalen Lippen. Seine Haare waren schulterlang und umspielten seine markanten Gesichtszüge. Vero konnte sich gut vorstellen, dass er vielleicht den Bösewicht, in der von dem Mädchen zuvor genannten Krimi-Serie, verkörperte.

Auf einmal legte sich eine Hand auf seine Schulter und ein weiterer Schauspieler betrat die Bildfläche.

Vero starrte wie versteinert auf die Leinwand.

Das Bild zeigte Tom. Charismatisch lächelnd, mit strahlend grünen Augen, so wie sie sich in ihn verliebt hatte.

Es war also wahr. Er war nicht an diesem Ort, weil er hier arbeitete oder gar die Begleitung von jemandem war. Er besaß eine persönliche Einladung, da er ganz offensichtlich selbst ein VIP mit rotem Band war. Vero wusste nicht, ob sie über diese Erkenntnis stolz oder zutiefst bestürzt sein sollte.

»Tom, Sie sind hier in Berlin geboren. Quasi ein Heimspiel heute«, sagte ein Journalist sogleich und streckte ihm wissbegierig ein Mikrophon entgegen.

»Ja, das ist richtig. Ich bin hier aufgewachsen und fühle

mich mit dieser Stadt sehr verbunden. Berlin ist wie eine zweite Heimat für mich.« Seine Stimme fuhr ihr durch Mark und Bein. Sein Lächeln wirkte vertraut und doch befremdlich zugleich.

»Ihre Schwester lebt hier in Berlin, richtig?«

»Richtig.«

»Und gibt es hier in ihrer Heimat auch eine Misses Ward? Unbestätigten Quellen zu Folge wurden sie mit einem hübschen blonden Mädchen gesehen. Draußen am Wannsee«, fragte der Journalist neugierig weiter.

Veros Hals war mittlerweile staubtrocken. Ihr Puls pochte unangenehm schnell durch ihren Körper hindurch.

Sie war Misses Ward. Sie war seine Freundin. Am liebsten hätte sie es laut herausgeschrien. Hätte jede einzelne Person darüber unterrichtet. *Ja, es gab jemanden an seiner Seite. Sie!*

Erwartungsvoll schaute sie auf die Leinwand. Das Bild der Kamera zeigte sein Gesicht in Großaufnahme. Seine vollen Lippen. Seine schöne Nase, mit alle den kleinen Sommersprossen darauf. Seine dunklen Haare, die sich geschmeidig um sein makelloses Gesicht legten. Sie war sich sicher, dass er in diesem Moment an sie gedacht hatte. Sie konnte es in seinen Augen sehen, in der Art wie er lächelte. Mit diesen fein angedeuteten Grübchen seitlich seiner Mundwinkel.

»Nein.« Er schüttelte seinen Kopf und obgleich er noch immer schmunzelte, wirkten seine sonst so liebevollen grünen Augen auf einmal schrecklich kühl.

Nein. Niemals zuvor hatte ihr ein einzelnen Wort derart geschmerzt. Es kam schnell und wie selbstverständlich über seine Lippen, was die Sache um ein Vielfaches intensivierte. *Nein.* Er hatte sie mit nur einem Wort aus seinem Leben gestrichen.

Eine brünette, junge Dame legte sogleich ihren Arm um seine Schulter und lächelte überlegen in die Kamera hinein – Alex. Vero erkannte sie sofort wieder. Sie hatte sie zwar nur ein einziges Mal zuvor gesehen, damals auf der Terrasse des *Green Garden Hotels*, aber ihre Erscheinung hatte sich nachhaltig in ihrer Erinnerung verankert. Alex, seine mutmaßliche Freundin aus Kindheitstagen, mit welcher er seit vielen Jahren beruflich zusammenarbeitete. Eine schlanke brünette Frau, vermutlich ebenfalls um die dreißig, mit kleiner Stupsnase und strenger Miene. Erneut in einem schwarzen, engen Cocktailkleid, welches sich eng um ihren wohlgeformten Körper schmiegte und eine beachtliche Oberweite aus ihrem Dekolletee herauspresste.

»Tom ist aktuell nicht nur einer der erfolgreichsten Seriendarsteller, sondern auch einer der begehrtesten Junggesellen. Wissen Sie, wie viele junge Mädchen ihm Avancen machen? Ob nun blond oder brünett, alle lieben diesen Kerl hier, nicht wahr?« Sie lachte bissig, während sie ihm einen Kuss auf die Wange gab.

Vero schluckte verkrampft. Ganz offensichtlich ging Alex´ Interesse an ihm weit über berufliche Ambitionen hinaus. Und sie konnte sie nur zu gut vorstellen, dass die beiden doch mehr verband, als nur ihre gemeinsame Arbeit. Die Art wie sie ihn ansah, seine Nähe suchte und ihn permanent berührte, ließ eine enorme Wut in ihr aufsteigen. Ein Gefühl, das sie so nicht kannte und welches ihr bis in die Finger hinab kribbelte. Bis in ihre Faust, die sie am liebsten in ihrem, aber auch in seinem Gesicht, versenken wollte.

»Also gibt es derzeit niemanden an Ihrer Seite?« Die neckische Stimme des Journalisten riss sie aus ihren zornigen Gedanken.

»Nein. Da ist nichts, was Bedeutung hätte.« Tom zwinkerte kurz mit einem furchtbar affektierten Grinsen auf dem Gesicht. Einem hässlichen, überheblichen Grinsen, das ihm eine ganz andere Persönlichkeit zu verleihen schien.

»Nun ja, dann dürfen sich einige Damen da draußen ja noch Hoffnung machen«, fuhr der Journalist sogleich fort. »Wird es denn noch eine weitere Staffel mit Ihnen beiden geben? Die Gerüchteküche in den USA ist ja bereits mächtig am Brodeln …«

»Und? Siehst du ihn irgendwo?«, flüsterte ihr Lisa zu und kniff ihre Augen zusammen, als wäre sie eine Detektivin.

Vero wendete ihren Blick erschrocken von der Leinwand ab. *Nichts, was Bedeutung hätte*, wiederholte sie im Stillen. Ihre Gedanken lagen vollkommen brach. Sie fühlte sich benommen und alles um sie herum schien kurzzeitig zu verschwimmen, als wäre sie im falschen Film. Doch ganz offensichtlich, war es der ihre. Eine Romanze, die sich soeben zu einem Drama, einer schlechten Komödie entwickelt hatte.

»Ja«, antwortete sie leise.

»Na, siehst du«, erwiderte Lisa und hielt kurz inne, nur um sich dann nochmals blitzschnell zu ihr umzudrehen. »Was? Du siehst ihn? Wo?«

Sie deutete verlegen auf die Leinwand über der Tanzfläche.

»Auf der Tanzfläche? Welcher ist es? Der Blonde? Der Große? Nicht aber der Typ mit den schmieren Haaren, oder?« Lisa tänzelte auf ihren Zehenspitzen hin und her, was sie nochmals um einige Zentimeter größer machte, als sie ohnehin bereits war.

»Nicht auf der Tanzfläche. Da oben.« Sie deutete mit ihrem Kopf eine kurze Bewegung in Richtung der Leinwand an, auf welcher Toms Bild noch immer zu sehen war.

Dann drehte sie sich entschlossen ab und lief erneut in Richtung Pausenraum.

»Moooment!«, rief ihr Lisa hinterher und holte sie in wenigen großen Schritten ein. »Du meinst doch nicht etwa Tom Ward?«

Vero blieb einen Moment stehen und sah ihre Freundin wütend an. »Offensichtlich schon. Wer genau ist das? Klär mich ach so weltfremdes Mädchen, bitte auf.«

In Lisas Gesicht flammte eine dominante Röte auf. »Ähm, das ist der Hauptdarsteller der neuen Krimireihe auf *Netflix* und vermutlich der feuchte Traum vieler junger Mädchen.«

»Gut zu wissen«, antwortete sie und lief weiter, bis sie die Türe zum Pausenraum erreicht hatte.

Lisa packte sie am Ärmel. »Verdammt, Liebes. Ich weiß nicht, ob ich mich oder dich ohrfeigen soll. Hättest du einmal seinen Nachnamen erwähnt, hätte ich dich aufklären können.«

»Wie blöd von mir«, erwiderte Vero schnippisch.

»Aber hey, du hast mit Tom Ward geschlafen!« Lisa spreizte ihre Finger auseinander und legte ihre Hände an ihren Mund, als ob sie laut und hysterisch schreien würde. »Wie geil ist das denn? Meine Freundin bumst wirklich mit einem Promi.«

»Habe ich das?«, antwortete sie und ihre Stimme wurde lauter. »Ich kenne die Person da oben überhaupt nicht.« Sie zeigte nochmals auf die Leinwand über der Tanzfläche. Ja, sie kannte den Mann nicht, der dort abgebildet war. Der so völlig abgeklärt und hochnäsig wirkte. »Und er kennt mich scheinbar auch nicht, zumindest hat er gestern völlig abgebrüht verkündet, dass er keine Freundin hat und ich scheinbar nur ein bedeutungsloser Zeitvertreib für ihn war.«

»Das sagt er doch nur so.«

»Ach so, na dann. Dann räume ich jetzt seine Gläser in diesem mehr als erniedrigenden Outfit hier ab, bring ihm ein wenig Champus, damit er mit seiner Freundin einen drauf machen kann und treffe ihn morgen wieder für offenbar völlig unbedeutsamen Sex, als wäre nichts passiert.«

Lisas Mimik sprach Bände. Sie zog ihren Kopf ein wenig zurück, so dass sich bereits ein leichtes Doppelkinn abzeichnete. »Oha«, stieß sie nur hervor.

»Lisa, das Leben ist nicht immer nur Pommes und Disco«, fuhr Vero energisch fort. »Beziehungen bauen sich auf Vertrauen und Wertschätzung auf. Tom und ich haben uns gestern Abend noch gesehen, er hat mir gesagt, dass er mich liebt und nur wenig Stunden zuvor, hat er dieses Interview gegeben. Ist das seine Definition von Liebe?« Sie griff rasch nach der Türklinke, schob ihre Freundin ein wenig grob zur Seite und öffnete die Türe des Pausenraums.

»Was willst du jetzt tun? Wo willst du hin?«, fragte Lisa.

»Ich brauche dringend ein wenig frische Luft«, entgegnete sie, während ihre Freundin bereits eine Packung Zigaretten aus ihrem Spint fingerte. Zitternd vor Anspannung nahm sie ihr das Päckchen direkt aus den Händen und lief wortlos aus einer Seitentüre in den Hinterhof hinaus. Lisa folgte ihr nicht. Vermutlich wusste sie, dass sie jetzt einige Minuten für sich benötigte.

Eine angenehme kühle Luft wehte ihr sofort ins Gesicht, als sie sich einige Schritte vom Gebäude entfernte und sich mit zittrigen Händen eine Zigarette anzündete. Schmerzhaft verkrampfte sich ihr Magen, als sie einen einzigen Zug nahm. Alle Erlebnisse der vergangenen Tage setzten sich plötzlich vor ihren Augen zusammen, wie kleine Puzzlestücke.

Vero starrte auf die orangenfarbene Glut.

Ich hoffe du verbrennst dich nicht, hallte Annas Stimme durch ihren Kopf. Sie hatte also gehofft, dass ihr genau diese Situation erspart bleiben würde. Denn offensichtlich war das die Seite an Tom, die er ihr nicht vorstellen wollte. Eine Realität, in der sie keine bedeutsame Rolle spielte. In der er ein gefragter Junggeselle war, der vermutlich jedes weibliche Wesen beglückte, das nicht bei drei auf den Bäumen war. In der er ein Lügner, ein Leugner war.

Vero wurde speiübel und sie drückte ihre Zigarette schnell in einem der aufgestellten Aschenbecher aus.

Was jetzt? Sollte sie einfach ihre Sachen packen und abhauen? Ja, das wollte sie nur zu gerne. Weglaufen. Aber würde Lisa dann Schwierigkeiten wegen ihr bekommen?

Zögerlich zog sie die schwere Tür auf und lief zurück in den Festsaal. Der Raum wirkte noch voller als vor einer guten Viertelstunde. Lisa servierte gerade einer Gruppe junger Männer eine Flasche Champagner und hatte sichtlich ihren Spaß.

Schnell griff Vero sich einige leere Gläser und ging zielstrebig an die Bar. Von hier aus hatte sie eine gute Sicht ohne großartig aufzufallen. Einige Male ließ sie ihren Blick über die Tanzfläche, den Bartresen und die Lounge-Gruppen hinweg schweifen, bis sie Tom ausgemacht hatte. Er saß mit einigen anderen im abgesperrten VIP-Bereich und schien sich köstlich zu amüsieren. Immer wieder lachte die Gruppe laut auf und ließ sich von einer Kellnerin die Gläser auffüllen. Rechts neben Tom saß sein Kollege, der große Hagere mit den dunkelblonden Haaren und schräg gegenüber ein etwas rundlicherer Typ, dessen Glatze das Scheinwerferlicht glänzend reflektierte.

Vero blickte auf ihre Uhr. Es war bereits kurz nach halb zehn. Noch etwa drei Stunden, dann wäre sie um ein paar hundert Euro reicher und könnte endlich aus dieser albernen Kostümierung heraus und nach Hause fahren. Sie gehört hier einfach nicht hin. Weder in dieses Outfit, noch in diese Welt.

Als ihr Blick erneut auf die Sitzgruppe fiel, konnte sie nun auch Toms Freundin Alex erkennen, die sich soeben in ihrem schwarzen Minikleid neben ihn auf das Sofa quetschte und ihm einen Kuss auf den Mund gab. Einen selbstverständlichen Kuss. Einen Kuss, der nicht danach aussah, als wäre er versehentlich, das erste Mal oder gar aus Freundschaft passiert.

Ihr stockte der Atem, selbst dann noch, als Tom seine brünette Freundin sanft zur Seite schob und ihr einen Drink aus der Hand nahm. Ihr ganzer Körper brannte förmlich, so heiß wurde ihr auf einmal.

Rasch schnappte sie sich ihr Tablett und entfernte sich mit schnellen Schritten aus dem Barbereich. *Lauf!*, schrie ihr Kopf wieder einmal. *Lauf!* Doch plötzlich stand Anna vor ihr. Ihre weit aufgerissenen Augen zeigten deutlich, dass sie mit einem Zusammentreffen dieser Art nicht gerechnet hatte.

»Vero, was ... was machst du hier?«

»Ich arbeite hier«, antwortete sie selbstbewusst.

»Du ... Ich ...«, stotterte Anna hervor und wirkte nervös.

»Ich habe gefunden, was ich deiner Ansicht nach wohl auch finden sollte«, sagte sie und deutete in Toms Richtung. »Du hattest Recht. Ich habe scheinbar wirklich keinen Platz in seiner Welt.«

Annas Augen wanderten die Empore hinauf. »Es tut mir leid«, versuchte sie eine Entschuldigung zu platzieren, als

Ian hinter ihr auftauchte. »Ein Champagner für die Dame«, sagte er noch, bevor ihm fast das Glas aus der Hand fiel.

»Vero!« Er fuhr sich kurz verlegen durch sein streng nach hinten frisiertes Haar.

»Ian.« Sie nickte ihm selbstgefällig zu.

»Was machst du hier?«

»Sie arbeitet hier«, wiederholte Anna ihre vorausgegangenen Worte und deutete kurz auf ihre schwarze Schürze.

»Oh«, stieß Ian nur hervor. Schnell stellte er das Glas auf dem Tresen ab, bevor er flüchtig zu Tom hinaufsah.

»Er weiß, dass ich hier bin«, kam sie ihm zuvor. »Es scheint ihn aber nicht sonderlich zu interessieren.«

»Das stimmt nicht.« Anna schüttelte dezent mit ihrem Kopf und warf ihrem Freund einen hilfesuchenden Blick zu.

»Liebes …« Ian griff nach ihrer Hand und sah sie eindringlich an. »Es ist nicht so, wie du denkst. Lass es ihn erklären.«

Vero blickte noch einmal zu Tom hinauf. »Ich glaube nicht, dass es noch viel zu erklären gibt.«

»Gib ihm die Chance«, ergriff Ian erneut für seinen Freund Partei, führte seinen Satz jedoch nicht weiter fort, als er erkannte, weswegen sie ganz plötzlich zu zittern begann. Alex saß mittlerweile auf seinem Schoß, eine Hand um seinen Nacken gelegt. »Oh verdammt, Tom«, zischte Ian leise.

»Wer ist sie? Seine Freundin?«

»Das wäre sie wohl gerne«, raunte Anna abfällig. »Nein, sie ist seine PR-Managerin.«

»Seine Managerin? Die ihn so anfassen darf? Ihn küssen darf?« Vero spürte einen Kloss in ihrem Hals. Ihre Luftröhre wirkte wie zugeschnürt. Ihre Stimme heiser wie nach einer durchzechten Nacht. »Was verheimlicht er mir da seit

Wochen? Dass er ein namhafter Schauspieler ist oder dass er eigentlich mit ihr zusammen ist?« Ihre Augen füllten sich mit Tränen, mehr aus Wut, als aus Enttäuschung. »War das zwischen uns also nur eine Lüge?«

»Nein, Vero! Tom liebt dich. Das tut er wirklich. Aber das hier, ist eine ganz andere Welt. Die Welt, in der er quasi Alex gehört. Hier muss er eine Rolle spielen. Eine Rolle, die so von ihm erwartet wird.« Anna schüttelte flüchtig mit ihrem Kopf, bevor sie fortfuhr. »Ich wollte immer, dass er es dir sagt. Dass er versucht, dir zu erklären, welchen Einfluss sein Job auf sein Leben hat, bevor genau das hier passiert. Ich wünschte ich, ich wünschte *wir alle*, hätten dich davor bewahren können. Vor dieser Situation, der Enttäuschung, vor dem Schmerz.«

»Wir alle? Wusstet ihr etwa alle darüber Bescheid?«, unterbrach sie ihre Worte mit aufgebrachter Stimme.

»Ja, natürlich.« Anna senkte ihren Kopf ab.

Vero glaubte sich verhört zu haben. Heftig, ja beinahe schon schmerzvoll, begann ihr Herz in ihrer Brust zu hämmern und flutete ihren gesamten Körper mit Adrenalin. Sie biss ihre Zähne fest zusammen. Ihre Kiefermuskeln zuckten. Ihr gesamter Körper stand unter Anspannung, war scharf wie eine Bombe, die kurz davor war, alles um sie herum niederzureißen.

»Hey, tu jetzt bitte nichts Unüberlegtes«, hörte sie Ian noch sagen, bevor sie die beiden zur Seite schob und in schnellen Schritten die Absperrung zum VIP-Bereich passierte.

Eine sichtlich irritierte Servicekraft kam ihr einige Stufen entgegen. »Ich soll dich kurz ablösen«, schmetterte Vero ihr forsch entgegen und schnappte sich die Champagnerflasche, die das Mädchen festumklammert in den Händen hielt. Dann lief sie zielstrebig zu Toms Tisch.

»Darf es noch etwas Champagner sein?«, fragte sie mit extra freundlicher Stimme in die Runde. Einige der Herren nickten zustimmend, ohne sie jedoch eines Blickes zu würdigen. Mit abgesenktem Kopf füllte sie die Gläser und lief dann hinter das Sofa, auf welchem Tom, Alex und sein Kollege saßen. »Und für Sie? Auch noch ein bisschen mehr?«, fragte sie mit aufgesetzter, viel zu hoher Stimme.

»Gerne«, antwortete Tom und streckte sein Glas in die Höhe, um sich dieses erneut auffüllen zu lassen. In seinem Arm lehnte noch immer Alex, die lasziv an einem Cocktail nippte und sie abfällig musterte.

Vero senkte die Flasche und goss den Champagner großzügig in sein Glas; so lange, bis dieses überlief und der Inhalt sich über sein Hemd ergoss.

Ein Raunen ging durch die Gruppe.

»Verdammt! Können Sie nicht aufpassen?«, stieß Tom mit tiefer Stimme hervor und drehte seinen Kopf blitzschnell.

Sie sah ihm tief in seine zornigen Augen und erkannte erstmals, dass es vermutlich genau das war, was in ihnen stets so unergründlich gefunkelt hatte. Seine Lügen.

»Wow, das ist er also.« Sie nickte einige Mal mit ihrem Kopf. »Der Kerl, der du nicht sein willst. Das sind die Ketten, die du nicht ablegen kannst? Sieht verdammt anstrengend aus, Tom.« Ihre Hände zitterten vor Wut.

Sein Blick wirkte panisch und irritiert. Schnell schob er Alex zur Seite und stand auf. »Was machst du hier?«, flüsterte er ihr unsicher zu und zog sie an ihrem Arm sogleich zur Seite.

»Spielt das eine Rolle?«

»Lass es mich erklären«, sagte er mit gedämpfter Stimme und seine Augen flehten sie förmlich an, ihm diese Möglichkeit zu offerieren.

Wie automatisiert entfernte sie sich einen großen Schritt von ihm. Tom griff ihr Handgelenk und blickte sie auffordernd an.

»Lass mich los«, forderte sie mit zusammengebissenen Zähnen.

Er lockerte seinen Griff nicht. Schüttelte nur stumm mit seinem Kopf.

»Wieso? Ich bin doch nur ein bedeutungsloser Zeitvertreib für dich. Einer von vielen, nehme ich an.« Sie deutete kurz mit einer Kopfbewegung auf seine Freundin Alex.

»Bist du nicht.«

»Oh, du bist wirklich ein verdammt guter Schauspieler, Tom! Mich hattest du jedenfalls völlig überzeugt. Ich habe wirklich geglaubt, dass ich dir etwas bedeute.«

»Das tust du auch. Mehr als du dir vorstellen kannst«, erwiderte er leise, während seine Kollegen ihn entgeistert anstarrten.

»Mehr als ich mir vorstellen kann? Du hast mich vorhin doch genau gesehen und mich ebenso erkannt wie ich dich. Und doch hast du mich vor dir auf dem Boden sitzen lassen, bist jetzt hier und trinkst Champagner. Du kannst dir vielleicht wünschen, dass du unsichtbar wärst, aber ich, ich bin es nicht.«

»Es tut mir leid, Vero.« Er sah kurz beschämt zu Boden. »Ich würde es dir gerne erklären. Morgen. Bitte.«

»Nein, Tom. Nicht morgen. Erklär es mir jetzt und hier.«

Er blickte sich verunsichert um. Seine Kollegen tuschelten, während Alex ihn nur fragend anstarrte. Zögerlich ging er auf sie zu und lehnte seinen Kopf gegen ihren. »Ich kann nicht. Nicht hier. Nicht jetzt«, hauchte er leise. »Bitte hass mich nicht.«

Sie spürte seinen warmen Atem auf ihrer Haut; anregend und betörend, wie eh und je. Und sie roch den Alkohol, den er getrunken hatte, vermischt mit seinem so vertrauten Geruch. Sanft schmiegte sie sich an sein Gesicht und atmete einige Male hörbar ein und aus. Völlig zerrissen in ihrer Gefühlswelt.

»Ich hasse dich nicht. Du weißt, dass ich dich liebe.« Ihre Worte waren leise und klangen furchtbar zerbrechlich. »Aber du hast mich belogen, Tom, mich verleugnet. Ich habe dir mein Herz und mein Vertrauen geschenkt und jetzt stehe ich hier und du willst es mir morgen erklären? Du willst mich wegschicken, nach all dem, was ich gerade gesehen und gehört habe?« Sie deutete auf die Leinwand über der Tanzfläche und brachte dadurch erneut Distanz zwischen ihre Körper.

»Ich muss.«

»Du musst gar nichts, Tom.« Sie griff seine Hand und hielt sie fest. »Das sind ihre Ketten, nicht deine. Sprich mit mir. Lass uns irgendwo hingehen und in Ruhe darüber reden.« Ihre Stimme wurde zuletzt ein wenig lauter und fordernder.

Tom suchte sichtlich nach den richtigen Worten, als Alex auf einmal aufstand und sich zu ihm stellte. »Mensch Mädchen, mach hier nicht so eine Show«, warf sie ihr schnippisch entgegen und schüttelte einige Mal missfällig mit ihrem Kopf. »Tom, wer ist das? Kennst du die Kellnerin etwa?«

Tom zuckte kurz zusammen, wendete seinen Blick aber nicht von Vero ab.

»Ja, wer bin ich für dich?«, flüsterte sie ihm zu.

Eine Frage, die sie ihm schon einmal gestellt hatte – damals, vor Lisas Wohnung. Doch heute wollte sie etwas gänzlich anderes von ihm hören, als das Wort *Sehnsucht*. Sie wollte hören, dass sie seine Freundin war, das Mädchen, das er liebte. Sie wollte es laut hören. Vor all den Menschen, die soeben um sie herumstanden und sie entgeistert anstarrten.

»Tom, wer bin ich?«, wiederholte sie nochmals, doch er blieb stumm. Seine Lippen zitterten vor Anspannung, aber kein Wort kam hervor.

»Komm!« Alex streckte ihm fordernd ihre Hand entgegen. »Lass uns den Abend genießen, ohne nervige Groupies.«

Tom fixierte Vero noch immer mit zusammengebissenen Zähnen, schien mit sich zu kämpfen, doch etwas tief in ihm war unverkennbar machtlos gegen die Aufforderung seiner Freundin.

Vero hielt seine Hand noch immer fest umklammert. Zu gerne hätte sie ihn ebenso lautstark darum gebeten, ihn angefleht, bei ihr zu bleiben. Ihre Hand nicht loszulassen. Doch sie war es leid, Menschen immer und immer wieder darum zu bitten, zu bleiben. Stattdessen rief sie sich in Erinnerung, dass sie noch eine Frage an ihn offen hatte und er ihr noch eine letzte, ehrliche Antwort schuldig war.

»Herz oder Kopf?«, flüsterte sie kaum hörbar.

»Du kennst die Antwort. Mein Herz gehört dir«, stieß er sofort leise hervor.

»Und doch spüre ich ein Messer in meinem Rücken.«

Tom starrte auf ihre Lippen und kurz schien es, als würde er den Schmerz spüren, den sie soeben visualisiert hatte.

»Weil ich meinem Herzen hier und jetzt verbieten muss, wonach es sich sehnt. Es tut mir leid, Kleines. Ich wollte dir niemals wehtun. Ich wollte dich schützen. Hiervor. Vor mir.«

Langsam lockerte Vero ihren Griff und er löste sich aus ihrer Hand. Ein letztes Mal suchte er den Blick in ihre Augen.

»Ich liebe dich. Und doch wusste ich immer, dass *sie* zwischen uns steht.«

»Sie? Alex?«

»Die Realität«, stieß er noch mit leiser Stimme hervor, doch Vero hatte sich längst von ihm abgewendet und lief die Treppe hinunter in den Saal zurück. Eine Träne floss ihre Wange hinab. Eine Träne, die sie die letzten Minuten zwanghaft zurückgehalten hatte, und die Tom, der oben auf der Empore stand und sein Gesicht in seinen Händen vergrub, jetzt nicht mehr sehen konnte.

Vero rannte in den Pausenraum, riss sich die Schürze von den Hüften und ihre Fliege vom Hals, als würde sie mit dieser Geste einen Schlussstrich ziehen wollen.

Lisa stürmte durch die Türe und lief schwer atmend auf sie zu. »Liebes, alles okay?« Sie musterte sie mit größter Sorge. »Wer hat dir wehgetan? Er?«

»Meine Erwartungen. Sie haben mir wehgetan. Was habe ich mir nur gedacht? Dass ich hierhergehöre? Dass er mich liebt? Dass er bleiben würde – für immer?«

»Hey, langsam, langsam.« Lisas drückte sie fest an sich. »Was ist denn genau passiert?«

Vero presste ihre geballte Faust an die Türe ihres Schließfaches. »Ich bin so dämlich, so naiv. Ich habe mit offenen Augen geträumt – von etwas, das von Anfang an nicht hätte sein sollen. Die Wahrheit war die ganze Zeit direkt vor mir, aber ich habe sie gar nicht sehen wollen.«

»Du bist verliebt. Liebe macht blind. Und sie tut weh. Meistens. Leider.«

»Vertrauen tut weh. Ich habe vertraut, ihnen allen, und

jetzt fühlt es sich an, als würde mir jeder einzelne von ihnen einen Stich in mein Herz verpassen.«

Veros Brustkorb brannte. Ihr Herz brannte. Tränen fluteten ihre Augen und der Riss in ihrem Herzen klaffte auf, größer und tiefer als jemals zuvor. All ihre Dämonen, all ihre Ängste hatten sich hier an diesem Ort wiedergefunden. Lügen, Verleugnung, Enttäuschung, Verlust.

Lisa packte sie an der Schulter und drehte sie zu sich. »Hey, egal was für Dummheiten du jetzt vorhast, ich komme mit dir mit und fahre den Fluchtwagen.«

Sie lächelte und Vero wusste, dass sie es ernst meinte. Dass sie sofort alles stehen und liegen lassen würde, um mit ihr die Flucht zu ergreifen. Um sie aufzufangen. Die Scherben aufzukehren. So, wie sie es versprochen hatte.

»Ich brauche nur ein Alibi von dir.«

»Bekommst du!«

»Ich liebe dich.« Vero gab ihrer Freundin einen schnellen Kuss auf die Wange, bevor sie sich umdrehte und eilig, ohne sie, nach draußen rannte. Zurück – zurück in ihre Welt.

KAPITEL 33

Den gesamten Weg zur nächsten Taxistation rannte Vero bis ihre Lungen brannten. Ihr Kopf war leer und doch so voll. Jeder Schritt fühlte sich an, wie ein Tritt ins Leere, wie ein Fall in die endlose Tiefe. Als sie schließlich in einem Taxi saß, zitterte ihr Körper wie nach einem Bad in Eiswasser und sie spürte ihr Blut durch die Adern rauschen. Noch nie zuvor war sie so voller Leben und gleichzeitig derart am Ende ihrer Kräften gewesen.

Das Taxi setzte sie direkt vor Lisas Wohnung ab, doch hineingehen konnte sie nicht. Eine Stimme schrie ihr noch immer zu *Lauf!*, doch sie wusste nicht wohin. Eine gute Stunde irrte sie ziellos in den Straßen Schönebergs umher, den Kopf voller Watte, das Herz so schwer wie Blei. Keinen klaren Gedanken konnte sie fassen, alles schien zerbrochen: ihr Kopf, ihr Herz, ihre Emotionen. Ihr Körper fühlte sich völlig deplatziert an. Als würde sie hier nicht hingehören.

Als sie schließlich den kleinen Park erreichte, in dem sie sich das erste Mal geküsst hatten und in welchen Tom gestern noch vor seinem Leben geflohen war, blieb sie schließlich stehen. Hier hatte alles begonnen, hier hatte sie sich selbst verloren. In seinen Augen, in seinem Lächeln, in seiner charmanten Art. Hier hatte er erstmals seine weichen Lippen auf ihre gelegt und damit ein Feuer in ihr entfacht. Ein Feuer, das alles niedergebrannt hatte; ihre Zweifel, ihre

Sorgen und Ängste und nicht zuletzt, ihr altes, unsicheres und kritisches Ich. Sie hatte sich bei ihm, *mit* ihm, in eine starke, selbstbewusste Frau verwandelt, sich in seinen Armen zuhause gefühlt und war jetzt – ohne ihn – umso verlorener. Das Bild, welches sie heute von ihm gewonnen hatte, passte nicht in ihr Leben und er wusste das augenscheinlich auch. Lange hatte er seine Lügen aufrechterhalten können. Sie nur das aus seinem Leben wissen lassen, was er für angebracht hielt. Den Rest hatte er ihr bewusst verschwiegen. Vielleicht um sie nicht zu verlieren? Vielleicht aber auch, aus reinem Egoismus? Damit er sein berauschendes Leben im Scheinwerferlicht, zwischen alle den Groupies, an der Seite seiner Freundin Alex, weiterführen konnte, ohne durch sie Einschränkungen zu erfahren.

Vorsichtig kletterte sie durch das Loch in der Absperrung und lief in die Dunkelheit des menschenleeren Parks hinein. Die Stille tat ihr gut und trug sie über den See hinweg, zu der großen Linde auf der kleinen Anhöhe. Dann brach sie zusammen. Ihre Beine konnte sie nicht mehr tragen. Erschöpft ließ sie sich auf die Wiese fallen. Das Gras unter ihr war noch immer warm und bettete sie wie auf einer welligen Decke. Minutenlang starrte sie auf die Spiegelung des Mondes im See und lauschte den zirpenden Grillen. Ihr Herz schlug monoton, hinein in die Dunkelheit, und vor ihren Augen huschten verzerrte Bilder der vergangenen Stunden vorbei. Sie fühlte sich ausgehöhlt, wie eine leere Hülle, und so einsam, wie noch nie zuvor in ihrem Leben.

Erst kurz vor Mitternacht drehte sie ihren Schlüssel zu Lisas Wohnung und ließ sich erschöpft auf das Sofa gleiten.

Als ihre Freundin die Haustüre wenig später öffnete, saß sie in der völligen Dunkelheit des Wohnzimmers. Musik hallte durch ihre Kopfhörer. In ihren Kopf, ihre Gedanken. Vernebelte ihre Sinne, ließ ihr Herz schmerzen.

Mit geröteten Augen blickte Vero zu Lisa auf. Stumm vor Schmerz. Nicht in der Lage ihre Begrüßung zu erwidern.

Hastig ließ ihre Freundin ihre Tasche auf den Fußboden fallen, eilte zu ihr und nahm sie fest in den Arm.

Stille. Keine unnötigen Worte. Kein positives Zureden. Lisa gab ihr die Zeit und Vero nutze sie. Sie weinte länger und intensiver, als sie es jemals zuvorgetan hatte. Alles in ihrem Kopf schien zu zerbrechen. Jeder Gedanke. Jedes noch so schöne Gefühl. Jeder Kuss. Jede Berührung.

Behutsam zog Lisa ihr schließlich einen Kopfhörer aus dem Ohr und lauschte der Musik für einen Moment. *Wicked Game* von *Chris Isaak* lief gerade, jenes Lied, das Tom ihr ins Ohr gehaucht hatte, als sie über den Baumkronen des Spreeparks im Riesenrad getanzt hatten. *I never dreamed that I'd meet somebody like you* hatte er eine Textzeile zitiert, doch sie hatte schon damals gewusst, dass diese Liebesgeschichte nicht positiv ausging. Dass er sie am Ende verlieren würde. So wie es nun auch in ihrer Geschichte passiert war. Tom war kein Optimist, wie er sich selbst immer bezeichnet hatte. Er war es offensichtlich einfach nur gewöhnt, stets alles zu bekommen, was er wollte. Ein entscheidender Unterschied.

»Nobody loves no one«, sprach sie den letzten Satz des Liedes leise mit. *Niemand liebt niemand.* Dann sah sie zu Lisa auf, ihre Augen noch immer gesäumt von zahllosen Tränen. »Tut mir leid, ich weiß, du siehst mich nicht gerne weinen. Ich fühle mich nur gerade völlig zerbrochen und entkräftet.«

Lisa zog sie noch einmal fest in ihre Arme. »Vero, wenn ein Mensch weint, bedeutet das nicht, dass er schwach ist. Es bedeutet einfach nur, dass er mehr fühlt, als sein Herz ertragen kann. Lass es raus, weine. Aber glaub mir, du zerbrichst nicht. Ich halte dich«, sagte sie mit ruhiger Stimme.

Vero presste ihren Kopf fest an ihre Brust und ihr wurde ganz plötzlich bewusst, dass der Mensch, der sie vermutlich am meisten liebte, direkt vor ihr saß. Dass Lisa die Person war, der sie gänzlich vertraute. Deren Worte sie niemals verletzen, deren Taten ihr nie absichtlich weh tun würden.

Sie hob ihren Kopf nochmals an.

»Was ist?«, fragte Lisa verunsichert.

»Ich danke dir.«

»Für was?«

»Genau dafür. Dass es für dich selbstverständlich ist, mich zu trösten, mein Herz zu flicken. Immer und immer wieder.«

Lisa nickte stumm und legte ihre Arme um sie. Sie drückte sie fest an sich und für einen Moment schien es Vero, als würden nur ihre Arme sie davon abhalten, in einen tiefen Abgrund zu fallen.

»Hast du ihn nochmals gesehen?«, flüsterte sie.

Ihre Freundin schüttelte mit ihrem Kopf und Vero glaubte ihr, auch wenn sie Lisa das gleiche gesagt hätte, egal ob Lüge oder Wahrheit, wäre sie an ihrer Stelle gewesen.

»Ich habe mir ein Ticket für morgen gebucht.«

Lisa nickte verständnisvoll. »Wann geht dein Flieger?«

»Gleich morgen früh, gegen zehn.«

»Das heißt, du nimmst den Job in Stuttgart an?«

»Ja, das werde ich.«

»Das ist die richtige Entscheidung.« Lisa wiegte sie sanft von rechts nach links. »Ich hätte mir unser Zusammentreffen ein wenig anders gewünscht. Aber ich sagte ja schon, manchmal reichen wenige Stunden aus und die Welt kann sich um hundertachtzig Grad drehen.«

KAPITEL 34

Sechs Stunden später stand Vero am Flughafen. Sie hatte die ganze Nacht kein Auge zugetan und noch lange in Lisas Armen geweint. Nur schwer konnte sie sich vorstellen, Tom nie wiederzusehen, zu küssen, ihm nie wieder nahe zu sein.

Auch ihre Freundin derart schnell wieder zu verlassen, widerstrebte ihr in jeglicher Hinsicht und doch war sie erleichtert, dass sie jetzt hier am Flughafen stand und Berlin nun endlich den Rücken zukehren konnte. Es war Fakt: Die Großstadt hasste sie, hatte ihr den Mittelfinger gezeigt – mehr als deutlich. Sehnsüchtig hatte sie um Liebe gebeten, um Glück und Zuversicht, doch empfangen hatte sie am Ende vor allem Schmerz.

Lisa hatte ihr vorhin auf der Fahrt zum Flughafen noch ihr Handy zurückgegeben, das sie in ihrem eiligen Aufbruch am gestrigen Abend völlig vergessen hatte. Es war voll mit verpassten Anrufen und Nachrichten von Tom, doch sie hatte keine davon abgerufen. Sie wollte nicht noch einmal über ihre Entscheidung nachdenken, Berlin zu verlassen.

Noch einmal drehte sie sich zu ihrer Freundin, die vorne an der Türe im Eingangsbereich stehen geblieben war und ihr nun ein letztes Lächeln schenkte. »Ich hasse Verabschiedungen«, hatte sie gesagt, und dass sie sich bald wiedersehen würden, dann eben bei Vero in Stuttgart.

Lisa winkte ihr noch einmal zu und ein letztes Lächeln

quälte sich über Veros müdes Gesicht, bevor sie sich schließlich an der Gepäckkontrolle anstellte.

8:55 Uhr, 27. Juli stand auf einer digitalen Anzeige über einem der Kontrollbänder, doch sie konnte sie kaum erkennen. Heute hatte sie mit besonders starken Kopfschmerzen zu kämpfen und ihren verweinten Augen fiel es schwer, die Bilder um sie herum noch scharf zu sehen.

Eine junge Dame in blauer Uniform winkte sie durch die Kontrolle hindurch, während der Körperscanner einen schrillen Ton von sich gab. »Sie dürfen weitergehen. Das ist nur ihre hübsche Kette«, sagte sie und reichte ihr ihren Koffer, der gerade vom Kontrollband lief.

Vero spürte sofort einen dicken Kloss in ihrem Hals, der sie beklemmte und auch ein wenig ängstigte. *Meine Kette*, dachte sie und ließ diese einige Male durch ihre Finger gleiten. Die beiden ineinander verschlungenen Kreise. Sein Leben und ihr Leben, fest miteinander verbunden. Zwei Realitäten, die doch so überhaupt nicht zusammenpassten. Die keinerlei Verbindung hatten, keine gemeinsame Basis.

Mit einem kräftigen Zug riss sie sich die Kette vom Hals und musterte das schöne Schmuckstück noch einmal in ihren Händen. Sein Leben. Ihr Leben. Ihre Liebe. Heute würde sie enden. Ihre gemeinsame Geschichte war endlich. Sie hatte es immer gewusst. Tief in ihrem Inneren. Doch niemals, niemals hätte sie gedacht, dass diese derart schmerzvoll für sie ausgehen würde.

Mit gesenktem Kopf ließ sie die Kette in einen der aufgestellten Abfalleimer fallen und lief weiter in Richtung Passkontrolle. In zügigen Schritten verschwand sie hinter einer verglasten Front, die den exklusiven Abflugbereich von der Gepäckkontrolle abgrenzte. Hier am Schalter müsste sie noch einmal ihren Pass vorzeigen, dann wäre sie am Ende ihres Kapitels angekommen. Am Ende ihrer Geschichte, die so hoffnungsvoll gestartet war und doch kein Happy End für sie bereithielt.

Sie öffneten den Reißverschluss ihrer Handtasche und fingerte ihren Reisepass hervor.

Ein Durcheinander an Stimmen ließ sie nochmals aufblicken. Ein junger Mann diskutierte gerade hektisch mit dem Sicherheitspersonal am Kontrollband. »Vero, warte!«, rief er ihr zu und die Dame ließ ihn widerwillig passieren.

Vor der Glasfront blieb Tom stehen und sah sie mit flehenden Augen an. »Bitte, Kleines! Bitte, bleib bei mir«, beschwor er sie und legte seine Handfläche auf das Glas, das wie ein Schutzschild zwischen ihnen lag.

Vero blickte ihn durch die Scheibe hindurch an. Sekundenlang. Seine Augen funkelten grün – grün, wie die Hoffnung, grün, wie die Zuversicht. Doch Toms Gesicht, seine ganze Silhouette, schienen förmlich zu verschwimmen. Immer unschärfer wurde sein Bild, bis sie kaum noch etwas von ihm erkennen konnte.

Schnell drückte sie ihre Handfläche an seine und die Glasfläche zwischen ihnen zerbrach in tausend Teile.

»Das Leben wird vorwärts gelebt
und rückwärts verstanden.«
Sören Aaby Kierkegaards

KAPITEL 35

Bum. Bum. Bum.

Vero schlug die Augen auf. Ihr Herz hämmerte in ihrer Brust und ihr Lungen füllten sich schlagartig mit Luft, als hätte sie diese für eine lange Zeit angehalten gehabt.

Wie paralysiert starrte sie an die weiße Zimmerdecke.

Ein bekanntes Gesicht drängte sich in ihr Blickfeld – Lisa.

»Hey, Liebes. Du bist wach«, sagte sie mit ruhiger Stimme, doch Vero konnte in ihren müden Augen eine gewisse Aufregung aufblitzen sehen.

Sanft blinzelte sie in die Helligkeit des Raums hinein, der sich nur langsam vor ihr schärfte. Weiße Wände. Weiße Decke. Ein stechender Geruch nach Alkohol.

»Wo bin ich?«, wollte sie laut fragen, doch ihre Stimme erklang nur leise und wirkte zerbrechlich.

»Im Krankenhaus«, antwortete Lisa und streifte über ihren Arm hinweg, in welchem eine Infusionsnadel steckte.

»Im Krankenhaus?«, wiederholte sie zaghaft.

Ihr Brustkorb schmerzte bei jedem Atemzug und ihr Kopf brummte in tiefen Frequenzen vor sich hin.

Lisa nickte und marschierte einige Male hektisch im Zimmer auf und ab, bevor sie sich auf die Bettkante setzte und in ihrer Handtasche zu wühlen begann. »Einen Moment, Süße, ich muss dringend deine Mutter anrufen«, sagte sie sichtlich nervös.

Vero griff ihr Handgelenk. »Warte!«, stieß sie mit trockener Stimme hervor. »Was ist denn passiert?«

Lisa schüttelte kurz nachdenklich mit ihrem Kopf, bevor sie ihr Handy wieder zur Seite legte. Dann nahm sie ihre Hand und hielt diese für einige Sekunden fest umschlossen.

»Liebes, du hattest einen Unfall«, begann sie schließlich mit zittriger Stimme. Eine Träne drückte sich aus ihrem Augenwinkel hervor und lief über ihre Wange hinweg.

Vero starrte sie irritiert an. Sie konnte sich nicht erinnern, dass sie ihre Freundin jemals hatte weinen gesehen. Nicht einmal damals, nachdem sie ihre große Liebe Paul mit einem anderen Mädchen in Flagranti erwischt hatte.

»Einen Unfall?« Sie schluckte und ihr Speichel quälte sich unangenehm ihren trockenen Hals hinab. Er schmeckte seltsam metallisch.

Verunsichert sah sie sich noch einmal im Zimmer um. Neben ihrem Bett hing ein großes Display, das augenscheinlich ihre Herzfrequenz und ihre Atmung überwachte. Auf einem Beistelltisch stand ein großer Blumenstrauß, eine Karte mit der Aufschrift *Gute Besserung* sowie eine Flasche Mineralwasser und einige Gläser. Zögerlich griff sie sich an ihren Kopf, der mit einer dicken Mullbinde umwickelt war und leckte sich einige Mal über ihre spröden Lippen hinweg.

Was war nur passiert?

Laute Schritte hallten auf einmal den Flur entlang und ein älterer Herr in einem langen, weißen Arztkittel stand plötzlich in ihrer Türe.

»Schön, dass Sie wieder bei uns sind, Frau Sommer«, sagte er, während er zielstrebig auf sie zulief. Mit einem hellen Licht leuchtete er ihr in die Augen und nickte einige Male zufrieden.

Vero linste auf sein Namensschild. *Dr. Prof. König* stand in schwarzen Lettern auf der silbernen Plakette.

Herr König, wie der Name des hilfsbereiten Boutique-Besitzers, dachte sie umgehend und bemerkte, dass er ebenso vertrauenswürdige, blaue Augen hatte, wie dieser.

»Wissen Sie, wo Sie sind?«

Sie nickte.

»Wie fühlen Sie sich?«

Vero starrte ihn schweigend an. Sie hatte keine Antwort auf seine Frage, wusste sie doch selbst noch nicht einmal, weswegen sie eigentlich hier im Krankenhaus lag.

»Wissen Sie, *wieso* Sie hier sind?«

Sie schüttelte kaum merklich mit ihrem Kopf.

Der Arzt nahm auf einem Stuhl neben ihrem Bett Platz. Eilig zog er sich seine Brille vom Kopf, die nun an einem Band um seinen Hals baumelte. Seine Augen waren klein, er wirkte müde, als hätte er bereits eine lange, vermutlich sogar eine doppelte Arbeitsschicht hinter sich.

»Frau Sommer, Sie hatten einen Unfall, mit einem mittelschweren Schädel-Hirn-Trauma, drei gebrochenen Rippen sowie einer starken Prellung der Hüfte«, erklärte er sachlich. Seine Stimme klang monoton, der Inhalt seiner Worte völlig befremdlich, als kämen sie von einem Tonband. »Wir mussten Sie operieren. Ihre seltene Blutgruppe hat uns ein wenig Schwierigkeiten bereitet und es kam zu Verzögerungen. Doch obwohl letztlich alles gut verlaufen ist, sind Sie nach der Operation nicht wieder aus ihrer Bewusstlosigkeit aufgewacht und in ein Koma gefallen.«

Koma? Vero schluckte und sah Lisa hilfesuchend an, während der Arzt nochmals ihre Vitalfunktionen auf dem Display prüfte und anschließend einige EKG-Elektroden auf ihrer Brust kontrollierte. Doch ihre Freundin wirkte nur ungewohnt unsicher. Nervös schob sie ihr Handy in ihren Händen hin und her, bevor sie sich von ihrem Bett entfernte, um weiteren Ärzten, die nun ins Zimmer geeilt kamen, Platz zu machen.

»Sie ist wach?«, hörte Vero einen der Ärzte fragen.

Dr. König nickte, bevor er noch einmal Blickkontakt mit ihr suchte. »Können Sie sich an den Unfall erinnern?«, fragte er. »An irgendetwas?«

»Nein.«

»Keine Sorge, das ist völlig normal. Ihr Körper braucht noch ein wenig Zeit, um sich zu regenerieren. Sie bekommen von mir jetzt noch einmal einen beruhigenden Cocktail aus Schmerz- und Schlafmitteln«, erwiderte der Arzt. Dann berührte er sanft ihren Arm und schenkte ihr ein aufrichtiges Lächeln. »Ruhen Sie sich noch ein wenig aus.«

Was? Nein! Vero schüttelte hektisch mit ihrem Kopf. Sie wollte nicht schlafen. Nicht schon wieder. Zu groß waren die Lücken in ihren Erinnerungen und zu quälend die Frage danach, was genau passiert war.

Keine Minute später wirkte die Infusion.

KAPITEL 36

Als Vero wieder zu sich kam, lag sie noch immer im Krankenhaus. So sehr hatte sie sich in der Minute nach ihrem Erwachen gewünscht, ihre Augen würde ihr jetzt ein anderes Bild zeigen und all das, wäre nur ein schlechter Traum gewesen. Doch der bissige Geruch nach Desinfektionsmittel stieg ihr sofort wieder in die Nase und offenbarte ihr schnell, dass sie noch immer in ihrem Krankenbett lag.

Müde ließ sie ihre Augen über die weißen Wände des Zimmers schweifen. *Hatte Lisa ihre Mutter in der Zwischenzeit informiert? Wusste sie bereits, dass sie hier in Berlin in einem Krankenhaus war? Wusste Tom über ihren Unfall Bescheid?*

Ihr Herz flatterte kurz auf. *Wo war nur ihr Handy?*

Langsam streckte sie ihren Arm aus und versuchte den Beistelltisch neben ihrem Bett zu erreichen, doch die enge Bandage um ihren Oberkörper nahm ihr jeglichen Bewegungsfreiraum.

»Hey, hey, langsam!«, rief Lisa ihr zu und sprang von ihrem Stuhl auf, den sie offensichtlich nicht verlassen hatte, seit sie das erste Mal aufgewacht war. Eine Decke und ein kleines Kissen fielen zu Boden, als sie schwungvoll aufstand und an ihr Bett herantrat. »Möchtest du etwas trinken?«

Vero nickte und ihre Freundin reichte ihr sofort ein Glas.

»Wie lange habe ich geschlafen?« Ihre Stimme klang noch immer dünn, so als hätte sie diese eine lange Zeit nicht mehr genutzt gehabt, und jeder Atemzug kostete sie unglaublich viel Kraft.

Lisa blickte auf ihre Armbanduhr. »Etwa zwei Stunden.«

»Und du bist noch immer hier? Musst du nicht arbeiten?«

»Ich habe mich freistellen lassen«, antwortet Lisa sachlich. »Wie geht es dir denn jetzt, Liebes?«

Vero nahm einen kleinen Schluck, doch die Kohlensäure des Wassers ließ sie sofort unkontrolliert aufhusten. »Meine Rippen«, stammelte sie hervor, ihr Gesicht schmerzverzerrt. »Sie tun furchtbar weh und mein Kopf auch.«

Lisa sah sie besorgt an. »Soll ich einen Arzt rufen?«

»Nein, bitte nicht. Sag mir lieber endlich, was passiert ist.« Ihre Stimme zitterte vor Anspannung. »Ich kann mich an nichts erinnern. Da ist nichts, alles ist schwarz.«

»Naja, du hattest einen heftigen Unfall und lagst schwerverletzt im Koma. Ich denke, das ist normal. Dein Kopf muss sich erst einmal erholen und das alles verarbeiten.«

Was für einen Unfall?, brannte es ihr noch immer unter den Nägeln. Doch bevor sie ihre Frage endlich laut aussprechen konnte, fuhr Lisa bereits fort.

»Hey, du weißt, wer du bist. Du weißt, wer ich bin. Das ist doch das Wichtigste. Mich würde nur interessieren, wer dieser Tom ist. Du hast seinen Namen im Schlaf gesagt. Immer und immer wieder.« Ihre Freundin sah sie neugierig an. »Ein Krankenpfleger? Ein heißer, hoffe ich.«

Vero lief es eiskalt den Rücken hinab, als sie seinen Namen hörte. *Tom.* Er war die Liebe ihres Lebens und doch eine der größten Enttäuschungen gewesen. Aber sie musste sich eingestehen, dass ihr Herz sich noch immer nach ihm verzehrte. Jetzt, in dieser undurchsichtigen Situation, hier im Krankenhaus, mehr als je zuvor.

»Wer das ist?«, fragte sie ein wenig ruppig zurück. »Mir ist nicht nach Scherzen zu Mute.«

Lisa legte ihre Stirn in Falten und warf ihr einen fragenden Blick zu. »Wie meinst du das?«

Vero lachte kurz auf, doch ihre Rippen fingen sofort schmerzhaft an zu pochen. »Tom ist der Mann, dem ich mein Herz hier in Berlin geschenkt habe. Du erinnerst dich? Der *ultra heiße* Typ mit dem Kaffee-Becher?« Ihre Stimme kratzte in ihrem trockenen Hals. »Der Kerl, der mich aus meiner sexuellen Durststrecke geholt hat? Den wir auf der *NMC*-Gala gesehen haben. Der Schauspieler?« Sie warf mit Phrasen und Schlagwörtern nur so um sich.

Lisas Augen weiteten sich. Kritisch musterte sie Vero einige Sekunden lang, bevor sie ihr ein paar Schweißperlen von der Stirn tupfte. »Das klingt alles ziemlich verstörend, Liebes. Ich denke, du solltest noch ein bisschen schlafen. Du scheinst noch immer ziemlich verwirrt zu sein.«

Veros Gedanken fingen an zu rasen und ein unangenehmer Druck machte sich in ihrem Kopf breit. »Ich bin nicht verwirrt! Wo zur Hölle ist mein Handy?«, fragte sie mit rauer Stimme.

Lisa zuckte kurz zusammen, wühlte dann aber eilig in ihrer Tasche und zog ihr Smartphone hervor, doch der Akku war leer. »Möchtest du meins nehmen? Ich habe deine Mutter aber schon angerufen. Sie und Harald waren vorhin hier, als du geschlafen hast und sind jetzt unten in der Cafeteria, um eine Kleinigkeit zu essen. Ich habe versprochen ihnen Bescheid zu geben, sobald du wieder aufwachst«, sagte sie und streckte Vero ihr eigenes Handy entgegen.

Auf dem großen grauen Bildschirm leuchtete die Uhrzeit auf. *10:55 Uhr, 27. Juli.*

Veros Herz stolperte heftig. *Wie konnte das sein? Müsste sie jetzt nicht in einem Flieger zurück nach Stuttgart sitzen? Eben hatte sie doch noch am Flughafen gestanden, wie konnte sie dort einen Unfall gehabt und anschließend im Koma gelegen haben?*

Diffuse Angstgedanken fluteten sie augenblicklich und verursachten eine derart starke Übelkeit, dass sie hektisch auf den Papiereimer zeigte, der unter dem Beistelltisch stand.

»Jetzt reicht´s, ich hol den Arzt«, sagte Lisa kritisch, nachdem Vero sich einige Male in den dunklen Eimer übergeben musste. »Nicht, dass du noch einen bleibenden Schaden …«

»Wann?«, stieß sie schnell hervor und ihre Stimme klang das erste Mal ein wenig lauter. »*Wann* hatte ich den Unfall?«

»Vor etwa zwei Wochen«, antwortete Lisa kopfschüttelnd.

Veros Kreislauf fuhr mit hundertachtzig Sachen hinab in die Tiefe und ihre Hände begannen unaufhaltsam zu zittern.

Vor zwei Wochen. Wie war das nur möglich?

Sie atmete schwer.

Lisa griff nach ihren Händen. »Hey, schau mich an, Vero. Atme ruhig! Alles ist gut. Kannst du dich denn wirklich an nichts mehr erinnern? An gar nichts mehr?«, hakte sie nach, bevor sie ihr ein Taschentuch reichte.

»Nein.« Vero wischte sich ein wenig Speichel aus ihren Mundwinkeln. »Ich bin vorhin hier in diesem Zimmer aufgewacht. Zuvor stand ich in meiner Erinnerung am Flughafen.«

»Flughafen?« Lisa runzelte nachdenklich ihre Stirn. »Ah, verstehe. Das ist doch schon mal gut. Dann weißt du ja auch, wann du zu mir gekommen bist?«

Sie nickte. Ja, das wusste sie noch. Es war ein Sonntag, der 15. Juli. Aber sie sprach nicht von ihrem Hinflug, sondern von ihrem Rückflug nach Stuttgart. Ihrer Flucht aus Berlin, nachdem Tom ihr das Herz gebrochen hatte.

»Am Montag bist du zu deinem Bewerbungsgespräch nach Berlin Mitte gefahren. Die Stelle bei *Reflection.Berlin*, erinnerst du dich noch daran?«, fuhr Lisa fort.

Sie nickte erneut.

»Ein Autofahrer hat die Kontrolle über seinen Wagen verloren und dich und einen anderen Passanten auf dem Gehsteig erfasst. Es muss wohl ein ziemlich heftiger Aufprall gewesen sein.« Lisa schluckte. »Du warst schwer verletzt«, ergänzte sie mit zittriger Stimme.

Veros Augen weiteten sich. Sie erinnerte sich noch gut an den *Rums*, als sie an jenem Tag die Ecke zur Französischen Straße passiert hatte und auch an das warme Gefühl, das sich so plötzlich auf ihrer Brust ausgebreitet hatte. Doch in ihrer Erinnerung war es Toms Kaffee und nicht ihr Blut, das sich in dunklen Pfützen auf dem Asphalt abgezeichnet hatte.

»Aber, wie ist das möglich? An diesem Tag habe ich doch Tom kennengelernt. Daran kann ich mich noch bestens erinnern. An die Zeit hier in Berlin. Mir dir. Mit ihm«, stotterte sie durch ihre spröden Lippen und sah Lisa verunsichert an.

»Vero, ich sage dir das nur ungern, aber ich befürchte, es gibt keinen Tom. Du lagst fast zwei Wochen im Krankenhaus, hier im *NMC – New Medical Center –* und warst weder bei Bewusstsein, noch in irgendeiner Weise ansprechbar. Dein Kopf spielt dir offensichtlich einen Streich. Du hast das vermutlich alles nur geträumt«, hörte sie die Stimme ihrer Freundin noch durch den Raum hallen, bevor ihr Körper in die weiche Matratze ihres Bettes zurücksank.

Du lagst im Koma …

New Medical Center … Es gibt kein Tom … Nur geträumt …

»Ich falle, Lisa. Ich falle«, hauchte sie ihrer Freundin noch entkräftet zu, bevor sie erneut ein tiefer Schlaf übermannte.

KAPITEL 37

Vero schlief bis in die Nacht hinein, den nächsten Tag und auch den übernächsten. Ab und zu erwachte sie für wenige Minuten und blickte in das besorgte Gesicht ihrer Mutter oder in das ihrer Freundin Lisa. Sie beide hatten die letzten Wochen nahezu pausenlos an ihrem Bett verbracht. Hatten gehofft, gebangt, geweint – und jetzt war sie endlich wach und ihren Liebsten doch so fern. Denn in ihrem Kopf tobte ein Krieg, ein Krieg zwischen zwei Realitäten. Noch wusste sie nicht, an welche Version sie glauben sollte oder besser, an welche sie glauben wollte.

Da waren Lisa, Anna, Ian und Tom auf der einen Seite, mit denen sie unglaubliche Tage in Berlin erlebt hatte. Erfrischende, erregende, aber auch enttäuschende Tage. Eine Zeit, in der sie neue Freundschaften geschlossen und ihre große Liebe gefunden hatte. Ihre Liebe zu Tom und zu sich selbst.

Und dann gab es da noch eine andere Realität. Eine hässlichere, wie Vero fand. Sie hatte auf dem Weg zu ihrem Bewerbungsgespräch an jenem Montagmorgen einen Unfall gehabt und lag seither im Koma. Ein Auto hatte sie auf dem Gehsteig erfasst, ihren Körper durch die Luft geschleudert, bis dieser letztlich auf dem harten Asphalt aufgeschlagen war. Ihr Kopf hatte einen heftigen Schlag einstecken müssen, der dazu geführt hatte, dass sie auf dem Weg ins Klinikum immer wieder ihr Bewusstsein verloren hatte und letztlich eine lange Zeit nicht wieder aufgewacht war. All ihre Erlebnisse, ihre Gefühle und Gedanken der vergangenen Tage hatten sich lediglich in ihrem Kopf abgespielt, während sie hier im Zimmer eines Krankenhauses in Berlin Friedrichshain um ihr Leben gekämpft hatte.

»Dass Sie sich an den Unfall nicht mehr erinnern können, ist nichts Untypisches«, hatte Dr. König ihr nochmals versichert, als er sie das letzte Mal an ihrem Bett besucht hatte. »Viele Komapatienten leiden in den ersten Tagen nach dem Erwachen an einer dissoziativen Amnesie, einer Gedächtnisstörung, die durch Traumata oder Stress ausgelöst wurde. Ihr Kopf versucht nun zwanghaft die entstandenen Lücken mit anderen Bildern zu füllen. Das sind in Ihrem Fall offensichtlich solche aus Ihrer Schlafphase. Geben Sie sich noch ein wenig Zeit, zwischen Traum und Realität unterscheiden zu können.«

Seine Stimme hallte noch immer in Veros Ohren nach.

Ihr Verstand wusste längst, dass seine Worte der Wahrheit entsprachen, aber ihr Herz benötigte einfach noch mehr Zeit, um zu akzeptieren, dass Tom nur in ihrem Kopf existierte. Dass seine Berührungen, seine Küsse und Worte niemals der Realität entsprochen hatten. Er selbst hatte es sogar zu ihr gesagt. Damals auf der *New Movie Convention*. *Sie* stand zwischen ihnen. Nicht Alex. *Sie*, die Realität.

Tom war demnach zu keiner Zeit real gewesen. Er war reine Fiktion, nichts als ein Traum. Sie aber war aus Fleisch und Blut und lag hier, in diesem Krankenbett, in der schmerzhaften Realität, mit der sie sich nicht auseinandersetzen wollte. Noch nicht. Und so hielt sie weiter fest; an ihren Erinnerungen, an Tom. Sie konnte ihn nicht gehen lassen. Er war noch immer ein Teil von ihr und sie fürchtete, dass sie auch ein Stück ihrer selbst verlieren würde, wenn sie die Wahrheit akzeptieren würde.

Immer wieder bat sie Dr. König daher ihr noch einmal den betäubenden Cocktail aus Schlaf- und Schmerzmitteln zu spritzen, nur um wieder bei ihm sein zu können. Denn tief unten in ihren Träumen konnte sie ihn noch immer sehen. Wie er vor ihr stand, in diesem kleinen Park in Schöneberg. Wie er sie musterte mit seinen wunderschönen grünen Augen, sie anlächelte und sie küsste. Einmal. Zweimal. Dreimal. Hunderte Male. Wie in einer endloslangen Zeitschleife, die sie immer und immer wie abspielte. Ihre Träume waren wie ein kurzweiliger Zufluchtsort. Ihre zunehmend blasser werdenden Erinnerungen, alles, was ihr noch von Tom blieb.

Drei Tage lang kehrte sie immer wieder zurück, um unter der mächtigen Linde auf der kleinen Anhöhe, am Rand der Zeit, auf ihn zu warten. Erst als Dr. König ihr eine weitere Dosis Schlafmittel verwehrte, konnte sie die Pforte nicht mehr überschreiten und blieb wach. Für viele schmerzhafte Stunden. Mit geöffneten Augen konnte sie nicht mehr zu ihm gehen, ihn nicht mehr umarmen, ihn nicht mehr küssen.

Ihr Körper fühlte sich daraufhin, wie im freien Fall. Ihr Herz zerrissen, ihr Verstand zerbrochener, denn je. Die Wahrheit schmerzte so sehr und selbst ihre Freundin konnte sie nicht darüber hinwegtrösten. Vero sah sie kommen und gehen. Immer wieder sprach sie fürsorglich auf sie ein, doch ihre Worte bewirkten nichts. Sie konnte nicht reden. Sie wollte nicht reden. Weder mit Lisa noch mit ihrer Mutter, ihrem Arzt oder sonst jemanden. Sie wollte einfach nur dasitzen, alleine, die weiße Wand vor ihrem Bett anstarren und weinen. Ihre Seele war müde. Ihre Erinnerungen lebendiger, als sie es war.

Tage vergingen und viele Male dachte Vero darüber nach, ganz einfach hinauszurennen. Raus aus ihrem Zimmer, aus den furchtbar sterilen Räumlichkeiten des Krankenhauses, raus aus der bedrückenden Situation, in welcher sie sich wie gefangen fühlte. Sie wollte atmen. Draußen an der frischen Luft. Das Blau des Himmels sehen und die Sterne der Nacht. Ihre Welt war am Bröckeln, sie zerfiel vor ihren Augen und doch war sie weder fähig noch willens, etwas daran zu ändern.

KAPITEL 38

Vier Tage waren seit ihrem Gespräch mit Dr. König vergangen und Vero kehrte in ihrem Kopf noch immer die Scherben auf, die sie scheinbar selbst verursacht hatte.

Sie war wach, meistens zumindest. Ihre Blicke kreisten immer wieder über die klinisch weißen Wände hinweg, hin zu den altbackenen, braunen Einbauschränken und hinauf zur Decke, dessen Fugen sie schon zahllose Male gezählt hatte. In der linken Zimmerecke hing ein Fernseher an einem Schwenkarm, der vermutlich seit den Achtzigern nicht mehr gegen ein moderneres Modell ausgetauscht wurde, daneben das einzige Bild, welches die lieblosen weißen Wände zierte. Ein Bild, mit einem hell erleuchteten Riesenrad.

Veros Magen flatterte nervös und kurz schien es, als spürte sie noch einmal jenes ungute Gefühl, das sie beschlichen hatte, als Tom sie in der Kabine eines solchen in die Tiefe hatte blicken lassen.

Ob es dieses Riesenrad wirklich gab? Ob es tatsächlich im Spreepark stand und derzeit saniert wurde? Ob sie jemals wieder in eine Fahrattraktion wie diese einsteigen könnte, ohne an ihn denken zu müssen?, dachte sie soeben, als es zaghaft an der Türe klopfte.

»Darf ich reinkommen?«, hörte sie eine weibliche Stimme fragen.

Sie nickte und eine junge Ärztin nahm daraufhin auf einem Stuhl neben ihrem Bett Platz. Vero schätze sie auf Mitte

Dreißig, auch wenn sie mit ihrer frechen Zahnlücke und den rötlich schimmernden Haaren wesentlich jünger aussah.

Ihr Name war Anna.

»Weißt du, wer ich bin?«, fragte sie zu Gesprächsbeginn.

»Nein«, antwortete Vero, obwohl sie ihr Gesicht bereits mehr als nur einmal gesehen hatte. Doch glauben, würde es ihr sowieso keiner. Und da ihre Mutter bereits der festen Überzeugung war, dass man sie direkt aus dem Krankenhaus in eine Therapie überweisen sollte, hatte sie auch keinerlei Bestreben, Anna zu berichten, dass sie eine fiktive Doppelgängerin hatte. Hier oben, in ihrem zerstreuten Kopf.

»Ich möchte gar nicht lange um den heißen Brei herumreden«, fuhr Anna fort. »Ich bin Psychologin und würde mich gerne ein wenig mit dir unterhalten.«

Vero warf ihr einen missfälligen Blick zu. Ihre Mutter hatte ihren Plan ganz offensichtlich schneller in die Tat umgesetzt, als es ihr lieb war.

»Keine Sorge, ich bin keine klassische Seelen-Klempnerin. Ich bin auf Komapatienten spezialisiert und war die letzten Wochen bereits regelmäßig an deiner Seite, während du geschlafen hast«, beschwichtigte Anna sofort.

»Weswegen?«

Vero schob sich nach oben und setzte sich aufrecht in ihr Bett. Noch immer fiel es ihr schwer, sich schmerzfrei zu bewegen. Ihre Rippen brannten förmlich und die Bandage um ihren Rumpf glich einem straffen Korsett, welches ihr regelrecht die Luft zum Atmen nahm.

»Weil es ein paar Dinge gibt, die den Heilungsprozess eines Komapatienten positiv beeinflussen können. Die Stimmen der Liebsten, vertraute Musik, bedeutungsvolle Geschichten.«

Anna streckte ihr eine CD der Gruppe *The Killers* sowie einige Bücher entgegen. »Deine Freundin brachte mir deine Lieblingsbücher, wir haben dir abwechselnd daraus vorgelesen. Sie hat dir Songs aus ihrer Playliste vorgespielt, dir alte Geschichten erzählt, mit dir in Erinnerungen geschwelgt. Sie ist ein wirklich toller Mensch, mit einem unglaublich schlechten Musikgeschmack.« Anna lachte kurz. »Lisa war es auch, die mir gestern erzählt hat, dass du dich nicht mehr an den Unfall erinnern kannst und immer von einem jungen Mann sprechen würdest. Ist das richtig?«

»Das stimmt. Beides«, erwiderte Vero ein wenig verlegen, obwohl ihr die Formulierung ihrer Ärztin gut gefiel. Sie war die erste, die ihr nicht sofort unterstellte, sie würde sich das alles nur einbilden.

»Möchtest du mit mir gemeinsam versuchen, deine Gedächtnislücken zu schließen?«, fragte Anna und zog einen Kugelschreiber aus der Brusttasche ihres Arztkittels hervor.

Vero nickte zögerlich.

»Okay, schön«, entgegnete sie erfreut. »Dann erzähl mir doch, was du die letzten Wochen erlebt hast. Was ist in deinem Kopf passiert, während du geschlafen hast?«

Sie schluckte. Eine Träne löste sich aus ihrem Augenwinkel und rollte ihre Wange hinab. Sie konnte sie nicht aufhalten. Zum ersten Mal seit Tagen fühlte sie sich ernstgenommen. Anna wollte ihre Geschichte hören und sie war mehr als bereit dazu, ihr diese zu erzählen.

✦

Anna hörte ihr zu. Eine ganze Stunde lang. Vero erzählte von ihrer Reise in die Hauptstadt, ihrem Vorstellungsgespräch, von Lisa, Anna, Ian und all den anderen Menschen, die sie kennengelernt hatte. Und von Tom. Noch immer sah sie sein betörendes Lächeln vor sich, obwohl die Erinnerungen an ihn mit jedem Tag mehr, blasser zu werden schienen.

Von Zeit zu Zeit nickte ihr Anna interessiert zu und machte sich einige Notizen auf ihrem mitgebrachten Schreibblock. Als Vero ihre letzte Erinnerung mit ihr teilte, den Blick in Toms grüne Augen, seine Hand auf ihrer und doch getrennt von einer plötzlich zerberstenden Glasscheibe, holte ihre Ärztin schließlich tief Luft.

»Das was ich dir jetzt sagen werde, wird wehtun, aber es wird dir helfen zu verstehen«, sagte sie mit einer Ruhe in ihrer Stimme, die Vero sogleich jegliche Beklemmung nahm. »Dein Kopf hat sich während des Komas eine eigene Realität erschaffen, um dich zu schützen«, erklärte sie. »Das ist nichts Ungewöhnliches. Du bist in dieser Realität ganz klassische, emotionale Phasen durchlaufen. Hast Liebe empfunden, Vertrauen, Geborgenheit, aber auch Wut, Enttäuschung und Schmerz. All das hat dir letztlich geholfen, deinen Körper und deinen Geist zu heilen. Aus neurophysiologischer Sicht ist das Träumen ein für den Körper überaus wichtiger Mechanismus, um zu regenerieren und die körpereigenen Batterien wieder aufzuladen.«

Vero runzelte nachdenklich ihre Stirn. Sie hatte nicht besonders viel Ahnung von psychologischen Prozessen, aber dennoch konnte sie Annas Worten gut folgen und hatte erstmalig das Gefühl, eine plausible Erklärung für ihre aktuelle Situation zu erhalten.

»Du sprachst davon, dass du immer wieder Kopfschmerzen verspürtest und dich ungewohnt erschöpft gefühlt hast«, fuhr Anna fort, während sie einen Moment lang auf ihre handschriftlichen Notizen blickte. »In diesen Phasen warst du vermutlich immer wieder kurz davor aufzuwachen«, erläuterte sie. »Du bist schwer verletzt gewesen und dieser Schmerz war real, du spürtest ihn auch in deiner fiktiven Welt – besonders dann, wenn dein Schlaf seichter wurde.«

Vero nickt erneut stumm. Ihre Schmerzen waren also echt gewesen und hatten nichts mit Lisas unbequemen Sofa zu tun gehabt. Sie hatte stets gespürt, was ihr tatsächlich widerfahren war.

»Es gab einige Momente, in welchen wir dachten, dass du aufwachen würdest. Deine Augenlider und Lippen bewegten sich, deine Fingerspitzen vibrierten, aber du bliebst weiterhin bewusstlos. Ich kann nur spekulieren, dass Tom der Grund dafür war, weswegen du nicht erwacht bist oder es vielleicht auch einfach nicht wolltest.« Anna schmunzelte und scannte Veros Gesicht nach einer Reaktion auf ihre Vermutung. »Tom war Teil der Dunkelheit, in der du dich so wohl gefühlt hast. In der du vermutlich das erste Mal seit langer Zeit, die Person sein konntest, die du schon immer sein wolltest. Er hat dich glücklich gemacht und du hast für ihn dein wahres Ich, dein *waches* Ich, tief unten in deinem Bewusstsein vergraben.«

Vero schluckte verkrampft. Annas These stimmte, sie hatte nicht aufwachen, aus dem Dunklen hervortreten wollen. Zu keiner Zeit. Nicht bis zu jenem Abend auf der *NMC*.

»Also war ich selbst der Grund dafür, dass ich nicht aufgewacht bin? Habe ich mich selbst in meinem Traum gefangen gehalten, weil ich dort glücklicher war, als hier?«

»Vermutlich, ja.« Anna nickte und musterte sie kurz. »Kennst du *Sigmund Freud*?«, fragte sie weiter.

Vero warf ihr einen aufsässigen Blick zu.

»Tut mir leid. Die Frage hätte ich mir wohl sparen können.« Anna zwinkerte flüchtig. »*Freud* hat einmal gesagt, Träume sind wie Briefe an uns selbst. Sie machen uns auf unerfüllte Sehnsüchte und unterdrückte Ängste aufmerksam. Und das ist aus psychologischer Sicht eine äußerst spannende Sache. Denn im Prinzip existieren in jedem von uns zwei Persönlichkeiten.«

Zwei Persönlichkeiten, wiederholte Vero stumm und dachte kurz an Toms Zeichnung im Sand. Draußen, am Wannsee.

»Eine, für das angepasste, geregelte Leben. Sie folgt Richtlinien, gesellschaftlichen Normen, bewertet überwiegend auf rationaler Ebene. Die andere allerdings ist purer Instinkt, etwas das in uns allen schlummert, aber zumeist nur dann zum Vorschein kommt, wenn wir unseren Verstand ausschalten. Die Krux ist, dass wir genau diese Persönlichkeit zumeist selbst nicht kennen. Der beherrschte Vernunftmensch ist uns bestens bekannt, der unbefangene Gefühlsmensch jedoch kaum bis gar nicht. Es gibt nur wenige Momente, in welchen das Pendel umschlägt, wir all unsere Gefühle ungefiltert zulassen und über unseren Verstand stellen. In größter Angst beispielsweise, in einem sexuellen oder auch medikamentösen Rausch und allen voran im Schlaf, den wir einfach nicht kontrollieren können.«

Anna schenkte sich ein Glas Wasser ein und nahm einen Schluck. »Und hier ist nun die Parallele zu *Freud*«, fuhr sie schließlich fort. »Tom war die Sehnsucht nach allem, was du dir bisher selbst noch nicht erfüllen konntest, weil dein Kopf dich zumeist davon abgehalten hat. Zugleich schürte er aber auch eine tiefe Angst in dir. Die Angst vor Verlust, vor Vergänglichkeit. Die Angst, wieder jemanden zu verlieren, so wie damals deinen Vater, deinen Freund und nicht zuletzt auch Lisa, als sie nach Berlin ging und dich zurückließ. Deswegen hast du dich zwanghaft an etwas festgehalten, was von Anfang an nicht real war. Deswegen konntest oder wolltest du nicht loslassen.«

Veros Herz flatterte kurz unangenehm auf. Jeder Name in Annas vorangegangener Aufzählung schmerzte ihr sehr.

»Liege ich mit meiner These richtig?«

»Ja, das tust du vermutlich. Ich habe meine Augen bewusst verschlossen gehalten – hier *und* in meiner Traumwelt – weil ich ihn nicht auch wieder verlieren wollte«, bestätigte sie leise.

»Du wolltest nicht verlieren, was du durch Tom gewonnen hattest; Freiheit, Selbstwertgefühl, Liebe, die volle Gefühlspalette«, ergänzte Anna schnell. »Dein Körper hat sich regelrecht davor gesträubt, wieder aufzuwachen. Denn das hätte ja bedeutet, dass du gleich zwei Dinge auf einmal verlieren würdest; ihn und dein neues, so liebgewonnenes Ich.«

Annas Worte durchdrangen Vero wie ein Lichtstrahl, der endlich Helligkeit in ihre dunklen, diffusen Gedanken brachte. Apathisch starrte sie in den sterilen Raum hinein, während ihr Kopf zu arbeiten begann.

»Selbstfindung«, murmelte sie schließlich vor sich hin.

Anna sah sie irritiert an.

»*Lewis Caroll.*« Sie schüttelte kurz ihren Kopf, bevor sie den Blick ihrer Ärztin erwiderte. »Mein erstes Buch. *Alice im Wunderland.* Der weiße Hase erklärt Alice darin, dass viele ins Wunderland kommen, aber nur wenige verstehen, um was es tatsächlich geht. Nicht darum, Liebe zu finden. Sondern sich selbst.«

Anna nickte nachdenklich.

»Aber sag mir,« fuhr Vero fort, »jetzt wo du meine Geschichte gehört hast und mich bis ins kleinste Detail analysiert hast, was ist dein Fazit? Habe ich noch alle Tassen im Schrank oder muss ich mir ernsthafte Sorgen machen?«

Anna lachte und ihre Nase legte sich in viele kleine Falten. »Nein Vero, musst du nicht. Deine Schrauben sitzen alle noch fest, versprochen. Wir alle haben Ängste und Sehnsüchte, das ist etwas ganz Normales. Du solltest Menschlichkeit nicht mit Schwäche verwechseln.« Sie blickte noch einmal auf ihre Notizen. »Letztendlich war dieser Mensch, den du hier und jetzt so sehr vermisst, eine Spiegelung deiner tiefsten Bedürfnisse und Ängste. Vor allem aber, war er Teil deines Heilungsprozesses. Er hat deinem Kopf dabei geholfen seinen Akku wieder mit der breiten Palette an menschlichen Emotionen aufzuladen. Du hast ihn geliebt, dich bei ihm lebendig und geborgen gefühlt und doch hat er dich auch Enttäuschung und Wut spüren lassen. Ich denke dein Kopf wollte, dass deine Geschichte mit Schmerz endet, als du bereit dazu warst, wieder aufzuwachen. Du musstest dich von ihm abwenden, dich deiner Angst des Loslassens stellen, zurück in deine Welt gehen, sonst wärst du jetzt nicht hier, sondern vielleicht noch immer im Koma.«

Veros Gedanken wirkten mittlerweile wie vernebelt. Ihr Kopf komplett gefüllt von Annas Worten, die so viel Wahrheit beinhalteten. Entkräftet legte sie ihr Gesicht für einige Sekunden stumm in ihren Handflächen ab.

»Lass es wehtun und dann lass los«, sagte Anna und streichelte sanft über ihren Handrücken hinweg. »Liebe bedeutet immer auch Schmerz. Sie ist nicht echt, wenn sie nicht auch wehtut.«

Vero kullerte eine Träne über die Wange hinweg. Sie hatte keine Kraft mehr ihre Emotionen zu unterdrücken. »Echt?!«, stieß sie laut hervor und zuckte kurz, überrascht von ihrer eigenen kraftvollen Stimme, zusammen. »Nichts ist doch jemals echt gewesen. Du hast es mir doch eben selbst erklärt.«

Anna legte ihre Unterlagen beiseite. »Nun ja, ganz so sicher bin ich mir da tatsächlich nicht«, flüsterte sie derart leise, als wären diese Worte nur für sie selbst bestimmt. »Weißt du was *Oxytocin* ist?«

Vero fuhr sich mit ihrem Handrücken über ihre feuchte Wange hinweg. »Klingt giftig.«

»Das ist es ganz und gar nicht. Man nennt es vielmehr auch das Kuschelhormon.« Anna zwinkerte und ein Lächeln huschte über ihr hübsches Gesicht. »Es spielt eine bedeutsame Rolle bei der Ausbildung zwischenmenschlicher Beziehungen. Zwischen Mutter und Kind beispielsweise oder bei Partnerschaften. Es stärkt die Bindung sowie das Vertrauen in eine Person und aktiviert sexuelles Verlangen.«

Sexuelles Verlangen. Veros Wangen erröteten kurz. Verlegen starrte sie auf Annas Hand, die noch immer die ihre fest umschlossen hielt. »Und das bedeutet jetzt was?«

»Wir haben einen erhöhten Wert dieses Hormons in deinem Blut festgestellt und diese Tatsache deiner engen Verbindung zu Lisa zugeschrieben. Sie war schließlich jeden Tag hier und hat mit dir gesprochen.« Anna zögerte und sah kurz über ihre Schulter hinweg, um sich zu versichern, dass die Türe zu Veros Zimmer auch wirklich geschlossen war. »Aber jetzt, nachdem ich mit dir persönlich sprechen konnte und du mir deine Version der Geschichte erzählt hast, habe ich eine ganz andere These. Möchtest du meine persönliche Meinung dazu hören?«

Vero nickte und wischte sich eine weitere Träne davon.

»Weißt du, in Träumen verarbeitet man oft auch Emotionen und Bilder, die man bereits erlebt, empfunden oder gesehen hat. Mir ist vorhin mehrfach etwas in deiner Geschichte aufgefallen. Du hast immer wieder Namen, Situationen und

Bilder erwähnt, die du mit großer Wahrscheinlichkeit auf dem Weg ins Klinikum oder direkt hier wahrgenommen hast. Das kann bewusst, aber auch unterschwellig passiert sein.«

»Ich kann dir nicht ganz folgen«, erwiderte Vero zerstreut.

»Okay, ein Beispiel«, fuhr Anna fort. »Du sagtest Dr. König sei dir schon einmal begegnet, in dieser kleinen Herren-Boutique. Allerdings ist es genau umgekehrt gewesen. Du hast ihn hier im Krankenhaus gesehen, als du eingeliefert wurdest. Vielleicht nur für einen kurzen Moment. Aber es hat offenbar ausgereicht, dass du ihm in deinem Traum wieder begegnet bist. Er hat dir geholfen, sich um dich gekümmert, so wie er es auch hier in der Notaufnahme getan hat.«

Veros Augen weiteten sich schlagartig, als hätte ihr soeben jemand eine Injektion pures Koffein in die Adern gespritzt. Ganz plötzlich war sie hellwach.

»Und ich war an jenem Tag auch im Dienst. Es ging an diesem Vormittag ganz schön hektisch zu und da man deinen Zustand noch nicht genau beurteilen konnte, hat man mich dazu geholt. Ich habe beruhigend auf dich eingeredet, während du für die Operation vorbereitet wurdest. Du hast mich sicher ebenfalls unterbewusst wahrgenommen. Nur habe ich in deinem Traum eine viel größere Rolle gespielt, weil ich wie Lisa nahezu täglich an deinem Bett saß. Du kanntest mein Gesicht aus der Notaufnahme, meine Stimme und wohl auch einige meiner persönlichen Eigenschaften.«

»Wie meinst du das?« Vero sah sie irritiert an.

»Weißt du, Lisa und ich haben viel Zeit gemeinsam in diesem Zimmer verbracht und sie hat mir viel von dir erzählt. Ich wäre ein Eisklotz, wenn mich das nicht berührt hätte und es fiel mir nicht immer leicht, die Distanz zu wahren, die man eigentlich zu einem Patienten haben sollte. Ich hatte oft Angst um dich und habe dich das vermutlich auch unterschwellig spüren lassen.«

Veros Gedanken wurden schlagartig klarer. »Meine Anna hatte auch Angst. Angst, dass ich verletzt werde. Sie forderte mich mehrfach auf, doch endlich meine Augen zu öffnen …«

»So, wie ich«, vervollständigte Anna ihre Schlussfolgerung. »Verstehst du Vero, auf was ich hinaus möchte? Welcher Tatsache ich deinen erhöhten *Oxytocin*-Wert zuspreche?«

Sie beobachtete, wie Anna eilig eines ihrer Bücher aufschlug. Ihr Gedichtband, welches sie noch am Flughafen in Stuttgart gekauft hatte, bevor sie nach Berlin geflogen war. Eine Seite war mit einem herausgerissenen Stück Papier gekennzeichnet. Ein Auszug aus dem Buch *The Chaos of Stars* von *Kiersten White* stand auf dieser. Es ging um Schicksal und um den Glauben daran, dass dieses nicht umgangen werden konnte. Dass jeder Weg, den man einschlug, letztlich immer zur gleichen Bestimmung führte.

Den letzten Abschnitt des Auszuges las Vero nicht im Stummen, sondern hauchte ihn leise vor sich hin. Und mit jedem Wort mehr, begann sie zu verstehen, worauf ihre Psychologin ganz offensichtlich hinauswollte. »And I'd choose you; in a hundred lifetimes, in a hundred worlds, in any version of reality, I'd find you and I'd choose you.«

»Verstehst du, Vero?«, fragte Anna erneut. »Wenn es uns in der realen Welt gibt, dann gibt es vielleicht auch Tom. Vielleicht bist du ihm ebenfalls schon einmal begegnet. Hast dich ihm nahe gefühlt, ihm dein Vertrauen geschenkt. Er könnte dein heller Stern, dein *Star*, in deinem ganz persönlichen Chaos gewesen sein. Wenn sich dein Herz also derart nach ihm sehnt, dann solltest du ihn suchen – dort draußen in der Realität – und dich wieder in ihn verlieben.«

KAPITEL 39

Du solltest ihn suchen, hallten Annas Worte durch Veros Kopf, auch dann noch, als sie längst das Zimmer verlassen hatte. Seitdem saß sie aufrecht in ihrem Bett und versuchte die verzerrten Bilder in ihrem Kopf zu entschlüsseln. Es musste doch einen Trigger geben, mit dem sie ihre verschwommenen Erinnerungen wieder scharf stellen konnte, so wie mit einer Antenne bei einem alten Fernseher.

Noch immer blickte sie auf das Buch, welches Anna ihr vorhin gereicht hatte und das jetzt aufgeschlagen auf ihrer Bettdecke lag. Sie hatte es zwar gekauft, jene Seite jedoch nicht markiert gehabt, diesbezüglich war sie sich sicher. Doch noch vielmehr als das, irritiere sie das Wort, welches auf dem ausgerissenen Stück Papier stand. In einer kaum lesbaren Graustufe, ganz klein unten rechts im Eck: *Biel.*

»Pieps mich an, wenn dir etwas einfällt«, hatte Anna vorhin noch zu ihr gesagt und ihre Handynummer auf einem gelben Post-IT Zettel hinterlassen. Vero starrte nun auf die vielen Zahlen, die sie mit Kugelschreiber unter ihren Namen geschrieben hatte, fand jedoch nach wie vor keinen Ansatzpunkt, der einen Anruf rechtfertigen würde.

Lethargisch ließ sie ihren Blick über ihren Nachttisch schweifen. Ihre Mutter hatte ihr gestern einen kleinen Handspiegel mitgebracht. Er war rosefarben, gemustert, als wäre er aus Marmor. Zögerlich griff sie den Spiegel und klappte ihn mit ausgestreckter Hand vor ihrem Gesicht aus. Bislang hatte sie den Blick in ihr Spiegelbild stets gemieden. Zu sehr fürchtete sie sich vor ihrem eigenen Anblick. Denn was wäre, wenn auch die Spiegelung ihrer selbst, nicht das zeigen würde, was sie erwartete? Was, wenn sie nicht die Vero erblicken würde, die sie in Erinnerung hatte? Wenn sie jemand völlig fremdes sehen würde?

Ehrfürchtig blinzelte sie in die Reflektion des Spiegels hinein. Erleichterung keimte sofort in ihr auf. Das Bild zeigte sie, unverkennbar. Doch sie war blass, hatte dunkle Ränder unter ihren Augen, spröde Lippen und eine Mullbinde um den Kopf. Ihre Haare wirkten strähnig, ihr Blick müde und matt.

Abgeneigt legte sie den Spiegel auf ihrer Bettdecke ab. Annas Aufschrieb spiegelte sich kurz darin.

Anna. *A-n-n-A.*

Eilig griff Vero den Hörer ihres Telefons und wählte die Nummer ihrer Ärztin, die nur Minuten später in ihrer Türschwelle stand.

»Wusstest du, dass dein Name ein Palindrom ist?«, fiel sie sofort mit der Türe ins Haus.

Anna schaute irritiert in Veros weit aufgerissene Augen. »Und deswegen holst du mich aus dem Dienst?«

»Schau mal.« Sie nahm den Handspiegel ihrer Mutter und legte ihn direkt neben Annas Aufschrieb. »Anna; vorwärts wie rückwärts.«

»Ich weiß was ein Palindrom ist«, erwiderte ihre Ärztin grimmig. »Was willst du mir damit sagen?«

»Woher weiß ich, dass das hier real ist? Welche Anna ist Wirklichkeit? Was ist Realität, was nur ein Traum?«

Annas Nasenlöcher blähten sich ein wenig auf und sie

schüttelte ungläubig mit ihrem Kopf. »Oje, was haben dir meine Kollegen denn heute ins Mittagessen gemischt?«

»*Edgar Allan Poe* hat einmal geschrieben, alles, was wir sehen oder scheinen …«

»… ist nichts als ein Traum in einem Traum«, vervollständigte Anna ihre Worte. »Und jetzt? Jetzt willst du mich wirklich fragen, ob das hier nur ein weiterer Traum ist? Nein, Vero! Das hier ist die Realität.«

»Beweis es mir!«

»Hier.« Ihre Ärztin zog ein Röntgenbild aus ihrer Mappe und warf es auf ihr Bett. »Das warst du, vor zwei Wochen.«

Vero starrte auf die vier kleinen Negative, die ihren Kopf, ihren Brustkorb, die Hüfte und den Rücken zeigten und ein tiefer Schmerz erfasste auf einmal ihren Körper, als würde sie jeden einzelnen, der damals gebrochenen Knochen, noch einmal spüren können.

Anna zog ihr eilig das Röntgenbild aus den Händen und steckte es zurück in ihre Unterlagen. »Verstanden?«

»Tut mir leid. Ich dachte nur, das hätte vielleicht etwas zu bedeuten.« Sie hielt einen kurzen Moment inne. »In meinem Traum habe ich nie aktiv in Frage gestellt, ob das alles überhaupt wahr sein konnte, obwohl mir vieles völlig surreal vorkam. Ich wäre doch naiv, wenn ich jetzt einfach glauben würde, dass das hier real ist.«

»Du hast Recht.« Anna nahm auf Vero Bettkante Platz. »Aber auch dafür gibt es eine einfache Erklärung. Dass wir unlogische Ereignisse im Schlaf nicht als Widerspruch wahrnehmen, liegt daran, dass bestimmte Neuronen im Gehirn zeitweilig ruhen«, begann sie zu erklären. »Im Traum sind sie quasi ausgeschaltet und verhindern das kritische Bewusstsein. Deshalb wurde dein Kopf im Verlaufe deiner

Geschichte auch immer leiser. Zunächst rebellierte er noch kräftig, aber irgendwann verstummt er nahezu und hat Dinge akzeptiert, die du im Wachzustand vermutlich sofort hinterfragt hättest. Deine Palindrom-These ist daher also gar nicht so verkehrt. Im Schlaf sind viele Dinge spiegelverkehrt und das Zeitempfinden zudem gestört, was vieles weniger gut rational bewertbar macht. Manchmal fühlt sich im Traum, fallen wie fliegen an, und du bemerkst den Unterschied erst dann, wenn du unsanft auf dem Boden der Tatsachen aufprallst.«

Wie gefesselt starrte Vero die weiße Wand vor ihrem Bett an, während sie Annas Worte zu verarbeiten versuchte.

Fallen wir?, hörte sie ihre eigene Stimme durch ihren Kopf jagen. *Wir fliegen*, hatte Tom damals geantwortet. Hoch oben, in der Gondel des Riesenrades, in welchem er sie in den Abgrund hatte blicken lassen. *Was wohl passiert wäre, wenn sie tatsächlich gefallen wäre? Wäre sie dann aufgewacht? Hätte sie dann bemerkt, dass eben nichts perfekt war, so, wie sie es stets empfunden hatte?*

Gedankengeflutet schloss sie ihre Augen und versuchte sich verkrampft zurück an jenen Tag zu träumen, an dem sie mit Tom den Spreepark besucht hatte. An welchem sie in diesem kleinen roten Cabriolet geknutscht hatten, sich gedanklich viele Male im Tassenkarussell im Kreis gedreht und weit oben über den Baumkronen gesessen und Wein getrunken hatten. Sie wollte ihn sehen, seine Berührungen nochmals spüren – doch es gelang ihr nicht. Wortlos stierte sie einige sekundenlang auf den gemusterten Stoff ihrer Bettdecke. Eine Träne lief ihre Wange hinab.

»Hey, was ist los, Vero?« Anna griff ihre Hand. »Hast du noch Fragen wegen unseres Gesprächs?«

»Ich ...«, stottert sie hervor. »Ich kann ihn nicht mehr sehen, Anna. Meine Erinnerungen an ihn werden immer blasser.«

»Dann lass ihn los. Lass ihn gehen, Vero! Du hast dich schon einmal wegen ihm verloren. Lass es nicht auch hier im echten Leben so weit kommen. Hab keine Angst davor, etwas zu verlieren, dass nicht echt war. Suche deinen Tom, deine Liebe, dein Glück hier. Nicht in einer Traumwelt.«

Vero schluckte merklich. »Aber wo soll ich nur anfangen?«

Anna drückte ihr ein Patientenmagazin in die Hand, bevor sie wieder Richtung Flur zurückging. »Hier. Hier und jetzt.«

Frustriert sah sie ihr nach, bis die Türe zurück ins Schloss fiel. Dann blätterte sie zögerlich durch die ersten Seiten des Krankenhausmagazins, scannte jedes abgebildete Gesicht. Wenn Dr. König ihr behandelnder Arzt war und Anna ihre Psychologin, welche Rolle könnte dann Tom in diesem Krankenhaus spielen? Sie suchte in den abgedruckten Bildern des Krankenhauspersonals auf den letzten beiden Seiten nach Antworten. Zwei der Stationspfleger, Tim und Oliver, sowie der Kantinenchef Joel, trugen zwar ihr bekannte Namen, aber mehr offenbarte das dünne Stück Papier in ihren Händen nicht. Hier im Krankenhaus gab es offensichtlich keinen Tom, vielleicht jedoch, gab es ihn dort draußen.

Sie warf einen sehnsüchtigen Blick durch die Schlitze der halb zugezogenen Jalousien. Schon fast drei Wochen saß sie nun hier in diesem Zimmer fest, während das Leben auf der anderen Seite der Scheibe einfach weiterging. In der Ferne hörte sie das Hupen einiger Autos, das Rauschen des Straßenverkehrs und die Sirenen eines Krankenwagens, der wahrscheinlich gerade einen neuen Patienten in die Notaufnahme brachte.

Der Unfallwagen, kam es ihr plötzlich in den Sinn, bevor sie erneut Annas Nummer wählte.

»Wer ist den Unfallwagen gefahren?«, sprudelte es ungehalten aus ihr hervor, als diese wenige Minuten später skeptisch durch den Türspalt in ihr Zimmer linste.

»Schön, du bist scheinbar wieder klarer im Kopf.« Anna nickte zufrieden. »Ich dachte schon, du hättest jetzt noch erkannt, dass mein Name auch ein Anagramm ist und irgendwelche verrückten Schlüsse daraus gezogen.«

»Ha-Ha.« Vero warf ihr einen ungeduldigen Blick zu. »Also?«

Anna griff sich kurz nachdenklich an ihr Kinn. »Ich glaube, das war eine ältere Dame, die am Steuer einen Schwächeanfall erlitten hatte«, erwiderte sie schließlich. »Das ist jetzt nicht die Antwort, die du hören wolltest, richtig?«

Vero kniff ihre Augen zusammen und suchte in ihrem Kopf bereits nach einem weiteren, passenden Puzzleteil. »Der andere Passant«, schob sie schnell hinterher. »War es ein Mann?«

»Eine gute Frage, Miss Marple!« Anna trat einige Schritte an ihr Bett heran. »Er …«, begann sie und machte eine bewusste Atempause, »… lag auch einige Tage hier auf Station. Aber bis auf einen Bruch am Schlüsselbein und eine Fraktur am linken Knöchel ist er vergleichsweise glimpflich davongekommen.«

»Er?« Vero fühlte eine Aufregung in sich aufsteigen.

»Ja, er ist ein gutaussehender, junger Mann, mit tollen Haaren. Ich würde gerne wissen, welchen Conditioner er benutzt.«

Ein Kribbeln durchlief ihren Körper. »Das möchte ich auch wissen. Meinst du, ich kann ihn kennenlernen?«

»Ich wüsste nicht, was dagegensprechen sollte. Soweit ich weiß, ist er morgen nochmals zu einer Nachuntersuchung in der Radiologie. Ich könnte ihn fragen, ob er dich danach treffen möchte. Er hat schon einmal nach dir gefragt und ich denke, er würde sich freuen dich wiederzusehen.«

»Hat er?«

»Ja, kurz bevor er entlassen wurde.«

»Und wieso sagst du mir das erst jetzt?«

»Manche Puzzleteile muss man einfach selbst finden und an den richtigen Platz ordnen. Grundgesetz der Patienten-Psychologie.« Anna zwinkerte kurz. »Soll ich ihn nun fragen, ob er dich treffen möchte oder nicht?«

Vero nickte euphorisch und in ihren Augen blitzte seit langem wieder ein Funke Hoffnung auf.

»Gut, junge Dame, dann ruh dich jetzt noch ein wenig aus und ich kläre das für dich mit den *Weißen Wanderern* ab.«

Weiße Wanderer? In Veros Kopf baute sich erneut eine Erinnerung auf. *Keine Angst, ich gehöre nicht zu den Weißen Wanderern,* hatte ihre Anna damals am Wannsee gesagt.

»Mit den Ärzten aus der Radiologie. Ein alberner Spitzname«, schob Anna schnell hinterher und deutete mit ihrem Zeigefinger auf ihr Bett. »Und jetzt keine verrückten Aktionen mehr. Leg dich hin und schlaf noch ein bisschen. Sonst verschreckst du den armen Kerl morgen noch mit deinem müden Gesicht.«

»Ich gebe mein Bestes. Aber ich schlafe momentan nicht sonderlich gut. Ehrlicherweise fast gar nicht.«

»Wenn du nicht schlafen kannst, bist du vielleicht gerade im Traum eines anderen wach.« Anna schlug die Decke über ihre Beine und zog sie bis zu ihrer Brust hinauf. »Lass uns morgen herausfinden, ob dieser andere vielleicht dein

schmerzlich vermisster Tom ist.« Sie nickte einige Male be-
stärkend und verließ dann erneut das Zimmer.

Vero spürte erstmals seit Tagen wieder ein wenig Adrenalin durch ihre Adern fließen. Morgen würde sie auf den
Kerl treffen, den der Unfallwagen ebenfalls erfasst hatte
und sie hoffte, nein, sie betete, dass sie in ihm Tom erkennen
würde. Vielleicht hatte sie das Schicksal ja doch bewusst an
jener Straßenecke zusammengeführt und sie würde ihr
Puzzle nun endlich hier im Krankenhaus fertigstellen können.

KAPITEL 40

Als Vero am nächsten Morgen erwachte, stand ihr Körper bereits unter Strom. Erwartungsgemäß hatte sie in der Nacht kaum ein Auge zugetan, so nervös war sie bereits wegen des Treffens mit Mister Unbekannt.

Harald und ihre Mutter hatten sie gestern am späten Nachmittag nochmals besucht und auch Lisa war noch auf eine kleine Visite bei ihr vorbeigekommen. Vero hatte die Erleichterung in ihren Gesichtern bemerkt, als Dr. König ihnen mitgeteilt hatte, dass sich ihr gesundheitlicher Zustand deutlich verbessert hatte und sie wohl in weniger als einer Woche entlassen werden könnte. Auch war sie gestern Abend an der Hand ihrer Freundin ihre ersten Schritte im Flur gelaufen.

Annas Worte bezüglich Lisa hatten sie noch lange beschäftigt. Sie beide verband eine enge Freundschaft, das war keine neue Erkenntnis, aber Lisa war hier gewesen. Jede einzelne Minute lang, Tag und Nacht, und hatte alles Erdenkliche dafür getan, dass sie wieder aufwachte. Sie hatte geweint, gelacht, hatte ihre Lieblingslieder geträllert, alte Geschichten aus ihrer Studienzeit erzählt und sie fest in ihren Armen gehalten – obwohl sie mit ihrem Kopf weit von ihr entfernt gewesen war, gefangen in einer anderen Welt. Doch all das, hatte sich verflochten. Mit ihrem Traum. Hatte sie positiv beeinflusst und ihr geholfen, wieder gesund zu werden.

Vorsichtig setzte sich Vero auf die Bettkante und blickte sich noch einmal in dem kleinen Handspiegel ihrer Mutter an. Ihre Augen waren klein, ihr Gesicht noch immer blass. Die weiße Mullbinde umwickelte ihre Stirn straff und ihre Haare ragten seitlich hervor, spröde wie Stroh. Dazu trug sie nur ein einfaches Nachthemd aus weißer Baumwolle, bedruckt mit vielen kleinen grauen Rauten. Nein, so würde sie mit Sicherheit nicht aus diesem Zimmer gehen. Was würde er nur denken, wenn er sie so sehen würde. Schön, war sie nicht. Nicht einmal hübsch. Vielmehr bedauernswert – und das, wollte sie definitiv nicht in seinen Augen sein.

Langsam ließ sie ihren Körper vom Bett gleiten, bis ihre Beine den glatten Vinylboden erreichten. Mit wackeligen Schritten lief sie in den Waschraum und kramte in ihrem Kulturbeutel. Lisa hatte ihr gestern noch ein Puder, Mascara und einen Lipgloss mitgebracht, so dass sie sich heute wenigstens ein klein wenig aufhübschen konnte. Für ihr Date. Für ihr erstes Date mit ihm.

Mit flinken Fingern zwirbelte sie ihre Haare zu einem hohen Dutt zusammen, schlüpfte in ihren Bademantel und setzte sich anschließend erwartungsvoll auf ihr Bett zurück. Anna wollte sie gleich abholen und in die Radiologie begleiten. Dort würde sie endlich, so hoffte sie, auf Tom treffen.

»Startbereit?«, hallte ihre Stimme auch nur kurze Zeit später durch den Raum und Vero sprang sofort euphorisch von ihrem Bett auf. Ihr Kreislauf hüpfte wie ein Flummi auf und ab und kurz musste sie sich an der Infusionsstange festhalten, um nicht umzukippen.

Anna eilte zu ihr. »Langsam, langsam. Sollen wir nicht besser einen Rollstuhl nehmen?«

»Auf keinen Fall.«

»Sturkopf«, raunte Anna noch leise, bevor sie sich mit ihrem Arm bei Vero einhakte und sie zu Fuß über den langen Korridor führte.

Gemeinsam fuhren sie hinab in den dritten Stock und liefen auf eine große, verglaste Türe zu, die sich sogleich automatisch vor ihnen öffnete. Vor einem Zimmer mit der Aufschrift *Aufenthaltsraum Radiologie* blieb Anna letztlich stehen.

Bitte, bitte lass es Tom sein, betete Vero im Stillen, als sie die Türe des Raums öffnete und zögerlich hineinschaute. Ein älterer Herr mit Gehhilfe, der gerade einen Plastikbecher aus einem Wasserspender zog, nickte ihr freundlich zu.

Anna zeigte auf einen dunkelhaarigen jungen Mann mit Gipsbein, der mit dem Rücken zu ihr stand und aus dem Fenster blickte. Dann zwinkerte sie ihr noch zu und lief zurück in den Flur.

Veros Beine zitterten, als sie sich mit langsamen Schritten näherte und ihm zaghaft auf die Schulter tippte. Kurz beschlich sie ein Déjà-Vu ihres ersten Dates mit Tom vor dem Schöneberger Rathaus und sie hoffte, sogleich in seine wunderschönen Augen blicken zu können. Sie war sich nahezu sicher, er würde sich nun umdrehen, sie mit seinem charmanten Lächeln begrüßen und vielleicht ein *Hey, Kleines* hauchen. Sie würden sich ineinander verlieben, heiraten und viele hübsche Kinder bekommen.

Erwartungsvoll beobachtete sie, wie er sich eilig umdrehte und sie freundlichen anlächelte.

»Hi, ich bin Patrick, freut mich dich kennenzulernen«, stellte er sich vor und streckte ihr seine Hand entgegen.

Patrick? Vero zögerte und kämpfte kurz gegen ein aufkeimendes Gefühl der Enttäuschung an. So sehr hatte sie sich gewünscht, sie würde Tom in ihm wiederfinden. Doch der sportlich-schlanke Kerl, der etwa in ihrem Alter sein musste, war ein komplett anderer. Sein Lächeln war charismatisch, ehrlich und aufrichtig und in einem anderen Leben hätte sie ihn vielleicht sogar attraktiv gefunden. Aber hier und heute löste seine Gegenwart nur Enttäuschung in ihr aus.

»Schön, dass es dir wieder besser geht. Ich habe mir große Sorgen gemacht. Dich hat es ja ganz schön erwischt«, fuhr er weiter fort und zog seine Hand ein wenig irritiert zurück.

Vero nickte stumm, während sie ihn noch immer wie in Trance musterte. Nichts. Keine Vertrautheit.

»Das sah vor drei Wochen noch viel schlimmer aus.«

»Was?« Sie begann ihn zu fokussieren.

»Na, mein Gesicht«, antwortete er schmunzelnd und deutete auf einen großen, dunkelblau-verfärbten Bereich seitlich seiner Schläfe. »Ich bin etwas ungeschickt auf dem Asphalt gelandet.«

Er hielt inne, als er bemerkte, dass sie ihn noch immer wie entgeistert anstarrte. »Kannst du dich noch an mich erinnern?«

Sie senkte ihren Blick zu Boden. »Nein.«

Ein Moment der Enttäuschung huschte nun auch über sein Gesicht. »Wir sind uns flüchtig begegnet. Vor dem Unfall.«

Vero sah nochmals interessiert auf. »*Vor* dem Unfall?«

»Ja, ich kam gerade aus der Uni-Bibliothek, als du mir an der Ecke zur Französischen Straße entgegengekommen bist. Du sahst nervös, ein wenig angespannt aus. Wir haben uns kurz freundlich zugenickt und …«

»Und?«

»Und dann hat uns das Auto erfasst.«

Veros Stirn legte sich in Falten. *Komm schon. Du kennst ihn. Erinnere dich. Was ist an jenem Montag genau passiert?*

In ihrem Kopf durchwühlte sie hektisch alle Schubladen, in der Hoffnung, endlich die Lücken in ihren Erinnerungen schließen zu können. Vielleicht hatte sie eine wichtige Information tief unten in ihrem Unterbewusstsein vergraben. Doch alles blieb schwarz. Nur ein einziges Mal zuvor hatte sie Patrick gesehen. Das jedoch, stand in einer anderen Geschichte.

Er beobachtete sie aufmerksam und versuchte vermutlich die vielen Falten auf ihrer Stirn zu deuten. »Mein Arzt hat mir erzählt, dass du noch Gedächtnislücken hast.« Er verlagerte sein Gewicht kurz auf seinen Krücken, um sein eingegipstes rechtes Bein zu entlasten.

»Ja, das stimmt.« Sie schenkte ihm ein bemühtes Lächeln.

»Vielleicht kann ich dir ein wenig auf die Sprünge helfen?«

»Vielleicht.« Vero schaute nachdenklich aus dem Fenster. »Waren noch andere Personen in den Unfall verwickelt? Hast du sonst noch jemanden gesehen?«

Patrick griff sich nachdenklich an sein Kinn und fuhr sich einige Male über die dunklen Stoppeln seines Dreitagebartes. »Ich habe verdammt viele Menschen gesehen. Du kennst das ja; kaum ist irgendwo ein Unfall, schon sind Hunderte von Schaulustige da«, antwortete er. »Ich habe die Sirenen der Rettungswagen gehört und gesehen, wie du ein paar Meter von mir entfernt an der Bordsteinkante lagst und versorgt wurdest. An mehr kann ich mich leider auch nicht mehr erinnern.« Er zuckte kurz mit seinen Schultern. »Tut mir leid. Eine wirkliche Hilfe bin ich wohl doch nicht.«

»Schon in Ordnung.«

Vero biss sich nachdenklich auf ihre Unterlippe, bevor sie ihre beiden Hände auf ihren Brustkorb legte und einige Male theatralisch nach Luft japste. »Patrick, es hat mich sehr gefreut. Aber ich muss jetzt zurück in mein Zimmer. Meine Rippen bereiten mir immer noch Schmerzen.« *Oh Gott, sie war eine so verdammt schlechte Lügnerin.*

»Kein Problem, soll ich dich bringen?«

»Nein, alles gut. Ich denke, ich schaffe das«, antwortete sie schnell und schenkte ihm ein letztes dürftiges Lächeln, bevor sie alleine zurück zu ihrem Zimmer schlurfte.

Jeder Schritt, den sie den langen Flur entlang nahm, schmerzte. Nicht nur physisch, sondern auch seelisch. Sie war so unfassbar enttäuscht. Vielleicht hatte Anna mit ihrer These doch Unrecht gehabt und Tom war wirklich nur ein Produkt ihrer Fantasie, ihrer Ängste und Sehnsüchte gewesen. Nicht mehr und nicht weniger.

Vor ihrer Türe blieb sie stehen. 423, stand dort auf einem weißen Papier hinter einer Plexiglasscheibe. Ihre Zimmernummer. Jene Zahl, die sie schon einmal gesehen, aber nicht hatte zuordnen können. Damals, vor dem Schöneberger Rathaus.

Langsam tapste sie in den Raum hinein und setzte sich nachdenklich auf ihr Bett. Draußen gewitterte es mittlerweile und die zuckenden Blitze spiegelten ihre eigenen aufgewühlte Emotionen bestens wieder.

Weswegen schien sich nahezu alles in dieser Welt wiederzufinden, nur er nicht? Wieso tauchte so vieles aus ihren Träumen hier im wahren Leben auf, nur er, er schien wie vom Erdboden verschluckt?

Ein lautes Klopfen riss sie aus ihrer Trostlosigkeit.

»Frau Sommer?« Ein zierliches, junges Mädchen, mit kurzen, blonden Haaren stand in ihrer Türschwelle. In der Hand einen Jutebeutel, bedruckt mit dem Logo des Krankenhauses. »Ich bin Clara. Ich habe hier noch ein paar Ihrer persönlichen Sachen. Sie wurden nach Ihrer Einlieferung eingelagert. Ich wollte sie Ihnen eigentlich längst zurückgeben …« Sie blickte verlegen an die Zimmerdecke und presste ihre Zähne kräftig aufeinander. »Aber ich habe es vergessen, tut mir leid.«

Schnell lief sie auf Veros Bett zu. Ihre weißen *Crocs* quietschen unangenehm auf dem aufpolierten Vinylboden. »Hier!«, sie streckte ihr den Stoffbeutel entgegen.

Clara. Vero schluckte trocken, bevor sie eilig die Tasche griff und den Inhalt entleerte. Ihre Armbanduhr fiel als erstes heraus. Ihr Hausschlüssel, ein Notizblock und ein einzelner Ohrring folgten.

Clara, deren Pony derart geradlinige geschnitten war, dass er schon fast aussah, wie ein künstliches Haarteil, beobachtete sie neugierig. »Ihre Kleidung habe ich in die Reinigung gebracht«, fügte sie stolz hinzu, als würde sie damit ihre vorangegangene Vergesslichkeit wettmachen wollen.

»Kleidung?« *Wurde sie nackt eingeliefert oder wie konnte sie das verstehen?*

»Ihren Blazer und das weiße T-Shirt.«

Weiße T-Shirt? Vero glaubte nicht richtig gehört zu haben. »Welches weiße T-Shirt?«

»Na, das hier.« Das Mädchen nahm ihr den Beutel aus der Hand und zog einen dunkelblauen Blazer und ein weißes Shirt hervor, die sich nicht sofort aus dem Inneren gelöst hatten. Letzteres war gesprenkelt, mit vielen bereits verblassten, braunen Flecken. Keinen Kaffeeflecken. Blutflecken.

»Das gehört mir nicht«, sagte Vero, noch immer beirrt vom Anblick des vielen ausgewaschenen Blutes auf dem weißen Stoff.

»Oh«, erwiderte Clara. »Dann habe ich wohl schon wieder

etwas verwechselt. Ich hatte mich schon gewundert, weshalb Sie ein Herren-Shirt tragen.« Sie griff eilig nach dem Kleidungsstück und zuckte kaum merklichen mit ihren Schultern.

Vero drehte sich blitzschnell von ihr ab und umklammerte das T-Shirt wie einen wertvollen Diamanten. »Woher wissen Sie, dass das ein Herren-Shirt ist? Sind T-Shirts nicht immer irgendwie unisex?«

»Schon«, antwortete Clara, bevor sie mit ihrem Zeigefinger auf das eingestickte Emblem auf der linken Brust deutete. Es zeigte einen Kreis, darin der Buchstabe W. »Aber das hier, ist aus einer recht exklusiven Herrenboutique in Berlin Mitte. Ich kenne die Marke, weil mein Papa dort öfters einkaufen geht.«

Ihr Papa. Herrgott, wie alt war das Mädchen? Zwölf?, dachte Vero noch, bevor eine heftige Gänsehaut ihren Körper erfasste.

Herrenboutique.

Weißes T-Shirt.

Kreis.

Nein, das konnte doch kein Zufall sein. Das musste etwas zu bedeuten haben. Oder begann sie sich schon wieder in etwas hineinzusteigern, dass mehr als surreal war?

»Wo ist denn diese Boutique?«

»Französische Straße 61.«

KAPITEL 41

Vero hatte erneut kaum geschlafen. Vielleicht zwei Stunden, wenn überhaupt. Anna hatte sie eindringlich gebeten, sich nicht in irgendwelche Theorien hineinzusteigern, sich nicht komplett wahnsinnig zu machen auf der Suche nach Tom und ihren verblassten Erinnerungen. Doch dafür war es vermutlich bereits zu spät. Gestern hatten sich Puzzleteile aufgetan, die förmlich danach schrien, von ihr stimmig zusammengesetzt zu werden. *Herrenboutique. Weißes T-Shirt. Kreis. Französische Straße 61.* Wie viele Zufälle konnte es geben? Hier musste die Lösung auf sie warten. Hier musste sie einfach finden, was sie suchte. Ihre Erinnerung. Ihre Zuversicht. Tom.

Noch mitten in der Nacht hatte sie ihr Handy gegriffen. *Lisa, du musst mir helfen,* hatte sie ihrer Freundin geschrieben und trotz der späten Uhrzeit noch eine Antwort darauf erhalten. Jetzt stand Lisa draußen in ihrem Zimmer und wartete darauf, dass sie endlich aus dem Bad zurückkam. Heute hatte sie erstmalig ihren Kopfverband abnehmen dürfen und alleine unter der Dusche stehen können.

»Was genau hast du denn jetzt vor?«, fragte Lisa kritisch, als sie schließlich die Türe des Waschraumes öffnete und sich eilig aus ihrem Bademantel schälte.

Vero streckte ihr einen fünfzig Euro Schein entgegen. »Hast du den Mietwagen geholt?«

»Lass stecken. Sag mir lieber, was wir damit vorhaben?«

»Ich möchte ein paar meiner Gedächtnislücken füllen. Die letzten, hoffe ich«, rief sie ihr entgegen und stopfte sich Portemonnaie, Handy und ein Päckchen Schmerzmittel in den Jutebeutel des Krankenhauses.

»Deine Mutter wird mich umbringen. Ich hoffe, dass ist dir klar?« Lisa legte ihre Hände um ihren Hals und hechelte.

»Dann sterben wir wenigstens gemeinsam«, erwiderte Vero lachend und drückte ihr auf dem Weg zur Zimmertüre bestimmend den fünfzig Euro Schein in die Hand.

»Moment junge Dame, wo willst du denn hin?« Anna bäumte sich vor ihnen auf, die Arme in die Hüfte gestützt.

Vero ließ ihre Tasche zu Boden sinken. »Wir sind in zwei Stunden wieder da. Bitte Anna, sag meiner Mutter nichts. Ich brauche noch dieses Puzzleteil. Nur noch dieses eine!«

Anna blickte zu Lisa, die nur stumm mit ihren Schultern zuckte. »Vero, du bist noch immer angeschlagen. Wenn dir etwas passiert, dann ...«

»Schon gut, Anna.« Lisa legte ihre Hand auf die Schulter der Ärztin. »Ich pass auf sie auf, versprochen.«

Vero erstarrte.

Ich pass auf sie auf, versprochen. Diese Worte; sie kannte sie. Sie hatte sie schon einmal gehört. Schon mehrfach. *Ich pass auf dich auf, versprochen. Auf Dich! Es hieß, auf Dich.* Ihr Kopf suchte verzweifelt nach der passenden Verbindung zu diesem Satz, doch ihre Erinnerungen blieben dunkel.

»Oh Mann, ich komme noch in Teufelsküche wegen euch. Ich habe euch nie gesehen, haut schon ab!« Annas Worte ließen sie zurück aus ihren diffusen Gedanken gleiten. Kopfschüttelnd verließ diese gerade das Zimmer.

»Was willst du denn da draußen, Liebes? Ich pass auf dich

auf, jederzeit. Aber ich möchte vorher wissen, für was ich deine Gesundheit riskiere.« Lisas Gesicht wirkte besorgt.

»Ich möchte …«

Vero sah kurz nachdenklich auf den Fußboden. Er wurde erst heute Morgen frisch gewischt und glänzte im hellen Licht der Deckenbeleuchtung. Dann blickte sie hinüber zu jenem Bild, welches das hell erleuchtete Riesenrad rahmte. Vielleicht das solche, in welchem auch sie schon einmal gesessen hatte – wenn auch nur in ihren Träumen.

»Ich möchte meine Erinnerungen zurück, Lisa. Ich habe sie verloren. Keine Ahnung wann und wo. Es ist einfach passiert, da draußen. Und ich will endlich wissen, was an jenem Montag passiert ist. Ich will mich wiederfinden und vielleicht auch ihn.«

»Tom?«

»Ja.«

Lisa streckte ihr ihre Hand entgegen. »Okay, dann komm! Suchen wir ihn. Suchen wir deine Erinnerungen.«

✦

Nur kurze Zeit später passierten sie gemeinsam die Drehtüren des Krankenhauses nach Draußen. Ihre Freundin hielt ihre Hand noch immer fest umschlossen.

Vero atmete die frische Luft ein und blickte melancholisch in den trüben Himmel hinauf. Ihr Blick blieb flüchtig an einem beleuchteten Schriftzug hängen, der über dem Eingangsbereich prangte. Der Name des Krankenhauses stand dort, doch dieser war es nicht, der ihre Aufmerksamkeit auf sich zog. Es war das leuchtende *T*, welches sie schon einmal gesehen hatte. Damals in ihrem Traum, als sie mit Lisas Freunden in einer Bar gesessen und hinüber zu jenem Gebäude geblickt hatte, in welchem Tom hinter den Fenstern des vierten Stocks gestanden hatte. Erstmalig schaltete ihr Kopf sofort. Es war kein *T*. Es war ein rot leuchtendes Kreuz, welches sie mutmaßlich bei ihrer Einlieferung ins Krankenhaus wahrgenommen haben musste.

Verrückt, dachte sie noch, als sie Lisas Stimme aus der Ferne wahrnahm. Sie stand vor einem Carsharing-Wagen, der auf dem Seitenstreifen parkte und fragte erneut: »Wo genau willst du denn jetzt hin?«

»Wie weit ist es bis zum Spreepark?«

Ihre Freundin warf ihr einen irritierten Blick zu. »Etwa eine halbe Stunde, aber der Park ist geschlossen. Da kommst du nicht rein. Nicht ohne eine gebuchte Führung.«

Vero biss sich nachdenklich auf ihre Unterlippe. Der Park lag also tatsächlich brach – noch immer. Sie würde dort nicht einfach hineinkommen. Nicht noch einmal in das alte Riesenrad einsteigen können, mit dem Tom und sie gefahren waren. Diese Erinnerung schien ganz offensichtlich verloren.

»Gibt es hier in der Gegend ein Freilichtkino?«

»Klapperst du jetzt Touristenpunkte ab, oder …«

»Ja oder nein?«

»Ja, drüben im Volkspark.«

»Dann möchte ich zuerst dort hin.«

»Zuerst? Ich mache aber keine Weltreise mit dir, damit das klar ist.« Lisa wirkte genervt.

»Hey, ich dachte, du würdest jederzeit meinen Fluchtwagen fahren, egal was für Dummheiten ich vorhabe«, erwiderte Vero zwinkernd.

»Das habe ich nie gesagt.«

»Doch, hast du.«

»In deinen Träumen vielleicht.« Lisa schenkte ihr ein

kurzes Lächeln, bevor sie ihr ihren kleinen Finger entgegenstreckte. »Also gut, du und ich, gegen den Rest der Welt und gegen jegliche Vernunft.«

Schnell hakte Vero sich mit ihrem Finger bei ihr ein. »Danke«, erwiderte sie ihrer Freundin, die daraufhin einen resignierenden Seufzer von sich gab und den Wagen schließlich ohne weiteren Protest zum nahegelegenen Volkspark lenkte.

Nur wenige Minuten dauerte die Autofahrt. Der Park war in unmittelbarer Nähe und doch hatte Vero die kurze Zeit genutzt, um sich noch einmal ihrer Erwartungshaltung bewusst zu werden. *Was genau wollte sie an diesem Ort? Was erhoffte sie sich, dort zu finden?*

In ihrer Erinnerung, in ihrem Traum, hatte hier das Lichterfest stattgefunden. Es war der Abend gewesen, an dem sie mit Tom auf dem großen Platz vor dem Freilichtkino geknutscht hatte. An welchem sie ihn in seine Wohnung begleitet hatte und dort den wohl intensivsten und innigsten Sex erleben durfte – ein wahres Feuerwerk. Und nun war sie neugierig, ob der Park auch im realen Leben so aussehen würde. Und ob sie hier vielleicht auch ein bedeutsames Stück ihrer verlorenen Erinnerungen wiederfinden würde.

»Wollen wir?« Lisa streckte ihre Hand fordernd aus.

Sie nickte und lief mit ihrer Freundin in den Park hinein, an einem der vielen Seen vorbei, bis hin vor die Freilichtbühne des Open Air Kinos. Interessiert schaute sie sich um. Der Platz sah tatsächlich ein wenig anders aus, als sie ihn in Erinnerung hatte. Dort wo Tom und sie damals getanzt hatten, reihten sich nun zahlreiche Stühle aneinander und luden zu einem gemütlichen Filmabend im Freien ein. Nur wenige Menschen waren hier zur Mittagszeit unterwegs.

Hastig kramte Vero ihre Kopfhörer aus der Tasche. Sie benötigte einen kleinen emotionalen Anstoß, um sich zurück an jenen Abend zu träumen, an welchem er sie fest in seinen Armen gehalten hatte. Hier, genau an diesem Ort.

Langsam schloss sie ihre Augen, während ein wunderbares Glücksgefühl durch ihre Adern floss und ein bekanntes Lied in ihren Ohren erklang. *Fast so, als wäre gar keine Zeit vergangen. In dieser Sekunde fühlt sich's wie früher an. Weil's so verdammt leicht ist, wenn du dabei bist; ich will nie woanders sein.*

Zwei Arme legten sich fest um sie und als Lisa sie sanft von links nach rechts wiegte, schien es Vero, als hörte sie sogar Toms Stimme in ihren Ohren. *Hier mit dir, das ist der beste Ort der Welt.*

Besonnen begann sie sich im Kreis zu drehen bis sich die Baumkronen über ihrem Kopf wie ein Kreisel bewegten. Ein zufriedenes Lächeln zeichnete ihr Gesicht.

»Lässt du mich an deinen Gedanken teilhaben?«, fragte Lisa neugierig und zog ihr einen Kopfhörer aus dem Ohr.

Einen Moment lange hielt sie inne. Ihr Gesicht wirkte verdutzt. »Witzig«, hauchte sie schließlich leise. »Diesen Song habe ich dir einige Male im Krankenhaus vorgespielt, als du bewusstlos warst.«

Vero blickte überrascht zu ihr auf.

»Ja, nachdem Anna mich gerügt hatte, dass man, ich zitiere, meine Aggro-Musik, bis in den Flur hinaus hören würde und du bei diesem Geschrei sicherlich nicht wieder aufwachen wollen würdest.« Sie grinste breit. »Ich mag solche Schnulzen ja überhaupt nicht, aber dieser Song passt irgendwie zu uns.«

»Zu uns?« Veros Gedanken wirbelten durcheinander.

»Na, hör doch mal.« Lisa verstummte und tippte wortlos

auf ihren Ohrstöpsel. Dann sang sie die Textzeilen leise mit, die gerade erklangen. »Die meisten zogen woanders hin; nach Hamburg, München oder Berlin. Wir schaffen's nicht mehr so oft im Jahr, doch haben nie vergessen, wie nah wir waren. Fast so, als wäre gar keine Zeit vergangen. In dieser Sekunde fühlt sich's wie früher an. Weil's so verdammt leicht ist, wenn du dabei bist; ich will nie woanders sein ...«

Vero starrte perplex in das Gesicht ihrer Freundin. Sie war bislang immer der festen Annahme gewesen, dass dieses Lied ein Bindeglied zwischen Tom und ihr gewesen sei. Ein Song über Liebe, über Zuneigung, über den besten Ort der Welt, in seinen Armen. Doch das stimmte nicht. Sie hatte den Song nie im Ganzen gehört und die Textzeilen völlig falsch interpretiert gehabt. Denn er handelte nicht unverkennbar von Liebe, sondern vielmehr von bedingungsloser Freundschaft, einer Verbindung, die trotz größer Distanz niemals abgebrochen war. Einer Verbindung, wie die zwischen Lisa und ihr. Vielleicht war Tom ja immerzu auch ein wenig Lisa gewesen. Eine Projektion ihrer Werte und Eigenschaften. Jemand, der sie an die Hand genommen hatte, impulsiv und mutig war, und sie aus ihrer Komfortzone hinausgeführt hatte.

»Danke für alles. Ich liebe dich«, flüsterte Vero ihr schließlich leise zu und presste ihren Kopf dicht an ihre Brust.

»Ich liebe dich auch ...«, erwiderte Lisa und legte ihre Wange auf ihrem Kopf ab. »... wie ein dickes Kind sein Eis.«

Dann lachte sie gewohnt laut und drückte ihr einen festen Kuss auf die Stirn, bevor sie nervös auf ihre Armbanduhr sah. »Wohin jetzt, Liebes?«

KAPITEL 42

Keine Viertelstunde später hatten sie ihr finales Ziel erreicht, die Französische Straße, und Lisa startete bereits den dritten Anlauf, den Wagen in eine recht eng bemessene Parklücke am Straßenrand einzufädeln.

»Wow und da soll nochmal einer sagen, Frauen können nicht einparken«, stichelte Vero, als Lisa schließlich die Handbremse anzog und den Schlüssel stolz aus dem Zündschloss zog.

»Siehst du das *Fick dich* in meinem Lächeln?«, erwiderte sie prompt und zeigte auf ihr affektiertes Grinsen.

Vero stieg schmunzelnd aus dem Wagen aus. Auf der gegenüberliegenden Straßenseite erblickte sie erstmalig das mehrstöckige Redaktionsgebäude des Stadtmagazins *Reflection.Berlin*, welches sie an jenem Montagmorgen nie erreicht hatte. Sie starrte auf die verglaste Außenfassade, auf der sich die wenigen Sonnenstrahlen reflektierten, denen es gelungen war, sich heute durch den wolkenbedeckten Himmel zu winden.

»Und nun?« Lisa tippte einige Male ungeduldig mit ihrem rechten Fuß auf dem Asphalt auf.

Vero musterte die Hausfassade, vor welcher sie gerade eingeparkt hatten. *Nr. 53*, stand in geschwungener, blauer Schrift auf einer kleinen weißen Plakette.

»Da entlang«, forderte sie herrisch und lief eilig den Gehsteig entlang. *55, 57, 59 …* Mit pochendem Herzen blieb sie schließlich stehen. *Nr. 61.*

Die kleine Herrenboutique sah von außen tatsächlich ein wenig anders aus. Anders, als in ihren verblassten Erinnerungen. Mit dunkelgrüner Außenfassade und einer gläsernen Eingangstüre. *Wards* stand in Serifenschrift auf dem Glas des Schaufensters.

»Was hast du vor?«, fragte Lisa mit lauter Stimme, als Vero eilig den Türgriff fasste. »Was willst du da drin? Doch nicht etwa deiner dubiosen T-Shirt-Theorie nachgehen?« Sie zog sie an ihrem Oberarm zurück auf den Gehsteig.

»Vielleicht möchte ich einfach nur mal *Hallo* sagen.«

»Du kannst doch nicht einfach in eine Luxusboutique stiefeln und mal *Hallo* sagen.«

»Seit wann bist du denn so konventionell?«

»Seit wann bist du denn so unkonventionell?« Lisa schüttelte irritiert mit ihrem Kopf. »Was erhoffst du dir dort zu finden?«

Vero schaute auf den goldenen Griff der Eingangstüre, den sie mit ihrer Hand fest umschlossen hielt. »Weißt du, manchmal zeigt sich der Weg erst, wenn man beginnt ihn zu gehen«, flüsterte sie vor sich hin. »Also, lass es uns herausfinden.«

»Woher hast du denn diesen klugen Satz?«

»Von einer verdammt klugen Frau.« Vero lächelte, bevor sie die Türe der Boutique mit einem kräftigen Zug aufstieß. Ein Glöckchen erklang, als sie den Laden betraten.

»Hallo?«, rief sie in den leeren Verkaufsraum hinein. Niemand war zu sehen. Sie tippte einige Male auf eine kleine Glocke, die auf einem dunkelbraunen Holztresen platziert war.

»Moment!« Eine männliche Stimme hallte hinter einem Vorhang hervor, der nur sekundenspäter hastig zur Seite gerissen wurde. Ein muskulöser Kerl mit schulterlangen blonden Haaren baute sich vor ihnen auf. »Kann ich euch weiterhelfen?«, fragte er höflich, während er seinen Blick mehr als offensichtlich über die weiblichen Rundungen ihrer Körper schweifen ließ. »Wir führen hier nur Herrenmode.«

Vero starrte verdutzt in sein junges, äußerst attraktives Gesicht. Eigentlich hatte sie in einer solchen Boutique mit einem älteren Herrn hinter dem Verkaufstresen gerechnet und nicht mit einem Typen, der die Optik eines heißen Strippers hatte. Nein, noch viel besser! Der wie der Traummann ihrer besten Freundin aussah, nur dass er eben nicht komplett nackt war und keine Wodka Flasche zwischen seinen Schenkeln steckte.

»Ja, ähm, wir ...«

Ihr fehlten auf einmal die passenden Worte.

Hilfesuchend blickte sie zu Lisa, doch diese wirkte wie versteinert. Als hätte sie der Anblick des Verkäufers zu einer Salzsäule erstarren lassen.

»Also raus mit der Sprache, Mädels, was kann ich für euch tun?«

»Wie viele Kunden habt ihr hier am Tag?«, sprudelte es unbedacht aus Vero hervor.

»Moment. Ihr seid aber nicht von der Aufsichtsbehörde?« Er musterte sie kurz kritisch.

»Nein, natürlich nicht«, verneinte sie schnell. »Es ist etwas kompliziert. Ich bin auf der Suche ...«

»Hi, ich bin Lisa«, schaltete sich ihre Freundin mit etwas Verzögerung nun doch ins Gespräch mit ein. »Sorry, ich war kurz abgelenkt von deinen überaus durchtrainierten

Oberarmen.« Sie ließ ihre rechte Braue ein wenig in die Höhe schnellen.

»Freut mich, ich bin Chris. Chris Ward. Meinem Vater gehört die Boutique.« Er lächelte und fixierte ihre Freundin auffällig lange mit seinen stechend blauen Augen.

»Wir suchen einen jungen Mann, der vermutlich hier einmal ein Shirt gekauft hat. Ein weißes T-Shirt mit einem runden Emblem auf der linken Brust.« Lisa deutete mit kreisenden Handbewegungen auf ihr Dekolletee und Chris wirkte davon kurz wie hypnotisiert.

»Ja, das ist von uns, aus der aktuellen Kollektion. Wann soll er das denn gekauft haben?«

»Am 16. Juli«, schoss es wie aus der Pistole aus Lisa hervor.

»Das ist ja schon fast drei Wochen her.«

»Führt ihr nicht Buch?«

»Über was? Über die Namen und Intensionen unserer Kunden?« Chris fuhr sich mit einem spöttischen Lachen auf den Lippen durch seine hellen Haare hindurch.

Vero zuckte enttäuscht mit ihren Schultern. Sie hatte sich bisher noch nicht wirklich in das Gespräch miteingebracht, denn sie verdaute noch immer die Tatsache, dass der blonde Kerl vor ihnen nicht nur Annas Freund Ian zum Verwechseln ähnlichsah, sondern auch noch denselben Nachnamen wie Tom trug.

»Weißt du sonst nichts von ihm? Nur, dass er ein T-Shirt gekauft hat?« Chris runzelte die Stirn. »Seinen Namen vielleicht?«

»Er heißt Tom«, antwortete Vero zögerlich und verzichtete bewusst auf die Nennung seines Nachnamens, um nicht unnötig Verwirrung zu stiften. »Glaube ich zumindest.«

»Du glaubst es? Hey, ihr seid aber keine Stalkerinnen, oder?«

»Sehen wir etwa so aus?« Lisa warf ihm einen missfälligen Blick zu.

»Keine Ahnung.« Er schüttelte mit seinem Kopf und einige Haarsträhnen fielen in seine Stirn hinein. »Ich höre nur andauern *vielleicht* und *glaube ich*. Wirklich viel scheint ihr von dem Typen ja nicht zu wissen. Was wollt ihr denn von ihm? Ist er etwa ein Promi oder so?«

Ein Promi. Vero fühlte sich, als hätte ihr Chris mit dieser Frage soeben eine heftige Ohrfeige verpasst.

»Vielleicht ist er das. Wissen wir eben nicht. Weil wir ihn nicht kennen«, erwiderte Lisa genervt.

»Und ihr wollt ihn finden, weil …?«

»Wir sind im Auftrag der Liebe unterwegs. Meine beste Freundin Vero …« Lisa zog sie schnell in ihre Armen hinein. »… hatte einen Unfall. Gleich hier drüben, vor etwa drei Wochen, und sie kann sich nicht mehr daran erinnern. Auch nicht an den Kerl, der vielleicht irgendwie in die Sache involviert war. Der ihr nicht mehr aus ihrem hübschen Köpfchen geht.«

»Unfall?« Chris sah überrascht auf. »Der Unfall mit dem Auto, hier drüben an der Straßenecke?«

»Genau der.« Sie nickten nahezu synchron.

»Oh«, murmelte er vor sich hin. »Ich habe das damals mitbekommen. Sah schlimm aus. Bist du das Auto gefahren?«

»Nein, ich …«, setzte sie gerade an, als Chris' Augen sich schlagartig weiteten.

»Fuck! Du bist das Mädchen, das auf der Straße lag«, sagte er kaum hörbar, während er sie einen Moment lang mit starrem Blick musterte.

Vero nickte.

Ein kräftiger Seufzer stieß aus ihm hervor. Seine Lippen vibrierten. »Du glaubst gar nicht, wie erleichtert ich bin, dich zu sehen. Die Sache hat mich ganz schön mitgenommen und ich habe mich oft gefragt, wie es dir wohl mittlerweile geht.«

»Hast du den Unfall denn gesehen?«

»Nein.« Er schüttelte den Kopf, bevor er vor den Tresen trat und einige Schritte zum Eingangsbereich nahm. Nachdenklich blickte er aus der Schreibe des Schaufensters. »Ich habe lediglich einen furchtbar lauten Knall gehört, ein Klirren und die schrillen Stimmen einiger Menschen. Ich stand gerade mit einem Kunden hier an der Kasse. Er hatte nur etwas auf dem Weg zur Arbeit abgeholt und wir sahen uns kurz irritiert an, bevor wir gemeinsam nach draußen rannten.«

Vero blickte flüchtig zu Lisa, die Chris` Worte förmlich aufsog. Einige Zeitungen hatten zwar über den Ablauf des Unfalls berichtet, aber nun ungefilterte Details aus dem Mund eines direkten Zeugen zu hören, war nochmals eine ganz andere Nummer. Wie eine Krimi-Lesung, ein Auszug aus einem Katastrophen-Film. Nur eben, dass sie darin eine der Hauptrollen spielte.

Chris fuhr sich erneut durch seine Haare hindurch und versuchte sichtlich seine Gedanken, seine Erinnerungen, zu sortieren. »Ich habe einen dunklen Kombi gesehen, einen *Astra* oder so, der mitten auf der Straße stand. Die Frontscheibe war gesprungen, eingedrückt und der Wagen sah ganz schön ramponiert aus. Ebenso wie der Laternenpfosten, mit dem er wohl kollidiert sein musste. Erst dachte ich, es wäre ein simpler Autounfall, aber dann habe ich gesehen, dass zwei Personen auf dem Boden lagen. Du und ein dunkelhaariger junger Mann. Er lag auf der Straße, setzte sich aber sofort wieder auf, und du lagst dort drüben am Rande des Gehsteigs.« Chris deutete auf die andere Straßenseite, sein Finger tippte dabei kurz gegen die Scheibe. Seine Miene wirkte bedrückt, als würde er das Szenario gerade noch einmal durchleben. »Zwei Männer zogen eine Person aus dem *Astra* und alles wirkte furchtbar hektisch, ein völliges Durcheinander an Stimmen und Bewegungen. Jemand rief mir zu, ich solle Hilfe holen – schnell! – und ich rannte zurück in den Laden.«

»Um den Rettungswagen zur rufen?«, hakte Lisa nach.

»Ja.« Chris nickte auffällig langsam. »Ich dachte immer ich sei hart im Nehmen ...« Er zwinkerte Lisa völlig deplatziert zu. »..., aber die Sache hat mir ehrlicherweise noch einige Tage zugesetzt. War eine Erfahrung, auf die ich gut und gerne hätte verzichten können.«

Vero tippte nervös mit ihren Fingerspitzen auf den Tresen. »Und dann? Was ist dann passiert?«

»Ich blieb zunächst im Laden. Draußen waren ja bereits jede Menge Leute und ich wollte nicht im Weg stehen. Durchs Fenster sah ich schließlich die Rettungswagen und einige Polizeibeamte kommen. Ich lief nochmals hinaus, weil man meine Zeugenaussage notieren wollte. Du lagst mittlerweile auf einer Liege und wurdest soeben zu einem der Wagen geschoben. Eine Sauerstoffmaske bedeckte dein Gesicht, deine Bluse und deine Stirn waren voller Blut. Es sah beängstigend aus, aber für einen Moment dachte ich, du hättest deine Augen geöffnet und mich flüchtig angesehen. Ich war mir nicht sicher, aber es gab mir die Hoffnung, dass du es schaffen würdest. Außerdem versicherte mir der Kerl aus meinem Laden, dass er bei dir bleiben würde.«

»Was?«, stießen Lisa und sie nahezu zeitgleich hervor.

»Der Kerl aus meinem Laden. Er hielt deine Hand und versicherte mir, dass er bei dir bleiben würde.« Chris sprach den Satz recht langsam und wesentlich detaillierter als noch zuvor. Vermutlich, weil ihm in diesem Moment ebenso bewusst wurde, dass das ein wichtiges Puzzleteil auf ihrer Suche nach Mister Unbekannt sein könnte.

Vero griff sich wie automatisiert an ihr Handgelenk und kreiste einige Male um dieses herum.

Jemand hatte ihre Hand gehalten. Jemand hatte gesagt, er würde bei ihr bleiben. Jemand. Der junge Mann aus Chris´ Laden. Tom? Ihre Gedanken wirbelten wie ein Kreisel durch ihren Kopf.

Ich bin hier und ich werde dich nicht mehr loslassen. Ich pass auf dich auf, versprochen! Sie hörte eine Stimme durch ihre Ohren hallen, wusste jedoch nicht, ob es eine Erinnerung oder nur eine verblasste Frequenz ihres Traums war.

»Wie sah er denn aus?«, hakte Lisa sogleich nach. Doch folgen konnte sie dem nachstehenden Dialog der beiden nicht mehr. Ihr war auf einmal so verdammt heiß und ihre Gedanken überschlugen sich, versuchten nahezu willkürlich mögliche Szenarien in ihrem Kopf nachzubauen. Immer wieder legten sich Bilder, ganze Zeitstränge übereinander und doch bildete sich für sie kein schlüssiger Ablauf der Ereignisse ab.

Sie musste dringend hier raus. Schnell zu jener Straßenecke. Ihrem Kopf die Möglichkeit geben, alle Puzzleteile endlich stimmig zusammensetzen zu können. Vielleicht war der letzte noch fehlende Impuls ja ganz einfach der Anblick des Ortes, an welchem der Unfall geschehen war? Vielleicht musste sie zurück an die Stelle, an der alles begonnen hatte?

Schnell drehte sie sich ab und lief zur Türe.

Lisa eilte ihr hinterher. »Wo willst du hin, Liebes?«

»Ich muss zurück zum Anfang.«

Ihre Freundin griff ihre Hand. Doch ihr Blick sprang förmlich zwischen ihr und Chris' attraktiver Erscheinung hin und her. Vero musste keine Gedanken lesen können, um zu erkennen, dass dieser Kerl, der ihnen soeben in seinem hautengen Shirt ein dezentes Lächeln zuwarf, mehr als nur Lisas Typ zu sein schien. Sie kannte sie einfach schon zu lange und wusste das Funkeln in ihren Augen stets richtig zu deuten.

»Bleib ruhig noch ein wenig hier, ich geh schon mal rüber zur Unfallstelle. Vielleicht tut es mir ganz gut, erst einmal in Ruhe und alleine alles auf mich wirken zu lassen. Du kannst ja nachkommen«, ergänzte sie schnell.

Lisa musterte sie kritisch. »Ich weiß nicht. Sollte ich nicht besser mitkommen? Was ist, wenn dir etwas passiert? Du zusammenbrichst? Einen Schwächeanfall hast? Ich habe Anna doch versprochen, auf dich aufzupassen.«

Vero schüttelte widerwillig mit ihrem Kopf. »Ich glaube, dass musst du nicht mehr, auf mich aufpassen.« Ihre Stimme wurde ein wenig leiser. »Natürlich kannst du mitkommen und mir dabei zusehen, wie ich vermutlich gleich hunderte Mal stupide den gleichen Weg ablaufen werde, ooooder …« *Sie benutzte jetzt doch nicht wirklich Lisas-Oder-Satz. Doch, das tat sie wirklich.* »… oder, du schnappst dir diesen heißen Typen da und das ganz ohne Spinningkurse.«

Lisa sah verwirrt auf. »Spinningkurse?«, fragte sie noch, doch Vero hatte die schwere Türe nach draußen bereits aufgezogen. Mit einem Augenzwinkern winkte sie ihr nochmals durch die gläsernen Schaufenster hindurch zu, bevor sie die Straße in schnellen Schritten entlangeilte.

KAPITEL 43

Veros letzter Stopp führte sie an jene Ecke der Französischen Straße, an welcher sie vor rund drei Wochen einen schweren Unfall gehabt hatte. Einen Unfall, an den sie sich noch immer nicht erinnern konnte und dessen Lücke sie in ihrem Kopf nun endlich schließen wollte.

Mehrmals war sie mit Anna im Krankenhaus bereits das Szenario am Morgen des 16. Juli durchlaufen und doch verschwammen die Bilder stets an derselben Stelle. Noch gut konnte sie sich daran erinnern, wie sie damals eine Einkaufspassage passiert und sich flüchtig im Spiegelbild eines Schaufensters gemustert hatte, bevor sie um die nächste Straßenecke abgebogen war. Vero spürte noch den Rums. Es war ein kurzer, aber intensiver Aufprall gewesen, der ihr Leben für wenige Zehntelsekunden zu stoppen vermocht hatte. Dann hatte ihr Herz zu hämmern begonnen und etwas Warmes war über ihr Brustbein, den Bauch hinabgelaufen und schließlich auf den Asphalt getropft. Das nächste Bild in ihrem Kopf blieb jedoch schwarz. Schwarz wie der Kaffee, den Tom in ihrer Erinnerung in seinen Händen gehalten hatte.

Zögerlich lief sie einige Schritte die Straße entlang und sah in eines der Schaufenster, der hier ansässigen Edelboutiquen. Die Spiegelung der Scheibe zeigte sie mit blauer Jeans und einem einfachen schwarzen Trägertop. Ihr Gesicht unscharf, verzerrt von der einfallenden Sonne, die sich in einem hellen Licht auf der Scheibe brach. Konzentriert starrte sie in das grelle Sonnenlicht hinein und kurz schien es, als würde die Spiegelung ihr das Abbild des Mädchens zeigen, das hier vor drei Wochen angespannt einen prüfenden Blick hineingeworfen hatte.

»Kann ich Ihnen weiterhelfen?« Eine ältere Dame in einem cremefarbenen Hosenanzug streckte ihren Kopf aus der Eingangstüre des Ladengeschäftes.

Vero schüttelte mit ihrem Kopf und das Bild ihrer selbst verschwamm sogleich wieder.

Immer wieder und wieder lief sie daraufhin die kurze Strecke zwischen der kleinen Passage und der Ecke zur Französischen Straße ab, doch ihre Erinnerungen blieben verschwommen. Nur ab und zu blitzte ein kurzes Bild in ihrem Kopf auf, welches sich aber einfach nicht schärfen wollte.

Frustriert setzte sie sich auf die Bordsteinkante und bemerkte einige Glassplitter am Fahrbahnrand, die vermutlich noch von ihrem Unfall stammten. Sie glitzerten wie kleine Edelsteine im matten Sonnenlicht und reflektierten das Grau der vielen Wolken, die den Himmel noch immer weitestgehend bedeckten.

»Hey, da bist du ja!«, rief ihr plötzlich eine Stimme von der gegenüberliegenden Straßenseite aus zu.

Vero hob ihren Kopf.

Lisa überquerte gerade die Straße und wedelte euphorisch mit etwas in ihrer rechten Hand. »Ich habe seine Nummer«, trällerte sie mit einem stolzen Grinsen auf den Lippen und drückte ihr sogleich eine Visitenkarte in die Hand. »Meine Güte, was für ein heißer Typ. Ich will ihm die

Kleider vom Leib reißen, mich mit meinen Händen in seinen blonden Haaren vergraben, während ich ihn …«

Lisas Worte überschlugen sich förmlich, doch ihre Stimme wurde immer leiser in Veros Ohren. Wie ein Rauschen im Hintergrund. Denn sie starrte auf das Kärtchen. Chris' Telefonnummer stand auf dem weißen Papier, handschriftlich, in blauer Schrift. Darunter das Logo der Boutique. Der Buchstabe W in einem Kreis. Einem grauen Kreis auf hellem Hintergrund. Nicht ganz sauber gezeichnet, am Rand etwas auslaufend.

Vero sprang auf. So schnell, dass ein stechender Schmerz durch ihre Brust hindurch schoss. Ihr Kopf spulte soeben rückwärts und stoppte genau in diesem einen Moment, als sie am Morgen des 16. Juli auf die Ecke der Französischen Straße zulief.

Mit geschlossenen Augen umklammerte sie das kleine Kärtchen, als wäre es die Eintrittskarte zu ihren längst verblassten Erinnerungen.

16. Juli, 3 Wochen zuvor

Zufrieden nickte sie gerade ihrem Spiegelbild in einem der Schaufenster zu, bevor sie in schnellen Schritten weiter zur nächsten Straßenecke eilte. Ein junger Mann, etwa so alt wie sie selbst, kam ihr auf dem Gehsteig entgegen – Patrick. Seine dunklen Haare wippten mit jedem Schritt dezent im schwülen Sommerwind auf und ab und er nickte ihr mit einem charmanten Lächeln auf den Lippen zu. Ein Stapel Bücher, den er mit seinem linken Arm fest an seinen Körper presste, erregte kurz ihre Aufmerksamkeit. *Jane Austen,*

Stolz und Vorurteil, stand auf einem der Umschläge und ein flüchtiges Lächeln huschte über ihre Lippen. Es war eines ihrer Lieblingsbücher und sie hoffte sogleich, dass sie hier in Berlin auf noch mehr Menschen wie ihn treffen würde, obwohl sie gerade auf dem Weg in ein ganz anderes Umfeld war. In ein Umfeld, voller trendiger, zeitgemäßer und online-affiner Menschen, die ihre Freundin Lisa vorhin noch so schön platt als Hipster bezeichnet hatte.

Schnell richtete sie ihren Blick wieder auf. Doch diese eine kleine Sekunde der Unachtsamkeit hatte bereits alles um sie herum gänzlich verändert. Denn auf einmal ging alles ganz schnell. Ein Wagen schanzte quer über den Gehsteig, prallte gegen einen Laternenpfosten und erfasste sie beide, während einer Drehung um die eigene Achse. Sie hatte ihn nicht kommen sehen. Spürte aber den heftigen Aufprall und ein warmes Gefühl, das ihren Körper umhüllte, bevor sie mit voller Wucht auf dem Asphalt aufschlug und für wenige Sekunden das Bewusstsein verlor.

Als sie ihre Augen wieder öffnete, konnte sie kaum atmen. Ein furchtbarer Druck lastete auf ihrem Brustkorb, als hätte man sie mit schweren Gewichten beladen und eine Vielzahl lauter Stimmen hallte hochfrequent durch ihre Ohren hindurch. Angst beschlich sie. Quälte sich durch jede Zelle ihres Körpers und auf einmal fühlte sie sich völlig alleine. Wie im freien Fall. Nicht fähig sich gegen den Sog zu wehren, der sie erneut versuchte hinabzuziehen – hinab, in die Dunkelheit der Bewusstlosigkeit.

Entkräftet fiel ihr Kopf zur Seite. Neben ihr auf dem Gehsteig stand ein Kaffeebecher, beschrieben mit schwarzem Filzstift. *TOM,* stand in Großbuchstaben darauf. Nur unscharf konnte sie die Schrift erkennen, denn ihre Augenlider begannen auf einmal zu flattern und ihr Körper zitterte vor Kälte, als säße sie in einem Eisbad.

Warmes Blut sickerte aus einer Platzwunde auf ihrer Stirn. Sie spürte es auf ihrer unterkühlten Haut, wie es sich von Pore zu Pore die Wangen hinab schlängelte.

»Hey, hörst du mich?«, vernahm sie augenblicklich eine männliche Stimme. Zwei Hände legten sich um ihre Wangen und schenkten ihr einen kurzen Moment der Sicherheit.

Mit letzter Kraft öffnete sie noch einmal ihre Augen und blickte in das verschwommene Gesicht eines jungen Mannes, der über ihr kniete und sie besorgt ansah. Mit jedem mühevollem Blinzeln begann er sich mehr und mehr vor ihr zu schärfen.

»Hey«, sagte er noch einmal mit ruhiger Stimme, als er erkannte, dass sie ihn wahrgenommen hatte. «Alles okay bei dir, Kleines?«

»Hey«, stieß sie leise hervor. »Ja, alles perfekt.«

Er schmunzelte über ihre deplatzierte Ironie und kleine Grübchen zeichneten sich seitlich seiner Mundwinkel ab.

»Naja, perfekt würde ich das jetzt nicht unbedingt nennen. Außer wir sind gerade unfreiwillig Teil irgendeiner *True Crime Serie* geworden, stehen gleich auf und trinken entspannt einen Kaffee zusammen – was ich allerdings ein klein wenig zu bezweifeln mag.«

Sie wollte ihm ein Lächeln schenken, doch stattdessen entrann ihr nur ein qualvolles Seufzen.

»Bleib liegen, der Rettungswagen ist schon auf dem Weg.«

Sanft presste er ein Taschentuch auf ihre Stirn. Es war weich, seine Bewegungen behutsam und dennoch fühlte es sich an, als ob er soeben mit Schmirgelpapier über ihre blanken Nervenenden fahren würde.

Sie versuchte zu schlucken, wollte ihn fragen, was genau passiert war, doch ihr Hals war so unfassbar trocken und ein unangenehmer, metallischer Geschmack lag auf ihrer Zunge. Nur ein erneutes, beinahe schon zaghaftes Stöhnen, kam über ihre Lippen.

»Du musst wach bleiben, hörst du«, forderte er, bevor er ihren Kopf anhob und etwas Weiches darunter schob. »Hier, nimm mein T-Shirt und hör bitte nicht auf, mit mir zusprechen. Erzähl mir etwas von dir. Wie heißt du?«

»Vero«, stieß sie leise hervor, während sich sein betörender Duft auf ihren überreizten Nerven niederließ. Ein Parfüm – männlich, herb, berauschend.

»Ein wirklich passender Name für ein so schönes Mädchen, wie dich.«

Schön. Das Wort hallte kurz in ihren Ohren nach und legte sich wie eine wärmende Decke um ihren schmerzenden Körper.

»Ich bin Tom, Tom Biel, und wir zwei machen jetzt ein kleines Frage-Antwort-Spiel, einen *Quickie* sozusagen, bis der Rettungswagen kommt. Einverstanden?«

Er lächelte und deutete ein kurzes Nicken an, bevor sie seine Worte in ihrem pochenden Kopf verarbeiten konnte.

»Schwarz oder weiß?«

»Weiß«, antwortete sie wie fremdgesteuert.

»Sommer oder Winter?«

»Sommer.« Jeder Buchstabe, der ihre Lippen verließ, kostete sie Kraft. Und doch hielt es sie davon ab, sich ihrer Erschöpfung gänzlich hinzugeben und einfach ihre Augen zu schließen.

»Süß oder sauer?«

»Sauer.«

»Sauer? Bei einem Mädchen wie dir, hätte ich definitiv auf süß getippt.«

Er zwinkerte kurz, doch Vero konnte seinen charmanten Worten kaum noch folgen. Die Luft um sie herum wurde immer dünner und ihre Umgebung schien mehr und mehr zu einem diffusen Grau zu verschwimmen. Ihre Augen brannten und jedes Blinzeln, jeder Aufschlag, fühlte sich wie ein endloslanger Moment in Zeitlupe an. Immer schwerfälliger wurde ihr Atmung. »Ich bekomme keine Luft mehr, Tom«, keuchte sie mit zittrigen Lippen hervor.

Er streifte mit seinen Daumenkuppen sanft über ihre Wangen, ganz unbeachtet des Blutes, das diese noch immer säumte. Dann beugte er sich weit zu ihr hinab. Seine Nasenspitze berührte fast die ihre. »Hab keine Angst. Sieh mich an. Konzentrier dich auf mich. Der Notarzt müsste jeden Moment da sein.«

Wie benebelt blickte sie auf seine schönen vollen Lippen, nahm deren Bewegungen wahr, das Öffnen und Schließen, seine geraden, weißen Zähne. Dann sah sie in seine Augen. Sie funkelten grün – grün wie die Hoffnung, grün wie die Zuversicht – und umhüllten jede Faser, jede Zelle ihres Körpers in angenehmer Wärme.

Er erkannte sogleich, dass sie kurz davorstand, abzudriften. »Hey, Kleines.« Seine Stimme wirkte ein wenig lauter als zuvor. »Bitte, bleib bei mir! Komm schon, sprich mit mir! Frag mich etwas.«

Sie kniff ihre Augen fest zusammen, um dem Schmerz, der sich gerade durch ihren Brustkorb hindurch bohrte, standzuhalten. Gerne hätte sie ihm zahllose Fragen gestellt, doch ihre Kraft war ausgeschöpft. Kein Wort kam über ihre Lippen.

Tom fixierte ihr Gesicht für wenige Sekunden. Er wirkte besorgt und doch hellwach. »Okay, wir vereinfachen es: Wenn meine Antwort *Ja* wäre, was würdest du mich fragen?«

Ihre Lippen zitterten, ihre Lider fielen immer wieder zu und doch schaffte sie es noch, ihm diese eine letzte Antwort zu geben. »Sehen wir uns wieder?«, hauchte sie ihm zu, bevor ihr Kopf erneut zur Seite fiel, gebettet auf seinem weißen T-Shirt.

Ihr letzter Blick, mehr trüb als klar, fiel auf eine Papiertüte. Die Tüte eines Herrenausstatters – *Wards* – bedruckt mit einem grauen Kreis, der sich bereits doppelt vor ihr abzeichnete, wie ein Unendlichkeitszeichen. Wie gefesselt starrte sie ihn an. Ihr Hals wie zugeschnürt. Bis sie schließlich kaum noch vermochte vollumfänglich zu atmen. Eine glühende Hitze breitete sich in ihr aus, als würde sie in seinen Armen zu verbrennen beginnen.

»Ja, das werden wir! Ich bleibe hier, bei dir. Ich lasse deine Hand nicht mehr los. Ich pass auf dich auf, versprochen«, hörte sie ihn noch mit ruhiger Stimme sagen, bevor sie einen letzten tiefen Atemzug nahm und sich ihr Bewusstsein tief unten im Dunkelsten ihres Kopfs vergrub.

Mit ihm.

KAPITEL 44

Veros Hände zitterten, als ihre Erinnerungen zurückkamen. All das, hatte sie bis jetzt tief in ihrem Kopf vergraben, versteckt, und doch setzten sich nun alle Teile stimmig zusammen wie ein vollständiges Puzzle.

Tom war der Name des jungen Mannes, der sie nach dem Unfall bis zum Eintreffen des Rettungswagens in seinen Armen gehalten hatte. Der sein Shirt und seinen Kaffee für sie geopfert hatte und dessen grüne Augen, sich tief in ihrer Seele verankert hatten.

Er hatte gefordert, dass sie bei ihm bleiben sollte. Hatte ihr versprochen, dass er auf sie aufpassen würde. Sie nicht alleine lassen und ihre Hand nicht loslassen würde, wenn sie sich der Dunkelheit geschlagen geben müsste. Dass er sie begleiten würde, tief hinab in die Finsternis und …

… und, dass sie sich wiedersehen würden. Dass sie sich wiederfinden würden. Irgendwo. Irgendwann.

And I'd choose you; in a hundred lifetimes, in a hundred worlds, in any version of reality, I'd find you and I'd choose you.

Gedankengeflutet blickte Vero hinauf in den blauen Himmel. Er war auf einmal so klar.

KAPITEL 45

Als Vero die Türe zu ihrem Krankenzimmer aufstieß, erwartetet sie Anna bereits. Aus den versprochenen zwei Stunden, waren letztlich drei geworden und sie äußerte sich nicht gerade amüsiert darüber, dass sie so kurz vor ihrer Entlassung noch eine halbe Weltreise durch Berlin machen musste. Doch Vero war erleichtert, dass sie den Weg auf sich genommen hatte. Sie hatte nun gefunden, was sie gesucht hatte. Denn jetzt war ihr Bild komplett. Ihre beiden Realitäten zu einer verschmolzen.

Als sie Lisa vorhin am Straßenrand von ihren zurückgewonnenen Erinnerungen berichtet hatte, ihr erzählt hatte, dass es Tom gewesen war, der an jenem Morgen auf dem Weg zur Arbeit in Chris' Boutique etwas abgeholt hatte, der nach dem Unfall aus dem Laden gerannt und bei ihr gewesen war, bis der Rettungswagen eintraf, hatte ihre Freundin sie fest in den Arm genommen. Minutenlang waren sie daraufhin nur dagestanden, in der auf sie herabscheinenden Sonne und hatten bitterlich geweint. Doch dieses Mal waren es Tränen des Glücks und der Erleichterung gewesen.

Lisa hatte sie anschließend noch zurück ins Krankenhaus gefahren, bevor sie zu einem wichtigen beruflichen Termin aufgebrochen war. Vero ahnte, dass dieser vermutlich so absolut gar nichts mit ihrer Arbeit zu tun hatte. Sie kannte Lisa schon zu lange und wettete im Stillen mit sich, dass ihre

Freundin zurück zu jener kleinen Herrenboutique, zu Chris, gefahren war.

»Ich muss dich nochmals um einen kleinen Gefallen bitten«, sagte sie und warf Anna einen hilfesuchenden Blick zu, bevor sie sich zurück in ihr Krankenbett gleiten ließ.

»Noch einen?« Anna sah sie mit kritischer Mine an. »Würde ich dir meine Gefälligkeiten in Rechnung stellen; ich wäre ja schon beinahe Millionärin.«

»Ich kann mich wieder erinnern.« Vero grinste stolz.

»An alles?« Anna schluckte merklich.

»Ja!«

»Oh, wow! Das ist ja eine tolle Nachricht, Vero. Ich freue mich für dich. Sag schon, wobei kann ich dir helfen?«

Vero erzählte ihr von Tom. Dem echten Tom. Dem jungen Mann, der bei ihr gewesen war, als sie schwerverletzt am Straßenrand gelegen hatte. »Ich muss ihn einfach wiedersehen«, sagte sie abschließend.

Anna begann nervös im Zimmer auf und ab zu marschieren. Ihr Gesicht wirkte konzentriert. Nachdenklich.

»Anna? Hast du mir eben zugehört?«

»Vero …« Anna hielt kurz inne und warf ihr einen zerstreuten Blick zu. »Ich glaube, ich muss dir etwas gestehen.«

»Was denn?«

»Ich glaube, Tom ist schon einmal hier gewesen.«

»Was? Wie? Wann?« Ihre Worte und Gedanken überschlugen sich.

Anna trat schnell an ihr Bett heran. Sie wirkt noch immer ein wenig abwesend. »Ich habe das nie in Verbindung gesehen, aber jetzt wo du mir von ihm erzählt hast, ist es, als hätte auch ich ein letztes Puzzleteil erhalten.«

»Was denn für ein Puzzleteil? Was für eine Verbindung?«

Vero setzte sich aufrecht in ihr Bett.

»Am Abend deines Unfalls, an dem Tag, an dem du hier eingeliefert wurdest, hat ein junger Mann nach dir gefragt. Du lagst aber noch auf der Intensivstation, warst gerade erst aus dem OP-Saal raus und man hat ihn nicht zu dir gelassen. Ich selbst habe ihn gar nicht gesehen oder gesprochen. Schwester Alex hatte mir davon erzählt. Er sagte wohl zu ihr, dass er ein Freund sei und daher habe ich der Sache keinerlei Bedeutung zugesprochen. Ich dachte, er sei vielleicht ein Freund von Lisa, hier aus Berlin.«

Anna ging eilig zu einem gekippten Fenster und schloss dieses mit einem schnellen Handgriff. Vero beobachtete sie angespannt. »Und das ist alles?«

Die Tatsache, dass er sich nach ihrem Wohlergehen erkundigen wollte, war mehr als schmeichelhaft, aber im Grunde wenig überraschend. Jeder Mensch mit nur einem Funken Empathie hätte sich nach einem solchen Unfall in irgendeiner Weise über den Zustand der Verletzten erkundigt. Vor allem, wenn er selbst derart involviert gewesen war.

»Nein. Er war noch ein weiteres Mal da. Er brachte Blumen. Du hast sie nur nie zu Gesicht bekommen. Einen hübschen Strauß aus rosa Rosen und weißen Nelken.«

Ein Hitzeschwall erfasste Vero. Ihre Wangen brannten, als hätte sich das Zimmer durch das Schließen des Fensters ganz plötzlich auf über vierzig Grad erhitzt. »Anna! Wieso hast du mir das nicht eher erzählt?«

»Weil ich das ebenfalls nur über den Flurfunk mitbekommen habe. Vero, ich habe in diesem Zimmer niemanden gesehen außer deine Mutter, ihren Lebensgefährten und Lisa, sonst hätte ich dir das längst gesagt.« Anna klang ungewohnt aufgewühlt.

»Schon okay. Tut mir leid. Das sollte kein Vorwurf sein.«

»Dir muss nichts leidtun. Hätte ich die Situation anders bewertet, hätte ich dir vielleicht schon früher dabei helfen können, dich wieder zu erinnern. Manchmal versteht man Dinge eben erst rückblickend.«

»Ja, das kann ich mehr als bestätigen.« Vero schenkte ihr ein verständnisvolles Lächeln, bevor sie zu ihrer Ausgangsfrage zurückkehrte. »Was machen wir jetzt? Hast du eine Idee, wie ich an seine Telefonnummer kommen könnte? Hat er seine Kontaktdaten irgendwo hinterlegen müssen?«

»Nicht, dass ich wüsste.« Anna legte ihre Stirn in Falten. »Vielleicht war er es aber, der den Rettungswagen gerufen hat. Dann sind seine Daten im System registriert und …«

»Nein, hat er nicht«, unterbrach Vero.

»Mmm …« Annas Kopf arbeitete sichtbar auf Höchstleistung. »Ich könnte kurz nachsehen, auf welcher Station Schwester Alex heute eingeteilt ist und sie fragen, ob er damals irgendetwas gesagt oder für dich hinterlassen hat. Eine Nachricht, seine Nummer. Ich kann mir nicht vorstellen, dass er nur zweimal herkam und dich dann aus seinen Erinnerungen gestrichen hat.«

So wie ich es getan habe, dachte Vero noch wehmütig, bevor sie ihrer Ärztin mit einem kurzen Nicken zustimmte. Sie wollte einfach fest daran glauben, dass Tom das mehr als unkonventionelle Zusammentreffen an jenem Montagvormittag ebenfalls etwas bedeutet hatte und er sich vielleicht in ihren Augen gleichermaßen verloren hatte, wie sie sich in den seinen.

»Ich werde schauen, was ich für dich tun kann«, beendete Anna das Gespräch, bevor sie mit ihrem Handy am Ohr aus dem Zimmer lief.

Keine Stunde später lag Toms Nummer auf ihrem Nachttisch. Er hatte sie tatsächlich einmal in ihrem Zimmer besucht – ganz zu Beginn ihres Aufenthaltes hier auf Station. Hatte einen Strauß Blumen mitgebracht und ein Buch. Ein roséfarbenes Buch. Ihr Buch. Das Gedichtband, welches ihr am Tag des Unfalls aus der Tasche gefallen sein musste.

Überfordert von dieser letzten Erkenntnis hatte sich ihr Magen kurzzeitig schmerzhaft verkrampft. Denn auf einmal hatte sie verstanden, wer ihr den kleinen Zettel in ihr Buch gelegt haben musste: Tom.

Ihr Arzt, Dr. König, war es damals gewesen, der Tom weggeschickt hatte. Der ihn gebeten hatte, nicht wiederzukommen, bevor sich ihr gesundheitlicher Zustand nicht wesentlich verbessert hatte. Zu viele Personen, zu viele unterschiedliche oder gar fremde Stimmen konnten einem Komapatienten offensichtlich mehr Schaden zufügen, als wohltun. Wie hätte er auch wissen können, dass ausgerechnet *er* sie vielleicht wieder zurück in die Realität hätte holen können. Mit der Bitte um Rückruf, sollte es ihr besser gehen, hatte Tom seine Telefonnummer daraufhin auf einem kleinen Post-it-Zettel hinterlassen, den Schwester Alex unwissend um dessen Relevanz, auf die letzte Seite ihrer Patientenakte geklebt hatte. *Du schuldest mir einen Augenaufschlag*, stand neben einem Smiley. Darunter seine Nummer.

Zögerlich nahm Vero das Papier zwischen ihre Finger und tippte die Zahlen zittrig in ihr Handy ein. Zwölf waren es. Zwölf einfache Ziffern, die ihr Leben hier und jetzt, jedoch wissentlich um hundertachtzig Grad wenden könnten. Wieder einmal.

Ein Freizeichen erklang. Einmal, zweimal, dreimal.

Ihr Herz raste.

»Hi, hier ist die Mailbox von Tom Biel. Leider kann ich gerade nicht an mein Telefon gehen, daher einfach, ach ihr wisst schon, der Piepton und so …« ertönte eine unglaublich charismatische Stimme. Vero erkannte sie sofort.

Kurz zögerte sie noch, bevor sie begann ihm merklich nervös eine Nachricht auf seine Mailbox zu sprechen. »Hey Tom, ich bin mir nicht sicher, ob du noch weißt, wer ich bin. Ich habe selbst sehr lange gebraucht, um mich wiederzufinden und mich daran zu erinnern, was an jenem Tag in der Französischen Straße überhaupt geschehen ist. Aber jetzt ist mein Kopf wieder klar. Ich bin wach und ich weiß, dass du an jenem Tag an meiner Seite warst, als alles um mich herum dunkel wurde.«

Ja, *er* hatte sie gerettet. Er hatte ihr Zuversicht geschenkt. Und mehr als dass, er hatte sie auch begleitet, hinab in eine tiefe Bewusstlosigkeit, in welcher er wie versprochen, nicht von ihrer Seite gewichen war. In der er ihr geholfen hatte – zu heilen, Stärke zu entwickeln, ihr wahres Ich kennen und lieben zu lernen.

Vero zögerte kurz. Ihr Mund war trocken und ihr Herz flatterte noch immer in ihrer Brust. Sie holte noch einmal tief Luft, als müsste sie ein letztes Mal ihre Kräfte sammeln. »Und da ich es für absolut inakzeptabel halte, jemanden an einem Montagmorgen um seinen Kaffee zu bringen, wollte ich mich gerne bei dir bedanken. Vielleicht mit einem neuen Becher Koffein?«, fuhr sie fort und ihre Nachricht endete zeitgleich mit dem schrillen Piepton seiner Mailbox.

Als sie auflegte, bebte ihr Körper noch einige Sekunden vor Anspannung.

Einen neuen Becher Koffein. Wie dämlich. Natürlich hatte sie ihn um seinen morgendlichen Kaffee gebracht, aber viel schlimmer noch, sie hatte sein weißes T-Shirt ruiniert. Mit all ihrem Blut. Ein Shirt, das er erst kurz zuvor wenige Meter entfernt in Chris' Boutique gekauft hatte und welches noch immer in ihrem Besitz war. So wie in ihrem Traum, in welchem sie Tom ebenfalls niemals sein T-Shirt zurückgegeben hatte. Ein Umstand, den sie nun ändern wollte. Vielleicht war dies der Schlüssel, um alle Uhren wieder auf Anfang zurückzudrehen.

KAPITEL 46

Bis in den frühen Abend hinein, überprüfte Vero immer wieder ihr Handy. Zwei Nachrichten hatte sie in der Zwischenzeit erhalten. Eine von Lisa, die sich dafür bedankt hatte, mit Chris den wohl großartigsten Mann ihres Lebens kennengelernt zu haben, sowie eine von ihrer Mutter, die sich nach ihrem Wohlbefinden erkundigen wollte. Glücklicherweise hatte Anna ihr heute Vormittag erzählt, dass sie noch einige Untersuchungen vor sich hatte und so verhindert, dass sie unangekündigt zu Besuch gekommen war. Dem Himmel sei Dank! Denn hätte ihre Mutter mitbekommen, dass sie ohne Absprache, das Krankenhaus verlassen hatte … Vero wollte es sich gar nicht ausmalen.

Siebzehn Uhr fünfzehn zeigte die Anzeige auf ihrem TV-Bildschirm bereits an, den sie vorhin aus Langeweile angeschaltet hatte. Resigniert ließ sie sich auf ihr Bett fallen. In Kürze würde es Abendessen geben, danach wäre es für sie nahezu unmöglich, unbemerkt aus dem Krankenhaus zu verschwinden. Nur wenige Meter entfernt, befand sich das Personalzimmer und gegen achtzehn Uhr dreißig war hier großer Schichtwechsel angesagt. Dann wimmelte es vor ihrem Zimmer nur so vor Krankenpflegern und das neu eingeteilte Personal war zumeist aufmerksamer, als die müden Mitarbeiterinnen und Mitarbeiter der Frühschicht. Einmal hatte sie bereits versucht, sich abends noch unbemerkt in das Erdgeschoss zu schleichen, um sich dort einen Schoko-riegel aus dem Süßigkeiten-Automaten zu ziehen und war prompt von einer erzürnten Schwester im Aufzug abgefangen worden. Natürlich war es ihr nicht verboten, das Zimmer zu verlassen, aber aufgrund ihrer vorangegangenen, schweren Verletzungen, hatte man zu ihrem Ärgernis ein besonderes Augenmerk auf sie.

Vero fuhr sich sanft durch ihre Haare hindurch und spürte die harten Fäden, die ihre Wunde am Kopf noch immer straff zusammenhielten. Übermorgen sollten sie endlich gezogen werden und sie hoffte, dass auf ihrer Stirn keine hässliche Narbe zurückbleiben würde. Wobei es nicht wirklich eine hässliche Narbe wäre. Sondern vielmehr etwas, dass sie ihr Leben lang daran erinnern würde, dass sie stärker gewesen war, als dass, was versucht hatte sie zu verletzen. Jetzt hatte nicht nur ihr Herz einen Riss, sondern auch ihr Kopf und beide hätten nun die Möglichkeit noch einmal ganz von vorne zu beginnen.

»Abendessen«, hallte es auf einmal durch ihr Zimmer und Clara, die junge Krankenschwester, die ihr gestern unbewusst den entscheidenden Hinweis auf der Suche nach ihren Erinnerungen gegeben hatte, betrat mit einem vollbeladenen Tablett ihr Zimmer.

Vero schenkte ihr ein kurzes Lächeln, als diese einen Teller mit Fischstäbchen und Kartoffelpüree auf ihrem Nachttisch platzierte. Eigentlich war es eine ihre Lieblingsspeisen, aber heute verspürte sie keinerlei Hunger. Ihr Bauch grummelte zwar, aber mehr aus Nervosität und Anspannung.

»Ihr Handy«, sagte Clara und deutete auf das aufleuchtende Smartphone, bevor sie den Raum wieder verließ. Das Quietschen ihrer *Crocs* hallte noch einige Sekunden nach.

Hastig drehte Vero ihren Kopf und blickte auf das Display, auf welchem eine Nachricht angezeigt wurde. Eine Nachricht von Tom.

Das sind ja tolle Neuigkeiten, Kleines. Natürlich weiß ich noch wer du bist. Das bezaubernd schöne Mädchen mit den Augen, so leuchtend-blau, wie der Himmel über Berlin.

Sehen wir uns wieder?, schrieb sie sofort mit zittrigen Fingern und angehaltenem Atem. Sie hatte die vier Worte einfach eingetippt, ohne vorab darüber nachzudenken. Die Schlüsselfrage, so wie Tom es damals in ihrem Traum gesagt hatte. Eine Frage, die nun alles entscheiden würde. Würde sie ihn wiedersehen? War er überhaupt bereit dazu, sich mit ihr noch einmal zu treffen? Oder hatte sich die Welt für ihn in den letzten drei Wochen weitergedreht und er hatte nun keinerlei Interesse mehr, sie kennenzulernen?

Die Antwort auf diese Frage kennst du ebenso gut wie ich, schrieb er mit einem zwinkernden Smiley zurück. *Wann hast du Zeit für mich und den Kaffee?*

Trinkst du auch abends noch Kaffee?, antwortete sie schnell, in der Hoffnung, dass Tom spontan noch heute Abend Zeit für sie hätte. Keinen Tag länger wollte sie hier im Krankenhaus liegen, während da draußen vermutlich der Mann ihrer Träume auf sie wartete.

Ich bin der Überzeugung, dein Lächeln ist euphorisierend genug, aber ich würde natürlich auch zu einem spätabendlichen Kaffee nicht nein sagen. Heute? 19 Uhr? Wo?

Ein kurzer Freudenstoß verließ sogleich ihre Lippen, welchen sie mit ihrer eigenen Handfläche auf dem Mund noch versucht hatte zu unterdrücken. Tom war witzig und charmant, dass gefiel ihr sehr und er wollte sie wiedersehen. Schon heute. Er hatte sie also nicht angelogen; weder im

Traum, noch in der Realität. Denn ihre Frage, *sehen wir uns wieder?*, bekam jetzt ihre langersehnte Antwort. *Ja.*

Eilig legte sie ihre Hände auf das Display, bereit eine weitere Nachricht an ihn zu versenden. Doch wo sollte sie sich nur mit ihm treffen? In einer überfüllten Bar in der Stadtmitte? Zu einem Spaziergang mit ihrer noch immer schmerzenden Hüfte? Auf keinen Fall wollte sie bei ihrem ersten Date humpeln, wie ein alter schrulliger Pirat mit Holzbein. Vero runzelte die Stirn und kreiste einige Male nachdenklich mit ihren Blicken durch das Zimmer.

Das Klingeln ihres Handys ließ sie letztlich aufschrecken. *Nummer unbekannt.*

Sie wischte Toms Nachricht flüchtig vom Display.

»Hi, ich bin's«, trällerte Lisa am anderen Ende der Leitung.

»Lisa? Von wo aus rufst du an?«, fragte sie irritiert.

»Ich sagte doch, ich muss noch ins Büro.«

Vero schmunzelte. Also hatte ihre Freundin doch die Wahrheit gesagt. Sie hätte schwören können, dass sie bereits nackt in Chris' Bett lag. »Wieso rufst du nicht von deinem Handy an?«

»Mein Akku ist fast leer und ich erwarte einen wichtigen Anruf.« Lisa kicherte kurz. »Ich wollte auch nur mal schnell hören, ob du in Sachen Tom schon weitergekommen bist? Hat Anna seine Nummer herausfinden können?«

»Ja.« Vero nickte parallel zu ihrer wortkargen Antwort.

»Was? Das ist ja super. Und hast du ihn schon angerufen?«

»Ja, habe ich.«

»Und? Mensch Mädchen, mach es nicht so spannend. War es dein Tom? Was hat er gesagt? Seht ihr euch wieder?«

»Es ging nur seine Mailbox ran, aber er hat mir eben zurückgeschrieben.« Eine kurze fühlbare Spannung baute sich zwischen ihr und Lisa am anderen Ende der Leitung auf, bevor sie mit einem Lächeln im Gesicht triumphierend fortfuhr. »Ich denke es ist mein Tom. Ich spüre es. Nein, ich weiß es. Und ja Lisa, wir werden uns wiedersehen. Schon heute.«

»Oh, Liebes, das klingt wie der Beginn einer total kitschigen Lovestory.« Ihre Freundin quietschte hochfrequent in den Hörer. »Es scheint, als würde dich Berlin doch lieben und ich hatte kurzzeitig schon die Hoffnung aufgegeben, dass du dieser Stadt noch etwas Gutes abgewinnen könntest.«

Ja, Berlin liebt mich, wollte Vero gerade antworten, als plötzlich laute Musik ertönte. Lisas Handy klingelte im Hintergrund. Wie gebannt lauschte sie den Textzeilen des Klingeltons, der sich sogleich mit der trällernden Stimme ihrer Freundin vermischte. *Tonight, coming out of my cage and I've been doing just fine, gotta, gotta be down, because I want it all. It started out with a kiss, how did it end up like this? It was only a kiss, it was only a kiss …*

»Sorry, da muss ich kurz ran. Das könnte mein neuer Macker sein«, grunzte Lisa noch, doch Vero nahm die Stimme ihrer Freundin schon kaum noch war.

»It started out with a kiss. Es begann mit einem Kuss«, flüsterte sie leise vor sich hin, während ihr gesamter Körper zu kribbeln begann. Ja, heute Abend würde sie aus ihrem Käfig, aus dem Krankenhaus fliehen, würde dorthin gehen, wo alles begonnen hatte. Mit ihm. Mit dem Blick in die Dunkelheit. Mit einem einfachen Kuss, der sie lebendiger gemacht hatte, als sie sie jemals zuvor gefühlt hatte.

Noch einige Minuten saß Vero regungslos auf ihrem Bett, nachdem sie Tom geantwortet hatte. Alles kam ihr so furchtbar surreal vor und tief in ihrem Inneren keimte ein ihr bekanntes Gefühl auf – Unsicherheit. Nicht bezüglich

Toms Identität. Nein, sie wusste bereits, dass er es war. Dass sie heute auf niemand anderen, als auf den jungen Mann treffen würde, mit dem sie fast zwei Wochen lang in ihrem Schlaf gefangen war. Deutlich sah sie mittlerweile vor sich, wie er sich an jenem Montag über sie gebeugt und mit seinen warmen Händen besorgt ihr Gesicht umfasst hatte. Er hatte ihr in diesem Moment Halt gegeben und seine grünen Augen hatten sie auf eine lange und heilsame Reise geschickt – tief nach unten, jenseits ihres Bewusstseins. Ihre Unsicherheit bezog sich vielmehr darauf, ob sie in ihm finden würde, was sie schon lange gesucht hatte. Was sie in ihrem Traum längst gefunden, aber nicht festhalten konnte. Liebe, Leidenschaft und das Gefühl vollkommen angst- und sorgenfrei zu sein.

Es hatte einige Zeit in Anspruch genommen, bis sie alles gänzlich verstanden hatte. Bis alle Puzzleteile an ihrem rechten Ort waren und sie akzeptieren konnte, dass ihr Unfall auch etwas Gutes bewirkt hatte. Denn in den Gesprächen mit Anna hatte sie gelernt, dass es nur menschlich und damit vollkommen in Ordnung war, Angst zu haben; sofern diese nicht das ganze Leben bestimmte. Auch hatte sie verinnerlicht, dass man manche Dinge einfach auf sich zukommen lassen musste. Dass sie nicht alles um sich herum kontrollieren konnte. Nicht jede Variable war nun mal bestimmbar. Das Leben war irrational und die Liebe noch viel mehr.

Melancholisch ließ sie ihren Blick durch ihr Zimmer gleiten. Sie hatte so lange hier gelegen. Tage, in welchen sie bewusstlos gewesen war und solche, der völligen Desorientierung. Jetzt musste es weitergehen, denn mit Mut fingen bekanntermaßen ja die schönsten Geschichten an.

Schwungvoll stand sie auf und öffnete einen der braunen

Einbauschränke, in welchen Lisa gestern noch ein paar ihrer Kleider verstaut hatte. Ihr cremefarbenes Blümchenkleid baumelte an einem der Kleiderhacken. Ein gelber Notizzettel klebte auf dem weichen Stoff. *Falls du deinen Traummann wiederfindest, nimm das hier. Das schreit ich will Dich, aber noch nicht heute*, stand in der Handschrift ihrer Freundin darauf.

Vero lächelte flüchtig, bevor sie sich das Kleid über den Kopf zog und sich die Haare zu einem hohen Pferdeschwanz band. Im Badezimmer legte sie sich nochmals ein wenig Make-Up auf und schluckte vorbeugend eine Schmerztablette. Dann warf sie einen letzten prüfenden Blick in den Spiegel hinein. Ihre Augen leuchteten. Nicht nur blau, wie der Himmel über Berlin, sondern vor allem eines, optimistisch.

»Wer bist du?«, fragte sie ihr Spiegelbild, nur um sich dann selbst noch einmal zu korrigieren. »Nein, wer möchtest du sein? Und warum beginnst du nicht einfach heute damit, genau dieses Mädchen zu werden?«

Sie schmunzelte, ihr Blick entschlossen, bevor sie ihr Zimmer leise auf Zehenspitzen verließ.

Ein aufregendes Gefühl begleitete sie in den langen Flur hinaus, in den Aufzug hinein, bis vor das Krankenhaus. In schnellen Schritten ließ sie das Gebäude hinter sich und eilte zur nächsten Bahnstadion. Lisa würde sie wahrscheinlich ohrfeigen, wenn sie wüsste, dass sie gerade dabei war, sich mit einer überfüllten Tram nach Schöneberg aufzumachen. Aber sie hatte nicht mehr genügend Geld in ihrem Portemonnaie, um sich ein komfortables Taxi zu leisten und Anna hatte bereits Feierabend gehabt, als sie diese um ein wenig Kleingeld bitten wollte.

Es ist keine Liebe, wenn es nicht auch wehtut, hörte sie die

Worte ihrer Ärztin in ihrem Kopf umherschwirren, als sich die Bahn schließlich abrupt in Bewegung setzte und ihr ein kurzer, dumpfer Schmerz durch die Knochen fuhr.

Ihre geprellte Hüfte bereitete ihr noch immer etwas Probleme, das bemerkte sie auch auf dem kurzen Fußmarsch, der sie zu jenem kleinen Park in Schöneberg führte. Dieses Mal wählte sie den offiziellen Eingang, denn sie wusste nicht, ob es den Riss im Maschendrahtzaun überhaupt in dieser Welt gab. Oder ob es nicht nur eine Metapher war. Ein Sinnbild für einen Ort, an welchem sie beide ihrer eigenen, imperfekten Welt entfliehen konnten.

Sie überquerte eine weitläufige Grünfläche und lief den asphaltieren Weg um einen See entlang. Frösche quakten und stießen Luftbläschen zwischen den zahlreichen Seerosen an die Wasseroberfläche. Die Sonne stand tief am Horizont und der Himmel verfärbte sich soeben in wunderschönen Rosétönen. In der Luft lag ein herrlicher Geruch nach Sommer, nach frisch gemähtem Gras und süßlichen Blühten.

Als sie eine kleine Anhöhe am Rande des Parks erreichte und sich eine große Linde vor ihr auftat, fühlte sich Vero, als wäre sie am Ende einer langen Reise angekommen. Am Ende einer Reise, die ihr so vieles gelehrt hatte. Ihr Selbstreflektion ermöglicht und ihr Kraft, Mut und Selbstbewusstsein verliehen hatte. Auf der sie ihre eigenen Mauern kennengelernt und eingerissen hatte. Und auf welcher sie gelernt hatte, zu vertrauen und zu lieben – nicht zuletzt, sich selbst.

Schritt für Schritt erklomm sie die Anhöhe. Das warme Gras der Wiese kitzelte die nackten Knöchel ihrer Füße, die in ihren weißen Lieblings-Sneakers steckten und eine milde Brise wehte ihr einen vertrauten Geruch entgegen.

Ein Kerl in einem weißen schlichten Shirt stand im

Schatten der Baumkrone und sah hinunter auf den friedlich schimmernden See. Sein dunkelbraunes Haar wehte sanft im Abendwind und mit jedem Schritt näher an ihn heran, stieg ihr sein herrlich-männlicher Duft in die Nase.

Sanft legte sie ihre Hand auf seine Schulter und begrüßte ihn mit einem kurzen »Hey«, bevor er sich langsam zu ihr umdrehte und sie aus seinen wunderschönen, grünen Augen heraus vertraut anblickte.

»Hey, Kleines.«

EPILOG

Tom

Eine halbe Stunde zu früh, stellte Tom seinen Wagen in einer Seitenstraße am Rande des kleinen Parks in Schöneberg ab. Durch den Haupteingang lief er in die Anlage hinein. Noch nie zuvor war er hier gewesen, aber er verstand, dass Vero diesen Ort mochte, dass sie ihn für ihr erstes richtiges Date ausgesucht hatte. Der Park war überschaubar, ruhig und idyllisch. Die bereits dämmernde Sonne spiegelte sich in einem See, den man spielerisch auf einigen Platten überqueren konnte. Frösche quakten und das satte Grün der Wiesen und Bäume wirkte unverbraucht, ja, nahezu wie eine kleine Oase in der doch sonst so grauen Großstadt.

Tom blickte sich um und überlegte kurz, wo er am besten auf sie warten könnte. Auf einer kleinen Anhöhe thronte eine Linde. Ein großer, alter Baum, der zur Mittagszeit sicherlich ein prima Schattenspender war und den man kaum übersehen konnte. In schnellen Schritten erklomm er den Hügel, von welchem man nahezu den gesamten Park überblicken konnte. Doch niemand war zu sehen. Nur ein paar Kinder spielten unten auf der Wiese und einige Spaziergänger drehten ihre Runden.

Prüfend ließ er seinen Blick noch einmal an sich hinabwandern. Seine beste Freundin Liz würde vermutlich mit ihren Augen rollen, wenn sie wüsste, dass er sich zu seinem langersehnten Treffen mit Vero ein schlichtes weißes T-Shirt und seine Lieblingssneakers angezogen hatte. Aber er wollte sich auf keinen Fall verstellen, ihr nicht vorgaukeln jemand zu sein, der er im Inneren gar nicht wirklich war. Das tat er schon oft genug in seinem Leben und sein Chef lag ihm dafür ebenso zu Füßen, wie die meisten Frauen, die er kennenlernte. Doch heute wollte er niemanden bezirzen, niemanden von sich überzeugen müssen. Er wollte einfach nur in ihre blauen Augen blicken, ihr Lächeln sehen und erfahren, wie es ihr nach all der Zeit im Krankenhaus nun ging.

Eine Hand fasste ihn sanft an seiner Schulter. Die Berührung ließ ihn kaum merklich zusammenzucken und verursachte ein unerwartetes, recht intensives Gefühl, das ihn durchfloss wie ein bitzelnder Stromstoß.

Wie automatisiert drehte er sich um und sah sie. Das Mädchen, das er vor drei Wochen schwerverletzt in seinen Armen gehalten hatte. An jener Straßenecke in Berlin, kaum fünf Gehminuten von seinem Büro entfernt. Das Mädchen, dessen Hand er gehalten und mit welchem er gesprochen hatte. Das ihm seither nicht mehr aus dem Kopf ging und nun, nach all der Zeit des Wartens, ganz einfach vor ihm stand. In einem hellen Kleid, ihre blonden, zu einem lockeren Zopf gebundenen Haare wehten im milden Abendwind auf und ab, die Augen blau wie der Himmel über Berlin. Und sie hatte das zuckersüße Lächeln auf ihren Lippen, das sie ihm versprochen hatte zu tragen. Ein Lächeln, das ihn erneut vollkommen vereinnahmte. Das sein Herz zum Rasen und sein Magen zum Flattern brachte. Das ihm unverkennbar zu verstehen gab, dass es dieses Mal nicht *er* sein würde, der ein Mädchen um den Verstand bringt – sondern, dass sie es sein wird. Sie, die sein Leben wohl schon bald völlig auf den Kopf stellen würde.

DANKSAGUNG

Wie, kein Epilog? Das war die wohl häufigste Frage, die ich nach der Erstveröffentlichung von *Love Me, Berlin* im Jahre 2022 gestellt bekommen habe. Und heute wie damals, habe ich mich gegen einen solchen gesträubt; auch wenn es ihn jetzt zumindest auf zwei Seiten gibt. Denn meine Intension war es schon immer, eine Liebesgeschichte aufzubauen, die sich am Ende anders darstellt, als man die meiste Lesezeit über wohl dachte. Niemals jedoch, wollte ich tiefer auf das erneute Zusammentreffen meiner beiden Protagonisten eingehen. Es stets der Fantasie meiner Leserinnen und Leser überlassen, wie es mit den Zweien weitergehen könnte. Aber wie es wohl vielen Autorinnen und Autoren da draußen ergeht; so richtig loslassen konnte auch ich meine Geschichte nie. Ein zweiter Teil liegt daher tatsächlich bereits in meiner Schreibtischschublade. Toms Geschichte ist geschrieben, seine Stärken und Schwächen definiert und vielleicht, ja, vielleicht werde ich sie eines Tages doch noch veröffentlichen.

Jetzt aber zurück zu diesem Teil der Geschichte, an welcher indirekt wahnsinnig viele Menschen über eine sehr lange Zeit mitgewirkt haben. Denn das Manuskript habe ich zwar 2021 fertiggestellt, aber schon viele Jahre zuvor begonnen zu schreiben. Nur hatte ich nie wirklich daran geglaubt, dass ich damit einen Verlag begeistern könnte; doch ich wurde eines Besseren belehrt. 2022 erschien *Love Me, Berlin* erstmalig als E-Book in einem namhaften Verlag. Ich war unglaublich stolz und die Rezensionen waren mehr als gut. Doch wirklich befriedigt war ich nicht, denn ich wollte mein Buch irgendwann einmal auch in meinen Händen halten können. Und so habe ich mich 2024 letztlich dazu entschieden, meine Rechte an dieser Geschichte zurückzufordern und ganz mutig und selbständig, den Schritt in Richtung Print zu gehen. Der Weg war lange. Er war schön und lehrreich, aber auch nervenaufreibend. Daher folgen nun abschließend, in gewohnter Autorenmanier, ein paar dankende Worte.

Allen voran an meinen Ehemann, der wissentlich noch nie eine einzige Zeile meines Buches gelesen hat (mit Ausnahme des Klappentextes), aber meine ständigen Ups and Downs auf der Suche nach sinnigen Inhalten und spannenden Wendungen, über einen sehr langen Zeitraum ertragen musste. Der mir viel Zeit freigeschaufelt und immer an mich und dieses Buch geglaubt hat. Danke, *Daniel!* Du und unser kleiner Sonnenschein, ihr seid meine Welt und ich liebe Euch von Herzen.

Außerdem danke ich meiner Freundin. Meiner längsten und besten Freundin – meiner ganz persönlichen Lisa – die jedes meiner Kapitel, jede Zeile meines Buches, jedes einzelne Worte bestimmt hunderte Male gelesen hat. Die die Grundgeschichte schon seit über acht Jahren kennt, schon seit sie nur aus ein paar zusammenhangslosen Sätzen auf einem einfach Blatt Papier bestand. Die mehrfach den Rotstift ansetzte und mir an vielen Stellen wertvollen Input gab. Danke *Miri*, für deine Zeit, dein Interesse und dein konstruktives Feedback. Du bist mir mit die größte Stütze gewesen.

Ebenso möchte ich auch meiner kleinen Schwester *Alex* noch einen Dank aussprechen. Ich weiß, Liebesgeschichten sind überhaupt nicht dein Genre und doch hast du dich durch all die Seiten gelesen und mich danach angerufen und zu mir gesagt: *wow, das ist echt gut.* Das hat mich nicht nur überrascht, sondern auch unglaublich motiviert. 2025 wird nun dein Jahr werden und ich hoffe sehr, ich kann dir bei deinen ganz persönlichen, neuen Herausforderungen ebenso tatkräftig zur Seite stehen, wie du mir bislang.

Ein weiteres Dankeschön geht an meine *Eltern*, aber auch an meine engsten *Freunde*, die mich stets unterstützt haben und es noch immer von Herzen tun. Die mich pushen und meine ganz persönlichen Promoter sind.

Auf meinem Weg, den ich mit *Love Me, Berlin* gegangen bin, habe ich zudem viele wunderbare, neue Menschen kennenlernen dürfen. Allen voran *Rahel Hefti*, eine herausragende Schweizer Autorin, die mich quasi in den letzten Jahren betreut hat. Ja, so kann man das durchaus nennen. Rahel, dein stetig offenes Ohr ist Gold wert, deine ehrliche Art meine größte Motivation und die Tatsache, dass du jede meiner endloslangen Sprachnachrichten zu Ende anhörst, durchaus lobenswert.

Abschließend möchte ich noch ein paar Sätze zu einer guten Freundin sagen, die mich zu diesem Buch inspiriert hat und welcher ich die Erstveröffentlichung gewidmet hatte. *Talisa*, du hast mir gezeigt, dass das Leben jede einzelne Sekunde lang bedeutsam ist. Dass ein einziger Augenblick, ein einziger Wimpernschlag, alles verändern kann. Dir viel schenken, aber auch ebenso viel nehmen kann. Dein Lächeln wird niemals vergehen und meinem Herzen immer und überall Helligkeit schenken.